체리

체리

니코 워커 지음
정윤희 옮김

잔

그 시절 구걸하지 않아도 얻어 낸 것들을 통해
젊은이의 사지는 빠른 속도로 풍요로워진다.

토머스 내시, 《여름의 마지막 의지와 유언》

전 세계에 내리는 빗물이 너를 향해서
흩뿌리는 것처럼 느껴질 거야.

토비 키스, 《붉은색, 하얀색 그리고 파란색 깃발의 예의》

차례

작가 노트

이 책은 소설이다.

이 책의 사건들은 일어난 적이 없다.

이 책의 인물들은 실제로 존재하지 않는다.

프롤로그

에밀리는 샤워하러 갔다. 어두컴컴한 방에서 핏자국이 없는 셔츠를 찾아 걸쳐 보려고 했지만, 허사였다. 바지도 사타구니에 담뱃불 자국이 난 것뿐이라 도저히 입을 만한 게 없었다. 요즘은 나 같은 약쟁이들이 즐기는 헤로인 시크 룩도 유행하고 있다.

아래층으로 내려간다. 리비니아가 거실에 오줌을 갈겨 놨다. 오줌이 바닥을 흥건히 적셨다. 나는 "리비니아, 이 멍청한 녀석!" 이라고 짜증을 냈지만, 강아지가 듣지 못할 정도로 낮은 목소리다. 우리가 제대로 못 가르친 탓이지 알고 보면 순해 빠진 강아지였다.

종이 수건과 물이 든 분무기를 챙겼다. 폴 몰 담배 한 갑이 주방 싱크대에 놓여 있다. 담뱃갑을 흔들어 한 개비를 꺼낸 뒤 가스레인지에 대고 불을 붙인다. 찬장에 놓인 주사기를 확인한다. 전부 핏자국이 남고 구부러져서 잔인한 고문 도구처럼 보인다. 바로 옆에는 스타킹 두 줄과 면봉 한 통 그리고 디지털 저울과 시커먼 솜이 든 숟가락 두 개가 놓여 있다. 주삿바늘 끝이 뭉툭했지만 오히려 그 편이 낫다. 에밀리는 10시까지 학교에 가야 하니까 시간을 맞추려면 아무래도 빠듯할 것이다. 주삿바늘을 사러 갈 시간이 안 될 텐데. 벌써 8시 40분, 어찌하면 시간을 겨우 맞출 것이다. 블랙이 제시간에 도착해 준다면 별문제 없을 테니 크게 걱정할 필요는 없다. 먼저 종이 수건으로 강아지가 싸질러 놓은 소변을 닦아 낸다. 바닥에 살균제를 뿌리고 다시 닦은 다음 젖은 종이 수건을 쓰레기통에 던진다.

옆문을 열고 집 앞에 도착한 블랙을 맞았다. 낡은 파란색 천에 싸인 45구경 권총을 내미는 그에게 말했다.

"조금만 내놔 봐."

"총 720그램이야."

"알겠어."

전자저울을 내밀자 블랙이 가루를 꺼내 무게를 잰다.

나는 그냥 넘어가지 않았다. "어제보다 3그램이나 부족하잖아."

블랙도 알고 있다. 하지만 아무 대답이 없다. 놈들은 그런 식이다. 일부러 양을 슬금슬금 줄여 놓고 상대가 쓰레기라도 되는 양 대하는 것.

"내가 전화로 뭐라고 했는지 기억하지?"

블랙은 기억하고 있다. 하지만 놈도 어쩔 수 없는 약쟁이라 보나 마나 멍청이처럼 굴 게 뻔하다. 그래서 덧붙인다.

"정신 차려. 일 그르치지 말고. 나더러 빚진 거 갚아야 한다고 그렇게 닦달했잖아. 돈 받고 싶으면 제대로 해."

블랙도 수긍했다.

계단으로 가서 에밀리를 부른다. "자기야, 블랙 왔어. 내려와서 출근하기 전에 주사 맞자."

에밀리는 곧 내려오겠다고 대답한다.

나는 숟가락을 깨끗이 닦고 헤로인을 정확히 둘로 나눈다. 하나는 내 몫이고 하나는 여자친구 몫이다. 잔에 물을 따라서 주사기에 물을 채운다. 그리고 주사기 끝을 눌러 바늘에 고인 핏덩어리를 닦아 낸다. 그리고 다시 주사기에 물을 채워 숟가락에 담는다. 에밀리가 계단을 내려오는 소리를 들으며, 물에 하얀 가루를 잘 섞은 다음 가스레인지 쪽으로 걸어간다. 에밀리가 블랙에게 인사를 건넨다. 블랙도 인사를 한다. 나는 에밀리에게 말한다. "거의 다 돼 가니까 조금만 기다려." 에밀리는 "고마워, 자기야."라고 대답한다.

나는 가스레인지 불을 줄이고 숟가락에 담긴 헤로인이 부글부글 끓어오를 때까지 데운다. 에밀리가 솜을 말아서 건네준다. 그녀도 내가 서두른다는 걸 알고 있다. 에밀리의 머리카락에 물기가 흥건하다. 나는 솜뭉치를 받아서 숟가락을 뒤집는다. 솜뭉치가 금세 시커멓게 변하면서 뜨겁게 달군 헤로인 원액을 빨아들인다. 주삿바늘 끝을 솜뭉치에 대고 물기를 빨아들인 다음 주사기에서 공기를 빼낸다. 이제 주사기에는 갈색 액체만 남았다.

에밀리가 묻는다. "제대로 하는 거 맞지, 자기야?"

"당연하지."

"정말 괜찮은 거지, 자기야?"

"아무 걱정 하지 마. 진짜 아무 문제도 없을 거라니까. 곧 자기도 알게 될 거야."

이렇게 주삿바늘이 뭉툭하면 정맥을 파고들면서 통증이 조금 더해진다. 그래서 힘을 주어 정맥에 꽂아야 한다. 그런데도 별문제 없이 주삿바늘이 정맥에 정확히 꽂혔고, 이건 분명히 좋은 징조였다. 오늘은 정말 운 좋은 날이 될 것이다.

헤로인이 몸속을 파고든다.

가장 먼저 짜릿한 맛이 느껴지고 곧이어 흥분감이 요동치기 시작한다. 언제나처럼 피가 따뜻하게 달궈지면서 온몸을 휘몰아친다. 평상시보다 그 효과가 강력해서 속이 울렁거릴 지경이다. 그제야 온몸이 마비되면서 귓가가 멍멍해져 온다.

나는 주방 바닥에 대자로 누웠고 아랫도리가 얼음처럼 차갑다.

에밀리가 나를 내려다보며 말한다. "정신 차려."

고개를 들어 에밀리를 쳐다본다. 그리고 블랙도. 녀석은 주방 싱크대에 등을 기대고 서 있다. 한껏 비웃어 주고 싶은데 몸이 말을 듣지 않는다.

에밀리의 손이 얼음장처럼 차갑다. "말 좀 해 봐!"

바지가 풀려 있고 팬티 안에 얼음 조각이 가득하다.

"지금 내 아랫도리에 얼음을 넣은 거야?"

"죽을까 봐 겁나서 그랬지." 에밀리가 대답한다.

"아직 쌩쌩하거든."

금방이라도 울 듯한 그녀의 표정.

"미안해. 장난친 거야. 날 걱정해 주는 건 자기뿐이네. 부끄러워할 필요 없어. 아주 잘한 거야."

"지금 그딴 말이 나와?"

"진정해, 자기야. 그럼 나더러 어쩌란 거야?"

나는 바닥에서 몸을 일으켜 싱크대로 걸어간 다음 아랫도리를 가득 채운 얼음 조각을 빼냈다. 그제야 번데기처럼 쪼그라든 물건이 보였고, 도무지 원상태로 돌아갈 기미가 없었다.

"이렇게 될 줄 알았으면 미리 왁싱이라도 받는 건데."

블랙이 주방에서 나가 버린다.

"정말 괜찮은 거지?" 에밀리가 걱정스레 확인한다.

"물론이지. 이제 출근해야지, 자기. 벌써 9시 다 됐네. 얼른 다녀와서 학교까지 태워다 줄게."

나는 바닥에 널브러진 얼음틀을 줍는다. 초록색, 파란색 그리고 하얀색까지 색색의 틀이 나와 있다. 다시 얼음틀에 물을 채워서 냉동칸으로 쑤셔 넣는다.

때때로 강아지를 데려온 걸 후회할 때가 있었다. 처음엔 강아지를 키우면 마약중독에서 벗어날 수 있을 줄 알았다. 그래서 강아지를 집에 들였다. 그런데도 우리는 마약에서 헤어나지 못했다. 이제 강아지를 키우는 마약중독자들이 되었다.

블랙이 거실에 있었다.

나는 지도를 그려서 내밀었다. "여기가 랭커셔고 여기는 햄프셔 그리고 여기는 코번트리야. 여기에 차를 세우고 신호등이랑 편도 차선이 나오는 데까지 올라갈 거야. 네가 나를 랭커셔를 지나는 곳까지 태워다 줘. 모퉁이에서 건물 몇 채 너머에 차를 세우고 나를 내려 주면 돼. 그런 다음 여기 상점 뒤쪽 주차장에 차를 세우고 기다려. 금방 들어갔다 나와서 뒤쪽으로 돌아 너한테 갈게. 그러면 다시 내 차를 세워 둔 데까지 가서 나를 내려 주면 끝나는 거야. 나중에 여기 뒤쪽에서 만나 각자 돈 나누고 대충 그러면 되잖아. 기가 막히는 계획이지?"

"응. 끝내주네."

"그럼 도와주는 거다?"

"좋아."

"알겠어. 잠깐 기다려. 에밀리가 10시에 수업이 있어서."

주방에 있는 에밀리는 아까보다 안색이 조금 나아 보인다.

"지금 나간다. 금방 올 거야."

"조심해."

나는 걱정하지 말라고 안심시킨다.

우리는 빨갛고 하얀 집이 늘어선 동네에 살았고, 에밀리와 나는 좀처럼 이곳에 섞이지 못했다. 때로는 모든 걸 잃은 상실감 때문에 슬픔이 밀려왔지만 그럭저럭 행복하게 지냈다.

에밀리는 가끔 내가 구제할 수 없는 쓰레기라도 되는 양 귀청이 찢어질 정도로 고래고래 악을 쓰며 발악했다. 그럴 때면 나는 이렇게 말해야 했다. "대체 뭐가 불만이야? 정신 나갔어? 왜 살인마한테 칼이라도 맞은 사람처럼 비명을 지르는 건데? 누가 때렸어? 내가 때렸냐? 동네 사람들이 내가 널 찔러 죽이기라도 한 줄 알겠어! 그랬다가 짭새라도 부르면 어쩌려고 이래. 짭새가 우리 집에 왔다가 내 상판을 보고 이럴 거 아냐. '이 자식, 저번에 은행 턴 그 강도 새끼잖아.' 그럼 나는 그대로 감방에 끌려갈 거고, 그렇게 되면 자기도 기분이 엿 같을 거야."

에밀리는 가끔 미안하다고 말한다. 물론 미안하다는 말조차 안 할 때도 있다. 가끔은 주먹으로 내 목덜미를 내리칠 때도 있고. 그러면 나는 말한다. "아, 젠장! 자기야, 대체 왜 주먹질을 하는 건데?" 그러면 에밀리는 곧바로 계단을 올라가서 화장실 문을 걸어 잠그고 몇 시간이 지나도록 나오지 않았다. 나는 아래층에 남아서 그런 에밀리를 원망하며 눈이 퉁퉁 붓도록 울었다. 에밀리를 너무 사랑해서, 그런 짓을 하는 에밀리를 볼 때마다 죽을 만큼 가슴이 아팠으니까. 세상에서 가장 예쁜 내 사랑. 나는 입버릇처럼 말한다. 그래서 에밀리도 나를 위해 뭐든 해 줄 거라고 생각했다.

나는 차를 타고 도로를 미끄러지듯 빠져나갔다. 신호에 걸리면 블랙의 차 바로 뒤에 대기했다. 사실 블랙이라는 녀석은 골칫덩어리라 특별히 좋아한다고 말할 순 없었다. 그렇지만 마약쟁이 치고는 그럭저럭 괜찮은 놈이었다. 녀석의 형제들은 전부 감옥에 갔다.

신호등 화살표가 초록색으로 바뀌자 블랙은 핸들을 오른쪽으로 꺾었다. 나는 차를 따라가다 곧바로 추월해서 시던 쪽으로 달렸다. 머리 위로 아침 햇살이 비추었다. 그야말로 맑고 청량하고 화창한 오전의 하늘이 펼쳐졌다! 이제야 봄이 시작되었다! 어쩌면 영원히 이런 봄날이 계속될 수도 있지 않을까. 그러면야 더없이 좋겠지만, 그런 걸 기대하는 것은 정말 철딱서니 없는 짓이다.

나는 사우스테일러를 지나고, 약국을 지나고, 방치된 KFC를 지나고, 웬디스를 지나고, 고등학교와 극장을 지나고, 리로드를 지나고 또 다른 약국과 주택들을 지난다. 나는 벌써 스물다섯 살이 되었지만 저런 곳에 있는 사람들은 대체 뭘 하고 사는지 전혀 알지 못한다. 그 모두가 허공에 지은 것이고 금방이라도 사라져 버릴 것처럼. 그러다가 사람들이 나누는 이야기를 들으면 상황이 더욱 악화되었다.

메도브룩에 도착하고부터는 신호를 기다리지 않았다. 대신 코번트리에서 우회전하여 햄프셔로 쭉 내려간 뒤 좌회전했다. 이곳의 도로표지판들은 홀치기 염색을 한 것처럼 얼룩덜룩하게 칠해져 있었다. 도로표지판이 그 지경이 되기 전에는 이 동네에 살았다. 그러다가 더는 버티지 못하고 떠났다. 그런 동네에 산다는 건 얼굴에 똥을 묻힌 채 누군가와 계속 떠들어 대고 있다는 걸 깨닫는 기분이었으니까.

나는 햄프셔의 편도 차선이 시작되는 지점까지 달렸다. 양옆으로 벽돌 아파트가 쭉 늘어서 있었다. 난간까지 만든 집도 있었다. 거리의 가로수도 웅장했다. 그런 가로수들이 왜 존재해야 하는지 모르지만, 그냥 보기에는 마음에 들었다. 그보다 훨씬 더 엉망이어야만 마음에 안 든다고 말할 수 있을 것이다.

정류장을 지나자 양쪽으로 집이 늘어선 양방향 도로가 나왔다. 어떤 집은 복층 아파트이고 어떤 집은 단독주택 같아 보였는데, 하나같이 번지르르하고 나무도 우거졌으며 가로수도 엄청나게

켰다. 거리를 따라가다가 커브에 차를 세웠다. 블랙이 차를 세웠고 나는 그의 차에 올라탔다. 녀석은 도로를 가로질러 차를 돌리더니 랭커셔가 있는 왼쪽으로 핸들을 꺾었다. 그리고 한참을 달리다가 모퉁이 뒤쪽으로 조금 더 가서 차를 세웠다. 이제 할 일은 모두 끝났다.

언제부터인가 나는 이 일에 발을 들였고, 이제는 습관처럼 굳어져 버렸다. 딱 한 번이라 생각하고 시작한 일이 어느새 다음으로 이어졌고, 그렇게 버릇처럼 계속되고 만 것이다. 상황이 좋아졌다가 다시 안 좋아지기를 반복했다. 그 상황이 얼마나 심각해졌는지 미처 깨닫기도 전에 최악의 상황에 내팽개쳐진 것이다. 어쩌면 미친 건지도 모르겠다. 총까지 들고 다니면서도 별로 심각하게 생각하지 않았으니까.

문을 열자 차에서 경적이 울렸다. "최대한 빨리 끝낼 테니까 기다리지 말고 바로 출발해. 어디로 가야 하는지는 알지?"

"물론."

"신호가 나오면 세 번을 좌회전한다고 생각해. 그러면 길을 헤매지 않을 거야."

"알겠어."

"정말 괜찮겠어? 별로 내키지 않는 것 같은데. 지금이라도 안 한다고 말해도 괜찮아."

"문제없어."

"알겠어. 2분 후 주차장에서 만나. 꼭 주차장에서 기다려야 해."

"알았다니까."

"어려울 거 없지?"

"전혀."

나는 인도에 서 있다. 인디언스 모자에 빨간 스카프를 목에 두르고. 감색 후드티에 단추가 달린 하얀 셔츠와 청바지 그리고 흰색 아디다스 운동화. 특이할 거라곤 없는 차림새다. 권총은 허리춤에 있다. 현금인출기 옆을 지나갈 때는 스카프를 펴서 얼굴의 반을 가렸다. 사실 타이밍을 놓치는 바람에 별 소용이 없는 짓이기는 했다. 지금까지 이 짓을 한두 번 한 게 아니라서, 사실 내 얼굴이 어떻게 생겼는지는 더 이상 비밀도 아니었다. 문이 열리고 남자가 나가는 동시에 은행으로 들어가면서도 아무런 걱정이 안 되었다. 은행으로 들어서자마자 허리춤에서 권총을 꺼내 누구나 볼 수 있도록 높이 들었다.

"경보장치에서 손 떼. 난 은행강도다. 이번에 잡히면 죽는다고."

그저 농담 반으로 던진 말이었다. 다들 그 정도는 눈치챌 줄 알았는데. 하지만 이건 명백한 은행강도질이고, 여기서 나가기 전에 어느 정도의 현금을 확보해야 한다.

창구 쪽으로 걸어가서 팔을 내려 총구가 바닥을 향하게 한다. 이딴 일에 괜한 사상자를 내서는 안 되니까. 은행을 털 때는 보통 여자 직원을 위협하는 일이 많은데, 그럴 때일수록 무례하지 않아야 한다. 80퍼센트의 경우 여자는 무례하게 굴지만 않는다면 은행강도가 뭔 짓을 하건 별로 개의치 않는다. 그 일로 단조로운 삶이 와장창 깨져 버리는 일도 있을 테니까. 물론 어디나 예외는 존재한다. 나머지 20퍼센트의 경우 안 좋은 결과도 발생한다. 미국 최초의 여성 법무부 장관 재닛 르노를 닮은 여자가 있었는데, 서랍의 1800달러 중에서 동전 한 닢도 꺼내지 않고 끝까지 버텼다. 결국 주변 모든 사람이 죽는 모습을 목격하고 나서야 돈을 내놓았다. 맨몸뚱이로 은행을 사수하려던 것일까. 하지만 미친 짓이나 다름없었다.

대부분 은행 직원은 쉽게 돈을 내준다. 쪽지에 적어서 내밀거나 은행을 털러 왔다고 말하면, 곧바로 현금이 든 서랍을 열고 창구에 돈다발을 올려 주기 때문에 그저 돈을 챙겨서 나오기만 하면 일이 쉽게 끝났다. 정말이지 문명인다운 대처였다. 함께 도란도란 농담을 나누는 것과 비슷했다. 나는 실제로 농담을 던지는 쪽이었다. 맹탕으로 보였다가는 혹여 최악의 상황이 닥쳤을 때, 내가 위험한 짓을 저지를 거라고 생각하는 사람이 하나도 없을 수 있기 때문이다. 괜히 맹탕처럼 보였다가 위험이 발생할 때를 대비해서 살짝 미친 척 행동하는 거였다. 그래서 겁쟁이로 보이지 않으려고 최대한 우울한 표정을 지으며 광기 어린 것처럼 행동했다. 물론 최악의 경우 누군가 나를 미치광이 겁쟁이로 볼 위험도 존재했다. 하지만 나로서는 최선을 다했고, 그래야만 은행장이 돈을 내준 직원에게 "대체 이런 겁쟁이한테 돈다발을 왜 내준 거야? 자네는 당장 해고야!"라고 말하지 않을 것이다. 그렇게 되는 날이면, 그 여직원은 곧바로 집에 가서 아이들에게 이제 우리 집은 크리스마스가 없다고 말해야 할 테니까.

그딴 건 문제도 아니었다. 여기 창구 직원을 만났으니까.

나는 친절하게 말을 걸었다. "개인적으로 원한이 있는 건 아니에요."

그런데 상상이나 했겠는가. 우리는 서로 구면이었다! 한 달 전이었나, 거의 동시다발적으로 웨스트사이드와 레이크우드를 턴 적이 있었다. 당시 돈을 내준 직원은 다른 사람이지만, 이 여자 직원도 그 자리에 있었다. 세상에 이런 우스꽝스러운 우연이 또 있을까. 당시 그 창구 직원은 1400달러를 내주면서 가진 현금은 그게 전부라고 했다. 나는 그 직원의 목소리에서 거짓을 감지하고는 속으로 생각했다. '누굴 바보 멍청이로 아나? 하긴 멍청이로 본대도 무슨 상관이겠어?' 꽤 예쁘장한 얼굴인 데다 나 역시 은행을 탈탈 털어 갈 생각은 추호도 없었다. 그저 당장 필요한 돈만 가져가면 될 일이었다.

지금 그 창구 직원의 현금 서랍을 털고 서로의 얼굴을 알아본다 해도 큰 문제가 될 건 없었다. 어차피 반항할 것 같지도 않고 나이도 나와 비슷해 보였다. 나처럼 창백한 얼굴에 짙은 색 머리카락, 금색 반점이 찍힌 파란 눈동자. 다른 상황에서 만났다면 첫눈에 반했을지도 모를 외모였다. 그랬다면 지금쯤 우리는 여기가 아닌 다른 곳에 있었겠지.

"미안해요." 내가 먼저 말했다.

"괜찮아요."

"이름이 뭐죠?"

"버네사예요."

"미안하게 됐어요, 버네사."

"그쪽은요?"

"장난치지 말아요, 버네사."

그녀는 재빨리 금전등록기에 든 현금을 꺼냈고, 덕분에 괜한 실랑이를 벌이지 않아도 됐다. 여기서 400미터 남짓 되는 거리에 경찰서가 있다. 은행 창구에 놓인 돈다발을 집어서 주머니에 쑤셔 넣었다. 큰 문제도 실랑이도 없이 그런대로 일이 잘 해결된 것 같았다. 치고 빠지듯 은행을 급습해서 돈다발을 낚아챈 것이다.

이제 무사히 도망칠 일만 남았다.

나는 은행 문을 쾅 닫고 나와 모퉁이를 돌아서 현금인출기 앞으로 재빨리 걸어갔다. 물론 대로변으로 돌아가는 대신 은행 뒤쪽으로 가서 쓰레기통을 지나고 잠깐 살았던 연립주택을 지나고 채식주의자들을 위한 메뉴가 거의 전부인 레스토랑 뒤 계단을 내려가서 굵은 철사를 다이아몬드 모양으로 엮은 벽으로 향했다. 그쪽에 주차장이 있었지만, 어찌된 일인지 블랙이 보이지 않았다. 약쟁이들은 어이없는 짓을 자주 하는 터라 크게 놀라지는 않았다.

중요한 것은 절대로 뛰지 말아야 한다는 거니까.

잘만 하면 한 블록 떨어진 곳에 주차된 자동차까지 무사히 갈 수 있을 것 같았다. 문제가 생겼다고 해도 당장 세상이 끝나는 건 아니니까. 주차장은 삼면이 벽으로 둘러싸였고, 그 벽에는 나를 빤히 내려다볼 수 있는 창문이 다닥다닥했다. 모자를 벗어서 권총을 숨겼다. 탄창이 가득 차서인지 묵직하게 느껴졌다. 총알을 어디 둬야 할지 몰라서 권총에 가득 채운 탓이었다. 어찌나 무거운지 모자 속에 숨겨서 들고 가는 것 자체가 버거울 정도였지만, 이 상태를 유지한다면 괜히 바지 주머니에 넣고 도망치다가 바지가 줄줄 흘러내리는 사태 없이도 얼마든지 무사히 빠져나갈 것 같았다.

계단을 내려가서 권총을 순긴 모자를 왼손에 든 채 주차장 쪽으로 향했다. 주차장을 가로질러 걸어갈 때까지도 다른 사람을 볼 수 없었다. 모자 속에 숨긴 권총도 여전히 남들 눈에 띄지 않았다. 걸어오는 동안 얼굴에 두른 스카프를 풀고 둥글게 말아서 모자 위쪽을 덮자 아까보다 훨씬 더 편해졌다. 주머니에는 현금 뭉치가 가득했다. 혹시라도 돈뭉치가 빠져나오지 않도록 조심 또 조심해야만 했다. 인도로 가서 왼쪽으로 방향을 틀어 햄프셔 쪽으로 걸어 올라갔다. 경찰은 메이필드 쪽에서 나타날 테고, 만에 하나 붙잡혔다가는 한마디로 엿 되는 거였다.

가끔 청춘을 허비하지 않았다면 어땠을까 싶은 생각에 사로잡히곤 한다. 그렇다고 내가 아름다운 것에 무감한 사람이라는 뜻은 아니다. 기꺼이 아름다운 것 모두를 가슴에 품었을 테고, 그로 인해 죽음에 이를 때까지 나를 괴롭혔겠지. 하지만 그러지 못했다. 내 속의 어떤 것이 내가 아름다운 것들에게서 멀어지도록 만들었고, 그 어떤 것이 대체 무엇인지는 나로서도 설명할 수 없었다.

인도에는 나와 딱 한 사람뿐이었다. 그는 반대편에서 내 쪽을 향해 걸어오고 있었다. 결국 우리는 마주칠 것이다. 얼핏 보니 유행에 뒤떨어진 차림새인 것 같아서 마음이 놓였다. 늙은이라면 나 같은 놈이 뭔 짓을 하고 다니든 별 신경을 쓰지 않을 테니까. 중요한 것은 방금 은행을 턴 도둑놈처럼 행동하지 않는 거였다.

누군가를 만나러 가는 사람처럼 행동해야 한다.

경찰을 사랑하는 것처럼 행동해야 한다.

약쟁이가 아닌 것처럼 행동해야 한다.

썩어 빠진 나라여도 미국을 사랑하는 사람처럼 행동해야 한다.

은행털이범으로 보이면 안 된다.

절대로 뛰면 안 된다.

가장 중요한 것은 뛰지 않는 거였다.

드디어 메이필드 쪽에서 사이렌 소리가 들리기 시작했고 잔디가 10대 소녀처럼 나풀거리며 움직였다. 그리고 홱 고꾸라진 모습! 정말 경이로운 광경이었다! 찌르레기 떼가 축축하게 젖은 쓰레기봉투 위로 전쟁 나가듯 몰려가는 모습을 보라! 커다란 물건을 덜렁거리는 찌르레기 한 놈이 퍼덕거리자 다른 놈들이 모두 겁을 먹었다. 결국 쓰레기봉투는 놈의 차지가 될 것이다.

바로 이런 모습들이 내 가슴을 설레게 만드는 아름다움이었다. 잠시 잔디에 누워서 머리를 식히고 싶은 마음이 간절했지만, 모자에 숨긴 권총은 누가 봐도 불룩하게 튀어나왔고 주머니에 가득 찬 현금 뭉치까지 생각하면 불가능한 일이었다. 게다가 멀리서 들리는 경찰차의 사이렌 소리는 모든 이에게 내가 얼마나 쓰레기 같은 놈인지 알려 주고 있었다. 그들은 분명 내가 허튼짓을 시도

하면 기다렸다는 듯 내 피를 빨아 먹은 뒤 자기 여자에게 그 사실을 알리고 싶어 안달이 났을 것이다.

나는 반대쪽에서 걸어오는 촌스러운 사내에게 인사를 건넸다. 그쪽에서도 아침 인사를 했다. 내가 수상쩍게 보인다 할지라도 별다른 얘기는 하지 않을 사람 같았다. 우리는 각자 갈 길을 갔다.

드디어 은행에서 1킬로미터 넘게 걸어왔다.

이대로 도망칠 수 있을 것이다.

그리고 또다시 사이렌 소리가 들린다.

빌어먹을 짭새들이 가까이 오고 있다.

신경질적으로 울리는 사이렌 소리의 방향이 바뀐다.

이제야 마음이 편안해졌다.

1부

인생이 시작되는 순간, 나는 당신을 보았다

당신이 나를 두고 멀리 떠난 후 내가 얼마나 힘들었는지 모를 거야.
이제부터 동물원에서 무슨 일이 있었는지 얘기해 줄게.

에드워드 올비, 《동물원 이야기》

1

에밀리는 늘 하얀 리본을 목에 두르고 다녔다. 자신이 싸구려에 속물이라는 사실을 들키지 않으려고 속삭이듯 조곤조곤 다정한 말투로 이야기했다. 나는 처음부터 그런 속내를 알아차리고 싶었지만, 그때는 이미 여자친구가 있다는 사실 자체가 그저 쑥스러울 뿐이었다.

우리는 열여덟 살 때 대학에서 만났다. 에밀리는 돈 때문에 걱정이 많았고 나는 매일 7달러짜리 담배를 사서 피웠다. 그녀는 내가 입은 스웨터가 가장 먼저 눈에 띄었다며, 그래서 나랑 따로 이야기하고 싶은 마음이 생겼다고 했다. 단추가 세 개 달린 갭의 회색 울 카디건. 에밀리는 나이 들고 우울해 보이는 악당이나 입을 법한 스웨터라고 말했다. 난 아무래도 상관없었다.

에밀리는 모디스트 마우스의 음악을 좋아했고, 나를 위해서 〈태양의 밤〉을 연주해 주었다. 에드워드 올비의 희곡도 두 편이나 읽게 만들었다. 아무리 생각해도 올비는 변태 새끼 같았다. 더불어 에밀리에 대한 궁금증이 생겼다. 밝고 자애롭고 때로는 우울하지만, 그렇다고 완벽하게 정직해 보이지도 않는 초록색 눈동자. 그리고 그녀가 자란 동네의 공동묘지와 방치된 공장들, 넘어져서 무릎이 까진 장소들에 관한 이야기에 귀를 기울였다. 에밀리의 목소리는 나를 완전히 사로잡았다.

그렇게 해서 우리는 서로의 마음을 아프게 만드는 사람을 만나게 된 것이다.

그때만 해도 난 아무것도 모르는 철부지였으며 스펀지 같은 시기를 지나고 있었는데, 매디슨 코왈스키는 나를 썩을 놈이라고 생각했다. 물론 내가 좋은 놈은 아니었지만, 매디슨 코왈스키는 내 여자친구가 되고도 내내 화냥년처럼 굴었다. 우드미어 올리브가든 주차장에서 마크 풀러라는 자식의 아랫도리를 빨아 주기도 했다. 그 사실을 알고 화가 치밀었지만, 그래도 그녀를 용서했다.

"널 사랑하니까 용서하는 거야." 내가 너그럽게 말했다.

"나도 사랑해." 매디슨이 대답했다.

마크 풀러는 라크로스를 아주 잘한다고 정평이 났으며 머리에도 부분 염색을 하고 다녔다. 나도 염색을 하고 다녀야 했는데 그러지 못했다. 게다가 마크 풀러를 만나고 싶어서 안달을 내는 여자들이 줄을 서는 터라 아무런 거리낌 없이 캑캑거릴 때까지 매디슨의 목구멍에 자기 물건을 쑤셔 넣을 수 있었다. 나중에 매디슨이 고백했다. "네가 억지로 내 얼굴을 가랑이 사이에 밀어 넣지 않는 애라서 얼마나 고마운지 몰라."

그 생각을 할 때마다 머리끝까지 화가 치밀었지만 계속해서 그

장면을 떠올리곤 했다. 때로는 여자와 사랑에 빠진 것처럼 그 장면을 떠올리며 자위를 하기도 했다. 수십 가지 도움이 안 되는 조언도 들었다. 2003년이었다. 그렇게 막다른 길로 가는 갖가지 상황이 펼쳐지기 시작했다.

매디슨은 뉴저지의 러트거스에 들어가기 위해 마을을 떠났다. 대체 왜 그렇게 먼 곳에 있는 대학을 선택했는지는 알 수 없었다. 나는 대학에 별 관심이 없었다. 하지만 매디슨은 분명 머리가 똑똑했거나 성적이 좋았던 모양이다. 나와는 전혀 다른 세계의 일이었다. 나는 열 살 때부터 쭉 살아온 오하이오 클리블랜드의 동쪽 교외 마을에서 지내고 있었다. 마을 근처에 있는 대학 중에서 문제아들이 주로 다니지만 평판이 좋은 예수회 대학에 들어갔다. 애초에 대학에 가지 말아야 했다. 집에서 학비를 대줄 여력이 되고 대학에 가야 한다는 기대감에 따라 준 것뿐이었다. 그렇다고 해서 상상하는 것처럼 우리 집이 특출난 집안이거나 유서 깊은 가문의 후손은 아니었다. 오히려 그런 쓰레기들과 어울리도록 만들어서 결국 아이를 실패자로 내몬 꼴이었다. 대학 시절이 정말 좋았다는 둥 프랜시스 베이컨을 읽으며 난장판을 치고 다녔다는 둥. 그렇다면 나라고 행복하지 못할 이유가 무엇이겠는가? 난 알 수가 없었다. 아는 거라곤 세상이 잘못됐고 그 안에 내가 있다는 것뿐이었으니까. 그래서 대학에 가야 한다는 사람들 말만 듣고 갔다. 그것부터 실수였다. 물론 여러분도 다른 선택의 여지는 없을 테지만.

나는 마약을 팔았다. 그렇다고 해서 사악하기 짝이 없는 악당이나 그런 부류는 아니었다. 누구를 특별히 괴롭히지도 않았다. 심지어 고기도 안 먹었다. 신발 가게에서 아르바이트도 했다. 그 역시 내 실수였다. 신발에 전혀 관심이 없었으니까. 나는 패배자로 낙인찍히고 말았다. 하지만 노력하는 모습은 보일 수 있었다. 더 나은 일을 할 수 있는데도 시간당 6달러를 받으면서 하루도 빠지지 않고 매일 오후 가게에 출근했다. 수치심을 감지하는 능력이 유별난 터라 더욱 성실한 모습을 보일 수 있었고, 심지어 아파도 병가를 내는 법이 없었다.

아침에는 수업을 들으러 갔는데 가끔은 빼먹는 날도 있었다. 그 역시 내게는 수치심으로 느껴졌고, 수치심 때문에 오히려 수업에 빠지는 날도 한두 번 생겼다. 그런데도 영어 시간에는 빠짐없이 참석했다. 에밀리가 영어 수업을 같이 들었기 때문이다. 수업 자체는 쓰레기였지만 에밀리를 보려고 매일 학교에 갔다. 바로 옆자리에서 수업을 들으며 우리는 처음으로 대화를 나눴다.

에밀리는 뉴욕의 엘바 출신이었다. 사실 그보다 보잘것없지만, 우리 동네 클리블랜드의 호수와 비슷한 곳이라고 했다. 그녀는 내가 신발 가게에서 일하며 마약까지 판다는 사실을 알고 매우 놀란 눈치였다. 수녀원에서 교육을 받았기 때문에 한 번도 남자애들과 학교에 다닌 적이 없다며, 남자에 대해서는 전혀 말할 게 없는 사람처럼 행동했다. 나중에 밝혀진 걸 보면 대부분은 진실이 아니지만 어쨌거나 그랬다. 에밀리는 괜찮은 여자였고 나는 그녀가 좋았다. 매디슨 코왈스키보다 훨씬 더 좋았다. 하지만 매디슨에게 받은 마음의 상처가 아직 가라앉지 않은 상태였다. 나는 에밀리에게 매디슨 코왈스키의 사진까지 보여 주었다.

"얘가 매디슨이야."

"예쁘게 생겼네." 에밀리가 대답했다.

매디슨은 정말 예뻤다.

세상에는 셀 수 없이 많은 여자가 존재한다. 가끔 그 생각만으로 견디기 힘들 때가 있다. 그렇게 많은 여자가 그렇게 반짝이면서 그녀들만의 보이지 않는 세상과 비밀스러운 언어, 그 밖의 것들을 가지고 자신만의 삶을 시작하는데, 우리가 모든 걸 망가뜨리고 있다는 생각이 들어서다. 나는 내 인생에 나타난 포악한 살인마들로 인해 무참히 짓밟혔지만, 그들도 누군가에게 먼저 당했기 때문에 그런 거였다는 데는 한 치의 의구심도 없었다. 마치 나처럼.

과거에는 어쩔 수 없이 거짓말을 했지만, 이제 더는 거짓을 말하고 싶지 않다. 에밀리를 보고 머릿속에 가장 먼저 든 생각은 그녀와 침대에서 뒹굴고 싶다는 거였다. 난 쓰레기였다. 하지만 그건 운명의 문제이거나 운명의 효과였다. 에밀리를 얻을 자격이 있든 없든 그런 생각으로 인해 우리가 함께 했다는 점만은 분명했다. 내 삶이 엉망진창이 되어 버린다 해도 에밀리의 잘못은 아니다. 이쯤에서 그 사실을 분명히 해 둬야겠다.

2

러트거스행 그레이하운드에 몸을 싣고 매디슨을 만나러 갔다. 매디슨은 기숙사에서 지냈는데 침대가 너무 작아 둘이 눕기에 비좁고 불편하기 짝이 없었다. 다행히 룸메이트가 주말을 맞아 집에 돌아간 상태였다. 매디슨은 룸메이트가 정말 마음에 안 든다고 했다. 엄청 건방진 스타일이라나. 룸메이트가 집에 간 이유를 묻자 룸메이트의 할머니가 돌아가셨단다. 나는 정말 안된 일이라고 말했다. 매디슨은 "안됐긴, 쌤통이지."라고 받아쳤다.

이틀 동안 매디슨과 함께 지낼 참이었다. 매디슨은 나를 파티에 데리고 갔다. 이번에는 둘이 파티에 가는 것 이상이었다. 우리는 매디슨이 대학에서 사귄 기숙사 친구들과 함께 우르르 몰려다녔다. 만난 지 얼마 안 됐는데 다들 둘도 없는 친구가 되었다. 또각또각 하이힐 소리와 함께 여대생들이 어두운 밤거리로 나섰다. 자동차가 지나갈 때마다 괴성을 질렀다. 매디슨도 함께 괴성을 질렀다.

파티는 정말 재미없었다. 샌님들이라 그런지 약도 안 하고 다들 맥주만 홀짝거렸다. 간혹 매디슨을 보고 아는 척하는 남학생들도 있었다. 러트거스대학에 들어온 지 한 달밖에 안 됐는데 벌써 매디슨이 누군지 다들 알고 있었다. 매디슨이 진짜 창녀로 오해하고도 남을 만큼 싸구려 춤을 잘 춰서 그렇겠지. 그 역시 매디슨의 모습 중 하나였고, 어쨌거나 나는 괜찮았다. 물론 함께 온 파트너가 바에 올라가서 당장이라도 몸뚱이를 내줄 것처럼 질펀하게 춤추는 모습을 볼 때면 어찌할 줄을 몰라 안절부절못하기는 했지만. 막상 그런 상황이 되면 딱히 무엇을 해야 할지 모르는 상태가 되곤 한다.

우리는 베니어합판으로 만든 지하 동아리방으로 향했다. 비어퐁(탁구공을 던져 넣고 맥주를 마시는 대학생들의 게임-옮긴이)을 즐기고 섹스를 하는 지하 감옥처럼 음산하기 짝이 없었다. 다들 입을 모아서 최고의 인기곡을 부르느라 정신이 없었다. 모든 여자가 바닥을 기어 다니게 하고 온몸과 사방에 정액을 바르라는 노래였다. 매디슨은 도저히 주체가 안 되는 듯했다. 그러다 어느 순간 매디슨이 사라졌다. 나는 지하 구석진 자리에 가만히 서서 이 야단법석이 끝나기만 기다리고 있었다.

내가 가진 거라곤 내추럴 아이스 맥주 한 병뿐이었다. 술이 얼음처럼 시원한 데다 주머니가 얄팍한 처지여서 그랬는지 술맛이 기가 막히게 좋았다. 바로 그때 제시가 다가왔다. 매디슨의 기숙사 친구였다. 제시는 앞으로도 잊지 못할 것이다. 젖꼭지가 탐스러운 데다 내게 정말 친절했으니까. 제시는 슬픈 눈으로 나를 잠시 바라보고는 조용히 말했다. "나쁜 소식이야. 매디슨은 널 갖고 노는 거야."

다음 날 아침이면 클리블랜드로 돌아가야 했고, 더는 남은 콘돔도 없었다. 매디슨은 피임약을 챙겨 먹으면서도 콘돔만큼은 철저히 챙기는 스타일이었다. 대체 뭐가 문제인지는 모르겠지만.

"어차피 콘돔은 안 해도 상관없는 거잖아, 안 그래?"

매디슨은 내 말에 동의하며 샤워실 자판기에서 콘돔을 살 수 있다고 덧붙였다. 가진 게 동전뿐이라서 차라리 다행이었다. 하지만 여기는 여학생 기숙사 아닌가. 샤워실도 여학생 전용일 것이다.

"네가 다녀오면 안 돼?" 내가 물었다.

"가서 사 오라니까." 매디슨은 단호했다.

나는 옷을 반만 걸친 채 자판기를 찾아 헤맸다. 검은 벨벳이라는 이상한 이름의 콘돔 하나만 빼고 전부 다 팔린 모양이었다. 여학생 샤워실을 최대한 빨리 벗어나고 싶은 생각에 남은 콘돔을 재빨리 사서 매디슨의 손바닥만 한 침대로 돌아왔고, 하던 걸 계속했다.

드디어 콘돔을 사용할 때가 됐다.

콘돔은 감초로 만든 젤리처럼 아주 새까만색이었다. 내 허벅지는 투명할 정도로 하얀색이었다. 게다가 덧신 장화 재질로 만든 모양이었다. 막상 콘돔을 씌우고 나니 아랫도리에 가짜 거시기를 단 사람처럼 보이는 게 아닌가.

사실 매디슨과 섹스를 하고 못 하고는 그리 큰 문제가 아니었다. 어차피 질릴 정도로 했으니까. 매번 엄청난 준비가 필요해서 콘돔과 음악 편집 CD, 작은 여행 가방까지 하나도 놓치지 않았다. 언젠가 한번은 매디슨이 불러서 집에 갔더니, 나를 뽕 가게 만들어 주겠다고 나섰다. 물론 짜릿함을 느끼기는 했지만, 그 전에 매디슨이 시키는 대로 팝콘을 씹으면서 야구 게임을 처음부터 끝까지 시청해야 했다.

이건 진짜 사랑이 아니야, 라고 생각했다.

나는 마지막으로 그녀를 데리고 나가서 외식했다.

그리고 굶주린 채 클리블랜드로 가는 버스에 올랐다.

3

내가 일하는 신발 가게는 딜라즈 쇼핑몰 바로 옆 프롬나드 3번 끝자락에 있었다.

사장이 발가락을 끼우는 슬리퍼를 신고 온 나를 보고 잔소리를 퍼붓기 시작했다. "여기는 신발 가게야." 그는 내가 골통이라는 걸 분명히 알고 있었다.

그때 조니 카슨이 가게로 들어왔다. "학생, 이리 와서 좀 도와줘." 그는 하얀색 테니스 운동화가 필요하다고 말했다. "완전히 하얀색이어야 해. 요란한 장식을 붙여 놓은 거 말고. 발볼은 9반이야. 발볼이 워낙 넓어서 말이야."

나는 최선을 다해 찾아보겠노라고 말했다. "그런데 요즘 나오는 신발은 디자인이 화려한 편이라서요."

조니는 무슨 뜻인지 알겠다고 대답했다. "그래도 자네가 최대한 단순한 거로 찾아봐."

적당한 신발을 찾아서 가게로 돌아오는 데만 꼬박 두 시간이 걸렸다. 신발 상자에 적힌 글을 빠짐없이 읽느라 진을 뺐기 때문이다. 게다가 나는 색감이 영 젬병이었다. 어찌나 오래 걸렸는지 당장이라도 오줌보가 터져 버릴 것 같아서 사타구니를 최대한 꽉 붙잡고 버텨야 했다.

손님이 뭔가 불편해하는 기색이 느껴졌다.

나는 솔직히 고백하고 싶었다.

정말 솔직해지고 싶었다.

사태가 어느 정도 마무리될 무렵 시련이 닥쳤다. 신발 상자가 사방에 널려 있는 거였다. 휴지 조각도 사방에 널려 있었다. 절망과 머뭇거림의 잔여물처럼. 조니 씨는 한 번도 아니고 두 번이나 발걸음을 돌렸고, 나는 발꿈치를 잡고 매달렸다.

"지금 심정이 어떨지 이해합니다. 나도 손님과 비슷한 과라서 잘 알아요."

이제야 조니도 그냥 가지 않은 걸 다행으로 생각하는 눈치였다. 자신이 원한, 아니 원한 것에 거의 근접한 신발을 찾았으니까. 이제는 더욱 완벽해졌다.

그가 나를 보며 말했다. "학생, 내가 한마디만 하지……. 자네는 반드시 성공할 거야……. 계속 노력하다 보면…… 반드시 성공할 거야."

일이 끝난 후 32X 게임기를 들고 사우스벨부아에서 내려 걸어갔다. 종일 날씨가 따뜻했다. 이제는 서서히 해가 저물고 있었다. 울타리에 앉은 새들의 그림자가 눈에 들어왔다. 참새 같았다. 집 안으로 석양이 비추면서 나는 절정 후의 희열 속으로 스르르 빠져들었다. 윌리엄 웨일스의 〈위대한 핑크빛 희망〉이라는 루벨라 송이 머릿속에 떠올랐다. 나는 살짝 노래를 불러 보면 어떠냐고 혼자서 중얼거렸다.

그리고 노래를 불렀다.

미소로 그대를 실망시킬 수 있다고 예전에 말했잖아
이제야 그 말이 진실임을 알았지!
64킬로미터를 헤엄친 후에야
그대의 영혼이 내게 가장 큰 두려움이 됐지!
그린란드는 이맘때 날씨가 아주 좋다고 하던데

전기뱀장어와 부딪혔네
새빨간 바퀴에 대해 나를 가르치려고 했지!

오른쪽에서 하늘이 새빨갛게 저물어 가는 동안 그렇게 한참을 홀로 걸었다. 순간 무언가가 느껴졌다. 뭔가 가슴을 쥐어짜는 느낌이 들었다. 누구에게든 친절해지고 싶은 심정이었다.

매디슨에게 전화를 걸었다. "보고 싶어. 지금 뭐 해?"

"젠장, 네 목소리 왜 그래?" 그녀가 되물었다.

"아무 일 없는데, 왜."

"그런데 목소리가 왜 그래?"

"그냥 네가 너무 그리워서."

"뜬금없이 뭔 소리야?"

"그냥 너랑 얘기하고 싶었어."

"지금 통화하기 곤란해."

"왜?"

"끊을게."

"끊지 마."

"안녕."

"잠깐만."

"왜?"

"……사실 나 겁나."

매디슨은 전화를 끊어 버렸다.

나는 페어마운트로 걸음을 옮겼다. 담배를 사러 루소에 갔다가 안면이 있던 셰이커 꼬마들과 우연히 마주쳤다. 내게 신경안정제 재낵스를 내밀었다. 엑스터시를 해서 이미 꽤 흥분한 상태라 딱 하나만 집었다. 건물 밖에는 깜깜한 어둠이 내려앉았다. 셰이커 무리는 매기의 집에서 열리는 파티에 가는 길이라고 했다. 나도 그들에게 합류했다. 멀지는 않았다. 인버네스에 매기의 집이 있었다. 벽돌집. 진입로를 따라서 집 뒤쪽 정원 문을 통과하자 에밀리의 모습이 보였다. 에밀리는 조명이 드리워진 격자 구조물 아래 새하얀 여름 원피스를 입고 있었다.

에밀리가 깔깔대며 웃음을 터뜨렸다. "여기는 웬일이야?"

나는 그냥 왔다고 대답했다.

"아는 사람들이야?"

"조금."

"세상이 정말 좁아, 그렇지?"

"그러게. 너도 매기랑 아는 사이야? 아니면……."

"맙소사! 동공이 엄청 커졌어!"

"엑스터시 때문에 그래."

"기분이 어떤데?"

"꽤 좋아. 가진 게 있으면 나눠 주고 싶은데 지금은 없네. 미안."

에밀리는 괜찮다고 말했다. "아까 누가 준다는 걸 거절했어. 웬 이상한 남자가 엑스터시를 주겠다더라고. 엉덩이에 넣고 빵 터뜨려야 한다나. 정말로 그렇게 말했어. 엉덩이에 넣고 빵 터뜨린다고."

"누가? 내가 가서 흠씬 두들겨 패 버릴게."

"됐어. 외로워서 그랬겠지. 재수 없게 내가 걸린 것뿐이야."

"그래도 너무 예의가 없잖아."

"본래 그렇게 막 떠드는 애들이 있잖아."

"대체 어떤 새끼야?"

"몰라. 여기 없는 것 같아. 너무 걱정하지 마. 그냥 조금 웃겼어. 너를 화나게 하려는 건 아닌데."

"미안. 아무리 그래도 그딴 개소리를 지껄였다니 화가 나잖아, 안 그래? 어떤 미친 새끼가 너한테 그런 개소리를 하고 지랄이야."

에밀리는 내 두 손을 꼭 잡았다. "잊어버려."

"어쨌든 여기서 만나니까 참 좋네."

"왜 좋은데?"

"너를 좋아하니까."

"헛소리 마."

"아냐, 진심이야."

"말도 안 돼."
"뭐가?"
"아니, 그냥 생각 중이야."
"……그래서?"
"그게 말이지…… 뭔가 수상해."

우리는 집 뒤쪽으로 가서 녹지대를 따라 자동차 헤드라이트 불빛을 맞으며 계속 걸음을 옮겼다. 둘 다 맨발이었다. 에밀리는 파티에 올 때부터 맨발이었고, 나는 신고 온 슬리퍼가 있었지만 그녀에게 좋은 인상을 주고 싶어서 신지 않고 손에 들었다.
"나 때문에 그럴 필요 없어." 에밀리가 친절하게 말했다.
"그냥 맨발이 편해서 그래."
"이것 봐. 내가 수상하다고 했잖아, 맞지?"
"수상하긴, 전혀 아니야."
우리는 그렇게 계속 걸었다. 그리고 함께 방으로 들어가서 처음으로 입을 맞췄다.
에밀리가 고개를 돌린 채로 말했다. "네가 하고 싶은 건 뭐든 해도 돼."

우리는 다음 날 아침에야 눈을 떴다. 두 시간 안에 출근해야 하는데 바로 그때 가게에서 전화를 걸어 나를 해고하겠노라 통보했다. 나는 알겠다고 대답한 뒤 다시 침대로 돌아갔다.
그리고 에밀리에게 말했다. "계획에 차질에 생겼어. 방금 가게에서 잘렸어."

"어머나, 세상에! 정말 안됐다."

"아니야, 괜찮아. 오히려 잘됐어. 가게에 안 나가고 푹 쉬어도 되잖아."

"네가 말한 그 뚱보 수정주의자가 전화한 거야?"

"그 사람 엄마가."

"자기 엄마를 시켜서 널 해고했다고?"

"응."

"완전 겁쟁이 뚱보네!"

"그렇지? 정말 쓸모없는 인간이라고 말했잖아."

"이제 어떻게 할 거야?"

"모르겠어. 뭔가 다른 일을 찾아야겠지……. 참!"

"왜?"

"잘려서 기분이 안 좋았는데 내 편을 들어 줘서 고마워. 넌 정말 괜찮은 여자야."

에밀리가 미소를 지어 보였다.

"아무래도 네가 더 좋아진 것 같아."

"그만 해. 내 브래지어 못 봤어?"

에밀리는 몸을 숙여서 침대 밑을 더듬거렸다. 나는 그 모습을 보면서 이렇게 끝내주는 여자는 세상에 없을 거라는 생각을 했다.

나는 손을 뻗어서 에밀리의 엉덩이를 만졌다. "몸매가 진짜 끝내준다."

"흠…… 젠장! 대체 어디 있는 거지?"

“브래지어 필요 없잖아.”

“아니, 찾아야 해. 가장 좋은 거란 말이야.”

“넌 천사 같아.”

“좀 도와줘.”

“미안하지만 싫은데.”

“멍청이야.”

“……너 때문에 미치겠어.”

“제기랄.”

“이리 와……. 제발……. 나 진심이야.”

“그래?”

에밀리의 감정이 뜨겁게 달아올랐다.

4

여러분도 이런저런 친구를 사귈 것이다. 그리 놀랄 일도 아니다. 제임스 라이트풋은 꽤 괜찮은 친구였다. 내 생일을 기억해 주고 먼저 문제를 일으키는 법도 없었다. 완벽한 평화주의자랄까. 본인 의사와 상관없이 약시로 태어났으며 머리도 길게 기르고 다녔다. 갈색 머리카락. 그리고 어머니 집에 얹혀살았다. 꽤 오래전부터 어머니 집에 들어가 함께 지내기 시작했다. 그러다 보니 집을 가족들만의 공간처럼 꾸며 놓았다. 벽에는 제임스가 어릴 때부터 성장해 온 사진들이 연 단위로 나란히 걸려 있었다. 학창 시절 사진까지. 그는 한쪽 눈이 잘 보이지 않는다는 이유로 맨 뒷줄에 찌그러져 있었다. 그것 때문에 태어날 때부터 신세를 조진 셈이었다.

제임스는 화요일에 나를 은행까지 데려다주었다. 얼마 전에 300달러를 주고 골프 GTI를 샀다. 물론 은행까지는 걸어가도 충분한 거리였지만 제임스 라이트풋에게 호감이 있었고, 그 친구가 새로 산 골프 GTI도 괜찮아 보여서 함께 타고 나섰다. 그날따라 이글거리는 태양이 우리를 내내 비춰 주었다. 피치 화이트 오울 담배에 마리화나를 섞어서 피운 후라 잔뜩 흥분한 상태였다. 로이도 우리와 함께 있었다. 주택에 페인트칠하는 일을 하는데, 그날은 일이 없었다. 로이는 조수석에 앉았다. 키가 꽤 큰 편이었다. 검은색 머리카락. 나는 뒷좌석에 앉았다. 제임스 라이트풋은 TV의 백색소음처럼 요란하게 비트를 뿜어내는 록 앨범을 틀었다. 정말로 저런 앨범이 듣기 좋아서 듣는 건 아닐 거라는 생각이 들었다. 본인도 그 노래가 쓰레기라는 걸 잘 알겠지만, 어쨌거나 차 주인은 제임스였다.

제임스 라이트풋이 로이에게 고함을 질렀다. 로이의 사촌인 조가 해병대에 자원할 거라는 사실을 말했기 때문이다. 제임스는 조가 해병대에 가는 것이 싫은 모양이었다. 하지만 로이는 그러거나 말거나 별 상관이 없었고, 제임스는 하필 지금 그 사실을 두고 난리를 치는 거였다. 조금 전에도 제임스는 조가 해병대에 가지 않도록 어떻게든 설득해야 한다고 로이를 다그쳤다.

“사랑한다면 그래야 할 의무가 있는 거잖아.” 제임스가 흥분해서 말했다. “너도 네 사촌을 사랑하잖아. 우리는 조를 정말 좋아한다고.”

제임스는 조의 해병대 입대 문제를 다시 끄집어내서 고함을 치며 난리를 피웠는데, 뭐라는 건지 제대로 들리지 않을 정도였다. 두 팔을 휘저으며 야단법석을 피우는 모습도 매우 안쓰러워 보였다. 제임스가 살아 있는 동안은 누구 하나 그의 말에 귀 기울이지 않으리라는 사실이 머릿속을 스쳤다.

그날 오후 편지 한 통을 받았는데 미납된 요금을 내야 한다는 통보였다. 은행의 실수가 분명했다. 당장 가서 잘못된 걸 바로잡아야 했다. 제임스가 차를 세우자 로이가 앞 좌석을 당겨 준 덕분에 뒷좌석에서 몸을 빼내 은행으로 들어가서 대기줄에 설 수 있었다. 내 몸에서 마리화나 찌든 냄새가 얼마나 풍길지는 생각지도 않았다. 게다가 한쪽 신발의 솔기까지 터진 덕분에 지금의 쓰레기 같은 인생보다 더 최악의 꼴로 보였다. 물론 마음만은 진실 그 자체였다. 손에 쥔 영수증은 그 자체로 진실이었으니까. 은행에서 보내온 통지문에 영수증까지 들고 왔으니 오늘이야말로 실수를 제대로 바로잡을 참이었다. 별로 큰 문제가 생길 리도 없었다.

창구 너머에 앉은 직원에게 말했다. "잔액 부족이라서 추가 금액을 내야 한다는 통지서를 받았는데 뭔가 잘못된 것 같아서요. 저번에 돈을 냈거든요."

나는 가져온 영수증을 내밀었다. 저번에 은행에서 받은 거였다. 그때 이후 은행에서 돈을 꺼내 쓴 적이 없었다. 직원은 컴퓨터에 내 이름을 입력했다.

"이건 다른 건이에요." 직원이 설명했다.

"그건 말이 안 되는 것 같은데요. 지난번에 돈을 인출한 뒤로 한 번도 찾아 쓴 적이 없거든요. 은행에 160달러를 입금해 놨고요."

"그때 입금한 금액은 이미 수수료로 지급된 상태이고, 지금은 잔액이 마이너스라 추가 수수료를 지급해야 신용불량자가 되지 않아요."

"저번에 수수료를 지급했는데 또다시 내야 한다는 건가요?"

"지난번 수수료를 기한 내에 내지 않아서 그래요."

"현금으로 냈다니까요. 여기서요."

"현재로서는 미납 상태로 나오네요."

"젠장, 현금을 냈다고요."

"미납이라고요."

나는 머리끝까지 화가 나서 차로 돌아왔다. 골프 GTI 후드에서 뿌연 연기가 뿜어져 나왔고, 제임스와 로이는 뿌연 연기가 빠져나가는 모습을 지켜보았다. 나는 두 사람이 있는 쪽으로 가서 나란히 섰다.

"자동차가 고장 나서 어쩌냐."

제임스는 내 말에 대답하는 대신 현금을 좀 뽑아 왔느냐고 물었다.

나는 돈을 찾지 못했다고 대답했다.

우리는 자동차 안에서 소지품을 꺼냈다. CD와 소지품 그리고 스테레오 관련 부품 중에서 일단 들고 갈 수 있는 것만 챙겼다. 그리고 제임스의 어머니 집으로 걸음을 옮기기 시작했다. 로이는 작은 그릇에 담은 마리화나를 제임스에게 건넸다.

셋 다 아무 말도 하지 않았다.

우리는 다시 마리화나를 피웠고 패배감에서 벗어나 다시 승리감을 만끽했다.

에밀리를 찾아가서 내 침대에 두고 간 머리끈을 돌려줄 참이었다. 확실한 사실은 에밀리가 열세 살 되는 해에 부모님이 이혼했다는 거였다. 에밀리는 사랑이란 존재하지 않는다, 그저 페로몬이 사람을 두고 장난을 치는 것이다, 너 역시 나쁜 새끼에다 거짓말쟁이일지 모른다, 라고 입버릇처럼 말했다. 에밀리는 아버지의 불륜 사실을 처음으로 눈치챈 이야기를 들려주기도 했다. 아버지 전화를 도청했다고. 나는 아버지 전화를 도청하기로 마음먹은 이유가 뭐냐고 물었다.

"그야 워낙 쓰레기 같은 인간이었으니까."

"정말 안됐다. 굉장히 힘들었을 것 같아."

"아빠한테 불륜 사실을 안다고 따졌더니 나를 매수하기 위해 수작을 부리더라고. 엄마한테 말하지 않는 대가로 배구 캠프를 보내 주겠다나."

"맙소사."

"배구 캠프에 엄청 가고 싶어 했거든."

"그래서 어떻게 했어?"

"엄마한테 말했지."

"그럼 캠프는 못 간 거야?"

"응."

에밀리는 틈만 나면 쥐도 새도 모르게 사라져 버리곤 했다. 그때마다 에밀리를 찾으러 이리저리 뒤지고 다녀야 했다. 워낙 잘 숨는 터라 찾는다는 것 자체도 쉬운 일은 아니었다. 한번은 인도 옆 쇠살대 아래에서 찾은 적도 있었다. 대체 어떻게 그 밑까지 들어갔냐고 묻자 에밀리는 자기도 잘 모르겠다고 대답했다.

"산책이나 하자."

에밀리는 생각할 게 좀 있다고 대답했다.

"대체 그 밑바닥에서 뭘 하겠다는 거야?" 나는 다시 물었다.

"공부하는 거야."

"거기 들어간 지 오래됐어?"

"응."

"배 안 고파?"

에밀리가 뭔가를 들어 보였다. "콘플레이크 작은 봉지를 챙겨 왔어."

"이러다 비라도 오면 어쩌려고?"

"물벼락을 맞겠지."

어느 날 롤러블레이드를 탄 녀석이 나타났다. 에밀리는 내 기분 따위 아랑곳하지 않고 그 자식과 어울려 다녔다.

내가 참지 못하고 따져 물었다. "대체 저 머저리 자식은 왜 바보처럼 롤러블레이드를 타고 다니는 건데?"

에밀리는 나더러 머저리라고 하더니, 두 사람은 그냥 친구일 뿐 아무 사이도 아니라고 말하며 덧붙였다. "얼마나 예의 바른 애인데"

"저 자식이 진짜로 괜찮은 애라고 믿는 건 아니겠지? 속으로 무슨 꿍꿍이가 있는지 누가 알겠어?"

"네 여자친구한테나 신경 쓰지 그래?"

에밀리는 그 정도로 잔인한 면이 있었다.

추수감사절에 매디슨이 에밀리가 놓고 간 머리끈을 발견했다.

하지만 그 머리끈이 전부일 뿐이라는 사실을 서로가 알기에 아무런 문제도 생기지 않았다. 우리 둘 다 동요하지 않았다.

그 누구도 매디슨을 아프게 할 수 없었다.

매디슨은 그런 타입의 여자가 아니니까.

매디슨은 그야말로 냉혈한이었다.

살인자를 방불케 하는 냉혈한.

살인자의 모습을 가졌음에도 불구하고 그녀는 사랑스러울 수 있는 여자였다. 4월 어느 날인가, 엄청난 양의 환각제를 맞고 해롱거리는 내 앞에서 트램펄린 주위를 폴짝이며 뛰어다니는 매디슨의 모습이 아직도 눈에 선하다. 나는 연한 하늘색 셔츠가 예광탄처럼 빛을 발하며 공기 중에 둥실둥실 떠다니는 모습을 바라보고 있었다. 나무 꼭대기로 그녀의 웃음소리가 퍼져 나갔다. 순간 나도 모르게 눈물이 났다. 하지만 내가 목숨을 바칠 만한 여자는 아니었다.

5

에밀리는 매일 저녁 과학관에서 아르바이트를 했다. 우리를 청소하고 연구원들이 그녀를 위해서 만든 조그만 단두대로 실험용 쥐를 죽이기도 했다. 에밀리는 실험용 쥐의 목을 자르고 사체에 남은 피를 쥐어짜는 일을 맡았다. 별로 내켜 하지는 않았지만, 어차피 실험용 쥐의 운명은 죽음뿐이고 그녀에게는 돈이 필요했다. 에밀리의 아버지는 특수 분야의 치과 의사라 나름대로 고소득을 올렸고, 에밀리는 국가에서 지원하는 학자금 융자 따위는 원치 않는다고 했다. 하지만 아버지는 딸에게 한 푼도 지원해 주지 않았다. 어머니도 전혀 도움을 주지 못했다. 결국 에밀리는 미친 듯이 폭우가 쏟아지는 날도 800미터 거리를 걸었고, 루소의 가게에서 파는 것보다 몇 센트 저렴한 팝콘과 다이어트 콜라를 사기 위해 빗속에서 걸음을 옮길 수밖에 없었다. 별다른 문제 없이 부모님에게 모든 지원을 받으면서 하고 싶은 걸 하는 나와 달리 그녀는 하루하루 죽을힘을 다해 살아가고 있었다.

나는 학교에서 친구들에게 마약 판 돈으로 불필요한 물건을 손에 넣을 수 있었다. 그야말로 식은 죽 먹기였다. 에밀리는 나를 개차반이라고 생각하면서도 한편으로는 그런 점을 재미있어했기 때문에 별문제가 되지 않았다. 매번 나를 눈곱만큼도 믿지 않는다고 말하면서 못내 즐거워하기도 했다. 그러다가 내가 친절하게 굴면 대놓고 비웃어 버렸다. 그녀로서도 어쩔 수 없었을 것이다. 에밀리는 그만큼 강한 여자였으니까.

그렇게 우리가 만난 첫 번째 학기가 흘렀다. 에밀리는 겨울방학을 맞아 엘바의 고향으로 돌아가기 전에 잠깐 우리 집에 들렀다. 에밀리는 내 침대에 누웠다. 우리는 아무 짓도 하지 않은 채 서로에게 작별 인사를 할 시간만 기다리고 있었다. 나는 에밀리를 빤히 쳐다보면서, 어쩌면 이렇게도 가냘프고 섬세한 몸을 가졌을까 생각했고, 에밀리는 차분하면서도 수수께끼처럼 가늠할 수 없는 표정을 지었다. 나는 그녀가 원한다면 언제든 내 인생을 송두리째 날려 버릴 수 있음을 알면서도 그저 에밀리가 더는 아픔을 당하지 않았으면 좋겠다는 마음뿐이었다.

그리고 바보 멍청이처럼 말해 버렸다. "사랑해."

나도 모르게 불쑥 그 말이 튀어나왔고, 어떻게든 그 말에 책임을 져야 했다. 에밀리는 무덤덤한 눈빛으로 나를 쳐다보며 아무런 말도 하지 않았다.

그러고 나서 잠시 후(그 상태로 시간이 멈춰 버린 기분이었기 때문에 정확히 얼마나 흘렀는지는 알 수 없다) 에밀리가 입을 열었다. "고마워."

그걸로 끝이었다. 에밀리는 떠났다. 1월이 되어 개학하기 전까지 다시는 그녀를 볼 수 없을 것이다. 그리고 에밀리가 떠난 뒤 곰곰이 생각해 본 결과 그녀 역시 나를 사랑한다는 걸 깨달았다.

6

여러분은 가장 사랑한 사람을 만난 순간이 언제인지, 그때 정확히 어땠는지 기억할 수 있는가? 어디에 있었고 그녀가 어떤 옷을 입었고 점심 메뉴가 뭐였는지 따위가 아니라 상대의 어떤 면을 보고 '그래, 이 사람이다.'라고 생각했는지 말이다.

물론 헛소리로 대답할 수 있겠지만, 사실은 하나도 기억나지 않는다.

나는 에밀리가 험한 욕을 쏟아 내는 모습이 좋았다. 욕을 할 때도 우아하고 아름다웠으니까.

그 가냘픈 몸매까지.

잠자리에서도 정말 끝내줬다. 진심으로 내 몸과 하나가 되었고, 내가 그녀와 하나가 되도록 만들었다. 한 번도 머뭇거리는 적이 없었다. 언제나 자신의 모든 것을 내던졌고 한 번도 거짓으로 꾸미지 않았다.

당황하면 미소 짓는 모습까지도 그랬다.

에밀리는 내게서 어떤 모습을 보았을까. 처음 사귀기 시작할 때만 해도 우리는 학교의 빈 예배당에서 사랑을 나누곤 했다. 바로 이 제단에서 말이다. 제단 위쪽 벽에는 장식품이 놓여 있었다.

십자가의 길(예수가 십자가를 지고 골고다로 향하는 모습을 그린 14점 가운데 하나-옮긴이). 금속 소재의 예수님이 등 뒤에 십자가를 진 모습을 똑같이 묘사한 것이었다. 예수님도 때로는 십자가를 똑바로 세우기도 했을 것이다. 어딘가에서는 십자가의 무게를 이기지 못하고 주저앉았을 수도 있겠지. 언젠가 에밀리에게 그 모습이 마치 농구대를 설치하다 사고를 당해 고통스러워하는 사람의 모습 같다고 말한 적이 있었다. 에밀리는 금방이라도 숨이 넘어갈 것처럼 꺽꺽대며 웃었다. 어쩌면 그때였는지도 모른다.

에밀리를 만난 그날, 우리는 강의가 끝난 뒤 함께 산책했고 결국 그녀의 기숙사에 도착했다. 그리고 한참 대화를 나누다가 무슨 이유인지 모르지만 내가 울음을 터뜨렸다. 눈알이 튀어나올 정도로 엉엉대며 큰 소리로 통곡을 했던 것이다. 더는 살고 싶지 않다고, 앞으로 어떤 일이 벌어질지 어떤 악몽이 펼쳐질지 안다며 울었다. 아마도 그 비슷한 이유였을 것이다. 에밀리는 정말로 다정하게 나를 달래 주었다. 그토록 나약해 빠진 패배자에게 그 정도의 동정심을 보일 여자는 이 세상에 없을 것이다.

7

그렇게 1월이 되었고 에밀리가 돌아왔다. 나를 부르더니 함께 영화를 보자고 했다. 크리스마스에 20달러짜리 무료 영화 쿠폰을 엄마에게 받았다며, 그걸로 영화 DVD를 샀다는 것이다. 가장 좋아하는 영화라고. 엄청나게 복잡다단한 슬픔의 경험을 가진 사람들의 이야긴데 그중 일부는 난초로 만든 순화된 코카인을 했다.

우리는 TV와 소파가 놓인 작은 방에 있었다. 전자레인지도 갖춰져 있었다. 하지만 방이라기엔 커다란 벽장 정도의 자그마한 공간이었다. 누가 문을 열고 들어오지도 않을 것 같았다. 딱 봐도 방이라고 보기 힘든 곳이랄까. 에밀리는 학교에서 누구도 발견하지 못할 것 같은 장소를 찾아내는 걸로 선물을 대신한 것이다.

휴대전화를 확인해 보니 음성 메시지가 있었다. 부재중 전화는 온 게 없고 음성 메시지만 달랑 도착한 것이다. 음성 메시지를 확인했다. 술에 취한 건지 마약에 취한 건지 모를 매디슨의 목소리가 들렸다. "매디슨은 끝내줘. 너무 섹시해. 끝내준다고."라는 남자의 목소리도 함께였다.

목소리만 들어도 얼굴을 휘감는 타원형 선글라스를 썼을 것 같았다.

다시 매디슨의 목소리가 들렸다.

"너 미쳐 버리겠지? 넌 나를 갖지 못했으니까."

나는 에밀리에게 음성 메시지를 들려주었다. "이거 좀 들어 봐."

나는 음성 메시지를 재생시켰다. 에밀리는 가만히 귀를 기울였다.

"맙소사! 완전 나쁜 년이네……. 기분 엄청 나쁘겠다……. 그런 여자애랑 사귀느라 얼마나 힘들었을까……."

"이건 아무것도 아니야. 매디슨 그년은 완전히 미쳤다니까. 항상 이런 식이야. 정신 나간 애라는 말밖에는 표현이 안 돼."

에밀리가 조용해졌다.

"왜 그래?"

그녀가 고개를 돌렸다.

"왜 그러는데? 내가 뭐 잘못했어?"

"……혹시라도 나를 나쁜 여자라고 말하는 일은 없었으면 좋겠어."

"당연히 너한테 그런 말을 할 일은 없지. 사랑해. 내가 너한테 할 수 있는 말은 이것뿐이야."

"나도 사랑해."

우리는 서로를 향해 몸을 마주했다.

나는 그녀의 벨트를 풀기 시작했다.

에밀리가 나를 막았다. "잠깐만…… 나 생리 중이야."

나는 상관없노라고 말했다.

"맙소사…… 안 돼. 하지 마."

"왜?"

"이러면 안 돼. 소파에 피가 묻을 거야. 소파에 피를 묻히고 싶지 않아."

"젠장, 그럼 안 되지."

"자, 일어서." 에밀리는 장난이 아닌 진지한 목소리는 말했다.

나는 최대한 멀리 떨어져서 호흡을 골랐다.

"사정할 수 있다면 뭐든 해도 괜찮아." 그녀가 상냥하게 말했다.

나는 그녀의 머리칼을 쓸어넘기며 최대한 부드럽게 절정을 향해 나아갔고, 마침내 사정할 때가 되자 에밀리가 입을 벌려 받아주었다.

나는 그녀의 턱에 입을 맞추었다. 턱이 촉촉하게 젖어 있었다.

고맙다고 말했다.

"고맙긴 뭐가 고마워." 에밀리는 여전히 상냥했다.

그렇게 우리는 사랑에 빠졌다. 한동안 나는 행운아라는 생각에 젖어 지냈다. 그때부터 한 달 후 이번 학기를 마치고 영영 이 동네를 떠난다는 말을 듣기 전까지는. 에밀리는 캐나다에 있는 학교로 가고 싶다고 했다. 정확히 그렇게 말했다. 나를 떠나는 여자들은 항상 똑같은 말을 하는구나 싶은 생각이 들었다.

8

나는 수시로 결석하는 대신 제라시 식당에서 피자 반죽을 하며 삶의 균형을 맞춰 보려고 했다. 제라시 식당의 늙다리 사장이 없을 때는 그런대로 버틸 만했다. 하지만 사장이 나타나는 날이면 최대한 몸을 사려야 했다.

처음 사장의 눈에 띈 날은 피자 반죽을 하늘에 던지는 등의 기본 기술을 배우고 있었다. 그는 150센티미터 남짓 되는 키와 빼짝 마른 몸에 자그마한 회색 정장을 입은 모습이 꼭두각시처럼 보였다. 처음 사장을 보는 순간 '마음씨 좋아 보이는 늙은이로군.'이라고 생각했다.

사장이 나를 향해 말했다. "자, 네 솜씨가 얼마나 좋은지 한번 볼까."

최선을 다했지만 피자 반죽이 생각만큼 팽글팽글 돌아가지 않고 처음 시작한 모양 그대로 계속 내려왔다. 피자 반죽이 회전하는 궤도 자체만 봐도 엄청나게 슬픈 분위기가 감돌 정도였다. 내게는 마술 같은 재주가 없었다.

결국 사장이 미친 사람처럼 화를 내기 시작했다. "이 마약쟁이 새끼야, 대체 지금 뭐 하는 짓거리야? 완전히 틀렸잖아, 마약쟁이 새끼야. 다시 해 봐. 이번에는 제대로 해야 할 거야."

나는 다시 반죽을 던졌다. 이번에는 더 최악이었다.

"아니라니까. 제기랄, 아니, 아니, 아니라고, 이 멍청한 놈아. 다시 해 봐, 약쟁이 새끼야."

나는 다시 피자 반죽을 공중에 던졌고, 이번에도 엉망이었다. 그 늙은 사장 새끼는 내가 피자 반죽을 왕비 다루듯 조심조심 던지는 모습을 흉내 내면서 히죽히죽 웃다가 몸을 홱 돌리고 다시 말했다.

"더 높이 던지란 말이야, 더 높이. 저기 주방 바깥에 있는 테이블에서도 들릴 정도로 힘을 실어서 던져 봐."

나는 대체 어떻게 해야 할지 감도 잡지 못했다.

사장이 다시 소리쳤다. "대체 문제가 뭐야, 이 새끼야. 너 사내 새끼가 맞긴 한 거야?"

누가 봐도 시급이 짰지만, 다행인 건 사장 새끼만 빼면 쉬는 시간마다 담배를 빽빽 피우고 들어와도 아무도 개의치 않는다는 점이었다. 그 장점 덕분에 틈만 나면 식당 뒤편으로 나가서 담배를 피우며 빈둥거릴 수 있었다.

가게에는 나랑 같은 학교에 다니는 웨이터도 있었다. 나처럼 하얀 피부에 깡 마른 놈인데 나는 윈스턴을 피우고 그 녀석은 뉴포트를 피운다는 점만 달랐다. 녀석 말로는 사장의 손녀 중 하나랑 벌써 잠자리를 가졌다고 했다.

사장은 딸과 손녀만 여섯이었다. 다들 드라마 《소프라노스》에 나오는 이탈리아 마피아처럼 대형 SUV 에스컬레이드와 드날리스를 타고 다녔다. 모두 식당에서 일손을 돕긴 하는데 딱히 하는 일은 없었다. 사장에게 아들이나 손자가 있는지는 확실치 않지만, 식당에 드나드는 일은 전혀 없었다.

어쨌거나 그 웨이터 녀석이 가브리엘라를 어떻게 꼬드겼는지 설명해 주었다. 가브리엘라는 스물한 살이었다. 반반한 얼굴에 가슴도 엄청나게 풍만했다. 비가 오나 눈이 오나 남자를 꼬드기고 싶어서 안달이 난 것 같은 뾰족한 구두를 신고 다녔다. 겉보기에는 괜찮은 여자 같은데 웨이터 자식 말로는 멍청한 년이라고 했다.

"정말 멍청하다니까."

난 멍청한 게 문제 될 일이 뭐 있나 싶었다.

"그래도 쉽게 엉덩이를 내밀어 주니까 좋기는 하지." 그가 자랑하듯 말했다. "게다가 나한테 옷까지 사 줬거든."

뭐라고 대답해야 할지 몰라 그냥 고개를 들어 하늘을 쳐다보았다. 이 자식에게는 뭔가 마법 같은 재주가 있는 게 분명하다.

다시 주방으로 들어가자 주문서 몇 개가 있기에 또다시 피자 반죽을 던지기 시작했다. 반죽을 던질 때마다 하늘에서 반죽이 찌그러졌고, 일부러 떠올린 것도 아닌데 가브리엘라의 엉덩이 사이로 잔뜩 벌어진 항문이 머릿속을 떠나지 않았다.

사실은 대학을 자퇴할 작정이었다. 그런데 수면제 5밀리그램에다 싸구려 맥주 올드 잉글리시를 600그램 가까이 마신 뒤 박물관에서 정신을 잃고 말았다. 결국 자퇴 신청 기한을 놓쳐서 대학

중퇴가 되고 말았다.

학교에서 편지 한 통이 날아왔고, 어쩌고 신부님을 찾아가서 접견해야만 정식으로 중퇴 과정을 마무리할 수 있다고 했다. 정말로 그랬다. 신부님은 미국 이외의 국가를 여행한 적이 있느냐고 물었다. 나는 한 번 스페인에 가 봤다고 대답했다. 그러자 나더러 운이 좋은 학생이라고, 자신은 육십이 다 돼서야 해외에 처음 나가 봤노라고 했다. 그런데 나처럼 젊은 학생이 벌써 스페인에 다녀왔다니! 신부님은 앞으로 무엇을 할 작정인지 물었고, 나는 내 인생에만 신경 쓰며 살 계획이라고 대답했다.

5월 무렵 부모님 집에서 독립했고, 머레이힐의 복층 빌라에서 로이, 그의 사촌 조와 함께(원래는 제임스 라이트풋이 그 집에 함께 살기로 했다) 지내기 시작했다. 로이는 덩치가 큰 아일랜드 출신 꼬마로 쓰레기 같은 스포츠 외투를 입고 다니며 40도짜리 술을 마시고 돌돌 만 담배를 파이프에 끼워서 피웠다. 조는 곱상하게 생기고 왜소한 이탈리아 출신이었다. 그런데도 여자랑 하룻밤을 보내는 데는 매번 실패했다. 정말 신기한 일이었다. 이탈리아 출신의 조가 아일랜드 태생의 로이와 사촌지간이 된 건 조가 입양아였기 때문이다. 조는 우리 셋 중에서 가장 남자다웠다. 그야말로 상남자였다. 하루가 멀다 하고 누가 더 남자다운지 겨루면서 지낸 터라 조가 가장 사내답다는 건 우리 모두 인정하는 사실이었다.

조는 로이와 함께 페인트칠을 하러 다녔다. 돈도 그럭저럭 잘

벌었다. 그런데 해병대에 들어가겠다고 나서는 바람에 잠깐 페인트 작업을 쉬고 빈둥거리게 된 것이다. 앞으로 몇 주 후면 패리스 섬의 신병훈련소로 떠날 터였다.

로이는 해병대에 자원하지 않았지만, 나 대신 가게에 전화를 걸어 내가 케인공원에서 스케이트보드를 타다 팔이 부러졌노라고 거짓말을 했다. 가게에서는 괜찮다고 했다. 로이는 대신 메이필드의 레스토랑에 취직할 수 있도록 도와주었다. 격자형 천장에 널찍한 홀이 두 개나 있으며 화장실이 딸린 고급 레스토랑이었다. 주인이 재수 없는 인간이지만 최악은 아니었고 웨이트리스가 하나같이 모델처럼 예뻤으며 시급도 꽤 짭짤한 편이었다. 주방 일은 터키인들이 했는데, 별일도 아닌 걸로 매번 칼을 휘두르기 일쑤여서 덕분에 하루하루 살아 있다는 사실을 실감 나게 느끼곤 했다. 매니저는 내게 테이블 정리를 맡기고 싶어 했지만 누가 봐도 그쪽으로는 소질이 없는 데다 신발도 지저분하기 짝이 없어서 결국 샐러드 코너 구석 자리로 밀려났다.

에밀리는 3일 후면 떠날 예정이었다. 엘바의 집으로 돌아가는 것이다. 그리고 여름이 끝날 무렵이면 캐나다 몬트리올에 도착할 터였다. 나는 함께 소풍 갈 요량으로 도시락을 준비했다. 과일과 차가운 라비올리, 카프레제 샐러드와 싸구려 레드 와인 몇 병까지. 계획대로라면 에밀리와 함께 박물관 뒤쪽의 조그만 연못 근처에서 소풍을 즐길 수 있었다. 그런데 우리는 로이네 집 다락방으로 갔다. 와인 한 병을 비우고 다락방에서 섹스를 했다. 에밀리는 내 배에 올라가서 최대한 집중했다. 섹스에 집중할 때면 턱이 살짝 삐뚤어지는 버릇 때문에 그녀가 집중한다는 걸 확실히 알 수 있었다. 그야말로 세상에서 가장 아름다운 모습이 아닐 수 없었다.

날씨가 워낙 화창한 데다 해가 높이 떠서 이글거리는 통에 다락방이 견딜 수 없을 정도로 찜통이었다. 우리는 어쩔 수 없다 싶어서 연못가로 향했다. 벌써 온갖 사람이 연못에 나와 화창한 날씨를 만끽하고 있었다. 에밀리와 나는 물가에 앉아서 앞으로 우리가 하게 될 일들을 두서없이 떠들어 댔다. 나는 에밀리가 캐나다로 떠나지 않는다면 어디에도 가지 않겠노라 선언했다.

"웃기고 있네." 에밀리가 한마디로 비웃어 버렸다.

그제야 어설픈 말로 에밀리를 떠보려 한 게 실수라는 걸 깨달았다. 너무도 화창하고 즐거운 날이라 앞으로도 그렇게 행복한 날만 가득할 줄 알았던 모양이다.

오후 6시에 출근했다. 오늘은 그야말로 화끈한 밤을 보낼 작정이었다. 주인이 12시에 가게 문을 닫고 나서 파티를 열어 주기로 했는데, 샐러드 바를 술집 바처럼 바꿔 놓고 내가 직접 술을 접대할 참이었다. 에밀리와 로이, 조에게도 오늘 밤은 술이 공짜니까 꼭 오라고 일러 두었다. 셋 다 오기로 약속했고 정말로 약속을 지켰다.

가장 먼저 로이와 조가 도착했다. 둘은 주인과 노닥거리기 시작했다. 조는 3주 후면 기초 군사 훈련을 받으러 갈 거라고 떠들어 댔다. 주인은 그의 말을 열심히 들었다. TV에 나오는 이탈리아인과 똑같이 생긴 조가 썩 마음에 드는 눈치였다. "패리스섬이라…… 그럼 해병대에 입대하는 건가?"

조가 대답했다. "맞아요."

"나라를 위해 몸을 바치면 결국 천당에 가게 돼 있어."

나는 로이를 슬쩍 불렀다. 에밀리가 어디 있는지 궁금했기 때문이다.

"이 근처 어디에 있다던데." 로이가 대답했다.

"알겠어. 근처 어디에 있다는 대답이 큰 도움이 됐네."

"맙소사, 계집애처럼 토라져서 왜 그러는데."

"젠장, 저건 또 뭐야?"

"뭐가?"

"저 새끼 누구지?"

"저 새끼가 누군지 내가 어떻게 알아?"

에밀리 옆에 찰싹 달라붙은 녀석이 있었다. 샐러드 바에서 여는 술 파티에 에밀리가 처음 보는 자식을 달고 온 것이다.

에밀리가 인사를 건넸다.

나는 그녀를 쳐다보았다.

"이쪽은 벤지야. 가나에서 온 친구. 오하이오주 케이스웨스턴리저브대학에 다녀."

나는 벤지라는 녀석에게 인사를 건넸다. 그는 잠시 활짝 웃어 보이고는 에밀리 쪽으로 고개를 홱 돌렸다.

"이 멋진 레스토랑에 대해 알아. 미 알데아. 음식이 정말 끝내

주는데. 언젠가 꼭 너랑 같이 오면 좋겠다."

"그래, 그거 좋은 생각이네." 에밀리가 녀석의 말을 받아 주었다.

나는 샐러드 바 뒤쪽에서 빠져나와 에밀리의 어깨에 팔을 두르고 그녀의 정수리에 입을 맞추었다. 그런데 술이 떡이 되어서 실수로 손가락에 있던 담배를 에밀리의 후드티 모자 속에 떨어뜨리고 말았다.

벤지가 에밀리에게 말했다. "조심해. 방금 담배꽁초가 모자 속으로 들어갔어."

"당장 꺼내!"

처음에는 무슨 소린지 몰랐다. 잠시 후 꽁초를 꺼내기는 했지만 타이밍을 놓치는 바람에 옷에 담배 구멍이 나고 말았다.

"옷 괜찮은 거지?" 에밀리가 물었다.

"괜찮아. 잠깐 나랑 얘기 좀 할래?"

"무슨?"

"저쪽으로 가서."

"오늘따라 왜 이러는 거야."

"쉬잇, 내 말 잘 들어. 미 알데아 레스토랑이 최고라고 생각하는 바보천치는 세상에 없어. 저 자식이 너랑 같이 가려는 이유는 신분증 검사도 안 하고, 너한테 술을 진탕 먹여서 네 엉덩이에 거시기를 쑤셔 박고 싶어서라고."

"너 대체 왜 이러는 건데?"

입만 열면 헛소리가 튀어나왔다.

그때 로이가 나타났다.

"로이, 웬일이야?"

"내가 저 자식 상판에 한대 날려 줄까?"

"아직은 아니야."

에밀리가 화를 냈다. "진짜 지긋지긋하다."

그녀는 서둘러 밖으로 나갔다. 로이와 조가 별일 없을 거라고 나를 안심시키고 그녀를 따라나섰다. 이유는 알 수 없었지만 나는 자리를 지켜야만 했다. 샐러드 바에서 술을 따라 줘야 했으니까. 그게 내 일이었다. 순간 나 자신이 쓰레기처럼 느껴졌다. 오전 1시 30분에 매니저가 가게 문을 닫으라고 했다. 바텐더인 크리스가 자기 대신 토미라는 사람을 돌봐 주라고 지시했다.

"토미는 얼마 전에 감옥에서 출소했어. 마음씨가 정말 좋은 사람이야."

토미는 술고래였다. 혹여라도 지나가는 사람에게 구토하거나 창녀의 엉덩이를 만지작거리는 사고를 치지 않도록 보살피는 것이 나의 임무였다. 그는 감옥에서 20년을 보냈다고 말했다. 1980년대 초 감옥에 들어갔고, 내가 살아온 날보다 더 많은 시간을 감옥에 갇혀 있었다는 의미였다. 바가지 머리에 플라스틱 안경을 쓰고 반짝거리는 붉은색 재킷을 입은 토미는 사람은 전부 쓰레기이며 하나같이 위선자라고 떠들어 댔다. 자기가 미국의 마피아식 비밀 조직인 코자 노스트라의 일원이라도 되는 것처럼 거리를 헤집고 다니는 족속들을 지적하는 말이었다. 그런 녀석들은 입으로만 대단한 건수를 노리는 것처럼 떠들어 댄다고. "실제로는 대가리를 총으로 날려 버릴 배짱도 없으면서 말이야."

한참 동안 대가리니 뭐니 하는 말들이 이어졌다. 펑크족과 재수 없는 인간, 겁쟁이 같은 놈들에 대해 주절주절 늘어놓다가 결국은 '대가리를 날려 버릴 배짱도 없는 놈들'이라는 말로 끝을 맺었다.

그러곤 내게 직업이 뭐냐고 물었다. 나는 지금은 별거 하는 일이 없고 곧 군대에 입대할 예정이라고 대답했다.

"멍청한 짓 하지 마." 그가 조언이랍시고 말했다. "어차피 군바리는 아무도 신경 안 쓴다니까."

나는 이미 알고 있노라고 대답했다.

"그런데 무슨 생각으로 군인이 되려는 거야?"

"잘 모르겠어요. 달리 할 수 있는 일이 떠오르지 않아서요."

"하지만 넌 배짱이 있어 보이는데……. 대가리쯤은 총으로 날려 버릴 수 있잖아?"

"잘 모르겠어요."

"아! 그래, 괜찮을 거야."

그렇게 밤이 저물어 갈 무렵이 되어 내가 말했다. "토미 씨, 가게 마감하는 걸 도와야겠어요. 혹시 내 도움이 필요하면 바로 불러요, 알았죠?"

나는 가게에 널려 있는 테이블과 의자를 치우고 물을 뿌려서 테이블을 말끔히 닦아 내고 바닥을 쓸고 걸레로 밀었다. 한시라도 빨리 가게를 정리하고 에밀리를 만나러 가야 했기에 누구보다 빠르게 움직였다.

그렇게 일을 마무리하고 가게 밖으로 나가자 토미가 레스토랑

앞 인도에 길 잃은 아이처럼 멀뚱히 서 있었다.

"토미 씨, 괜찮아요?"

"물론. 자네는?"

"이제 마감했어요. 집까지 걸어가려고요."

"차 태워 줄까? 내 차로 데려다 줄게."

"걸어가도 괜찮아요. 어차피 5분밖에 안 걸리는데요."

"거절하지 말고. 내가 차로 태워다 줄게."

"알겠어요. 그런데 잠시만 기다려 줄래요? 잠깐 빵집에 가서 케이크를 사 올게요."

"갑자기 케이크는 왜?"

"여자친구 주려고요. 얼마 후면 이사하는데 케이크라도 선물하고 싶어서."

"그거 돈 낭비야."

"잠시만요."

도로 건너편 언덕으로 올라가서 샛길 부근에 24시간 운영하는 빵집이 있었다. 하지만 케이크는 다 팔려서 없고 치즈케이크 머핀 12개짜리 세트만 남아 있었다. 하지만 치즈케이크 머핀 모양도 꽤 앙증맞아서 그냥 사면 되겠구나 싶은 생각이 들었다.

토미가 재촉했다. "얼른 가자고. 이제 다 된 거지?"

그는 레스토랑 바로 옆에 평행으로 주차된 파란색 쉐보레 애스트로밴을 몰았다. 차에 오르자 그가 시동을 걸었다. 앞차의 꽁무니를 들이받을 듯이 쫓더니 옆 차선으로 들어갈 공간이 생기기도 전에 차 머리를 디밀었다. 슬쩍 운전석을 보니 안색이 영 안 좋은 얼굴이었다. 아니나 다를까 갑자기 차를 끼익 세우더니 차 문을 열고 뛰어내렸다. 그리고 잠깐 헛구역질을 했다. 아주 심하게. 잠시 후 그가 차 문을 열고 다시 운전석에 앉았다. 그리고 "오, 하느님, 하느님, 하느님!"을 연발하기 시작했다.

가로등 불빛 아래로 그의 얼굴에 남은 구토물을 똑똑히 볼 수 있었다.

"토미 씨, 어쩌면 좋아요. 소매에도 뭐가 묻은 것 같은데요."

토미는 고개를 숙였고 반짝이는 빨간색 재킷 오른쪽 소매에 묻은 잔여물을 확인했다.

"이런 망할!" 그가 외쳤다.

"너무 걱정하지 마세요. 깨끗하게 닦으면 되죠."

밴 바닥에 종이 쇼핑백이 놓여 있었다. 나는 종이봉투를 냅킨 모양으로 잘라서 소매에 묻은 지저분한 구토물을 닦아 냈다. 물론 구토물의 흔적까지 마법처럼 닦아 내지는 못했지만 그런대로 흔적은 지워졌다.

토미가 좀 진정된 듯 입을 열었다. "이제야 좀 달릴 기분이 나는군."

우리는 다시 도로를 향해 속도를 내기 시작했다. 목적지까지 집 열 채가 남는가 싶더니 어느새 집 앞에 도착했다. 토미는 미끄러지듯 모퉁이에 차를 세웠다. 나는 태워다 줘서 고맙다고 인사하며 집까지 안전하게 운전하라고 말했다. 토미는 걱정하지 말라며 웃어 보였다. 나는 치즈케이크 머핀 하나를 그에게 건넸고 그 이후로 다시는 그를 볼 수 없었다.

2층에 올라가자 에밀리가 안 자고 깨어 있었다. 술을 마시고 있어서 함께 술잔을 기울였다. 나는 치즈케이크 머핀을 내밀며 아까 바보처럼 굴어서 미안하다고 사과했다. 벤지를 데려온 게 아무 의미가 없었다는 것도 잘 알고, 다문화와 개발도상국에 대해 따듯한 마음을 가지고 있다는 사실도 잘 알고, 다양한 친구를 사귀고 싶어 하는 마음도 이해한다고 덧붙였다. 그리고 머핀이 열두 개인데, 하나는 토미도 뭔가 요깃거리가 필요해 보여서 주었노라고 설명했다. 에밀리는 토미에게 머핀을 준 것도 아주 잘한 일이며, 이미 나를 용서했다고 말했다. 그제야 에밀리가 눈물을 흘리고 있음을 깨달았다. 그녀가 우는 모습을 처음 보는 터라 무슨 문제가 있느냐고 물었는데, 그 말을 듣자 에밀리가 더욱 펑펑 울어 댔다. 에밀리는 대체 어디서부터 어떻게 잘못된 건지 모르겠다고 말했다. 그리고 잠시 후 눈물을 그쳤다. 나는 이제 괜찮은 거냐고 물었다. 에밀리는 이제 괜찮다고 대답했다.

"정말 끝내주는 밤이었네, 그렇지?"

"그러게." 에밀리가 대답했다.

그리고 우리는 깔깔대고 웃었다.

그리고 함께 살을 섞었다.

그리고 잠이 들었다.

2부

모험

9

켈리 하사는 죽은 사람 같은 얼굴에 입만 열면 '웃기는 놈'을 내뱉었다. 몸에는 검은 스웨터와 초록색 바지를 걸치고 에나멜 신발을 신었다. 책상 서랍에는 소변 컵이 가득했다. 화장실은 복도 끝이라고 했다. "문으로 나가자마자 좌회전해서 쭉 걸어가면 돼. 딱 보일 거야."

내 소변은 깨끗했고 하사는 아내가 한국인이라고 했다. 정부 자동차를 몰고 다니며 기본 주택 수당과 트라이케어 의료보험 혜택을 받는다는 걸 무슨 대단한 일이라도 되는 양 말했다. 나는 팔굽혀펴기 스무 번과 윗몸일으키기 스무 번을 보여 줘야 했다. 그리고 옆방에 있는 발리 토털 피트니스로 따라가서 러닝머신을 1킬로미터 넘게 뛰었다. 반스의 제프 로울리 비건 신발을 신은 데다 바지가 자꾸 흘러내렸지만 그럭저럭 괜찮게 뛰었다. 우리는 군 고용센터로 돌아갔고 군 직업 적성 시험(ASVAB)을 연습 삼아 풀어보면서 내가 정상치 이하가 아닌지 확인했다. 시험을 다 보고 나서 대충 살펴보더니 내 점수가 상위 15퍼센트라고 했다. 실제로 그렇게 시험을 잘 봤다면 어떤 군사 특기(MOS) 분야든 지원할 수 있었을 거라고 했다. 하사가 잔뜩 들뜬 게 느껴졌다. 2005년 첫 주였고 병사들이 폭발하거나 죽거나 불구가 된 뉴스뿐이라 군에 지원하는 젊은이를 구하는 게 하늘에서 별 따기라고 했다. 그런데 내가 제 발로 찾아왔으니 만사형통 아닌가. 하사에게는 더할 나위 없이 반가운 일이었다.

우리는 하사의 상관인 스페이스 중사를 만나러 갔다.

하사가 보고했다. "실례합니다, 중사님. 91W 의료 특기병이 되고 싶다는 웃기는 녀석을 데려왔는데 최대한 빨리 파병을 가고 싶답니다."

스페이스는 치아가 전부 금니인 데다 기다랗고 빼빼 마른 사내였다. 스페이스란 이름이 있다는 것도 그날 처음 알았다.

"앉게나, 91W 군"

켈리에게 했던 시답잖은 얘기를 처음부터 끝까지 되풀이한 후에야 스페이스란 작자도 제대로 찾아왔다고 말했다. 91W는 군대 안에서도 성공이 확실하다며 현명한 선택을 했다나. 그러더니 전화를 걸어 "햄버거 햄버거 햄버거."를 외치고는 엄청나게 웃긴 말이라도 되는 것처럼 킬킬대고 웃었다.

이유는 모르겠지만 그가 나를 비웃고 있다는 걸 알면서도 괜히 "햄버거 햄버거 햄버거!"를 외치고 싶어졌다.

조가 세브란스군인고용센터로 나를 데리러 왔고 우리는 로이와 함께 술을 퍼마셨다. 우리는 술 마시는 일을 대단하게 생각했는데, 한창 어린 나이에는 누구나 그렇듯 술 마시는 날이 매우 중요한 날처럼 느껴졌기 때문이다. 조는 캠프 르준에서 막 돌아온 상태였다. 보충대가 포트 어윈으로 갔다가 이라크로 파병 갈 때까지 몇 주간 이곳에 머무를 예정이었다. 나 역시 내가 뱉은 말을 지키기 위해 입대할 참이었다. 그러다 보니 우리가 뭔가 특별한 사람이 된 것만 같았다. 그날은 화요일 밤이었다.

우리는 메이필드의 술집에 갔다. 술집은 썰렁했고 우연히 콜럼버스기사회 사람을 만났다. 그는 검은 가죽 재킷을 입고 프랭키 아발론이나 로버트 블레이크처럼 머리카락을 깔끔하게 빗어 넘긴 모습이었다. 겉보기에는 50대 정도로 보였다. 우리에게 무슨 얘기를 하느냐고 물어봐서 로이가 설명하자 굉장한 흥미를 느끼는 듯했다.

"한때 나도 캠프 르준에서 특수 부대에 육탄전 기술을 가르쳤다네."

조는 캠프 르준에 있는 SOI에 다녔다고 했다.

"SOI가 뭔가?"

"보병학교요."

"아, 깜빡했군."

콜럼버스 기사는 조가 TV에 나오는 외국인을 닮았다며 좋아했고 우리는 같이 어울려서 도란도란 대화를 나눴다.

바텐더는 20대 후반의 여자였다. 은빛 금발 머리에 돈을 꽤 들여서 태닝을 했고, 말랐지만 배가 볼록 튀어나와 얼핏 임신 몇 개월은 된 것 같은 착각이 들 정도였다. 예전에도 그 술집에서 본 적이 있었다. 배는 그대로였고 벤 애플렉 같은 부류에게 술을 날랐던 사람처럼 계속 거들먹거렸다. 처음에는 난잡한 여자일 거라고 생각했는데 어딘지 모르게 슬픔이 묻은 여자 같다는 느낌도 들었다.

콜럼버스 기사는 굳이 전투 동작을 보여 주더니 우리에게 술을 한 잔씩 사겠다고 했다. 잘 보니까 바텐더가 딱히 쌀쌀맞게 굴진 않는 것 같았다. 심지어 아무개 씨라며 이름으로 불렀다. 그 모습을 보자 뭔가 배울 게 있다는 생각이 들었다. 하지만 그게 뭔지 미처 깨닫기 전에 콜럼버스 기사가 건배를 제안했다.

"자네는 살아 돌아올 거야, 조. 옆에 있는 친구는 잘 모르겠고. 건배!"

우리는 함께 술을 들이켰다. 로이는 기관총 사수로 해병대에 지원할 거라고 했다. 다들 좋은 생각이라고 응원해 주었다. 나는 소변을 보러 가겠다고 나와서 시원하게 물을 뺐다. 그리고 손을 닦다가 잘못해서 화장실 거울을 주먹으로 쳐 버렸다. 벽에서 거울이 와장창 떨어지며 세면대까지 무너지고 말았다.

나는 곧바로 화장실을 빠져나왔다.

말도 못 할 대참사라 친구들에게 경고해야 했다. 바텐더가 사고 현장 쪽으로 다가갔다.

"나가야 해. 야, 지금 당장 나가야 한다고."

바텐더가 화장실에서 욕지거리를 퍼부었고 우리는 콜럼버스 기사에게 작별 인사를 했다.

기사가 바텐더 걱정은 하지 말라고 우리를 안심시켰다. "저년은 두 번이나 낙태했다니까."

집까지는 뛰어가도 그리 멀지 않았다. 우리는 차도에서도 주먹다짐을 하다가 썩 꺼지지 않으면 당장 내려와서 총을 갈기겠다는 이웃의 경고에 조용히 집으로 들어갔다.

에밀리에게 전화를 걸었다. 나 때문에 화나지 않았다고, 고맙다고 말하길 기대했다. 하지만 에밀리는 내게 고통을 주기로 마음을 굳게 먹은 상태였고, 나는 그런 에밀리가 도저히 이해되지 않아서 고개를 절레절레 흔들었다.

"전에 얘기했을 때는 아무 말 없었잖아."

"그때는 그냥 헛소리인 줄 알았으니까."

다음 날 저녁 부모님을 만나러 갔다. 두 분 다 잘 지내고 있었다. 입대한다는 얘기를 듣고는 멍청한 짓이라고 생각하는 눈치였지만 아무튼 매우 잘 지내고 있었다. 부모님은 얼마 전에 방이 여러 개 있는 근사한 집을 샀다. 나는 그딴 일에 전혀 상관하고 싶지 않았다.

목요일에 신체검사를 비롯한 각종 검사를 받기 위해 입대처리소(MEPS)에 가고, 별다른 이상이 없으면 몇 주 안에 훈련소로 갈 거라고 설명했다. 스페이스 중사는 원하는 근무 기지를 순서대로 적어 넣으라고 했지만, 대부분 3지망 안에 배정되기 때문에 나는 오하이오 근교에서 근무할 터였다. 그러면 집에 자주 들를 수 있다. 뜻밖의 일이 생겨서 위로금을 받는 경우 생명보험 수당이 30만 달러는 나올 것이다.

아버지가 조심스럽게 물었다. "혹시 네가 할 수 있는 다른 일은 없는 거냐?"

나는 달리 뭐가 있는지 모르겠다고 대답했다.

어머니도 한마디 거들었다. "학교를 계속 다니지 않는 이유를 모르겠구나."

"무슨 학교요? 8개월 전에 중퇴했는데."

"언제든 다시 학교로 돌아가도 돼."

"그럴지도 모르죠. 어차피 군대에서 학비를 대줄 테니까. 스페이스 중사님 말로는……."

"그 녀석이 대체 누구야? 엄마가 만나서 얘기하고 싶구나."

내가 그건 안 된다고 말렸다.

"왜 안 되는데?" 어머니가 물었다.

나는 이번만큼은 내 힘으로 해결하고 싶다고 말했다.

*

목요일이 되어서야 내가 색맹이라는 사실을 깨달았다. 91W는 색맹이라도 할 수 있는 몇 안 되는 군사 업무여서 별문제는 되지 않았다. '적어도 피가 무슨 색인지는 아니까' 괜찮다고 했다.

대기줄이 꽤 길었고 기다리는 데 익숙하지 않은 우리는 점점 다리가 아팠다. 속옷만 남기고 옷을 다 벗으라고 하더니 커다란 방을 오리걸음으로 돌게 했다. 방에서는 (씻지 않은) 불알 냄새와 (역시 씻지 않은) 발 냄새, (씻든 안 씻든 상관없이 진동하는) 항문 냄새가 났고, 널찍한 방 안에는 딱 보기에도 허술하게 보이는 지원자가 한두 명이 아니었다. 뚱뚱한 애. 여드름 박사. 얼굴 여드름. 몸 여드름. 마른 애. 나는 마른 애에 속했다. 나 역시 근육질은 아니었다. 하나같이 볼품없어 보였다. 우리 세대는 액상과당을 먹고 TV 앞에서 살다시피 하며 자랐다. 대부분 몸뚱이는 고름이 가득하고 뇌는 얄팍하기 짝이 없었다. 마침내 한 명씩 다른 방으로 불려 갔고, 유난히 작은 방에서는 어떤 남자가 모든 지원자의 항문을 검사했다. 허리를 숙이고 항문을 손으로 벌려서 안이 보이게 하라고 지시하더니, 구멍 안을 충분히 살핀 다음에야 "통과."라고 했다.

나는 합격했다. 오후 3시쯤 지원 서류에 서명하고 선서를 했다. 로이가 입대처리소로 와서 나를 태우고 민간인으로 지낼 수 있는 2주의 시간을 에밀리와 보내도록 엘바까지 데려다 주었다. 조도 함께 차를 타고 갔다. 이리를 지나는데 눈이 내렸다. 제임스타운을 향해 출구로 나갈 무렵에는 새까만 밤이 됐고 90번 도로를 달리는 차들은 새하얀 폭풍우에 휩싸였다. 우리는 대형 화물차에 둘러싸였다. 바람에 맞서 계속 덜컹거리는 화물차들이 주변을 가득 메웠다. 그중 한 대가 반으로 접히거나 우리를 보지 못하고 차선을 바꾸는 날에는 도로에서 납작하게 깔려 죽을 가능성이 컸다. 하지만 우리는 걱정하지 않았다. 우리에겐 로이의 자동차와 담배가 있고 차 안은 따뜻하고 음악도 있었으니까. 엘바까지 모든 요금소를 지나면서 우리가 죽지 않을 운명이라는 사실을 추호도 의심하지 않았다.

에밀리의 집에 도착한 것은 밤 10시였다. 녀석들은 나를 내려주고 차를 돌려 집으로 향했다.

에밀리의 고향까지 찾아가서 만난 건 처음이었다. 지난여름 에밀리는 몬트리올의 학교에 가려고 돈을 모았다. 대형 약국인 월그린에서 매주 6일씩 밤마다 3교대로 일했다. 함께 사는 고모가 엄청나게 독실한 종교인이어서 나를 만날 시간도 적당한 장소도 없었다.

나는 에밀리가 몬트리올로 가자마자 잽싸게 찾아갔다. 지난 8월이었다. 20시간이나 버스를 타야 했지만 그럴 만한 가치가 충분했다. 이상한 도시(캐나다의 파리)에 우리 단둘이 있고, 둘밖에 아는 사람이 없고, 암에 걸리거나 니코틴으로 새까매진 심장 사진이 담뱃갑에 붙어 있는 플레이어스도 마음껏 피울 수 있었으니까. 둘이서 비상계단 사이로 머리를 내밀고, 비좁은 주방에서 저녁을 준비하거나 술을 마시고, 잔뜩 흥이 올라서 밴드 오아시스 혹은 나의 참을 수 없는 거만함 등 에밀리가 원하는 갖가지 주제를 놓고서 집이 떠나가도록 시끄럽게 말씨름을 할 수도 있었다. 우리는 서로에게 소리를 지르다가 섹스를 했고 구두 상자에 든 새끼 늑대들처럼 온몸을 쪼그린 채 잠들곤 했다. 마치 한순간 꿈을 꾼 것처럼 그 시간이 오래가지는 못했다. 에밀리도 마찬가지였다. 당연히 돈 문제였다. 에밀리는 학교를 중퇴하고 엘바로 돌아왔다. 여기서 아파트를 빌리고 자이언트 이글 슈퍼마켓에 일자리를 구했다. 그리고 근처 전문학교에 다니기 위해 봄 학기가 되기만 기다렸다.

둘이 만났는데 싸우지 않으니 뭔가 이상했다. 이따금 에밀리가 입대는 나쁜 생각 같다고 말했다. 물론 나도 좋은 생각인지 알 수 없었다. 하지만 얼마 후에 벌어질 일, 그뿐이었다. 그러니 우리에게는 싸울 거리가 없었다.

에밀리가 일하러 나가면 나는 팔벌려뛰기를 하거나 커트 보네거트 책을 읽고 줄담배를 피웠다. 에밀리가 집에 오면 섹스를 하고 낮잠을 자고 근처의 보더스 서점에서 산 리드 벨리 CD를 들으며 진을 들이켰다. 에밀리는 진을 좋아했다. 진을 마시고 나면 키스하고 싶어 했다.

나도 지금처럼 사는 편이 더 낫다는 걸 알았지만, 이미 일어난 일은 일어난 일인지라 더는 거기 머물 수 없었다. 그렇게 민간인으로서 남은 시간이 모두 지나자 에밀리가 나를 클리블랜드까지 태워다 주었다.

신병들은 시내 호텔에 머물렀다. 슈토이벤빌 출신에 오하이오주 방위군 헌병으로 지원한 또래 친구와 한방에 묵었다. 녀석은 훈련소 생활이 끝나서 집에 돌아가면 패치와 리본이 달린 클래스 A 제복을 입고 약혼자와 외식하러 갈 거라고 했다.

그래서 행운을 빌어 주었다.

녀석도 나에게 행운을 빌어 주었다.

10

미주리주 포트 레너드우드. 신병의 머리를 밀어 주는 사람은 민간인인데 뚱보 하나와 그가 데려온 여자 조수들이었다. 여자들은 은청색 머리카락에 구불거리는 파마를 했고 둘 다 끔찍했다. 뚱보도 마찬가지였다. 그것도 모자라서 국가의 명령을 받아 머리를 자르는데 내 돈까지 내야 했다. 게다가 말버릇도 나빴다. 신병 하나가 머리를 미는 중에 피가 꽤 많이 나서 불만을 제기하자 샌님 같다며 놀리기도 했다. 샌님-프란시스코(San Fran-sissy-co)에서 온 게 아니냐고 비아냥거리면서. 그 후 다른 녀석도 머리를 밀다 피가 났는데 그게 웃긴 일이라도 되는 양 굴었다. 별로 놀라는 기색조차 없었다. 바닥으로 떨어지는 머리카락을 빨아들이는 특수한 진공 이발기가 있었다. 면도날에 베인 두피가 흡입기로 빨려 들어가더니 순식간에 사라져 버렸다. 머리에서 피가 줄줄 흐른 이유였다. 뚱보와 여자들은 흡입기의 윙윙 소리 너머로도 들릴 만큼 목청을 높여 말했다. 나는 다들 죽어 버렸으면 좋겠다고 간절히 기도했다.

그러고 나서는 웬 놈의 주사를 수백 번은 맞았다. 부대 안에서 사용할 물품도 전부 배급받았다. 군복, 군화, 철모 그딴 것들이었다. 우리는 어디를 가나 서류를 들고 다녔다. 그리고 서류에 서명을 받았다. 전입 절차. 전입 절차를 밟지 않을 때는 강당에 앉아서 좌향좌, 우향우, 군가 나부랭이를 배웠다. 식사 시간엔 음식 맛이 별로 나쁘지 않은데도 영 형편없다는 듯 투덜거렸다.

한 녀석이 말했다. "난 간첩이야. 이건 방첩 활동이지."

다른 녀석도 거들었다. "난 11 브라보야."

보병을 뜻했다.

하지만 11B일 리 없었다. 11B는 전부 포트 베닝으로 갔으니까. 우리는 그 녀석이 거짓말쟁이라는 걸 대번에 알아챘다.

내가 속한 집단은 B1, 다시 말해 브라보 1이었다. 그날 밤 B2가 왔다.

우리 눈에는 B2가 완전히 타락한 어린애들처럼 보였다.

우리는 입을 모아 말했다. "브라보 2 애들은 군인답지 않아."

"당연하지."

B2는 우리를 이상한 괴짜라고 생각했다.

B1과 B2 사이에 생긴 적대감은 3일 내내 이어졌다. 그 후 우리는 알파 중대라고 불리는 중대에 무작위로 재배치됐고, 아무도 누가 누구였는지 기억하지 못했다. 하나같이 민머리라서 서로 얼굴을 알아보기 어려웠던 것이다. 우리는 가축 운반차에 빽빽이 실려서 가파른 언덕을 올라 신병훈련소로 향했다.

사방에서 고함 소리가 들렸다. 우리는 날쌘돌이 혹은 귀가 달린 물건이라고 불렸다. 우리 손은 물건 쥐는 기구, 입은 물건꽂이, 이슬람 적군은 하지, 친구는 전우였다. 완전 엉망진창이었다.

우리 중대는 계집애도 있었다. 계집애들은 훈련을 제대로 못했다. 장비도 우리가 대신 날라 주었다. 정말 성가신 일이었다. 약골들도 있었지만 그래도 계집애들보다는 나았다.

교관들은 진짜로 화가 머리끝까지 난 것처럼 굴었다. 열이 뻗칠 대로 뻗쳐서 모가지를 분질러 버릴 수도 있으니 가까이 오지 말라고 소리쳤다. 외상 후 스트레스 장애(PTSD) 때문이라고 했다. 정말로 신병의 목을 조른 교관도 있었다. 그 녀석은 의식을 잃고 쓰러졌다. 하지만 외상 후 스트레스 장애 때문은 아니었다. 교관은 전투 패치가 없었으니 어디에도 파병된 적이 없다는 뜻이었다. 아무튼 입만 열면 거짓말이었다.

이라크에 다녀온 교관들도 거짓말이 습관이었다. 거기서 어린아이도 죽였다고 했다. 미군에게 몰래 접근하려는 어린아이가 있어서 수류탄을 던져야 했다나. 그런 상황이 되면 어린아이가 죽거나 내가 죽거나 둘 중 하나이기 때문에 어쩔 수 없이 아이를 죽여야 했다는 것이다. 교관 하나는 88M, 트럭 운전사였다. 그는 수류탄을 맞아 바닥에 쓰러진 어린아이를 트럭으로 밟고 지나가야 했단다. 그때부터 정신이 이상해졌다는 것이다.

나는 조용히 뒤로 물러나 있었기 때문에 큰 마찰이 생기지 않았다. 그래도 완전히 피할 순 없었다. 코르데로 교관에게 내가 채식주의자라서 닭고기 전투식량을 채식 요리로 바꿔야 한다고 말했을 때가 그랬다. 코르데로는 길길이 화를 냈다.

"고깃덩이 좀 먹지그래, 훈련병? 뭐야, 부잣집 도련님이라도 되는 거야?"

거친 멕시코계 사나이 랜디 새비지 같은 말투였다.

나는 부잣집 도련님이 아니라고 했다.

"TV에서 쇼를 봤거든. 고기를 안 먹는 사람들은 지적 장애라던데. 세뇌되기 딱 좋은 사람들이지. 그러니까 네놈도 세뇌되기 딱 좋다는 거야."

"네, 교관님."

하루는 연습장에 세워 놓은 사람 형상의 과녁에 소총을 쏘고 있었다. 그런데 형체가 잘 보이지 않는 바람에 제대로 명중하지 못했다. 연습장의 형상은 연한 초록색인데 평상시에는 실제보다 진한 검은색에 가깝게 보였던 것이다. 코르데로가 내 옆에 서서 미친 듯이 날뛰었다.

"표적을 쏴야지, 훈련병. 왜 그 모양이야?"

"잘 안 보입니다, 교관님."

"왜 안 보이는데?"

"색맹입니다, 교관님. 적록색맹이요."

"그렇군. 진짜 색맹이라면 미!국!육!군!에 들어올 생각을 하지 말았어야지!"

교관이 내 머리를 내리치자 총구 청소용 꼬챙이가 반으로 휘어졌다. 헬멧을 쓰고 있어서 크게 다치진 않았다. 나는 사격연습장을 나왔다. 몸수색도 받았다. 탄피 없음, 탄약 없음. 콜 교관이 아무런 이유 없이 아랫도리를 후려쳤다. 아주 흔한 일이었다. 여기 모인 사람은 모두 다 역할놀이를 하고 있다는 사실을 명심해야 했다. 교관들은 그저 교관인 척하는 것뿐이었다. 우리는 군인인 척하는 것뿐이었다. 군대는 그저 군대인 척하는 것뿐이었다.

유일한 걱정은 에밀리였다. 자이언트 이글 슈퍼마켓의 데이브라는 자식이 어떻게든 같이 자려고 할 것이다. 나는 엘바를 떠나기 이틀 전에 그놈을 만났다. 에밀리가 퇴근 후 그놈을 집에 초대했는데, 그 자식은 나를 보더니 엄청 무례하게 굴었다. 무슨 속셈인지 뻔했다.

나는 에밀리에게 주의를 주었다. "저놈이 널 자빠뜨리려고 할 거야."

에밀리는 그런 남자가 아니라고 했다.

나는 다시 한번 강조했다. "내가 보기에는 딱 그런 놈이야."

공중전화를 쓰기 위해서 병영 창문으로 기어 나갔다. 한밤중이었다. 공중전화 카드가 있었다. 신호음이 울렸다. 에밀리가 받았다.

"여보세요?"

"내 목소리 들려?"

"여보세요?"

내가 낮은 목소리로 말했다. "나야."

"오, 안녕!"

"잘 지내?"

"뭐라고?"

"어떻게 지내?"

"잘 지내. 넌 어때? 전화 와서 깜짝 놀랐어."

"몰래 나왔어."

"괜찮아?"

"이제 괜찮아. 뭐 해?"

"별거 안 해. 그냥 직장 동료들이랑 놀고 있어……. 여보세요?"

"그래."

"괜찮아?"

"응, 괜찮아. 보고 싶다."

"나도 보고 싶어."

"계속 네 생각이 나. 너한테 전화하려고 창문으로 나왔어."

"잠깐 기다릴 수 있어?"

"응, 그래."

"……."

"……."

"……."

"……."

"……여보세요?"

"응, 나야."

"어떻게 지냈어? 거긴 어때? 뭐 했어?"

"괜찮아. 그렇게 최악은 아니야. 그냥 이런저런 것들만 빼고. 창문으로 몰래 나왔어. 3층 창문으로. 대단한 건 아니야. 창턱만 넘으면 되거든. 원래 여기 나오면 안 돼."

"잘 안 들려."

"조용히 말해야 해. 걸리면 끝장이야."

"창문으로 몰래 나왔다고? 안 들려."

"젠장."

"뭐라고 했어?"

"아무것도 아냐. 보고 싶어."

"나도 보고 싶어."

"지금 거기 있으면 좋겠다."

"나도 네가 있으면 좋겠어."

"있잖아, 끊어야겠어. 여기서 걸리면 끝이야. 이제 들어가야 해."

"알았어."

"또 전화할게."

"알았어."

"사랑해."

"나도 사랑해."

"좋은 꿈 꿔."

"너도."

11

일요일은 힘들지 않았다. 아침에는 그냥 쉬면서 병영을 청소하는 등 아무거나 해도 괜찮았고 원한다면 종교 생활을 해도 무방했다. 나는 하레 크리슈나 신자지만 예배가 없어서 불교 예불에 참석했다. 물론 혼자는 갈 수 없었다. 꼭 전우와 함께 가야 했다. 코박 특기병도 불교 신자였다. 우리는 간부에게 예불 참석을 보고하러 갔다.

내가 먼저 보고했다. "종교 예배에 참석하려고 합니다, 교관님."

"어디 갈 건데?"

"불교입니다, 교관님."

"좋아."

우리는 예불에 참석했고 나쁘지 않았다. 불당에서 작은 리세스 컵과자를 나눠 주기 때문에 군인이 득실거렸다. 하지만 그걸로 끝이 아니었다. 우리는 깊은 호흡과 명상으로 예불을 시작했다. 그 후 얼마간 염불을 외웠고 20분 정도는 호흡과 염불을 했다. 그 다음엔 스님들이 불교에 관해 이야기하며 질문을 던졌고 대답하면 사탕을 던져 주었다.

그날은 록어웨이 하사도 있었다. 본인을 록 하사라 부르라고 했는데 진심으로 불교를 믿는 사람이었다. 불교를 믿기 시작한 후로 (그에 대한 보상으로) 차를 샀고 (그에 대한 보상으로) 오토바이를 샀다는 것이다. 불교는 그의 삶을 더 좋은 쪽으로 바꿔 주었다. 훈련소에 와서 일요일 예불에 나가며 진짜 불자가 됐다고 했다.

"딱 지금의 너희처럼."

*

다음 날은 비무장 전투에 대해 배웠다. 콜 교관이 교육을 맡았다. 먼저 민소매 조르기를 배웠다. 도쿄 조르기도 배웠다. 활용할 수 있는 조르기 동작이 다양했다. 그리고 둥글게 모여 앉아 번갈아 가며 서로 조르기 시범을 보여야 했다. 우리 중 둘이 원 한가운데로 나가서 한 명이 상대방에게 조르기를 하는 거였다. 나는 체구가 비슷한 코박 특기병과 짝이 되어 있는 힘껏 조르기를 했다. 끝났을 때 코박이 놀란 표정을 짓는 걸 보니 왠지 모르게 기분이 썩 좋지 않았다. 그다음은 코박이 있는 힘껏 조르기를 하도록 내버려 두었다. 그래도 기분이 좋지 않았다. 코박은 내 전우인데 내가 그의 목을 조르고 말았기 때문이다.

기초 훈련을 수료하지 못하는 유일한 방법은 자살 시도뿐이었다. 한 녀석이 변소 천장에 목을 매달려고 했다. 물론 성공하지 못했다. 천장만 무너졌다. 그래서 죽지 않았다. 하지만 기초 훈련도

수료하지 못했다.

부모님이 수료식에 참석했다. 많은 가족이 찾아왔고 많은 가족이 오지 않았다. 우리는 강당의 무대 위를 행군했고 큰 소리로 행진가를 불렀다. 토비 키스의 노래가 흘러나왔고, 모두 밤 9시까지 유효한 1일 휴가증을 받고 해산했다. 부모님은 나를 칠리스에 데려갔다. 나는 채식버거를 주문했다.

어머니가 나를 보며 말했다. "오랜만에 먹는 채식버거겠구나."

"사실 그렇진 않아요. 전투식량 12번이 바비큐 소스를 뿌린 채식버거예요. 맛이 없지는 않은데 이게 훨씬 나아요."

시간이 남아 기지 근처 시내에 있는 호텔 방에서 시간을 보냈다. 어머니는 클래스 A 제복을 입은 내 모습을 사진으로 남겼다. 나는 윈스턴 레드를 피웠다. 담배 맛이 끝내줬다. 잠시 후 포트 레너드우드로 돌아갔고 거기서 작별 인사를 했다.

12

의료 특기병에 지원한 군인들이 버스에 올랐다. 우리는 텍사스 주 샌안토니오의 포트 샘휴스턴으로 향했다. 버스 운전사는 베트남 참전군이었다. 백린 연막탄을 쓰던 시절에 사고를 당해 오른손이 녹는 바람에 붉은 살덩어리만 집게발처럼 남아 있는데도 굉장히 쾌활했다. 버스에서 술 마시고 담배를 피워도 된다고 했다. 포트 샘에 도착했을 때 새 교관들이 핏줄을 세우며 고함을 쳤지만, 교관들의 악다구니에 어느 정도 무감각해진 터라 고함을 치든 말든 별 상관 없었다. 그래도 얼큰하게 술기운이 오르고 담배 냄새가 나는 걸 제발 못 본 척 넘어가 주기를 바라면서 누구랄 것도 없이 다들 잔뜩 겁에 질린 척 행동했다.

우리는 며칠간 입소처리반에 머물며 다른 훈련소에서 사람들이 도착하기만 기다렸다. 그 후 모든 인원이 도착하자 우리는 찰리 중대에 호명됐고 다음 병영으로 가는 버스를 탔다. 노스다코타에서 온 할로 이병이 있었는데, 그녀는 버스에 탄 모든 사람 앞에서 코펜하겐 담배 씹는 것과 여러 남자와 동시에 섹스하는 걸 좋아한다고 말했다. 그래서 남자 병사들에게 인기가 많았다. 너나 할 것 없이 할로 이병과 벗고 뒹굴면 어떨지 상상했다.

우리는 중대에 도착했다. 재복무자들이 이미 나와 있었다. 재복무자들은 군사 특기나 병과를 바꾸려는 군인이거나 민간 세상에서 실패하고 재입대한 전직 군인이었다. 그들도 우리와 함께 훈련을 받았다. 대부분 꼴이 말이 아니었다. 군인들 사기에도 나쁜 영향을 미쳤다. 앞으로 어떤 사람이 될지에 대한 군인들의 기대치를 낮추는 역할만 하는 꼴이었다.

훈련 부대에는 슬로건이 있었다. 위생병 전사. 당연히 다들 바보 같다고 생각했다. 그런데도 간부는 위생병 전사라고 부르게 했다. 그래서 그렇게 불렀다. 훈련은 14주 동안 계속되었다. 하지만 얼마 지나고 나면 주말휴가증을 받을 수 있었다.

처음에는 교실에 모여서 전투 이론을 배웠는데, 구덩이를 파거나 숲에서 지독한 추위에 떨거나 가스를 마시는 훈련소에서 벗어나는 걸 알리는 반가운 변화였다. 응급구조대 교과서를 배급받고 모여서 강의를 들었다. 파워포인트가 수도 없이 이어지는 중에 가끔은《죽은 자의 얼굴》을 보여 주었다. 병사들이 죽음에 익숙해지도록 하려는 목적이었다. 남자가 차를 타고 데굴데굴 구르다 목이 부러지는 것도 보았다. 복부에서 내장이 튀어나온 오토바이 운전자도 보았다. 여자가 백만 번 넘게 칼에 찔리는 영상도 보았다.

중대에는 지도교관이 두 명 있었는데 하나는 E-6(하사), 하나는 민간 구조원이었다. 우리 민간 구조원의 이름은 그레이 씨였다. 매력이 넘쳤고 레즈비언처럼 보였다. 하지만 상관없었다. 그녀는 전문가였다. 샌안토니오병원의 구조기에서 근무했는데 군대의 위생병을 다 합친 것보다 의학 지식이 풍부했다.

해럴드 래미스처럼 생긴 E-6는 멘톨이 든 카멜 담배를 쉴 새 없이 빼금거렸다. 15년 동안 군대에 몸담아 온 사람이라, 우리가 알아야 한다고 생각했는지 별별 시답지 않은 것들까지 얘기해 주었다. 대개는 군대에서 군인이 어떻게 죽는가에 대한 얘기였다. 총상을 치료할 때 탐폰을 써도 된다는 얘기까지 했다. 반드시 무향 생리대를 써야 한다나. 나는 하사에게 포트 드럼에 배치된 적이 있는지 물었다.

"왜 묻나, 위생병?"

나는 여자친구가 뉴욕주 엘바에 살아서 몇 시간 거리에 있는 포트 드럼에 가고 싶다고 했다.

"절대로 포트 드럼에 가겠다고 하지 마. 다른 곳보다 현장에 있는 시간이 길고 진저리치게 추운 곳인데 네가 고생하는 동안 밖에 있는 여자는 너 몰래 바람이나 피울 테니까."

13

마스터스 교관은 만약 '완벽한 백인'이라는 것이 있다면 그에 딱 맞아떨어지는 사람이었다. 그의 역할은 중대 대형을 지시하는 거였다.

"위생병 전사들, 중대 응원 구호를 만들라는 지시가 떨어졌지. 일주일 안에 만들라고 했다. 그게 바로 마감 기한이었다. 지금 시각 기준으로 마감 기한이 지났다. 횡대 대형으로 헤쳐 모여."

우리가 외쳤다. "횡대 대형."

"반좌향……좌."

우리는 반좌향좌를 했다. 불길한 신호였다. 그 개자식이 우리를 똥개처럼 들들 볶을 거란 뜻이었다.

"앞!"

이건 더 최악이었다. 앞-뒤-뛰기를 한다는 뜻이었다. "앞!"이라고 말하면 몸을 숙이고 다음 구령이 있을 때까지 죽어라 팔굽혀펴기를 해야 했다.

우리는 그렇게 했다.

"뒤!"

이제 몸을 돌려서 윗몸일으키기를 해야 했다. 나는 윗몸일으키기를 싫어했고 콘크리트에서는 더더욱 싫었다. 엉덩이가 욱신거렸다.

"뛰어!"

이제 '노인을 위한 땀 빼기'를 하듯이 제자리에서 뛰다가 죽어라 달려야 했다. 우리는 교관이 "앞!"이나 "뒤!"라고 다시 말할 때까지 그렇게 했다. 앞-뒤-뛰기는 순서와 간격과 길이에 상관없이 어떤 식으로든 끝없이 계속되었다.

"앞…… 뒤…… 뛰어! 앞! 뒤! …… 뛰어! 뒤…… 뛰어! 앞, 뒤, 뛰어! 앞, 뛰어!"

그런 식이었다.

중대가 더는 앞, 뒤 혹은 뛰기를 할 수 없어 자기가 흘린 땀으로 흥건해진 콘크리트에 널브러질 때까지 똥개훈련은 계속되었다.

그 후 마스터스는 다시 대형을 맞추라고 했다.

"중대 응원 구호를 생각해 내지 못했으니까 내가 이른바 솔선수범해서 너희를 위해 하나 만들었다. 그 응원 구호를 당장 배우도록."

이게 바로 교관이 만들어 낸 응원 구호다.

전투에 나선 위생병 전사들!

밤낮으로 신속하게!

모두 무찌르자!

찰리 중대가 최고!

멈추지 말자! 해내자, 해내자!

전진하라, 위생병 전사!

멈추지 말자! 해내자, 해내자!

~~우우우우우우우우우우우우우우우우우~~-

~~우우우우우우우우우우우우우우우우우우우우~~-

~~우우우우우우우우우우우우우우우우우우우우우우우~~아!

길을! 비켜라! 위생병 전사가 나가신다!

우! 아! 위생병 전사가 나가신다!

길을! 비켜라! 위생병 전사가 나가신다!

우! 아! 위생병 전사가 나가신다!

길을! 비켜라! 위생병 전사가 나가신다!

우! 아! 위생병 전사가 나가신다!

멈추라는 신호가 있을 때까지 후렴구는 끝없이 이어져야 했다. 우리는 시키는 대로 했다. 그날부터 중대에 차렷 신호(어느 날이든 백만 번 정도는 떨어지는 신호)가 떨어질 때마다 응원 구호를 처음부터 끝까지 달달 외워야 했다. 예외는 없었다. 덕분에 얼마 지나지 않아서 기수는 후렴구 내내 로봇이 되어야 했다.

그러니까 여러분은 절대로 이 지랄맞은 군대에 들어가지 않기 바란다.

14

할로 이병은 나와 같은 중대였는데 몰래 화장하고 다녀서 문제가 됐다.

"할로, 숨긴다고 화장한 게 안 보일 줄 아나?"

"할로, 당장 화장 지워!"

"화장 때문에 한 번 더 걸리기만 해 봐, 이병!"

활력 징후를 확인하는 법을 배울 때 할로와 짝이 되었다. 먼저 할로가 부상자가 되어 등을 대고 누웠다. 혈압을 측정하기 쉽게 전투복 상의를 벗었다. 갈색 티셔츠만 입었는데 교실에 에어컨을 최대로 틀어서 그런지 오돌오돌 떨었다.

나는 옆에서 무릎을 꿇고 귀에 청진기를 낀 채 할로의 팔에 혈압 측정 밴드를 채웠다.

할로가 경고했다. "추워 죽겠어. 내 가슴 보지 마."

나는 그녀의 가슴을 본 적 없다.

지금에야 봤다.

그녀의 가슴은 예뻤다.

등을 대고 누워도 가슴이 넓적하게 퍼지거나 옆으로 처지지 않았다.

"입에다 불알을 넣은 기분이야."

내가 쳐다보자 할로가 미소 지었다.

나는 혈압 측정 밴드를 천천히 부풀렸다.

"혹시 아랫도리 털 면도해?"

"미친."

"그건 그렇다는 소리네!"

"떠드니까 안 들리잖아."

"미안해. 조용히 할게……. 마스터스 교관은 거시기 털을 면도하거든."

"110에 60."

"너랑 마스터스 교관은 뭔가 닮은 데가 있어."

"그만."

"미안해. 다신 안 할게."

마스터스 교관에 관한 얘기는 어쩌면 사실일 거라고 생각했다. 교관이 가끔 여자 신병과 성관계를 갖는다는 건 알 만한 사람은 다 아는 얘기였다. 레너드우드에서는 그런 일이 왕왕 있다고 했다. 일종의 거래라고 할까. 여자들은 무거운 장비를 나르지 않는 대신 교관에게 몸뚱이를 내줘야 했고, 아무튼 몇몇은 그렇게 버텼다. 우울한 일이었다.

병영으로 돌아가려고 대형을 맞추는데 할로가 느림보처럼 대형에 합류했다. 마스터스가 대형을 멈춰 세웠다. 할로는 입 안에 담배 찌꺼기가 조금 남아 있었고, 결국은 걸리고 말았다. 교관이 삼키라고 명령했다. 할로가 담배를 뱉어 내려고 하자 교관이 안 된다며 다시 삼키라고 다그쳤다. 할로는 담배를 다시 입에 넣고 꿀꺽 삼킨 다음 교관에게 미소를 지어 보였다. 그리고 교관이 사라지자 목구멍에 있던 담배를 잔디에 퉤하고 뱉었다.

15

수요일이었다. 입교한 지 5주가 지나서 처음으로 주말휴가증을 받을 수 있었다. 에밀리가 비행기를 타고 나를 보러 오기로 했다. 금요일에 도착할 예정이었다. 멋진 주말이 될 것 같았다. 에밀리는 세상에서 최고로 매력적인 여자였다. 얼른 에밀리와 침대에서 뒹굴고 싶어 죽을 지경이었다.

하지만 아직 수요일이고 오후 4시밖에 안 된 터라 일과를 종료하기 위해 먼저 대형을 맞춰야 했다. 그런데 선임하사가 오더니 우리더러 깜빡 속았다며 아직은 완전한 주말휴가증을 줄 수 없다나. 토요일 밤에만 잠시 외출을 허락하고 어떻게 하는지 지켜본다는 것이다. 별 탈 없이 지나가면 다음에는 완전한 주말휴가증을 준다고. 오후 4시, 해가 지지도 않은 시간에 마치 아무 일도 아닌 것처럼, 우리를 갖고 논 건 아니라는 듯 느닷없는 수작이 아닌 것처럼 그야말로 뻔뻔스럽게 지껄이는 것이 아닌가.

"어떻게 생각할지 안다. 불공평하다고 생각하겠지. 다른 중대는 이런 식으로 대접하지 않는다고. 그런데 잘 들어라, 위생병 전사들. 여기는 다른 중대가 아니다. 여기는 찰리 중대이고 일반 중대와는 다르게 굴러간다. 그게 우리가 1위인 이유다."

나는 에밀리에게 전화해서 나쁜 소식을 전했다. 에밀리는 심하게 화를 냈지만 그래도 오겠다고 했다. 벌써 직장에 휴가를 냈다고. 금요일에 시내로 찾아오겠다고 말했다.

금요일이 됐지만 에밀리는 나타나지 않았다. 고속도로에서 나오면 기지 근처에 슈퍼 8 모텔이 있었다. 부대에서 엎어지면 코 닿을 거리였다. 될 대로 돼라 싶은 심정이었다. 까짓 한번 시도해 보자. 중대장이 매일 오후에 한 시간씩 자유 시간을 주면서 PX 같은 곳을 관리하라고 시켰다. 한 시간이면 충분하다. 가는 데 15분, 오는 데 15분, 에밀리와 30분. 다른 선택의 여지가 없었다. 일단 시도해 보는 수밖에.

대형 PX 앞에서 택시를 잡았다. 슈퍼 8 모텔로 가 달라고 했다. 정문에서 5분도 안 걸렸다. 택시가 관리사무소 앞에 내려 주었다. 에밀리의 방을 찾으러 갔다. 2층. 드디어 방에 도착했다. 에밀리가 문을 열었고, 나를 바라보는 눈빛, 그것 말고는 아무것도 중요하지 않았다.

토요일에 에밀리가 말했다. "이런 건 싫어."

"어쩌겠어? 이미 입대했잖아."

"젠장!"

"왜?"

"어쩔 수 없었던 척하잖아. 네가 선택해 놓고."

"내가 널 떠난 것처럼 말한다."

"나랑 비교하면 안 되지."

"왜 안 돼?"

"나는 학교까지 옮겼어. 네가 원하면 언제든 보러 올 수 있었고, 이런 상황은 피할 수 있었다고. '어쩌지……. 더 있고 싶은데 왕재수 하사가 오후 4시에는 숙소에 있어야 한다고 해서.'라고 말하진 않았잖아."

에밀리는 금요일 밤에 혼자 모텔에 있었다. 일요일 밤도 혼자 있어야 했다. 월요일 아침이면 비행기를 타고 엘바로 돌아가야 했다. 우리에겐 토요일밖에 없었다.

에밀리는 내가 나쁜 놈이라고 했다.

나도 이해하지만 할 수 있는 최선을 다했고 금요일 오후에 나오는 건 그리 쉬운 일이 아니라고도 했다. 나는 제시간에 돌아가지 못할 뻔했고 하마터면 큰일이 날 뻔했다.

에밀리는 금요일 일에 대해 적어도 이런 사정을 미리 설명했으면 좋았을 거라고 했다.

나는 에밀리가 그렇게 생각하는 줄 몰랐다고 했다.

그저 내 행동이 낭만적인 줄 알았노라고 했다.

*

일요일 아침, 에밀리는 중대로 돌아가는 나를 배웅해 주었다. 나는 대형을 맞추라는 지시가 떨어지기 전에 준비를 마치려고 병영 위층으로 올라가 체육복으로 갈아입어야 했다. 군대에서 보급받은 체육복 반바지와 셔츠를 입고 아식스 운동화를 신고 내려왔다. 반바지에는 군대라고 쓰여 있었다. 셔츠에도 군대라고 쓰여 있었다. 항상 해야 하는 반사 벨트도 하고 있었다. 벨트가 내 가슴을 대각선으로 가로질렀다. 무슨 얼간이처럼 보였다. 에밀리가 울음을 터뜨렸다. 택시를 타고 떠나야 할 때까지 아이처럼 엉엉 울었다. 에밀리가 우는 내내 나는 억지로 센 척을 했다. 나는 강한 남자이고, 또 강해져야 한다고 생각했던 것이다. 하지만 사실이 아니었다. 이제 와서 말하지만, 괜히 남자인 양 억지로 강한 척하는 것보다 나은 일은 얼마든지 많다. 젊음을 즐기고 여자친구와 밤을 함께 보내고 그저 평범하게 사는 것처럼.

16

샌안토니오에는 인조 강변이 있었다. 캐리비안의 해적 놀이기구 같은 곳인데 해적과 해적선이 아니라 진탕 술을 퍼마실 곳과 레스토랑 체인점만 늘어서 있었다.

나는 인공 강변을 따라 걷고 있었다. 코박과 함께. 우리는 정처없이 걸었다. 어두운 밤이었고 에밀리를 만난 다음 주말이었다. 처음으로 완벽한 주말휴가증을 받았고 금요일이었다.

코박은 네바다에서 온 공군 출신인데 혼합 마약을 너무 좋아한 나머지 행운이 따르지 않은 경우였다. 그러다 스물세 살에 군대에 들어온 것이다. 그날 오후 일찍부터 술을 마셨다. 나도 벌써 시그램 진을 다섯 잔이나 마신 상태였다. 에밀리가 보고 싶었다. 그리움이 간까지 집어삼켰다. 독수리에게 간을 쪼이는 프로메테우스가 된 것 같았다. 서서히 밤이 깊어 가자 뭐라도 먹어야겠다 싶은 생각이 들었다.

술집 겸 식당이라고 써 붙인 곳을 지나갔다. 가게 안이 훤히 들여다보였다. 벽에는 백파이프가 있고 여러 종류의 국기가 걸려 있었다. 체크무늬 스커트를 입은 종업원도 보였다. 상관없었다. 메뉴에 채식버거가 있어서 들어가고 싶었는데 킬트를 입은 문 앞의 남자는 내가 스무 살밖에 안 됐다고 막아섰다. 나는 술 마실 생각이 없으며 채식버거만 먹고 싶다고 했다. 그래도 안 된다고 했다. 햄버거 하나만 포장해 가겠다고 했다. 그것도 안 된다고 했다. 나는 답답해졌다. 코박에게 나 빼고 들어가라고 말했다. 뒷걸음치다가 인공 강물에 빠질 뻔했지만 운 좋게도 빠지지는 않았다. 계단을 통해 길거리로 올라가자 알라모가 나왔다. 부랑자가 담배 한 개비만 달라고 했다. 나는 담배 한 개비를 주고는 방금 강변에서 어떤 대접을 받았는지 쏟아 놓았다. 부랑자는 날 그런 식으로 무시하다니 아주 더러운 자식들이라고 맞장구를 쳤다. 낡은 엑스포 모자를 깊게 눌러 써서 눈동자를 볼 수 없었지만 목소리는 진심 같았다. 부랑자가 근처에 데니스 레스토랑이 있다고 알려 주었다. 나는 그 레스토랑을 좋아한다고 대답하며 함께 가서 식사하고 싶은지 물었다. 부랑자는 돈이 없다고 했다. 내가 사 주겠노라고 했다.

우리는 흡연 구역의 칸막이 자리에 앉았고 종업원이 곧바로 주문을 받았다. 나는 취하면 말이 많아지는 편이라서 부랑자에게 어떻게 살고 있는지, 어쩌다 부랑자가 됐는지 물었다. 그는 감옥에 가면서 삶이 완전히 망가졌다고 말했다.

"감옥은 왜 갔어요?"

"사람을 죽였어."

팬케이크가 나왔다.

"어떤 놈이 내 여동생을 강간했어. 그래서 총으로 쏴 죽였지."

"그럴 만했네요."

부랑자는 가석방 상태였는데 직업이 없어서 가석방 담당관이 자꾸 닦달한다고 털어놓았다. 하지만 정신 질환이 있어서 일을 구하는 게 쉽지 않다고.

"가석방 담당관은 나한테 맡겨요. 난 군인이에요. 요즘은 우리 군인이 힘 좀 있거든요. 연락처가 어떻게 돼요?"

그가 가석방 담당관의 이름과 전화번호를 알려 주었다. 우리는 식당 앞에서 헤어졌다. 나는 곧 그 골칫거리를 해결해 주겠다고 큰소리를 땅땅 쳤다.

월요일 오후 그레이 씨가 빡빡한 주말을 보냈다고 말했다. 항공구조대가 시골에서 열리는 바비큐 파티에 출동했다는 것이다. 어린아이를 기르는 젊은 여자가 사륜 오토바이를 타고 캠프장의 바비큐 조리대에 부딪히는 바람에 뇌에 출혈이 생겨서 바비큐 파티 도중에 죽었다고. 여자의 머리는 보라색으로 변했다. 여러 군데가 퉁퉁 부어올랐다. 그레이 씨는 그런 사고가 빈번히 일어난다고 말했다.

우리는 지망 부대 목록을 빼곡히 채워 넣었다. 나는 많은 고민 끝에 월터리드군인병원이나 애버딘실험장이나 브룩군인의료원을 지망했다. 만약 세 곳 모두 떨어지면 포트 드럼에 가기로 했다. 해럴드 래미스는 포드 드럼에서 꽤 힘든 시간을 보냈다고 했다. 하지만 엘바 근처라서 에밀리와 가까웠고, 소문대로 고생스러운 부대라면 무조건 배치될 터였다.

그날 저녁 우연히 만난 부랑자의 가석방 담당관에게 전화했다.

메시지를 남겨서라도 약속한 일을 처리하고 싶었다. 내가 누구인지 밝히고 나서 현재 군인인데 찰리 프라이드 씨의 생활이 무척 우려된다고 용건을 말했다. 프라이드 씨는 심각한 정신 질환을 앓고 있으며, 직업을 얻지 못하는 것은 그의 잘못이 아니며, 이런 문제를 곧바로 해결하지 않으면 적절한 절차를 밟을 생각이라고.

날마다 마네킹을 붙잡고 씨름했다. 몸통에 머리만 달린 마네킹도 있었다. 팔다리가 달린 전신 마네킹도 있었다. 고무 폐가 달린 마네킹도 있었다. 다리에서 고무 뼈가 튀어나온 마네킹도 있었다. 심지어 가짜 피를 뿜어내는 마네킹도 있었다. 얼굴이 천사 같은 아기 마네킹까지 있었다. 상상할 수 있는 온갖 마네킹이 위생병 전사 훈련에 제공됐고, 우리는 간부가 대본을 읽는 동안 바닥을 기어 다니다시피 하며 이 마네킹에서 저 마네킹으로 옮겨 다녔다.

"혈압이 70에 20으로 떨어졌다."

(줄을 연결하고 가상의 체액을 집어넣는 척했다.)

"환자가 구토한다."

(마네킹을 옆으로 돌려서 가상의 구토를 가상으로 흡입하고 가상으로 죽기 전에 기도를 청소했다.)

"기흉 상처."

(이런 경우 밀봉붕대를 사용했다.)

"환자가 기도 치우침을 보인다."

(가상의 긴장성 기흉으로 가상의 세 번째 늑간극 쇄골 중간선

에 가상의 바늘 흉관 삽입이 필요했다.)

"입과 코 주변에 심각한 안면 화상."

(이런 마네킹은 가상의 윤상 갑상 연골 절개술이 필요했다.)

그러다가 병사들끼리 짝을 지어서 진짜 정맥에 14게이지 바늘 도관을 꽂고 나비바늘로 서로의 피를 뽑았다. 나는 할로의 피를 조금 뽑았다. 할로는 바늘을 싫어했는데 바늘만 보면 덜덜 떨었다.

할로가 애원하듯이 말했다. "부탁이니까 살살 해."

17

나는 착하게 살려고 했다. 그런데 엉망이 되었다. 에밀리가 술집 여자로 취직했고 나는 술을 진탕 퍼마셨다. 인조 강변 호텔의 어느 층 복도에서 난동을 피웠고, 코박은 내가 체포되지 않도록 무던히 애를 썼다. 나는 그런 작부 짓을 하다니 얼마나 천박한 행동이냐고 중얼거렸다. 술집 여자라니. 게다가 에밀리는 내 전화도 안 받았다. 나는 코박에게 정말로 천박하지 않으냐고 물었다. 코박은 뭐라고 대답해야 할지 모르겠다고 난처해했다. 나는 쓸모없는 개자식이라고 쏘아붙였다. 그렇게 개소리나 지껄일 거면 차라리 닥치는 게 낫겠다고 덧붙였다.

그때 할로가 복도에서 걸어오는 게 보였다. 재복무자 다섯 명과 함께 있었고 전부 남자였다. 할로는 뭘 하냐고 물었다. 나는 강변에서는 어딜 가나 신분증 검사를 하는 통에 거지 같다고 대답했다. 할로가 정말이냐고 물었다. 자기는 신분증 확인을 안 했다고. 그러면서 저기 있는 사람이 코박이냐고 물었다. 나는 그렇다고, 코박이라고 했다. 할로는 안녕, 코박이라고 인사했다. 코박도 인사했다. 재복무자들은 그새를 참지 못하고 재수 없게 굴었다. 내가 그중 한 명에게 강간범 새끼라고 말하자 나더러 무슨 보호자라도 되느냐고 되물었다. 나는 놈의 주둥이를 때렸다. 놈이 나를 붙잡았다. 나는 뒤로 돌아가서 놈의 목을 조르려고 했지만, 겨우겨우 헤드록만 걸 수 있었다. 그다음은 어떡해야 할지 막막해졌다. 놈의 머리를 문에 처박으려 했지만 그러지 못했다. 반동이 충분치 않았다. 놈이 놓으라고 소리쳤다. 잔뜩 쉰 목소리를 듣자 힘이 빠져서 집중할 수 없었다. 그 빌어먹을 강간범도 한때는 아이였겠지, 하는 생각이 들었다. 놈의 친구들이 한꺼번에 나에게 들러붙었다. 나는 턱을 얻어맞았고 그 뒤로 며칠 동안 턱이 흔들렸다. 코박은 나를 도와주려다 내 목을 후려쳤다. 여자가 문 뒤에서 소리쳤다. "경호원 불렀어." 우리는 모두 흩어졌다. 할로와 코박과 나는 계단으로 뛰어 내려가 호텔 밖으로 나갔다. 우리는 다시 강변으로 돌아갔다. 인공 강변은 정말이지 형편없었다. 톱 40위 음악 같았다. 김빠진 버드 라이트 맥주이면서 카고 반바지였다. 케사디야고 악스 향수이기도 했다. 내가 죄책감을 느끼는 모든 것이었다.

할로는 어딘지 모르게 빛이 났다. 몸을 깔끔하게 씻었군. 할로가 담배 한 개비만 달라고 했고 내가 담배 한 개비를 꺼내자 팔꿈치를 잡더니 내게 몸을 기울였다. 우리는 호텔로 돌아가도 안전하다고 느낄 때까지 한 시간 정도 터벅터벅 걸었다. 할로는 엘리베이터에서도 내 옆에 바짝 붙어 섰다. 방은 7층에 있었다. 코박이 유료 영화를 결제했다. 나는 진토닉을 따랐다. 할로도 한 잔 달라고 했다. 그리고 침대 가장자리로 와서 내 옆에 바짝 붙어 앉았다. 가슴이 계속 내 팔에 닿았고 무의식적으로 나를 향해 거친 숨을 내쉬었다. 나는 여자친구가 있다고, 진지한 관계라고 말했다. 그녀는 우리는 겁에 질렸고, 겁에 질렸을 때는 무엇이든 해도 괜찮다고 설득했다. 나는 그냥 미안하다고 했다. 할로는 화장실에서 코박과 섹스했다. 제대로 흥분했는지 요란한 소리가 들렸다. 할로는 남자의 아랫도리를 정말 좋아했다.

18

우리는 같은 날 배치 명령을 받았다. 나는 텍사스주 킬린의 포트 후드에 배치됐다고 쓰인 명령서를 확인했다.

포트 후드는 내 지망 부대 목록에 없는 곳이었다.

포트 후드에는 사단이 두 개 있었다. 제1기병사단과 제4보병사단이었다. 제1기병사단으로 가는 사람들이 나와 다른 배치통보서를 받은 걸 보고 나서야 제1기병사단이 아니란 걸 알았다. 그 사람들은 제1기병사단이라고 적혀 있었고 나는 아니었다. 나는 그냥 제3군단이라고 적혀 있었다. 제4보병사단은 아니었다.

5분도 안 돼서 제4보병사단이 그해 가을에 이라크로 파병된다는 사실을 알았다. 그 사실을 에밀리가 알면 무척이나 화를 내겠다는 생각이 들었다.

코박은 알래스카의 병원에서 일하게 됐다고 쓰여 있었다. 본인은 좋아하지 않았지만 나는 내심 부러웠다.

나는 계단 쪽으로 걸어갔다. 여자가 휴대전화에 대고 구슬프게 울고 있었다. "날 월터리드병원으로 보낸대요, 엄마……. 아뇨……. 하지만 엄마…… 하지만 엄마…… 엄마…… 엄마, 난 위생병 전사라고요!"

인생은 정말이지 이상하기 짝이 없다.

신문을 보고 조의 부대가 그해 여름에 곤욕을 치른 걸 알았다. 일주일 동안 부대에서 열아홉 명이 사망했는데 모두 오하이오주 출신이었다.

나는 조와 이메일로 연락하려 했지만 한참 동안 답장이 오지 않았다. 다행히 로이와는 얘기를 나눴다. 그는 사촌이 아직 살아 있고 몸도 온전하다며 어떤 식으로든 상황이 변하면 알려 주겠노라 약속했다.

*

임상 훈련이 그 주에 시작될 예정이라 주말휴가증이 끊기고 우리는 주둔지에 발이 묶였다. 밤 9시, 우리는 대형을 맞추고 마스터스 교관이 와서 보급 물자를 확인하기만 기다렸다. 마스터스는 개자식답게 기어이 위층에 올라가서 병영을 샅샅이 검사하기로 마음먹은 모양이었다. 순간 구급용 가방을 닫았는지 기억이 안 났고, 당연하게도 마스터스가 계단을 내려오면서 대단한 일이라도 한 것처럼 가방 하나를 들고 있었다.

"89번이 누군가? 이 구급용 가방 누구 거지?"

나는 곧바로 손을 들고 줄에서 나와 꼼짝없이 차렷 자세로 서 있어야 했다.

"팔굽혀펴기 준비 자세……. 움직여."

나는 팔굽혀펴기 준비 자세를 했고, 마스터스는 그 자세로 얼마간 있게 한 다음 우리에게 암시장을 설명했다.

"암시장에 대해 들어 본 사람?"

우리 모두 대답이 필요치 않은 질문이라 생각했다.

"위생병 전사들, 너희 중 일부는 곧 이라크와 아프가니스탄에 간다. 이라크와 아프가니스탄에는 암시장이 있다. 그쪽 사람들은 밑바닥보다 더 가난하다. 잠가 놓지 않은 물건은 무엇이든 훔쳐서 암시장에 내다 팔 거다."

마스터스는 내 구급용 가방을 들어서 내용물을 바닥에 쏟았다. 응급 치료 용품, 에이스 고무 붕대, 이스라엘산 붕대, 먼지투성이로 보이는 기도 튜브 세트, 구강 인두 도구, 비인두 도구, 포장하지 않은 주사기, 정맥관 몇 개, 500cc짜리 링거 젖산 용액 두 개, 14게이지 바늘 도관 여섯 개 중에서 사실 큰돈이 될 만한 건 없었다.

마스터스가 가방을 한쪽으로 내던졌다. "의료 도구는 암시장에서 꽤 비싼 가격에 팔린다." 그러곤 내 얼굴에 대고 뭔가를 말하려는 양 몸을 숙였다. "위생병 전사, 구급용 가방을 잠그지 않아서 누군가 훔쳐다 암시장에 파는 바람에 방금 전우가 죽었다. 총에 맞았는데 곁에서 도와줄 도구가 없었지. 너의 전우는 죽었고 그건 네 잘못이다. 네가 방금 전우를 죽인 거야, 위생병 전사. 이제 그의 가족에게 뭐라고 말할 건가?"

마스터스는 근육에 마비가 올 때까지 팔굽혀펴기를 시켰다. 그렇게 되는 데 3분도 걸리지 않았다. 그래도 끝까지 죽을힘을 다해서 팔굽혀펴기를 엄청나게 했다. 나는 실력이 좋았다. 우리는 대부분 팔굽혀펴기를 잘한다. 모든 전쟁이 팔굽혀펴기와 잡담 실력으로 승패가 갈린다면 미국은 절대로 패배하지 않을 것이다.

19

브룩군인의료원은 포트 샘에 있는 병원이었다. 민간인과 군인을 가리지 않고 모두 치료하는 데다 층마다 청결하기 이를 데 없었다. 정말 좋은 병원이었다. 우리는 거기서 2주 동안 임상 훈련을 했다. 우리는 의료원에서 뭔가를 잘 아는 척 행동해야 했다. 내가 배정된 층에는 나를 포함해 실습생 다섯 명이 있었다. 우리는 각자 다른 환자를 맡았다. 그리고 한 명씩 회진을 시작했다.

오토바이 사고를 당한 남자가 있었다. 다리가 부러진 상태였다. 아내도 병실에 있었다. 혈압 측정 밴드를 거꾸로 두르는 바람에 기계를 켜자 혈압을 측정하는 밴드가 구명보트처럼 순식간에 부풀어 올랐다. 남자는 괜찮다고 했지만, 아내는 나를 쓰레기 같은 자식이라고 생각했다. 나는 계속 회진을 했다. 이번엔 부랑자끼리 난투극 같은 걸 벌이다 칼에 찔린 남자였다. 온몸에서 지독한 악취가 풍겼다. 어쩔 수 없이 직접 스펀지로 목욕을 시켜 줘야 했다. 심지어 남자의 불알을 올려 아래까지 박박 닦아 줘야 했다. 나는 은행강도질을 저지른 그 누구도 접근할 수 없는 천국에 이를 정도로 공을 쌓아 갔다.

다음은 길을 건너다 교통사고를 당한 30대 남자였다. 차에 부딪히는 바람에 성기가 절단되고 지능이 완전히 떨어져 버렸다. 환자의 머리맡에서 슬픔을 가누지 못하고 괴로워하는 어머니를 보고 있자니, 눈부신 태양을 똑바로 바라보는 것처럼 힘들었다. 환자와 어머니 모두 워낙 좋은 사람들이라 혈압 측정 밴드 사용법을 익힌 게 천만다행이었다. 서투른 실력을 들켜서 그 모자가 더 슬퍼질 이유를 만들기라도 했다면 나 자신이 싫어졌을 것이다.

병실 복도 끝 폐쇄된 방에는 이라크전에서 심한 화상을 입은 어린아이가 있었다. 군인이면서 아이, 그게 그거다. 화상으로 감염에 취약해져 출입 금지 구역에 입원한 상태였다. 하지만 병실이 훤히 보이는 창문이 있어서 그가 한평생에 걸쳐 마침내 도달한 장소가 어떤 곳인지 한눈에 보였다.

나는 환자를 죽이는 실수를 저지르지 않은 채 무사히 임상 훈련을 마쳤다. 아마도 나 자신이 대견했던 것 같다. 금요일 저녁까지 그 으쓱한 기분이 이어졌고, 그러다 예기치 않게 아랫도리에 큰 재앙이 닥치고 말았다.

불알을 된통 얻어맞은 것이다.

좀 우습게 표현하자면 그랬다.

군대식 농담이었다.

뭔가 잘못된 걸 곧바로 알았지만, 고환이 심하게 퉁퉁 부어오르고 나서야 간부에게 보고했다. 이번에는 환자가 되어 의료원으로 돌아갔다. 응급실에서 엑스레이 사진을 찍었다. 의사가 서혜부 탈장인지 뭔지라고 했다. 나는 듣고도 정확하게 무슨 뜻인지 몰랐다. 의사가 판단하기에 외과적 수술은 딱히 필요 없을 거라고 했다. 그래도 아랫도리가 풍선처럼 잔뜩 부어오른 데다 불알 두 쪽이 죽을 만큼 아팠다.

나는 응급실 들것에 누워 있었는데, 병원 직원이 거리에서 데려온 환자가 누운 간이침대를 밀고 들어왔다. 남자는 심하게 구타를 당했는지 계속 흐느껴 울었다. 그 남자를 내 옆에 두었다. 커튼 너머로 간호사들이 얘기하는 소리가 들렸다. 남자는 뇌진탕에 이를 몇 개 삼킨 데다 갈비뼈가 완전히 부러진 상태인데, 누군가 눈 쪽으로 표백제까지 뿌렸다는 것이다.

간호사들이 남자의 어머니에게 전화를 걸었다.

그의 어머니가 찾아왔다.

어머니는 잠시도 말을 멈추지 않았다.

"누가 그랬니, 얘야? 얘야, 놈들이 지갑을 가져갔어? 지갑을 가져갔어, 그랬어? 얘야, 놈들이 지갑을 가져갔어?"

맙소사.

나는 일주일 분량의 이부프로펜 800밀리그램과 격무면제소견서를 들고 아침 일찍 병원을 나왔다. 다행히 고환이 싹둑 잘려 나가는 일은 생기지 않아서 기뻤지만, 그 주의 대규모 야외 기동 훈련에 참가할 수 있을지는 여전히 알 수 없었다. 훈련소 수료 전 마지막 훈련이었고, 아마도 그 훈련에 참가하지 않으면 제대로 과정을 수료할 수 없을 것 같았다. 델타 중대로 강등되면 한 달이나 뒤처지기 때문에 포트 샘에 꼬박 한 달을 더 묶여 있어야 했다. 수료 후에는 3주 동안 집에 갈 예정이었다. 반드시 참가해야만 했다. 아랫도리가 부풀어서 터져 나가든 말든.

야외 기동 훈련 첫날, 나는 주어진 훈련을 완수하지 못했다. 고무 M16 소총을 들고 탕, 탕, 탕, 거리면서 사방을 돌아다녀야 하는 훈련이었다. 분대와 함께 2.5톤 트럭을 타고 산등성이를 올랐다. 산등성이 꼭대기에서 모두 뒤로 뛰어나와 탕, 탕, 탕, 이라고 외칠 준비를 해야 했다. 하지만 총을 들고 뛰어나감과 동시에 사타구니 쪽에서 뭔가 이상한 느낌이 드는가 싶더니 그대로 땅바닥에 고꾸라져 버렸다. 나는 들것에 실려 훈련장에서 구호소로 끌려갔다. 위생병이 내 고환 상태를 확인했다. 아쉽게도 아랫도리 상황이 좋지 못했다. 피가 고여서 감청색으로 시퍼렇게 변해 버렸다. 구호소의 지도위생병이 모든 위생병을 부르더니 상태를 확인시켰다. 그리고 내 앞에서 내 불알 두 쪽을 놓고 뭔가를 의논했다. 중대 선임하사가 와서 내 불알을 살펴보았다. 하사는 내 꼴이 웃긴다고 생각한 모양이다. 나는 병원에 갔고 남자가 내 항문에 손가락을 집어넣었다. 아무 예고도 없이. 그냥 쑥하고 쑤셔 넣었다. 그리고 다른 남자가 오더니 고환으로 피가 흘러서 부고환에 염증이 생겼다고 설명했다. 마침내 모르핀을 주사해 주었다. 그제야 좀 나아졌다. 모르핀은 정말이지 끝내줬다. 침대는 무척 편안했다. 병원 메뉴에 채식버거가 있어서 주문했는데 정말 맛있었다. 그렇게 밤을 맞이하려고 준비하는데 의사가 인턴 무리를 이끌고 와서 또다시 내 불알을 까고 한참을 지켜보며 의논했다.

다음 날 아침 페니실린 한 병, 3일 치 퍼코셋 진통제, 요양소견서를 들고 훈련장으로 돌아왔다. 중대 대형이 눈앞에 펼쳐져 있었다. 선임하사와 대위가 앞에 서서 재수 없게 깔짝대고 있었다.

선임하사가 놀리듯이 말했다. "이봐, 스머프 불알은 어디 있어? 아직도 안 돌아왔나?"

나는 어쩔 수 없이 거수경례를 해야 했다.

선임하사가 대위에게 말했다. "내가 말한 그놈입니다. 불알이 시퍼렇게 질렸답니다."

마침내 대형이 해산했고 선임하사와 대위를 보러 가라는 지시가 떨어졌다.

"그래, 스머프 불알, 의료원은 어땠나?" 선임하사가 물었다.

"괜찮았습니다, 선임하사님."

"좋다. 잘 관리해 줬겠지, 안 그래?"

"네, 선임하사님."

이번엔 대위가 물었다. "거기서 무슨 소견서라도 줬나?"

"요양소견서를 받았습니다, 선임하사님."

거기서 망쳐 버렸다. 그 꼰대는 선임하사가 아니라 대위님이라고 해야 했다. 하지만 나는 탈수 상태인 데다 진통제 몇 알을 먹은 터라 대위를 하사 나부랭이로 좌천시켜 버렸다.

대위는 심기가 불편했다. "나는 대위일세, 친구. 대위님이라고 불러야지, 알았나?"

"내가 선임하사다. 정신머리가 나갔나?"

"진통제라도 먹이던가?"

"퍼코셋입니다, 대위님."

"그건 나한테 주는 게 좋겠군."

나는 온몸에 힘이 빠지면서 완전히 좌절하고 말았다. 하지만 좋은 소식도 있었다. 야외 기동 훈련에 참가하지 않아도 제때 훈련을 마칠 수 있다고 했다. 그러면 집에 갈 수 있었다. 마침내 에밀리를 볼 수 있었다.

중대에서 대량 사상자 훈련을 하는 날이면 가짜 사상자가 흘린 가짜 피가 최대한 흥건하게 묻은 갈기갈기 찢은 낡은 공군 제복이 한쪽에 널려 있었다. 나는 1인 세탁 임무를 받았기 때문에 피에 찌든 군복을 세탁해야 했다. 사실상 신체 일부분을 거의 못 쓰게 됐는데도 편안히 침대에서 쉴 수 없었다. 가짜 피가 묻은 공군 제복을 한 아름 들고서 세탁기가 있는 헛간으로 가다가 가상 전진 작전 기지의 가상 경비병과 마주쳤다.

누군가 나를 불러 세웠다. "거기 서! …… 거기 서! …… 거기 서! …… 그래, 너."

당연히 아는 녀석이었다. 강변 호텔에서 주둥이를 때린 녀석이었다. 우리는 서로를 보며 이를 바득바득 갈았는데, 그놈이 나보다 계급이 높았다. 놈은 E-5, 병장이었다. 나는 일개 E-2, 이등병이었다. 이 상태로는 내가 무조건 불리했다. 그래서 사실대로 말했다.

"저는 훈련에 참가하지 않습니다. 세탁 임무를 명받았습니다."

"무슨 세탁 임무?"

"이 세탁 임무요. 그게 아니라면 왜 이딴 군복이나 나르고 있겠습니까?"

"누가 그 임무를 부여했지?"

"정신 나간 자식, 잘 알지도 못하면서."

"뭐라고 했어?"

"엿이나 처먹어."

놈은 옆에 있는 훈련병에게 몸을 돌리고는 고무 M16 소총을 넘겼다. "내 무기 좀 들고 있어, 위생병 전사."

"젠장."

놈이 나를 바닥에서 들어 올려 내동댕이쳤다. 가짜 피가 묻은 공군 제복이 사방으로 흩어졌다. 놈은 내 팔을 등 뒤에 고정하고 콩팥 부위를 무릎으로 누르면서 최대한 몸무게를 실었다. 내 얼굴이 뭉개지면서 작은 개미탑에 넘어졌고, 개미가 기어 나와 내 얼굴을 뒤덮으며 죽어라 깨물었다. 아마 그런 대접을 받아도 싼 상황이었을 테지.

"이제 입조심을 해야겠지?"

"너나 잘해, 재수 없는 새끼, 제기랄."

놈은 끝내 나를 놓아주지 않았다. 곁눈으로 가상 경비병 몇 명이 보였다. 코박도 함께 있었다.

"코박, 왜 보고만 있어?"

코박이 대답했다. "닥쳐, 불알 터진 새끼야."

*

우리는 훈련소 생활을 마감했다. 토비 키스 노래가 나왔다. 이제는 자유롭게 떠나도 됐다. 서서히 불알 상태가 정상으로 돌아오고 있었지만, 부고환염 치료를 위해 먹은 페니실린 때문에 햇빛에 극도로 민감해져서 피부가 시커멓게 타 버렸다. 게다가 얼굴에는 개미에 물린 자국까지 가득했다. 공항으로 떠나려다 할로이병과 마주쳤는데 나를 보더니 꼴이 한심하다는 듯 비웃었다.

20

에밀리가 운전대를 잡았다.

"네 발을 자르면 어떻게 될까?"

"안 돼."

"왜, 얼마나 좋아? 어차피 게을러터졌는데. 그냥 늘어지게 앉아서 온종일 약이나 해. 생각해 봐. 그럼 생고생 안 해도 되잖아."

"내 발을 자르면 자기가 곤란해질걸."

"네가 고소만 안 하면 되지."

"정부 자산 훼손이야."

"진짜로?"

"아쉽지만 그래. 내 권한 밖이야."

"음."

"그런 일까지 다 염두에 둔 거야."

"발을 잘라 버릴 수 있으면 좋겠다."

"이해해."

"불공평해."

"그래, 맞아."

집에 머무는 내내 에밀리와 같이 있을 예정이었고, 어디를 가야 할 일이 생기면 에밀리가 꼬박꼬박 나를 태워다 주었다. 상황은 괜찮았다. 에밀리도 일이 없는 상태였다. 더는 술집 작부가 아니었다. 에밀리는 그동안 돈을 좀 모았다. 대출금도 갚았다. 학교 공부도 완전히 따라잡았다. 전 과목 A 학점을 받았다. 그런 에밀리가 정말 대견했다. 더는 술집 작부가 아니라는 점이 너무나 기뻤다.

앞으로 3주의 시간이 있었다. 유일한 문제는 2주 동안 신병 모집이라고 부르는 잡무에 동원되어야 하는 거였다. 켈리와 스페이스를 다시 만났다. 둘 다 나를 기억하지 못했다. 그래도 괜찮았다. 메이필드의 설명회에서 신병 모집을 할 예정이었다. 벨라미 병장과 암벽 등반용 임시 벽을 가져갔다. 하지만 설명회에서 다소나마 관심을 보인 것은 새파란 애들뿐이었다. 나는 꼬마들 몸에 벨트를 채워서 암벽 등반용 벽 꼭대기에 있는 자동 밧줄 고정 장치와 연결된 줄에 매달았다. 다행히 꼬마들 목이 부러지는 불상사는 없었고 밧줄 고정 장치는 훌륭했다. 하지만 꼬마들은 몸이 가벼워서 곧장 벽 꼭대기로 끌려 올라가는 게 문제였다. 내가 꼬마들을 줄에 고정하면 몸뚱이가 벽 위로 쑥 올라가 버렸다. 벨라미에게 어떻게 해야 하는지 물었다. 그 당시 벨라미는 내가 1월에 다녀간 후 세브란스군인고용센터에 새로 온 신병 모집 담당자였다. 키가 작고 음흉한 눈매에 배가 툭 튀어나온 사내였는데 스페이스처럼 입을 벌리면 금니가 가득 보였다.

"어떡해야 할까요, 병장님? 아이들이 제대로 타지 못하는데요. 너무 가벼워요. 곧장 날아 올라갔다가 꼭대기에 멈춰 있어요."

"어떻게든 되게 해야지, 이병."

나는 병장의 말대로 했다. 아이들은 줄에 매다는 즉시 하늘 높이 날아 올라갔고, 나는 죽을힘을 다해 벽을 타고 올라가서 다시 끌고 내려와야 했다. 한참 동안 그 상황이 반복됐다. 대체 어디서 데려왔는지 모르겠지만 아무튼 애들이 우글우글했다. 잠시 숨 돌릴 틈도 없이 꼬마애들이 나타났고 뇌우가 쳐서 모든 사람이 설명회장을 떠날 때까지 그 상황은 계속되었다. 우리는 벼락에 맞을까 싶어 암벽 등반용 임시 벽을 철거했다.

벨라미는 최신형 닷지 듀랑고를 타고 떠났다. 나는 폭우 속에서 에밀리가 데리러 오기만 기다렸다. 축축한 비를 맞는 게 좋았고 이미 흠뻑 젖어서 빗속에 있어도 별 상관이 없었다. 에밀리가 차를 세웠을 때 그녀의 모습이 너무나도 완벽해 보였다. 내게도 더할 나위 없이 다정했다.

우리는 부모님을 만나러 멕시칸 레스토랑에 갔다. 아버지가 신병 모집 설명회는 어땠냐고 물었다. 꼬마애들 얘기를 했더니 다들 재미있어했다. 우리는 모두 좋은 시간을 보냈다. 그런 기쁨을 뒤로한 채 몇 주 후면 이라크에 가야 한다니 아쉬울 수밖에 없었다. 하지만 어쩔 도리가 없었다. 내가 뿌린 씨앗이니 내가 거둘 수밖에.

포트 후드에 도착하자마자 소변 검사를 받을 게 분명한 일이라 그 전에 대마초를 실컷 피워 두려고 했다. 내가 아는 사람 대부분이 세브란스 가까이 살아서 그리 어려운 일도 아니었다.

고용센터로 돌아가기 전까지 한 시간 남짓 남아 있었다. 에밀리가 나를 태워서 제임스 라이트풋의 어머니 집에 데려다 주었다. 나는 제임스 라이트풋하고 미친 듯이 대마초를 피웠다. 에밀리는 대마초를 피우지 않았다. 그저 알약만 건드렸다. 나는 주방 싱크대에서 면도날로 대마초를 다듬었다. 한창 자르는데 제임스 라이트풋이 인도 사람 카시 얘기를 했다. 카시는 지난 4년간 클리블랜드에 살면서 케이스대학에 다니고 있었다. 그런데 학생비자 기한이 다 되어서 미국 시민이 되려고 입대를 고려한다는 것이다.

"왜 미국 시민이 되고 싶대?"

"모르겠어. 인도보다 여기가 좋은가 봐."

"흠, 점안액 좀 있어?"

나는 5분 늦게 돌아갔다. 정신을 가다듬으려면 잠시 시간이 필요했다. 나는 여전히 제대로 취한 상태였다. 고용센터에 도착하니 벨라미만 사무실에 있었다. 나머지 신병 모집 담당자는 시내에서 열리는 대규모 프리스타일 농구 시합에 가고 없었다. 벨라미가 버럭 화를 내며 팔굽혀펴기를 시켰다. 나는 시키는 대로 하다가 입을 열었다.

"병장님, 늦어서 죄송합니다만 그럴 이유가 있었습니다. 입대하고 싶어 하는 사람을 찾은 것 같습니다."

"원위치. 차 안에서 얘기하지."

차를 타고 가는 길에 카시에 대해 자세히 설명했더니 다른 신병 모집 담당자에게는 절대 말하지 말라고 신신당부했다. 나는 그러지 않겠다고 약속했다.

관중석은 경기장 건너편 주차장에 있었다. 농구와 관련된 별의별 행사가 한창 진행 중이었다. 나는 관중들 사이를 서성거리며 전단을 나눠 주려고 했다. 그런데 누가 나더러 어느 동네 출신이냐고 물었다. 언뜻 보기에는 얼굴이 앳되다고 생각했는데, 순간 눈가의 잔주름과 웃을 때 생기는 깊은 주름이 보였다. 그 남자는 앞니 하나가 없었다. 너저분한 금발 머리를 땋아서 머리에 붙이고, 클리블랜드 캐벌리어스 농구 팀 반바지와 긴 티셔츠를 입고 있었다. 이름은 저그라고 했다. 나는 저그를 군대로 영입하고 싶었지만, 그는 체니 부통령이 쌍둥이 빌딩을 무너뜨리고 세계의 석유 공급을 장악하기 위해 일루미나티와 공모했다면서 입대하는 일은 절대 없을 거라고 했다. 나는 한 번도 들어 본 적 없는 얘기라고 잡아뗐다.

"그런데 이러고 있군요. 뭣도 모르면서 어린 흑인들을 속여 악마 같은 딕 체니와 일루미나티를 위해 소중한 피를 흘리게 하려 하다니."

나는 벨라미 병장이 찾을 거라며 이제 가 봐야 한다고 했다.

남자는 내가 이라크에 다녀왔는지 물었다.

"이번 가을에 갈 겁니다."

"차라리 군대에 게이라고 말해요. 그리고 캐나다에 가든지 다른 데로 도망치든지 해요."

나는 빠져나올 길이 없을 거라고 말했다.

"그러다 뒈질 텐데요."

21

포트 후드는 음산했고, 젊은이들이 모든 걸 체념하게 만드는 게 목적인 듯 보이는 그야말로 새로운 종류의 사막이었다. 그 효과는 기가 막힐 정도였다.

제4보병사단에서는 나를 기갑 대대에 배치했다. 하지만 병사들 모두가 기갑 대대 소속은 아니었다. 그때만 해도 온갖 대대가 뒤섞여 있었다. 기갑 중대 두 개(알파와 브라보), 보병 중대 두 개(델타와 에코), 공병 중대(찰리)와 지원 중대(폭스트롯), 본부 중대(HHC)가 있었다. 마지막 두 중대 안에는 별의별 군인이 다 있었다. 조리병, 정비병, 정찰병, 박격포병, 정보병, 재정병까지. 위생병 소대는 본부 중대 소속이었다. 나는 일단 그곳으로 향했다. 구호소나 전열 중대(알파부터 에코)에 소속될 예정이었다.

위생병 소대는 정말이지 마음에 들지 않았다. 소대에 있는 사람 대부분이 나보다 나이가 많았고 나는 전혀 소질이 없는 쪽의 대화를 중요시했다. 그래서 소대를 담당하는 상사에게 전열 중대를 원한다고 말하자 결국 에코 부대에 넣어 주었다. 그렇게 보병대에 들어갔다.

9월이었다. 우리는 11월에 파병될 예정이었다. 중대는 매우 밀집된 집단이었다. 그래서일까, 예상한 그대로였다. 대체 뭐 하는 인간인가 싶은 사람이 가득했다.

내 상관은 슈 병장이었다. 형씨 느낌이 나는 몸집 큰 개자식이었다. 브라보 부대에 배치된 다른 두 위생병은 나처럼 계급이 낮았다. 유리 일병과 번스 일병. 그런대로 좋은 사람들이었다. 유리는 심하게 거만하지만 그냥 괜찮았다. 11B 보병들은 그가 완전히 미친놈이라고 하면서도 좋아했다. 그에 비해 번스는 군인을 하기엔 지나치게 똑똑한 것 같았다. 군대라는 조직 자체가 워낙 멍청해서인지 누구의 눈에도 괴로워하는 게 보일 정도였다. 대체로 혼자 있었는데 휴식 시간에는 미분학을 공부하고 아이스하우스 맥주를 홀짝거렸다. 앞으로 정치계에서 일할 계획이라고 했다. 그는 30대 초반이었고 그냥 애들에 불과한 우리 눈에는 번스가 엄청 늙은 꼰대처럼 보였다.

운 좋게도 나와 함께 병영을 쓰는 사람들은 느긋한 성격인 데다 지나치게 애국심이 강하지도 않았다. 델타 부대 보병인 그레이스 일병과 카란자 이병. 그레이스는 오리건에서 왔다. 나와 동갑인 스무 살이었다. 장 미셸 바스키아처럼 생겼고 바닷가의 서퍼처럼 말했다. 바로 그 녀석이 나와 함께 배정된 룸메이트였다. 카란자는 그레이스의 호출을 받은 뒤부터 비공식적으로 그곳에 함께 묵었다. 카란자는 기혼자라서 기본 주택 수당을 받기 때문에 병영에 배정될 수 없었다. 부대 밖 킬린에 아파트가 있었지만 무슨 이유인지 카란자 부인이 화가 나서 남편을 쫓아내는 바람에

졸지에 집 없는 신세가 되었다.

알고 보니 그레이스와 카란자는 하커하이츠에서 온 열일곱 살짜리 여자애와 몸을 섞는 사이였다.

카란자가 상황을 설명했다. "내 꼬마 귀염둥이야. 어장에 들인 계집애랄까."

그러다 그레이스가 그 여자애와 결혼하면서 모든 상황이 정리되었다. 하지만 세 사람은 계속 뭉쳐 다녔고 일주일에 대여섯 번은 《카지노》를 보았다. 그레이스는 이라크에 파병 갔다가 죽고 카란자는 이라크에서 얼굴이 망가졌지만, 아직은 그 끔찍한 사건이 일어나기 전이라 세 사람의 얼굴에 희망이 가득했다.

같이 잘 때마다 여자가 좋아 죽는 걸 보면 그레이스는 정력이 넘치고 그쪽으로는 정말 난놈 같았다. 벽 너머로 여자 소리가 들렸다. 두 사람은 몇 시간이고 몸을 섞었다. 그야말로 성스럽고 허물이 없는 진정한 사랑이라는 느낌이 들었다. 하지만 그 역시도 내가 상관할 일이 아니었다. 나는 언제나 고독에 휩싸여 있었다. 주말이면 킬린의 영화관에 갔다. 대형 쇼핑센터에 있는 영화관인데, 시간을 하도 많이 보내서인지 개봉작 중에서 못 본 영화가 없을 정도였다.

나는 가능한 한 시간을 내어 에밀리와 통화했다. 9시 이후 몇 분 정도 무료 시간이 있을 때마다 전화했는데, 거기 시간은 10시라서 대체로 일이 끝났을 무렵이었다. 에밀리는 레스토랑 체인점에서 종업원으로 일했다. 카리브해 음식을 파는 곳이었다. 좋은 곳이라고 했다. 종일 일만 하고 종일 학교에 박혀 있었다. 숙제도 빼놓지 않았다. 그 모든 일을 해낼 에너지가 있다는 게 상상하기 힘들었다. 그야말로 이를 악물고 열심히 일했다. 대화라도 할 수 있어서 다행이지만 왠지 모를 거리감이 느껴졌다. 입대한 지 이미 9개월이 지나 있었다.

"사람들은 내 남자친구가 세상에 존재하지 않는다고 생각해. 내가 가상의 남자친구라도 만든 줄 안다니까."

나는 그런 생각을 하다니 정말 유감이라고 말했다.

"한 번도 못 봤으니까. 맞아, 평범하진 않지. 진짜로 만날 수 있는 남자친구가 있으면 좋겠어."

"콜럼버스의 날에는 만나러 갈 기회가 있을지도 몰라. 아무리 늦어도 재향 군인의 날에는 갈 수 있을 거야."

"……알았어."

"그때까지 기다려 줘, 알았지?"

"보고 싶어."

"나도 보고 싶어."

항상 그런 식이었다. 서로에게 하는 말이라곤 그것뿐이었다.

나는 일개 신병이기 때문에 중대가 훈련을 위해 전투지에 나갈 때마다 반드시 따라가야 했다. 다들 나가서 며칠간 아무것도 안 하고 멍때리거나 빈둥대며 앉아 있는 걸 귀찮게 생각했다. 벌써 백만 번은 훈련에 다녀온 슈나 유리나 번스에게도 귀찮은 일이겠지만 나는 뭐든 개의치 않았다. 어차피 나는 외로워 죽을 지경이었고 거기에 가면 내가 원하는 만큼 담배를 피울 수도 있었다.

몇 달간 건조한 기후가 계속되었다. 중대가 탄약을 가지고 훈련하다가 예광탄 탄환 때문에 순식간에 잔디에 불이 붙었다. 나는 사각형 고무 매트가 끝에 달린 기다란 막대기를 들고 사방을 뛰어다니며 불꽃을 미친 듯이 내리쳐서 겨우 불씨를 껐다. 가끔은 불씨가 나무를 타고 올라가서 나무가 성냥처럼 타오르기도 했다. 난 그 모습을 보는 게 좋았다.

*

하루쯤은 무단 외출을 해도 괜찮겠지 싶었다. 콜럼버스의 날 주말에는 딱히 계획된 훈련이 없어서 기회가 충분했다. 화요일 오전 6시 대형에 맞춰 제시간에 돌아오면 내가 나간 걸 아무도 모를 것 같았다.

무단 외출이기 때문에 킬린공항을 이용할 수 없었다. 군대에서 덩치들을 보내 일일이 서류를 검사할지도 모르니까. 다행히 유리는 권위 있게 구는 걸 병적으로 싫어해서 템플에 있는 지방 공항까지 태워다 주겠다고 했다. 거기서 휴스턴의 부시 인터콘티넨탈 호텔까지 간 다음 북쪽으로 가는 비행기로 갈아탈 수 있었다.

근무가 끝난 뒤 우리는 램 오브 갓의 요란한 음악이 흘러나오는 혼다 어코드를 타고 동네를 빠져나왔다. 어떻게 그딴 노래를 들으면서 자살하지 않고 살아 있는지 도무지 알 길이 없었다. 하지만 나는 유리가 무척 고마웠다.

엘바는 주말 내내 비가 왔다. 에밀리와 나는 누워서 뒹굴뒹굴 하며 낮잠을 자다가 밤에 차를 타고 나가서 여기저기 돌아다녔다. 어디를 가도 가을의 정취가 제대로 느껴졌다. 가을 특유의 아린 느낌이 있었다. 앙상한 나무와 거무스름한 하늘, 가로등까지 깊어 가는 가을의 아름다움을 보자 가슴이 무너졌다. 우리가 만난 지 정확히 2년이 되는 때였다. 이제 우리는 나이가 들었다. 둘 다 모아 둔 돈이 있고 직업이 있고 혼자 힘으로 살아갔다. 에밀리는 한 달 후면 스물한 살이었다. 우리는 이제 다 큰 성인이 됐노라고 확신했다. 본래는 내가 이라크로 가기 전에 결혼할 생각이었다. 에밀리가 먼저 그 얘기를 꺼냈다. 그게 합리적인 것 같다고. 우리가 결혼하면 나는 월급을 더 많이 받을 테고, 에밀리는 내 의료보험에 배우자로 등록할 수 있었다. 그리고 나는 에밀리와 결혼할 수 있었다.

“그런데 우리는 결국 이혼할 것 같아.” 에밀리가 예언하듯 말했다.

나는 그래도 괜찮다고 했다. “네가 원한다면 이혼해 줄게.”

22

에밀리와 나는 재향 군인의 날이 지나고 그다음 화요일에 엘바의 치안판사 앞에서 혼인서약을 했다. 조와 로이가 에밀리와 나를 보려고 그 주 금요일 밤에 클리블랜드에서 차를 타고 왔다. 조는 내 얼굴을 보더니 무턱대고 대가리를 들이받았다. 그저 재미로 한 행동이었다. 아무 의미도 없었다. 조는 에밀리와 내가 결혼하는 것도 몰랐다. 아무도 몰랐다. 에밀리는 아무에게도 그 사실을 알리고 싶어 하지 않았다.

덕분에 내 코가 부러졌고 윈드브레이커에 시뻘건 피가 묻은 데다 결혼반지조차 준비되지 않았다. 에밀리는 이름표에 마리오라고 적힌 청색 정비공 재킷을 입고 있었다. 내 눈에는 그 모습마저 천사처럼 보였다. 우리는 그 순간에 우리 둘이 세상에서 가장 아름다운 존재라는 걸 알았다. 그 마음이 얼마나 지속됐는지 모르지만, 적어도 몇 분간은 정말로 그랬다. 세계 60억 인구 중 아무도 우리보다 행복하지 못했다.

결혼식을 올리고 나서 에밀리가 공항까지 데려다 주었다. 우리는 주차장에 차를 세우고 앉아서 비행기가 떠날 시간이 올 때까지 아이처럼 목 놓아 울었다.

3부

체리

23

우연히 가 본 게 아니라면 어차피 우리가 주둔한 지역에 대해 들어 본 적도 없을 테니 굳이 설명할 필요는 없을 것이다. 그곳에 전진 작전 기지(FOB)가 있었다. 전진 작전 기지는 강 옆쪽 발전소 주변에 세워졌다. 발전소는 딱 보기에도 괴물 같았고 온갖 종류의 요란한 소음을 발산했다. 석유를 태우는 곳이라서 곳곳에 석유가 있었다. 공기 중에도 석유 비린내가 진동했다. 땅에도 석유가 진득하게 뒤덮여 있었다. 우리는 북문 쪽에 위치한 콘크리트 건물 몇 개가 밀집된 러시아 마을의 발전소 그늘 아래에 머물렀다. 거기가 우리 중대의 거점이었다. 거기서 잠자고 생활하고 모든 것을 다 했다. 델타 중대는 수송부의 다른 쪽 끝에 있었다. 구호소도 그쪽에 있었는데 바로 착륙 지점 옆이었다. 나머지 대대는 발전소 다른 지역, 그러니까 이슬람 가게를 지나 정문 방향으로 전진 작전 기지 동쪽 끝에 있는 텐트시티에 모여 있었다. 대대의 전술 작전 본부(TOC)도 같은 방향에 있는 텐트시티 옆에 있었다. 처음에는 작전 본부에 무전기가 있고 무전기로 대화하기 때문에 사람들이 '토크(talk)'라고 부르는 줄 알았다. 하지만 'talk'가 아니라 'TOC'였다. TOC에는 다른 뜻이 있었고 누군가 얘기해 주지 않았다면 지금까지도 잘못 알았을 것이다. 그러니까 TOC는 전술 작전 본부였다. 대대에는 전술 작전 본부가 있었다. 중대마다 작전 본부가 따로 있었다. 그래서 작전 본부가 엄청나게 많았다. 말 그대로 작전 본부가 넘쳐났다. 하지만 대대의 전술 작전 본부는 규모가 컸는데 자그마치 2층이나 되고, 전진 작전 기지의 북쪽 벽을 따라 난 도로를 바라보고 있었다. 도로는 우리가 머무는 북문 옆에서 서쪽으로 나 있었고, 그 너머를 바라보면 왼편에 강이 보이고 마사도로가 들판과 야자숲을 가로질렀다. 마사도로는 두 차선을 메울 정도의 타르를 쓸 만큼 쓸모 있는 길이 아니었다.

우리는 12월에 그곳으로 갔다. 우리는 주 방위군인 미시시피 라이플스 일부를 대신해서 투입되었다. 주 방위군은 거창한 의식을 거행하지 않았다. 우리더러 군인답지 않다고 했다. 그들은 총을 쏴서 죽인 사람들의 사진을 가지고 있었고, 파워포인트 슬라이드 쇼로 수집해서 '수건 머리 처치'라고 이름까지 붙였다. 우리는 주 방위군이 철수할 무렵에 투입되어 오른쪽 좌석/왼쪽 좌석 탑승으로 교체 학습 기간을 보냈다. 미시시피 라이플스의 마지막 탑승은 크리스마스를 맞이해 집으로 돌아가는 날이었다. 크리스마스에 우리는 처음으로 혼자가 되었다.

제3소대는 제1기동타격대(QRF1)에 있었다. 나는 제3소대 소속 위생병이었다. 이슬람군이 대대 작전 본부를 로켓탄으로 덮쳤을 때 우리는 발전소 옆에 대기하고 있었다. 병사 셋이 처참한 부상을 당했다. 하지만 다른 것은 보지 못했다. 우리는 로켓탄이 떨어진 곳에서 200미터 거리에 있었고, 그 사이에 건물들이 다닥다닥 붙어 있었다. 정말로 실망이 컸다. 처음 군대에 가면 누구든 전투가 벌어지는 지역에 가고 싶은 법이니까.

제1기동타격대는 대대 내부 작전 지역에서 무슨 일이 터지면 즉시 출동해야 한다는 뜻이었다. 정찰병이 총에 맞거나 적군과 접촉하는 날이면 우리가 지원대로 나서야 했다. 폭발물처리반(EOD)이 호출을 받으면 우리가 호위대 역할을 했다. 하지만 본부 소대의 병장 하나가 기지 밖으로 작은 원격 조종 비행기를 날려 보낼 때마저 호위를 하랍시고 출동하는 건 이해하기 힘들었다. 그 작은 비행기의 이름은 랩터(Raptor)였다. 나는 그 이름부터 마음에 안 들었다.

처음으로 철조망 바깥의 현장에 나간 터라 신경이 온통 곤두섰다. 언제 어디서든 총에 맞을 수 있었다. 비록 눈에 보이지 않지만, 분명히 나를 쏘려고 온종일 기다린 하지가 있을 만한 장소에 다다르면 나도 모르게 멈췄다. 최대한 마음의 준비를 했지만 다행히도 그런 일은 일어나지 않았다. 병장이 이리저리 비행기를 움직였다. 해가 저물었다. 병장이 비행기를 돌렸고 우리는 그곳을 떠났다. 순식간에 주위가 깜깜해졌다. 돌아오는 길에 대대 무선망에서 찰리 중대 정찰대가 폴크도로에서 적의 공격을 받았다는 소식이 들렸다. 우리는 곧바로 출동해야 했다. 그런데 작은 비행기를 날리고 다니느라 하필이면 작전 기지의 다른 쪽에 있었다. 어쩔 수 없이 남동쪽 끝에 있는 정문을 지나 작전 기지를 통과해 북문으로 나가야 했다. 우리는 마사도로를 0.5킬로미터 달려서 그로브도로로 우회전을 했고 드디어 폴크에 도착했다. 처음부터 작전 기지에 있었다면 5분 안에 도착했을 것이다. 하지만 그날은 자그마치 30분이나 걸렸다. 우리가 그곳에 도착할 때까지 대대 절반이 길을 터 주었다. 우리와 찰리 중대 정찰대 사이에는 기다란 차량 행렬이 끝없이 늘어서 있었다.

무선망을 통하여 급조 폭발물(IED)로 인해 사상자가 다섯 명 생겼다는 소식이 들렸다. 전사자 두 명, 작전 중 부상자 세 명이었다. 나는 헤이워드 중위의 트럭에 있었다. 위생병으로 활동해야 한다고 생각하여 당장 나가서 도와야 하는지 물었다. 중위는 나를 설리번 특기병과 함께 내보냈다.

폭탄이 터져 땅이 움푹 파인 곳에서 장갑차 험비 트럭이 전복되어 불꽃이 타오르고 있었다. 부상자 셋이 트럭 옆 도로에 누워 있고, 사망자 둘은 트럭에서 불길에 타들어 가고 있었다. 부상자들은 그나마 상태가 안정적이었다. 골절, 가벼운 화상, 뇌진탕 정도라서 목숨이 위험하진 않았다. 찰리 중대 위생병이 부상자가 헬기 수송을 받도록 척척 알아서 준비해 두었다. 본부 중대에서 위생병 몇이 파견되어 그를 도와주었다.

의무 수송 헬기는 도로 왼쪽 들판에 착륙했다. 우리는 어둡고 험준한 지역에서도 부상자를 태운 들것을 신속하게 이동했다. 모두 헬기의 프로펠러 아래로 들어가기 전에 최대한 낮게 몸을 수그렸고, 희미한 불빛 속에서 들것 위의 남자가 보였다. 남자의 눈가에서 흥분과 슬픔이 비쳤다. 그의 뇌에서도 위험을 감지하고 있었다. 우리는 서로 눈이 마주쳤고, 내가 말했다. "나만 믿어요."

시끄러운 헬리콥터 소리 너머로 들을 수 있도록 무척 큰 목소리로 말했다. 그러고 나서 멍청하고 감상적인 말을 내뱉었다는 걸 깨닫고 얼굴이 붉어졌다.

도로로 돌아가자 뒤집힌 차량의 불길이 어느 정도 진압된 상태였다. 견인차가 도로에 난 구멍에 박힌 차량을 빼내려 했고, 여러 사람이 트럭 안에 있는 시신을 보기 위해 여전히 길가를 서성이고 있었다. 상사 하나가 견인차를 안내하면서 소리쳤다. "모두 길에서 비키지 못해. 무슨 구경거리라도 난 줄 알아?"

설리번과 나도 길 위에 있었다. 헤이워드의 트럭으로 걸어가는데 설리번이 말했다. "시체 봤어? 허옇게 뼈가 다 보이더라."

작전 기지로 돌아오자 모두가 수송부에서 우리를 기다리고 있었다. 무슨 일이 있었는지, 누가 죽었는지, 무엇을 봤는지 꼬치꼬치 캐묻기 시작했다. 나는 그다지 할 말이 없었다. 슈에게 가서 속내를 털어놓았다. 그런데 슈는 내가 예민하게 군다며 비웃었다. 그는 내가 방금 첫 경험을 한 거라고 말했다. 나는 방으로 돌아갔다. 같은 방을 쓰는 사람들이 모여 있었다. 번스, 유리, 레싱, 푸엔테스, 치타 모두 있었다. 아널드만 빼고 모두 다 있었다. 하나같이 무슨 일이 있었는지 알고 싶어 했다. 나는 무슨 일이 있었는지 제대로 모르면서도 보고 들은 걸 이야기했다. 푸엔테스는 중대 전술 작전 본부에 가려고 방을 나갔다. 무선 감시를 하러 가야 했다. 그는 친할머니를 미라로 만들어야 하는 작전에 투입되기라도 한 것처럼 침통한 표정으로 방을 나섰다.

아널드가 돌아왔다. 푸엔테스 덕에 근무에서 해방된 모양이다.

무전으로 우리가 헬리콥터로 수송했다는 병사 셋이 사망했다는 소식을 들었다고 했다. 나는 그 말에 마음이 무너졌다. 충격이 꽤 컸다. 그때만 해도 죽을 것처럼 보이지는 않았는데. 대체 내가 무엇을 놓친 걸까?

나는 아널드의 상관인 드러먼드 하사가 들어오는 걸 보고 물었다. "하사님, 우리가 헬기에 태운 사람들이 정말 죽었습니까?"

"아니다. 누가 그랬지?"

"아널드가 무선으로 죽었다는 소식을 들었답니다."

"아널드는 덜떨어진 자식이잖아."

"나는 그렇게 들었는데요, 하사님."

"입 닥쳐, 아널드. 그리고 너 흥분하지 말고 진정해. 계집애처럼 구는군."

드러먼드가 방을 나갔다.

유리가 허공에 대고 말했다. "재수 없는 새끼."

우리는 다 함께 담배를 피웠다.

레싱이 화를 냈다. "오늘 우리 제대로 당했어."

레싱은 시카고 출신이었다.

번스가 계산을 해 봤다. "오늘 사상자를 여덟 명 데려왔어. 여기 총인원이 몇이지? 800명 정도 되나?"

"그런데 우리는 여기 1년이나 있어야 해. 빌어먹을 1년이나 시달려야 한다는 거야." 유리는 완전히 망했다고 했다.

레싱이 냉소적으로 물었다. "그걸 지금 알았어?"

24

크리스마스 며칠 뒤 제2소대의 한 정찰대에서 급조 폭발물이 터졌다. 험비 트럭이 폭파되고 불길이 옮겨 붙었다. 군인들은 무사히 빠져나왔지만 기자 한 명이 여전히 트럭 안에 있었다. 폭발 때문에 머리 부분을 크게 다친 데다 불타는 트럭 뒷좌석에서 탄약 상자를 옆에 둔 채 완전히 의식을 잃은 상태였다. 소프 병장이 기자를 구출하기 위해 트럭으로 돌아갔다. 트럭에 불이 붙은 상황이라 불길에 뛰어든 그의 모습은 누가 봐도 용감한 행동이었다. 심지어 총알이 날아오고 있다는 착각까지 들 정도였다. 사실 병장이 들은 총성은 과열로 자연 발화된 탄환이 터지는 소리였다.

소프는 트럭에서 기자를 끄집어냈지만, 그 과정에서 자연 발화된 탄환에 스치고 말았다. 그것도 허벅지 안쪽에 총알을 맞았다. 다행히 심하게 다치진 않았다. 흔히 말하는 살짝 베인 상처였다.

기자는 온몸이 너덜너덜해진 상태였다. 얼굴과 상반신에 심한 화상을 입었고 아무래도 뇌 손상이 있을 것처럼 보였다. 하지만 제2소대의 위생병인 번스가 기자가 빠져나오는 걸 돕고서 헬리콥터에 태우기 전까지 숨이 끊어지지 않도록 잘 조치했다. 기자는 결국 살아남았다. 번스가 잘 대처했고 소프는 영웅이었다. 진짜 총에 맞은 영웅 말이다.

소프의 아내는 임신한 상태였다. 아내도 군인이었다. 제4보병사단 소속이지만 파병되진 않았다. 포트 후드의 잔류 부대에 남은 상황에서 아기를 가졌다.

소프 병장 부부가 11월에 작별 인사를 했고 아직 12월이니까 소프의 아이라고 말하려 했을 수도 있었다. 하지만 그럴 수 없었다. 소프 부부는 둘 다 백인인데 뱃속의 아이는 흑인의 피를 받았으니까.

남편에게 처음 그 이야기를 꺼낼 때는 본인과 생물학적 아버지인 흑인 남자가 서로 합의한 관계였다고 말했다. 그러더니 나중에는 흑인 남자한테 강간을 당했다고 말을 바꿨다. 흑인이 감옥에 간 걸 보면 경찰 쪽에서는 아내의 말을 믿은 모양이었다.

소프 병장은 그 일로 완전히 이성을 잃고 말았다. 본인에게 일어난 일을 아는 사람만 만나면 누구든 붙잡고 하소연했다. 그는 철학적인 사람이 되었고 라디오 톱 40위 곡의 노랫말을 인용했다. 눈빛을 보면 거의 산송장이나 다름없었다. 아내 때문에 남편이 죽기 직전까지 간 것이다.

드러먼드 하사가 입을 열었다. "그 여자, 딱 보고 난잡한 여자인 줄 알았다니까." 소프가 무선 감시를 하러 가고 우리끼리 모여 이야기하고 있었다. 우리는 물론이고 연민과는 거리가 먼 드러먼드마저 그를 안타까워했다. "한번은 마누라랑 그 부부를 저녁에 초대했어. 그게 9월이었는데, 그 여자가 남편이 앞에 있는데도 2003년 부대에 배치됐을 때 간이 화장실에서 하사관이랑 그 짓을 했노라고 자랑스럽게 말하더라니까. 그것도 저녁을 먹는 식탁에서. 우리 마누라는 귀를 의심했지. 그 여자더러 쓰레기 같다고 했어. 소프가 안쓰러울 정도였다니까. 결국 이렇게 안 좋게 흘러갈 줄 알았어. 하지만 이제 와서 뭐라고 말할 수 있겠어? 당신 아내는 형편없고 난잡한 여자라고? 안 되지! 이제 소프는 나이가 들어서 머리가 그리 잘 돌아가지 않아. 물론 좋은 사람인 건 맞아. 내 말을 오해하지 마. 중대에 널린 얼간이 자식들보다는 나아. 그래도 어리석게 그런 더러운 여자랑 결혼하지는 말았어야지. 에라! 남편을 두고 그런 더러운 놈이랑 놀아나다니."

화학 변소가 두 줄로 늘어서 있었다. 하나는 중대 구역 앞쪽, 수송부로 이어지는 비탈길에 있었다. 다른 하나는 뒤쪽, 발전소를 지나가는 도로로 이어지는 비탈길에 있었다. 전부 통틀어서 화학 변소가 열두 개 있었다. 철조망 안에서 큰일을 보거나 소변을 보거나 혼자 물을 빼야 할 때는 대부분 그 안에서 해결했다.

다시는 하얀 피부로 돌아가지 못할 만큼 새까맣게 탄 러시아인이 일주일에 한 번씩 특수 트럭을 타고 나타나서 강풍에 휩쓸린 늙은 어부처럼 화학 변소에 고압 세척기를 대고 대변, 소변, 정액, 그 밖의 것들을 순식간에 빨아들였다. 손을 흔들어 인사를 건네면 러시아인은 언제나 씩 웃으며 엄지를 올려 보였다. 그가 간첩이 아닌지 줄곧 의심이 들었다.

뭔가 사고 싶은 게 있으면 합판으로 지은 작은 이슬람 가게에 갔다. 그 가게는 필요한 것은 물론 필요 없는 것까지 온갖 물건을 팔았다. 나는 5달러를 주고 마이애미 담배 한 보루를 샀다. 하나에 50센트로 저렴했으니 살충제 맛이 나도 그럭저럭 참을 만했다. 와일드 타이거도 세 캔 사고 메트로 단백질 바도 한 상자 샀다. 메트로 바는 그런대로 맛이 괜찮았다. 와일드 타이거는 죽여주게 맛있었다. 니코틴이 들어간 레드 불 같았다. 이슬람 가게 기준에서는 엄청 고가였지만 맛이 만족스러워서 상관없었다. 새해 첫날이었다. 해피 뉴 이어.

다시 전화가 가능해져서 에밀리와 통화하려고 공중전화 부스가 있는 텐트로 갔다. 사상자 때문에 크리스마스부터 계속 전화기를 사용할 수 없었다. 줄이 워낙 길어서 자리가 날 때까지 얼마 정도 기다린 후에야 앉을 수 있었다. 어느새 30분 동안 전화카드를 들고 있었다. 카드 번호를 찍고 에밀리의 번호를 찍자 신호음이 떨어졌다.

"어떻게 지내?" 에밀리가 물었다.

"지금은 좋아. 훨씬 좋아. 제기랄, 네 목소리를 듣고 싶었어. 보고 싶어."

"나도 보고 싶어. 전화하길 기다렸어. 괜찮아?"

"응. 거긴 어때?"

"잘 지내."

"새로운 일은?"

"별로 없어. 새 친구를 사귀었어."

"잘했네. 새 친구가 누군데?"

"재미있는 남자애야. 푸에르토리코에서 왔고 ATM 기계를 털러 다닌대."

"말도 안 돼."

"정말로 ATM 기계에서 돈을 훔치는 애야. 걱정하지 마. 좋은 애야. 성격이 좋아."

"지금 장난해?"

"뭐?"

"됐어. 몇 살인데?"

"스물다섯 살."

"그래, 좋네. 어떻게 만났어?"

"직장 사람들이랑 파티 갔다가."

"그렇구나. 뭐 좀 물어봐도 돼?"

"당연하지."

"ATM 기계를 털고 다니는 스물다섯 살짜리 푸에르토리코 남자가 진심으로 너랑 친구가 되고 싶어 한다고 생각해? 너랑 자고 싶어 한다고 생각하는 게 더 말이 되지 않아? 내 말 듣고 있어?"

"그냥 좋은 남자야. 성격이 좋아."

"자기야, 사랑하는데, 네가 한 말 중에서 방금 그 말이 가장 멍청한 소리 같다."

"……대체 왜 그렇게 굴어? 나 못 믿어?"

"믿지. 그런데 세상에 좋은 남자라는 건 없거든. 내 말 믿어. 그나마 내가 좋은 남자에 속하지만, 그래도 여전히 쓰레기잖아."

"걱정하지 않아도 돼"

"너 때문에 걱정하는 게 아니야. 그 미친놈이 걱정되는 거지."

"날 못 믿는구나."

"믿어."

"안 믿잖아."

"믿어, 믿는다니까. 그러니까 입 다물고 많이 사랑해, 알았지?"

"나도 사랑해."

"진짜로. 너밖에 없어, 알지? 넌 내 사랑이야."

"나도 그렇게 느껴."

"그냥 조심해, 알았지? 그놈 말이야, 안 좋은 놈 같은 예감이 들거든."

"괜찮을 거야. 믿어도 돼."

"넌 믿어. 그게 문제가 아니야. 그냥 그놈이 안 좋은 놈 같아."

25

보병대는 열의에 가득 찼고 누구든 죽이고 싶어 했다. 빨리 죽이지 못해 안달이었다. 우리 부대가 보유한 화력에도 과도한 자신감이 넘쳤다. 괴상한 전우애 같은 게 느껴졌다. 하지만 때로는 그 많은 총과 탄약이 하릴없이 굴러다니는 게 문제였다. 보르헤스 일병이 록하트 상병에게 록하트가 동성애자이고 아내가 그걸 알면서도 돈 욕심에 결혼했다고 말했을 때도 그랬다. 보르헤스는 통통한 편이었고 가끔씩 제대로 무례하게 행동했다. 마약에 찌들어 얼굴도 완전히 망가졌다. 군대에 들어오기 전에는 잠깐 포주 일을 했다. 포주로 일하며 한창 즐기는 찰나에 갑자기 나라의 부름을 받은 것이다. 데리고 있던 여자들이 아직도 편지를 쓴다고 했다. 보르헤스는 억세게 운이 좋았다. 록하트는 그렇지 않았다. 록하트는 그 친절함 때문에 도리어 약점 잡히는 사람이었다. 물론 누가 봐도 약골로 보여서 약하게 본 것뿐이었다. 그날 밤 록하트는 12구경 총을 보르헤스에게 겨누었고, 보르헤스가 도발했다.

"쏴, 게이 자식아."

록하트는 쏠 거라고 말했다.

하지만 그러지 않았다.

나는 노스 병장과 그의 공격대와 함께 맨 앞에서 험비를 타고 가는 중이었다. 우리는 이라크 군사 기지로 향하고 있었다. 우리에게 그쪽 정보원의 마음을 사로잡으라고 했다. 그 말이 무슨 뜻인지 몰랐지만 어떻게 될지 두고 보기로 했다. 별다른 사고 없이 기지에 도착했고 정보원들과 함께 팔라펠을 먹고 잠잠 콜라를 마셨다. 정찰대장이 뚜벅뚜벅 걸어가더니 누군가와 얘기를 나눴다. 그가 일을 마치고 작전 기지로 돌아가려고 차에 올랐다. 마침 통행금지가 지난 시간이었다.

우리는 어딘가에서 방향을 잘못 트는 바람에 길을 잃고 작전 기지 반대편 강변에 도착했다. 우리가 있는 곳에서 작전 기지가 훤히 보였지만 어떻게 가야 할지 아무도 알지 못했다. 우리는 좁은 도로에서 전조등을 켜지 않고 빠른 속도로 달렸다(전조등은 절대 사용하지 않았다). 흰색 세단이 굽은 도로에서 튀어나오는 바람에 노스가 무전을 쳤다. 마지막 차가 길을 막으려고 돌아섰지만, 흰색 세단은 돌아갈 기색이 없었다. 그럴 생각이라면 벌써 전조등을 켰을 것이다. 단연코 그럴 생각이 없어 보였다.

노스와 나는 트럭에서 나와 흰색 세단이 있는 곳으로 걸어갔다. 노스는 모리세이 같아 보였다. 내가 알기로 모리세이와 생김새 말고는 별 공통점이 없었다. 노스는 킬러였다. 아이다호 출신. 하지만 말 그대로 모리세이처럼 생겼다. 그때 나이가 스물세 살 정도였을 것이다.

하지 둘이 다리를 벌리고 팔을 내민 채 도로에 서서 몸수색을 받고 있었다. 둘 다 남자용 원피스를 입고 샌들을 신었다. 둘 중

나이가 많은 사람은 두툼하고 치명적으로 보이는 손목을 드러냈으며 절대로 건드리면 안 될 것 같은 콧수염이 있었다. 어린 사람은 단단하게 마른 몸에 깔끔하게 면도했는데, 많은 하지가 그렇듯이 젊은 엘비스 머리를 하고 있었다.

병사 몇 명이 차를 꼼꼼하게 수색하고 병사 둘이 하지를 감시했다. 한 병사는 두 놈이 연인 같다고 했고, 또 다른 병사는 그게 웃겼는지 저 게이 자식들은 죽을 위기에 처했다는 걸 새까맣게 모를 거라고 말했다.

정찰대장이 콧수염 난 사람에게 그렇게 늦은 시간에 무얼 하고 있었는지, 어디서 왔는지, 어디로 가는지 물었다. 통역사가 통역을 해 주었다.

차에는 아무 문제도 없었다.

무전기에서 하지를 보내 주라고 말했다.

정찰대장이 통역사에게 말했다. "지금부터 통행금지 시간을 지키라고 해. 본인들의 안전을 위해서. 오늘 밤 여기서 다칠 수도 있었고, 그런 일은 원하지 않는다고."

통역사가 뭐라고 말했다. 그가 뭐라고 말하든 우리는 믿을 수밖에 없었다. 그래서 평상시처럼 믿었다.

흰색 세단이 남미 남동 쪽으로 가던 길을 갔다. 우리는 차에 타고 계속 북미 서북 쪽을 향해 달리기 시작했다. 그런데 1분도 채 지나지 않아서 노스가 말했다. "멈춰, 멈춰."

도로 옆쪽에 폭발 성형 관통자(EFP)가 있었다. 무엇이든 절단낼 수 있는 강력한 폭탄이었다. 이란인이 그 폭탄을 좋아했다. 하지만 그건 큰 문제가 아니었다. 노스가 폭탄을 발견했고 운전병이 압력판 바로 앞에서 멈췄기 때문이다. 가까웠지만, 가깝다는 건 아무것도 아니라는 말과 같았다. 결국 아무 일도 벌어지지 않았다. 그날 밤 우리는 무사히 부대로 복귀했다.

POG가 처음으로 사살에 성공했다.

(POG는 보병 이외의 군인이다.)

그 군인은 조리병이었다.

50구경 총으로 끝장을 냈다.

폭스트롯 중대에서 켈로그 브라운 앤 루트 호위대를 바그다드에서 데려와 우리 전진 작전 기지에 군대 식당을 차리려고 했다. 리빙스턴 일병이 험비 포탑에 있었다. 누군가 장난으로 트럭에 태웠을 것이다. 그 여자는 45킬로그램도 안 나갈 것처럼 호리호리한데 50구경 총은 450킬로그램은 되는 데다 포탑 자체가 쉽사리 움직일 수 있는 것도 아니었으니까.

보통은 그랬다.

호위대가 습격을 당했다. 급조 폭발물에 이어서 소총 공격이 있었다. 하지만 리빙스턴은 끝까지 냉정함을 유지했다. 어쩌면 총을 쏘기 직전에 야자숲에 있는 하지를 보았기 때문인지도 모른다…….

보병대는 호위대 일병이 사살에 성공했다는 소식을 듣고 자존심이 상했다. 수치스러운 일이었다. 보병이 아닌 군인에다 그것도 계집애라니.

리빙스턴은 그 일로 승진할 수 있었지만, 돈을 받고 성관계를 하다 연달아 적발되었다. E-6 한 명은 보초탑에서 그녀와 성관계를 하다 적발돼 계급이 강등되었다(경비대 병장이었다). 게다가 그냥 섹스도 아니고 항문 성교였다는 소문까지 들렸다.

리빙스턴은 누가 봐도 한 번쯤 자고 싶은 상대였다.

얼굴이 예뻤다.

게다가 야성적이었다.

신의 다이아몬드 중 하나였다.

26

시아파 대도시는 전진 작전 기지 남쪽에 있었다. 거기에 가려면 캐런튼도로라고 부르는 4차선 고속도로를 차로 한 시간 동안 달려야 했다. 캐런튼은 보통 길이 막히기 일쑤였지만, 덕분에 도로가 안전해서 압력판 밟을 걱정은 하지 않아도 됐다.

도로 중간에 강을 가로지르는 지점이 있었는데, 공격을 받아 폭파되는 바람에 부잔교를 지나가야 했다. 브라보 중대는 그 지점에 다리경비대를 배치했고, 낮이면 이슬람 아이들이 강둑으로 찾아와 군인들에게 전투식량을 달라고 구걸했다. 대부분은 맨발의 삐쩍 마른 소년들이었다. 일고여덟 살 정도 되었거나 그보다 나이가 많았는데, 한눈에 영양 결핍으로 보이는 삐쩍 마른 소녀도 가끔 나타났다. 새 둥지처럼 보이는 먼지투성이 갈색 머리에 《고인돌 가족》에 나올 법한 원피스를 입고 있었다.

우리는 그 소녀를 조약돌이라고 불렀다.

도심의 이라크 경찰서에 소총 분대 두 개를 배치했다. 하지만 별 상관이 없었다. 우리가 도시를 지배하진 않았으니까. 그렇다고 이라크 경찰이 지배하지도 않았다. 메흐디민병대가 모든 도시를 지배했다. 고위층에서도 메흐디가 싸우기에는 너무 성가신 존재라고 판단해 휴전 중이었다. 메흐디는 시아파 일원이었다. 게다가 이란에서 든든한 지원을 받았다. 메흐디를 건드리는 건 절대로 안 될 일이고 함부로 도시를 정찰해서도 안 됐다. 경찰서까지 차를 몰고 갔다가 그대로 돌아오는 것만 가능했다. 그게 전부였다.

경찰서는 3층 높이이며 앞뒤에 벽으로 둘러싸인 마당이 하나씩 있었다. 감옥도 있었고 그 안에는 죄수가 가득했다. 한번은 죄수가 다 함께 노래를 부르는 소리가 감옥 밖까지 들렸는데 그 노랫소리가 어찌나 아름다운지 감옥 밖에 있는 우리가 나쁜 놈이 된 기분이었다.

몇몇 이라크 경찰은 사람이 좋았다. 몇몇은 재수가 없었다. 하지만 그것도 별 상관이 없었다. 그쪽에선 이슬람 특별 기동대 팀을 대단하게 여겼고, 특별 기동대의 이슬람 군인들은 자기네가 거기서 가장 잘나가는 놈이라고 생각했다. 어이없는 망상에 빠진 게 분명했지만, 적어도 본인들은 그렇게 생각했다. 뒤에 기관총이 달린 허름한 소형 트럭을 타고 다녔는데 한꺼번에 올라타서 얼간이들처럼 겹겹이 쌓여 있었다. 우리는 휴대용 DVD 재생기로 선명하지 않은 급조 폭발물 영상을 보여 주며 히죽거리는 그 자식들을 정말로 싫어했다. 놈들은 화면을 가리키면서 우리에게 말했다. "보이지? 좋아, 보이지? 보이지? 좋아, 그렇지?"

물론 놈들을 죽이러 갔다면 대번에 죽일 수 있었을 것이다. 하지만 명령은 명령이었고 놈들의 안위를 위해서라도 우리가 어떻게든 참고 견뎌야 했다. 그래서 시키는 대로 했다.

나는 경찰서 옥상에서 경비대 교대 시간을 채우며 M14 소총 적외선 조준기의 원리를 이해해 보려고 했다. 내 담당 근무는 아니지만, M14 소총과 함께 옥상에 있게 된 터라 나름대로 최선을 다했다. 매번 필요한 인원만큼 많은 인원이 충족된 적이 없었다.

이라크 경찰이 내 뒤에서 걸어와 말을 걸었다. "저기요."

그가 마이애미 담배를 건넸다. 게다가 나를 형제라고 불렀다. 바람이 굉장히 많이 부는 날이었다. 바람 부는 날 마이애미 담배를 피울 때는 조심해야 했다. 자칫 잘못하면 불꽃이 크게 번지는 통에 담배가 잿더미가 되어 버렸으니까. 나는 담배를 두 손으로 모아 쥐었다. 이슬람 경찰이 내 자세를 칭찬했다. 그리고 잘 안다는 듯 미소를 지으며 묻고 싶은 게 있다고 했다. 나는 뭐든 말하라고 했다.

그는 신체 장애가 있는 아내 이야기를 길게 늘어놓았다. "우리 집사람이 다리가 무척 아프거든요."

나에게 나눠 줄 만한 모르핀이 있는지 묻는 거였다.

"모르핀을 달라는 거예요?"

"아! 잘 모르는구나. 약이라면 나도 아는 게 좀 있어서요."

"미안하지만 줄 수 있는 모르핀이 없어요."

"모르핀은 있죠?"

"당신에게 모르핀을 줬다간 내가 난처해질 거예요."

"모르핀을 줄 수 있어요?"

"아뇨."

그는 갑자기 미소를 거두고 아랍어로 뭐라고 말했다. '개자식'

처럼 들렸다.

돌아가는 길에 험비가 부잔교를 건너기 위해 멈춰서 기다렸다. 노스 병장이 거기 있는 맨발의 아이들과 조약돌을 보고는 뭔가 결심한 듯 문을 열고 조약돌을 불렀다. 그리고 전투식량 하나를 꺼내서 손을 흔들었다. 조약돌이 서둘러 다가와 전투식량에 손을 내밀었고, 어째서인지 그때까지 아무 상처도 입지 않고 살아남은 노스는 조약돌이 거의 다 왔을 무렵 전투식량을 홱 잡아당기고는 트럭 문을 쾅 닫더니 뭐가 웃긴지 키득거렸다.

경찰서에 갈 차례가 아닌 날은 불발된 병기를 회수하러 어딘지 모를 허허벌판으로 정찰을 가야 했다. 우리 중 두 명은 지뢰탐지기를 갖고 있었다. 가끔은 옛날 지뢰밭을 걸어야 했다. 정말로 지루하기 짝이 없었다.

우리는 옛날 병영 단지 주변에 나와 있었다. 전쟁 중에 폭발한 건물이 전부 무너져 버렸다. 나는 이리저리 돌아다녔다. 에밀리가 생각나서 뭘 하고 있을까 상상해 보았다. 점심 먹는 모습을 떠올렸다. 아마도 렌틸콩이 든 음식을 먹을 것 같았다. 그러다 에밀리가 있는 곳은 지금 점심 시간이 아니란 게 생각났다.

사막 바닥에 놓인 오래된 공군 폭탄이 보였다. 언제인지 몰라도 땅에 떨어졌을 때 폭발하지 않은 것이다. 외피가 쪼개져서 완전히 벌어지고 초록색 거품이 밖으로 흘러나온 상태였다. 대원들은 번갈아 가며 폭탄과 자세를 취하고 사진을 찍었다.

중위가 폭발물 신고를 했다.

무전으로 답신이 왔고 폭탄에서 최대한 멀리 떨어지라고 했다.

다들 폭탄에서 떨어졌다.

바로 그날 폭발물로 가득한 화물차 세 대가 폭발했고 경찰서 근처 모스크에서 140명 넘게 사망했다. 그 일이 일어난 시각, 제1소대가 현장에 있었다. 그중 일부는 경찰서 옥상에서 가능한 한 디지털카메라를 모두 동원하여 그 상황을 촬영했다. 그들이 찍은 영상을 보았는데 사실은 제대로 보이는 게 아무것도 없었다.

우리의 첫 번째 급습은 시아파 대도시 북부 아파트 단지에서 진행되었다. 여러 개의 창문이 올려다보이는 기다란 공터를 향해 쐐기꼴 대형으로 하나둘 진입해 들어갔다. 추적추적 비가 내리고 있었다. 사격 목표를 유인하기에는 나쁘지 않은 방법이라고 생각했다.

내가 가진 거라곤 9밀리미터 권총뿐인데 나머지 병사들은 제대로 된 총을 들고 있어서 왠지 나만 바보처럼 느껴졌다. 가장 가까이 있는 병장에게 물었다. "나도 무기를 꺼내야 할까요? 어떻게 할지 모르겠어요. 왠지 멍청해 보일 것 같은데."

그린 하사는 뉴욕 경찰로 일하다 9·11 이후 곧바로 입대했다. 2003년에만 하지 열다섯 명을 죽였다고 했다. 진짜 군인이었다.

하사가 명령했다. "입 다물어."

나는 권총을 꺼내서 최선을 다해 작전에 임했고, 전진 작전 기지로 돌아가면 더 나은 총을 찾아야겠다고 결심했다.

이라크 경찰서장의 아파트에서 폭탄 재료가 무더기로 발견되는 바람에 곧바로 감옥에 구금되었다. 또한 박격포 탄환 몇 십 개와 155밀리미터 포탄이 건물 뒤쪽 땅에 널려 있었다. 155밀리미터는 커다란 포탄이었다. 155밀리미터 포탄 두 개를 넣은 급조폭발물이 터진다면 운수가 나쁜 날이자 생애 마지막으로 운수 나쁜 날이 될 것이다. 우리는 포탄을 전부 수거한 다음 포탄이 차량 바닥을 굴러다니는 채로 전진 작전 기지에 돌아갔고, 이러다가 우리가 갑자기 사라지지는 않을까 걱정했다.

*

우리는 아슈라 축제 때 시아파 대도시로 돌아갔다. 순례자 10만 명이 참석할 예정이었다. 최소 10만 명이었다. 이번에는 놈들의 총공격이 예상되었다. 우리는 한 소대 전체에 해당하는 인원을 이끌고 일주일 내내 경찰서에 머물렀다.

나는 무선 감시 교대 근무를 하고 있었다. 한밤중이었다. 밸런타인데이가 다가왔고 무전실에 인터넷이 되는 노트북이 있어서 그걸로 에밀리에게 꽃을 배송해야겠다는 생각이 들었다. 마침 직불카드도 가지고 있었다. 카스트로 하사에게 물어봤더니 컴퓨터를 써도 된다고 했다. 카스트로는 느긋한 성격이었다. 나는 인터넷에 접속하여 110달러라는 적당한 가격대의 난초를 찾았다. 꼭 난초여야 했다. 다른 꽃은 절대 안 될 말이었다.

카드에 적을 만한 좋은 글귀가 떠오르지 않았다. 너무 지쳤던 것 같다. 결국 《시모어》 서문에 나오는 괄호 속 문구를 적어 넣었다. 에밀리라면 그게 뭔지 알 거라고 믿었다. 그리고 '사랑'이라는 단어와 내 머리글자를 서명 대신 덧붙였다.

카스트로 하사가 나더러 부잣집 도련님이라도 되느냐고 물어봤다.

꼭 그렇지는 않다고 대답했지만 사실 지금까지 굶주린 적은 없었다.

아침에 뒤뜰에서 평상시처럼 감시 근무를 하는데 똥파리가 나와서 성질을 돋웠다. 똥파리가 자꾸 입술에 달라붙더니 날아갔다가 발에 더 많은 똥을 묻히고 돌아왔다. 곳곳에 똥이 있어서 사방팔방에 똥을 묻히기 쉬웠다. 어디론가 날아갔다가 돌아와서는 또다시 입술 위에서 윙윙 돌아다녔다. 어찌나 달라붙어서 귀찮게 하는지 눈에 안 보일 때만 겨우겨우 없나 보다 싶을 정도였다.

순간 고함치는 소리 같은 게 들리더니 이라크 경찰 둘이 마당문으로 들어오면서 소란을 피웠다. 9밀리미터 글록 권총을 든 채 한바탕 몸싸움이 벌어졌다. 두 명 다 사복을 입었다. 바지와 콧수염과 가죽 재킷 때문에 1970년대 TV 드라마의 형사처럼 보였다. 딱 봐도 총알이 장전됐다는 걸 알 수 있었다. 보통 장전되지 않은 총을 들고 싸우진 않는다. 게다가 글록 권총이라 별다른 안전 스위치도 없었다. 나는 두 사람을 쏴야 하는 건지 말아야 하는 건지 도무지 알 수 없었다.

그래서 그냥 서 있었다. 다른 이슬람 경찰 몇이 달려 나와서 두 사람을 떨어뜨렸고 그중 한 명이 도망치자 누군가 신발을 집어 던졌다.

순례자들이 순백색 하늘 아래로 나타났다. 큰 모스크가 있던 곳에서 이맘이 순교했는데 그게 벌써 천 년 전의 일이었다. 모스크는 그 이맘의 이름을 땄다. 정보장교의 설명에 따르면 그랬다.

첨탑에서 성서 구절을 방송하고 천천히 북소리가 울려 퍼지면 남자들이 하나가 되어 칼로 자기 몸을 내리쳤다. 나는 방어벽 꼭대기에 서서 모든 걸 지켜보았다. 그야말로 검은 물결이 일었다. 시커먼 먼지구름이 공중으로 솟아올랐다 사라졌다. 천 년이 지났지만 아무것도 변한 게 없었다.

이제 당시 성경 구절이 어떻게 흘러갔는지, 북소리가 어땠는지 기억하려고 애써도 그곳으로 돌아갈 수 없다. 나는 영원히 그 밖에 존재하고 있었으니까. 어떻게 진행됐는지, 어떤 모습이었는지 알고 있지만 눈으로 볼 수는 없다. 나는 카메라가 없었다. 카메라를 들고 다니는 일에 회의적이었기 때문이다. 하지한테 생포당해서 그놈 손에 내 머리가 잘려 나가는 장면까지 내 카메라로 촬영하게 되는 걸 원치 않은 것 같다.

이라크 경찰 몇이 돌아오더니 머리를 내리친 곳에 생긴 상처를 보여 주었다. 별로 인상적이지 않았다. 머리통을 반으로 가를 뻔한 게 분명한데, 일부러 가르지 않은 것 같았다.

아슈라 마지막 날 밤 하지 하나가 경찰서 뒷벽을 몰래 넘으려고 했다. 바우티스타 병장이 그놈 엉덩이에 대고 신호탄을 쏘았다. 나도 거기 있었다. 놈은 도망갔다. 진짜 총알로 더 많이 쏠 수 있었고, 그래도 누구 하나 뭐라고 하지 않았을 것이다. 하지만 우린 진정한 군인이 아니기 때문에 굳이 그렇게까지 하지는 않았다.

돌아오는 길에 다리에서 조약돌 소녀에게 전투식량을 주었다. 아이는 가슴에 식량을 꼭 쥐고 달려갔다. 그런데 맨발의 사내아이에게 붙잡히더니 머리를 흠씬 두들겨 맞고 급기야 식량까지 빼앗겨 버렸다. 우리가 차를 몰고 떠날 때 조약돌 소녀는 흙바닥에 멍하니 앉아 있었다.

27

우리는 사전에 통보받는 일이 거의 없었다. 언제나 느닷없이 병장들의 지시가 떨어질 뿐이었다.

"짐 챙겨."

"빨리빨리, 얼른얼른."

보르헤스 일병이 전우인 로시 특기병과 함께 컴퓨터 먼지 제거 스프레이를 흡입하는데 카스트로 하사가 문을 쾅쾅 두드렸다. 보르헤스가 문을 열러 가다가 너무 당황한 나머지 그대로 넘어지면서 입술이 터지고 말았다. 결국 구호소에 가서 재빨리 터진 입술을 꿰매야 했다.

그렇게 오너 브라이트 작전이 불길하게 시작되었고, 우리는 북미 서북 쪽을 향해 차를 타고 나갔다.

우리가 수행할 임무는 타이어 끼우기였는데, 하필이면 하지가 우리가 오는 걸 알았으니 운도 더럽게 없었다. 단순히 정비공이라고 생각하면 누가 봐도 놀라지 않는 법인데.

여자와 아이가 많았고 나이 든 남자도 몇몇 있었다. 현장에 가보면 전투에 나설 법한 나이의 남자는 거의 보이지 않는다. 대부분 이라크 군대 혹은 이라크 경찰에 소속되었거나 죽었거나 구금

되었거나 숨었거나 다른 어딘가에 있었으니까.

소총 분대가 강둑을 따라 난 도로로 걸어갔다. 곧바로 강 맞은편에 모여 있는 인가 쪽에서 총격이 시작되었다. 수류탄이 터지고 기관총이 발사되었다. 소리만으로도 뭔가 진짜처럼 들렸다. 분대가 도로 뒤쪽으로 몸을 숨겼다. 보르헤스와 나만 남았다. 우리는 발사 구역 쪽으로 미끄러져 내려가서 먼 강둑을 훑어보았다. 내가 처음으로 소총을 든 날이었다. 유리에게 내 권총을 주고 소총을 건네받았다. 나는 총알을 때려 박을 만한 상대가 있는지 유심히 살펴보았다.

1분도, 아니 30초도 걸리지 않았다. 총격이 멈췄다. 어쩌면 실제 상황일지도 모르지만 우리와는 아무 상관이 없었다. 노스 하사와 카스트로 하사가 도로 멀찌감치서 껄껄 웃고 있었다. 둘은 예전에도 그런 경험이 있었던 것이다. 2003년부터 대대에 있었고 이제 막 E-6 계급이 된 노스가 옥상에 숨은 하지를 명중시켰다. 해병대 출신인 카스트로는 2004년 팔루자에 있었다.

"왜 이래, 의사 나리. 일을 망치지 마. 사람을 구하려면 너는 총격에서 벗어나 있어야지."

내가 뭐라고 웅얼거렸다. 여전히 멍청이였다.

"알았어. 뭐든 이유가 있었겠지. 다음에는 다른 쪽으로 피해."

나랑 똑같이 움직인 보르헤스까지 나를 비웃었다. 난 그냥 녀석을 따라갔을 뿐이다. 게다가 보르헤스는 둔덕을 내려가면서 넘어질 뻔했는데. 하지만 그걸 두고 뭐라 할 사람은 아무도 없었다. 보르헤스는 두 번째 출정이었고 혹시라도 일을 망쳐서 총에 맞는다면 전부 본인 탓이었다.

우리는 왔던 길로 돌아갔고 강을 바라보는 빈집에서 멈춰 섰다. 강 가운데쯤에는 대추야자가 무성하게 자란 섬이 있었다. 노스는 M203 발사기에 든 고성능 폭약을 섬으로 날렸고, 예상대로 그 지점에서 폭약이 터졌다. 그냥 노스의 발악이었다. 그저 잘못된 지점으로 오는 바람에 아무도 죽이지 못할 걸 알고 실망한 것뿐이었다.

헤이워드 중위가 해고되었다. 계속해서 우리에게 쓸데없는 문서를 작성하라고 지시했기 때문이었다. 그해 크리스마스에 제1기동타격대에 있는 모든 사람에게 선서진술서를 쓰게 했다. 선서진술서에는 로켓탄이 떨어졌을 때 우리가 대대의 전술 작전 본부 50미터 이내에 있었다고 기록되었다. 물론 사실이 아니었다. 그보다 훨씬 멀리 있었다. 50미터 이내에 있었다면 전투에 참가한 거라 우리는 점수를 받고 헤이워드는 전투 보병 기장을 받을 테니 적어도 승진 점수를 쌓는 데는 유리했다. 그래서 반드시 50미터 이내여야 했다. 그는 우리 대신 본인이 쓴 진술서에 모두 서명시켜서 제출했다. 문서가 퇴짜를 맞고 돌아오자 새로 한 묶음을 인쇄하여 새로 서명시켰다. 새로운 문서를 제출했지만 해고되었다.

총격이 벌어지는 와중에도 내 마음은 콩밭에 있었다. 기분이 언짢았다. 에밀리에게 내가 보낸 난초를 받았는지 물어봤더니 그렇다고, 받았다고 했다. 그걸 받고 어떻게 생각했는데? 바보 같다고 생각했단다. 왜 바보 같다고 생각했는데? 카드에 적힌 글이 뭐였는데? 《시모어》 서문에 나온 문구. 그게 뭔데? 에밀리는 전혀 모르고 있었다. 우리가 처음 만날 무렵 에밀리에게 준 책이었다. 나는 에밀리가 담배를 피우고 독주를 마시는 조용한 노파의 이야기를 좋아할 거라고 생각했다. 분명 그 책이 좋았다고 말했으니까. 그 책을 정말 읽기나 한 걸까?

나는 유리에게 그 이야기를 조금 했다. "뭘 숨기는 것 같아, 안 그래?"

유리는 내가 멍청이라고 했다.

뭔가를 숨긴다고 생각한다는 뜻이었을까?

"유리, 그렇다 아니다 얘기를 해 봐. 정말로 뭔가 숨기는 걸까?"

28

밤 10시였고 델타 중대가 여덟 시간 동안 몇 번째인지 모를 급조 폭발물의 공격을 받았다. 대대에서 사상자가 속출했다. 우리도 공습에 투입되었다. 급격한 경사로가 나오고 멀지 않은 곳에 인가 몇 채가 있었다. 중대 선임하사인 하이타워 선임하사가 같이 있었다. 코코넛처럼 몸집이 단단한 사람이었다. 다소 흥분한 듯 보였다. 첫 번째 인가는 다른 인가들처럼 판금으로 만든 문이 있었다. 총알구멍으로 가득 차서 집 안의 전등 빛이 구멍을 통해 퍼져 나왔다. 우리는 야간투시경을 올리며 머뭇거리고 있었다. 그때 우에소 산티아고 하사가 영화처럼 우다다 달려 나갔고, 우리는 그를 뒤따라갔다. 안으로 들어가자 어디서나 볼 법한 여자와 어린아이, 어디서나 볼 법한 영감 하나가 있었다. 모두 벽에 붙어 있었다. TV는 켜 놓았다. 우리는 방을 수색했다. 한쪽 구석의 테이블에 놓인 나무 상자는 옷가지로 가득했는데, 셔츠로 감싼 AK-47 소총이 장전된 탄창 두 개와 함께 놓여 있었다. 그런 물건은 얼마든지 소지할 수 있는 터라 큰 문제는 아니었다. 하지만 선임하사는 그걸 몰랐거나 잠시 잊었는지 AK-47을 낚아채고 밖으로 나오며 중얼댔다. "그래, 딱 걸렸어. 딱 걸렸어, 그렇지."

선임하사의 첫 번째 현장 진압이었다.

대문을 나서기 전에 아직 점검해야 할 곳이 남아 있었지만 우리는 대수롭지 않게 여기고 다음 집으로 향했다. 하나둘씩 줄지어서 신속히 현관으로 들어갔다. 방문을 열자 다른 문 네 개가 나왔다. 모든 걸 야간투시경 너머로 봐야 했다. 아무도 입을 열지 않았다. 들어가면서 나름대로 임시방편을 찾았다. 우리는 각자 문을 하나씩 맡기로 한 것이다. 나는 문 앞에 있었고 문을 발로 차고 들어간 적이 없어서 제대로 열지 못할까 봐 걱정되었다. 판금은 쉽게 밀려났고 빗장이 떨어져 나갔다. 작은 방이었다. 하지는 없고 염소만 몇 마리 있었다. 어미와 새끼 염소들이었다.

내 뒤에서 일이 터졌다. 몸을 돌리자 발가벗은 하지가 밀러 이병과 몸싸움을 하고 있었다. 밀러가 에코 중대에 온 지 고작 3일이 지난 날이었다. 훈련을 갓 마친 상태였다. 큰일이었다. 밀러는 상대의 무릎 안쪽을 발꿈치로 내리치고 정강이뼈까지 걷어찼다. 우에소 산티아고가 뛰어들기 전에 싸움이 끝나 버렸다. 발가벗은 하지가 바닥에 철퍼덕 쓰러졌다. 아직 어린, 한창 전투에 나설 나이였다. 젊은 여자도 있었다. 멀리 떨어진 침실 벽에 기대어 있었다. 천으로 온몸을 감싼 상태였다. AK-47 소총이 문 맞은편 모퉁이에서 벽을 향해 기울어졌다.

밀러가 보고했다. "놈이 소총을 집으려고 했습니다, 하사님." 커다란 문제를 일으키기라도 한 듯한 말투였다.

"잘했다."

누군가 방에서 노인과 그의 아내를 데리고 왔다. 노부부는 눈

앞에 벌어진 일을 목격했고, 노인이 소리를 지르자 아내가 몸을 바르르 떨기 시작했다. 선임하사가 노인에게 질문하려고 했다. 하지만 노인은 가만히 있지 않았다. 통역사에게 뭐라고 말을 했다. 이게 뭔 놈의 상황이야? 라고 말하는 것처럼 들렸다. 선임하사는 나를 가리키면서 노인에게 내가 의사라고 말했다.

누군가 다리가 부러졌냐고 물었다.

나는 그의 다리를 살짝 움직여 보았다. 어떻게 반응하는지 살피기 위해서. 뼈가 부딪치는지 소리도 들어 보았다. 내가 뭘 하는지도 모르겠다는 생각이 들었다.

"살짝 골절됐을지도 모르겠습니다."

다리를 움직이자 굉장히 아파했다.

아직 맨몸이었다.

"누가 이 사람한테 남성용 원피스나 뭐라도 갖다 주지 그래요?" 나는 그렇게 말하고 나서 통역사에게 병원에 가야 할 정도인지 물어보라고 했다.

통역사는 방한용 얼굴 가리개를 쓰고 있었다.

다음은 남자에게 이부프로펜 진통제 800밀리미터를 놔 주었다. 밀러가 남성용 원피스를 남자의 허리에 둘러 주었다. 나는 그를 위해 작은 지퍼백에 이부프로펜을 조금 더 넣었고, 남자의 손이 등 뒤에서 지퍼 수갑으로 묶여 있는 터라 그의 옆쪽 바닥에 지퍼백을 내려놓았다.

하지들이 소총에 둘러싸여 침울한 표정으로 바닥에 앉아 있었다. 병사들은 담배를 피웠고 선임하사는 질문을 퍼부었다.

무전기에서 아무도 억류하지 말라고 지시했다.

이제 나갈 시간이었다.

"피해가 없으면 다음 집으로 가야지." 선임하사가 말했다.

우리는 그곳을 떠나 다음 집으로 이동했다.

날이 밝았다. 우리 중 일부는 제3소대의 새 소대장을 만났다. 에번스 소위였다. 어린 톰 행크스처럼 키가 크고 멍청하게 생긴 놈이었다. 하지만 꽤 합리적으로 보였다.

우리는 시내 밖 사막 집결지에 있었다. 나는 이제 에번스가 차지한 브래들리 장갑차의 부대칸에서 대대 무선망을 듣고 있었다. 밀러도 무한궤도 뒤쪽에 함께 있었다. 무전기 너머로 어디선가 우리 병사가 봉변을 당했다는 소식이 들렸다. 전투병 군번은 다음과 같았다. 호텔 호텔 찰리 에코 양키 트리 트리 66.

내가 놀라서 외쳤다. "유리잖아!"

밀러는 유리가 누군지 몰랐다.

우리는 온종일 인가를 수색했다.

보르헤스가 강아지 얼굴에 총을 쏘았다.

7.62밀리미터로.

그 외엔 아무 일도 없었다.

29

오너 브라이트 작전 마지막 날 우리 중 몇몇은 작은 학교 건물로 가서 하지를 위한 진료소를 마련해야 했다. 많은 사람이 줄을 섰다. 한 노인은 손목에 깊숙이 파인 열상이 있었다. 며칠 전 지퍼 수갑으로 묶인 탓에 생긴 열상이라고 했다. 나는 식염수로 열상을 닦아 내고 바시트라신과 거즈로 감쌌다. 한쪽 손이 부어올라서 심하게 떨렸다. 내가 볼 때는 꽤 심각한 상태 같았다. 하지만 확실히 아는 게 아니라서 뭐라고 말할지 알 수 없었다. 선임위생병 둘에게 뭐라고 해야 할지 물어보러 갔다. 진료소 일을 도우러 온 본부 중대의 병장 둘이었다. 둘은 바깥에 세워 둔 5톤 트럭에 누워서 자고 있었다. 나는 그들을 깨워 노인의 증상을 전하고 뭐가 잘못된 것 같은지 물었다. 선임위생병이 봉와직염이라고 했다.

"항생제 같은 게 없는데요. 혹시 있습니까?" 내가 물었다.

"아니."

"어떻게 해야 할까요?"

"아무것도 하지 마."

"뭐라고 할까요?"

"아무거나 처먹고 뒤지라고 해."

나는 돌아가서 통역사를 불러 나한테 약이 없으니 병원에 가서 의사에게 항생제를 받으라고 전하게 했다.

나는 아무것도 없었다.

나는 아무것도 몰랐다.

어머니가 아이를 데려왔다. 일곱 살 정도 된 아이였다. 오른손에 깊은 열상이 있었다. 붕대를 감는 것 말고 할 수 있는 게 없었다.《아미 타임스》사진기자가 내가 붕대 감는 사진을 찍었다. 상황이 그 정도로 열악하기 짝이 없었다.

보병대가 밖에서 경비를 서고 있었다. 열두 명가량 되는 아이들이 뛰놀고 있었는데 보르헤스가 손가락 욕을 가르쳤다. 보르헤스는 직접 손가락으로 모양을 잡아서 보여 주었다.

"두 개는 분홍색에, 하나는 똥색에."

아이들이 소리쳤다. "야야야야야야야야!"

전진 작전 기지로 돌아가는 길이었다. 나는 에번스의 탱크 부대칸에 있었다. 포트 후드를 떠난 이후 처음으로 혼자 있다는 사실을 깨달았다. 전투식량 포장지를 잡고 자위를 했다. 그러고 나서 1리터짜리 물병에 소변을 보았다. 병이 가득 찰 정도로 물을 쏟아내고 정액을 소변과 함께 넣어 경사로에서 문밖으로 버렸다. 그리고 잠이 들었다. 꿈은 꾸지 않았다. 일어났을 때는 차가 멈춰 있었다. 나는 포탑 문을 두들겼다. 문이 열렸고 포수에게 왜 멈췄는지 물어보았다. 포수는 우리가 급조 폭발물을 밟고 지나갔는데

다행히 터지지 않았다고 했다. 무한궤도가 배터리를 부순 덕분에 폭탄이 터지지 않았다. 폭발물처리반이 로봇으로 폭발물을 분해하고 있었다. "155밀리미터 탄환 세 개야." 그가 알려 주었다.

맙소사.

30

체코 일병과 그린월드 특기병은 밤새 구호소에 있었다. 아침에 블랙 호크 헬기가 도착하면 헬기에 태워 바그다드로 이송될 예정이었다. 바그다드에서 쿠웨이트로 가고, 쿠웨이트에서 독일로, 독일에서 미국으로 간다고 했다. 그렇게 이동하는 사이 어디선가 관 속에 들어가겠지.

착륙지대에 대대 대형이 있었다. 사망자가 나온 건 겨우 두 번째인데 직업 군인들은 우리가 나쁜 놈이라도 되는 것처럼 아주 야단법석을 피웠다. 그러거나 말거나 내버려 두었다.

체코와 그린월드. 나에게는 그저 이름에 불과했다. 심지어 얘기를 나눠 본 적도 없었다. 전에 봤다고 해도 알 수 없었다. 모두 이라크 경찰이 저지른 짓이었다. 캐런튼도로에서 사건이 터졌다. 폭발 성형 관통자가 간단하게 장갑차를 뚫고 들어간 것이다. 체코의 머리통이 박살 났다. 그린월드는 허리가 잘려 나가면서 포수의 포대 위로 쓰러졌다.

블랙 호크는 착륙지대에서 채 2분도 머물지 않았다. 위생병 몇이 시신 운반 자루를 들고 왔다. 위생병이 일을 마치자 블랙 호크가 곧바로 출발했다. 대대 선임하사관이 우리에게 해산하라고 명령했다. 그때 헬리콥터 두 대가 더 날아왔다. 잿빛 하늘을 배경으로 위풍당당한 모습을 드러내자 우리는 무엇 때문에 헬리콥터가 왔는지 확인하기 위해 계속 남아 있었다.

두 번째 블랙 호크 두 대가 착륙했고, 이번에는 아름다운 여자들이 내렸다. 여자들은 손을 흔들며 발랄하게 걸었고 새하얀 치아가 보였다. 본인들은 정말 아무것도 모르는 건가. 아무튼 끔찍했다.

덴버 무스탕 치어리더들이 한 시간 동안 군대 식당에 서서 군인들과 대화를 나누고 사진을 찍었다. 피부가 비싼 크림 같은 아름다운 여자들이었다. 오랜 시간은 아니지만 아무튼 거기 있었다.

나는 여자들을 보러 가지 않았다. 같이 잘 수 있는 것도 아니니까. 결국 그게 전부였다. 같이 자고 싶게 만들지만 실제로 그럴 가능성은 없으니까.

야구선수였다면 같이 잤을 것이다.

야구선수였다면 뭐든 하게 해 줬을 것이다.

수치심도 참았을 테고.

하지만 우리는 야구선수가 아니었다.

우리는 이라크 경찰을 단 한 번도 건드리지 않았다. 하지만 체코와 그린월드 일이 있고 나서 일주일이 지난 어느 밤, 에코 중대 몇 명이 시아파 대도시 변두리에서 철조망 밖으로 빠져나갔다. 특수 부대가 메흐디 구역을 급습하는 동안 우리는 근처를 오가는 사람은 누구든 막아야 했다.

무선망에서 단단히 결심한 것 같은 단호한 목소리가 들렸다. 준비가 됐다고 했다.

그렇게 하지 40명을 골로 보냈다. 불과 몇 분밖에 안 걸렸다. 우리는 아무것도 안 하고 각자 자기 위치에 있을 뿐이었다. 아무런 소리도 들리지 않았다. 다음 날 아침 야후 뉴스에서 기사를 읽지 않았다면 40명이 죽었는지도 몰랐을 것이다. 어떻게 했는지 궁금했다.

그때 우리가 장난으로 거기 있는 게 아니란 걸 깨달았다. 우리는 인생을 망치거나 폭탄에 맞아 죽거나 시간을 낭비할 목적으로 군대에 왔다고 생각했지, 그게 뭐가 됐든 실제로 전쟁을 할 거라곤 생각하지 않았다.

유리가 만신창이가 되어 결국 복귀하지 못하자 제1소대는 얼마간 위생병 없이 지냈고, 결국 내가 제3소대 업무 외에 그쪽 정찰까지 도맡아 해야 했다. 그래서 미칠 정도로 정찰을 많이 했다. 이미 지칠 대로 지쳐서 얼이 완전히 빠진 상태였는데, 한편으로는 전쟁이 일어날까 봐 항상 경계 상태였다.

제1소대와 근무하러 나갈 때는 대체로 케이브스 병장의 트럭을 탔다. 로저스 이병이 운전대를 잡았다. 클로버 특기병은 사격을 맡았다. 다들 강단 있는 성격이고 거짓말은 입에 담지도 않았다. 누군가를 죽이고 싶다면서 기회만 되면 누구든 좋다고 했다. 그 정도로 단순했다. 하지만 죽일 사람이 나타나지 않자 그냥 차를 몰고 다녔다. 이동하지 않을 때는 바깥세상에서 해 본 마약이

나 짓거리, 엑스터시에 얼마를 냈는가 따위의 이야기를 했다. 클로버가 가장 싸게 엑스터시를 구했다. 하지만 로저스는 우지 기관단총으로 사람이 죽는 걸 본 적이 있었다. 그러니까 로저스가 승자였다.

나는 철모를 벗었다. 클로버가 포탑에서 날 내려다보았고, 철모 안에 테이프로 붙여 놓은 카드를 보았다.

"그게 뭐야?"

"우익수 허먼 톰슨."

"왜 허먼 톰슨을 철모 안에 붙여 놨어?"

"아내가 초등학교 때 좋아한 선수거든. 1990년대 초반에 브레이브스 소속이었어. 매년 월드 시리즈에 나가던 시절이었지. 한번은 그걸로 아내를 놀렸더니 내가 죽으면 허먼 톰슨이랑 잘 테니까 조심하라면서 저번에 카드를 보냈더라. 그래서 죽지 말아야 한다는 걸 기억하려고 철모 앞쪽에 카드를 붙여 놨어."

"미친 짓이군."

"밸런타인데이에 110달러를 내고 난초를 선물했는데 그걸 할머니한테 줬대."

"저런."

로저스는 사격을 당할까 봐 무섭냐고 물었다. 나한테 결정권이 있다면 총에 맞지 않는 편이 낫다고 대답했다. 로저스는 퍼플 하트 훈장이 있으면 평생 사냥과 낚시 허가증이 거저 생긴다면서 총에 맞고 싶다고 했다.

"퍼플 하트가 필요 없나 봐, 의사 선생?" 클로버가 물었다.

"딱히 필요 없는데."

"이봐, 의사 선생, 이것 좀 봐." 케이브스였다.

그는 수류탄 핀을 잡고 있었다.

"멋진 수류탄이네요."

"아프가니스탄에서 가져온 거야."

놈들이 나를 놀리는 이유를 알았다. 놈들은 내가 못된 놈이라고 생각했다. 내가 일을 망쳤다고. 다들 그 얘기를 들었다. 며칠 전 밤, 제1기동타격대와 나갔을 때 대대의 저격수가 쓰러져서 통증을 호소했다. 그는 너무 아파서 구호소로 이송되기 전에 모르핀이 필요하다고 했다. 나는 얼마든지 모르핀을 줄 성격이고 다리에 15밀리미터 자기 주사기로 모르핀을 주입하려고 했지만, 망할 주사기를 거꾸로 들어서 바늘이 내 엄지손가락으로 들어가 손톱으로 나오는 바람에 모르핀이 바닥에 흩어져 버렸다. 몇 명이 그 일을 목격했다. 그것 말고도 또 한 번 일을 망쳤는데 진짜 열사병 환자에게 정맥주사를 놓는 게 얼마나 어려운지 깨닫는 계기가 되었다. 진짜 열사병 환자의 피부는 고무 같아서 바늘이 숟가락처럼 무뎌졌다. 에번스는 내가 열사병 환자에게 줄을 연결하지 않고 바늘을 연달아 다섯 번이나 꽂는 걸 보았다. 그 일 때문에 나를 구호소로 돌려보낼 줄 알았다. 하지만 나는 그곳에 남았다.

우리 신참들은 모두 부활절에 전투 패치를 받았다. 전투 패치는 전투 보병 기장이나 전투 위생병 기장처럼 총에 맞거나 해야 받는 게 아니었다. 전투 패치는 실제 전투와 아무 상관이 없고 가짜 전투와도 아무 상관이 없었다. 그냥 부대 패치, 보통은 사단 패치인데, 오른쪽 소매에 달아서 전투 지역에 배치되었고 어느 정도 머물렀다는 것을 알리는 용도였다. 간단히 말해서 크기만 큰 무용지물이었다. 어쨌든 철조망 밖으로 나가지 않고 잠을 자거나 무기를 닦거나 포르노를 보거나 먼지 제거 스프레이를 흡입하면서 마냥 기다리기만 하는 중대의 군인들을 분대장이 불러 모았고, 뭐가 됐든 다들 하던 일을 멈추고 수송부로 가서 중대 대형으로 서라고 했다.

붐 박스가 등장했다. 인도에 놓고 정비 창고에서 이어지는 연장 코드를 꽂아 두었다. 우리는 무언가 하려는 모양이라고 예상하다가, 그제야 전투 패치를 받는다는 걸 알았다. 아무도 관심이 없었다. 정말로 귀찮은 일이었다. 우리는 짜증이 났다. 로저스가 큰 목소리로 전투 현장을 구경이라도 할 수 있다면 패치는 안 줘도 된다고 소리쳤다.

하이타워 선임하사가 나와서 중대에 차렷 자세를 명령했다. 다음은 대위가 나와서 몇 마디 했다. 우리의 노고에 감사한다고 말한 뒤 몇 가지 다른 이야기를 했다. 하려던 말을 다 하고 나서 선임하사에게 붐 박스의 재생 버튼을 누르게 했고 토비 키스의 노래가 흘러나오기 시작했다. 토비가 남의 엉덩이를 부츠로 걷어차 주는 게 미국인의 방식이라고 말하는 최고조 부분에 이르렀을 때 대위가 명령을 내렸다. "패치…… 수여!"

우리는 너무 웃긴 나머지 대위 앞에서 웃지 않을 수 없었다. 사실 우리도 그러고 싶진 않았다. 그냥 어쩔 수 없었다. 패치를 사방에 나눠 주었다. 어색한 상황이지만 패치를 나눠 주었고 우리는 그걸 받았다. 선임하사는 본인이 바라는 대로 우리가 진지하게 굴지 않아서 언짢아 보였다. 패치를 모두 나눠 준 뒤 대열 간격을 좁히고 우향우를 해서 수송부 뒤쪽으로 걸어가라고 하더니 한낮에 펄펄 끓는 아스팔트에서 얼마간 우리를 굴렸다. 앞-뒤-뛰기와 스타맨 점프였다. 스타맨은 그 자체로 악명 높은 동작이었다. 그 모든 걸 시켰는데 더 황당한 건 하사와 그 아래 계급이 모두 함께 해야 한다는 사실이었다. 하사관이 그렇게 부당한 대접을 받는 걸 처음 본 우리 병사들에게는 그 무엇보다 미친 짓처럼 보였다.

정확히는 모르겠지만 그때부터 2주 후였을 것이다. 제3소대와 인구 조사 정찰을 하러 나갔다. 치타가 운전했다. 치타는 《죽은 자의 얼굴》과 아동 포르노로 보이는 야동을 엄청 좋아했다. 이슬람 가게에서 파는 촌스럽고 현란한 칼을 닥치는 대로 사들여서 이층 침대 위 합판 벽에 쌓아 두었다. 보병도 아닌 치타가 운전하다니 황당했다. 중대에서 보급을 담당하는 보병 외 군인 세 명 중에서도 가장 낮은 계급이었고, 꼴통처럼 기분에 따라 칼을 휘두르다가 몇 번이고 비사법적 징계를 받는 걸 보면 심지어 그 계급에서도 실력이 형편없는 자식 같았다. 그런데도 우리와 함께 철조망 밖으로 나가면서 운전을 맡았다. 선임하사에게 잠깐 철조망 밖으로 나가서 팀의 일원이라고 느낄 수만 있다면 하루가 멀다 하고 그렇게 꼴통처럼 굴지 않겠노라 약속한 모양이었다.

에번스 소위는 조수석에 타고 페레즈는 포탑에 있었다. 나는 뒤쪽에 있었다. 치타도 페레즈도 미국 시민이 아니었다. 치타는 소말리아에서 왔다. 페레즈는 멕시코 어딘가에서 왔다. 나는 거기에 무슨 뜻이 담겼는지 생각해 보았다. 둘 다 나보다 미국을 좋아하는 것 같았다. 난 뭐가 문제였을까? 우리는 정찰에 나선 험비 트럭 세 대 중 선두였다. 아침나절이었다. 험비 세 대가 폴크도로를 따라 북쪽으로 달리다 고속도로에서 우회전하여 중앙 관개 수로 주변에 걸친 시골길로 들어섰다. 길은 150미터 정도 가다 끊기고, 거기서부터 인가가 드문드문 보였다. 그날 인구 조사를 해야 하는 곳이었다. 나는 에번스에게 시골길과 인가 사이를 운전하면 안 된다고 했다. 이제부터는 내려서 걸어가야 한다고.

"왜 운전하면 안 되지?"

"트럭은 저 길로 못 들어갑니다, 소위님. 너무 무겁습니다. 자칫 하다가는 진창에 빠질 겁니다."

"내 눈엔 괜찮아 보이는데."

"햇빛을 받은 위쪽 부분만 물기가 말라서 괜찮아 보이는 겁니다. 날 믿으세요. 예전에도 여기랑 똑같은 곳을 봤습니다. 헤이워드 중위가 이런 데서 운전하려다 차량 네 대가 연달아 진창에 박혔어요. 소위님이 오기 전에 해고된 분이라 헤이워드 중위를 모를 겁니다."

"글쎄, 하지만 시도라도 해 봤으면 싶은데."

트럭이 20미터도 못 가서 진창에 빠졌다. 에번스가 치타에게 뒤로 빠라고 했지만 후진할 수도 없었다. 더더구나 치타는 이런 일이 처음이라 당황해서 어찌할 줄을 몰랐다. 에번스는 노스의 트럭을 불러서 차를 끌어내라고 지시했다.

그 말을 듣고 내 생각을 밝혔다. "그러지 않는 게 좋을 겁니다, 소위님. 나중에 기동타격대가 왔을 때 일이 더 힘들어지기만 합니다. 견인 케이블이 있는 브래들리 장갑차가 와야 합니다."

"조용."

에번스는 작전 기지에 무전을 쳐서 기동타격대를 보내 차를 빼달라고 했다. 그렇게 하지 않으면 어쩔 수 없이 하지에게 부탁해야 했으니까.

제1소대에서 기동타격대가 왔다. 브래들리 장갑차가 험비 세대 앞에 있었다. 장갑차가 길을 파헤치며 들어오더니 곧장 돌진해서 무한궤도를 차량 덮개에 갖다 박았다. 그렇게 차량 구조는 물 건너갔다. 얼마 동안, 아마 종일 거기 그렇게 박혀 있을 것 같았다. 그 와중에 내가 포탑에 올라갈 차례가 되었다. 하지 하나가 인가 쪽에서 우리를 보고 있었다. 나는 그가 우리를 살피는 모습을 눈치챘다. 우리 상황을 봤으니 엄청 고소한 모양이라고 생각하며 그냥 놔뒀다. 얼마 후 흥미를 잃었는지 그가 조용히 사라져 버렸다.

케이브스 병장도 거기 있었다. 기동타격대와 함께 와서 노스와 투덜거렸다. 하루를 완전히 망쳐 버렸다고. 그리고 미국으로 돌아가면 어디 가서 사냥할지 얘기했다. 대대에서 무전을 보내 기동타격대는 작전 기지로 돌아와서 견인차를 다시 철수시키라고 했다. 장갑차는 그대로 남겨 둬야 했다. 주변에 명령이 전달되었다. 기동타격대는 돌아갔고 케이브스도 떠났다.

둔탁한 쾅 소리가 들렸다. 하늘로 연기가 스멀스멀 피어올랐다. 나는 에번스에게 기동타격대에 위생병이 있는지 물었다. 에번스가 무전기를 들었다.

"에코 16, 에코 트리 6 부대장이다."

무선망에서 목소리가 들려왔다. 네이선 중위였다. "음…… 지금은…… 때가 별로 좋지 않다."

기동타격대는 멀리 있지 않았다. 에번스가 노스와 도보 대원에게 소화기를 챙겨 가서 얼른 도와주라고 지시했다. 가장 빨리 돌아가는 길은 관개 수로를 건너가는 경로였다. 물이 꽤 깊고 넓어서 어쩔 수 없이 헤엄을 쳐야 했다. 우리는 소화기, 총, 방탄복, 전투 배낭 등을 장착한 터라 몸뚱이가 묵직하게 바닥으로 가라앉았고, 겨우 그따위 물에 빠져 죽는 일은 피하려고 죽어라 애썼다. 페레즈가 거의 물에 빠질 뻔해서 치타가 끄집어내야 했다. 내가 첫 번째로 수로를 건넜다. 둑으로 올라가 일어섰을 때 흰색 봉고 트럭이 길을 따라 달려왔다. 우리가 가는 방향으로 달리고 있었다. 나는 소총을 들어 올려서 운전자의 얼굴이 있다고 생각되는 곳을 겨냥했다. 왼손을 손잡이에서 떼고 차를 멈추라는 신호를 보냈다. 멈추지 않으면 죽일 작정이었다. 하지만 그는 순순히 멈췄다. 나는 운전석 쪽으로 다가갔다. 차 안에는 하지 둘이 있었다. 노스와 통역사가 내 오른쪽으로 오는 게 보였다. 노스가 통역사에게 우리를 태워 달라고 전달하게 했다. 우리는 트럭 짐칸에 겹겹이 올라탔다. 기동타격대에서 100미터 정도 떨어진 곳에 멈췄다. 거기서부터 남은 길은 뛰어서 이동했다.

뒤쪽 험비 트럭 반대편 도로에 구멍이 났고 더 멀리 있는 험비는 불길에 휩싸였다. 새까맣게 탄 의자가 도로에 쓰러져 있었다. 팔리 특기병이 그 모습을 바라보며 멍하니 서 있기에 내가 물었다. "사상자는 어디 있지?"

"다 죽었어, 개자식아." 그가 대답했다.

나는 포수의 시신을 다시 보았다. 몸은 새카맣게 타 버리고, 방탄복(IBAS) 조각이 몸통 군데군데 붙어 있고, 다리는 접히고, 대퇴골과 정강이뼈에는 검은 피부 조직이 붙어 있고, 팔은 녹아 버리고, 내장이 빠져나온 몸은 내장 위에 누워 있고, 얼굴은 어디론가 날아가고, 머리는 해골만 남았다. 어디선가 맡아 본 냄새 같았다. 핏속에 새겨진 기억처럼. 연기가 모든 구멍과 틈새로 흘러 들어오고 입 안에 가득 차서 결국 연기를 삼킬 지경이 된다. 군인들은 게토레이 냉장 박스든 탄약 캔이든 닥치는 대로 가져다가 도로 양쪽 논에서 물을 퍼내어 불이 난 곳까지 이어지도록 기다란 사슬을 만든다. 소화기는 순식간에 바닥나 버린다. 제1소대의 신참 위생병인 잭슨이라는 직업 군인이 누군가는 경비를 서야 한다고 소리친다. 하지만 경비 따위를 신경 쓰라는 건 말뿐이고, 물론 그 말이 맞기는 하지만, 아무도 관심이 없다. 나는 철모를 벗어서 물과 불 사이를 왔다 갔다 하며 물을 퍼 나른다. 이미 다 죽어 버려서 굳이 서두를 이유가 없는데도 모두 불을 끄는 데 혈안이 되어 그게 멍청한 짓이라는 것도 깨닫지 못한다.

불이 꺼지고 도로의 시신까지 합치자 사망자가 세 명에서 네

명으로 늘었다. 케이브스, 로저스, 클로버 그리고 네 번째는 누군지 모른다. 대대 절반이 도로에 줄지어 섰다. 길을 따라가서 눈에 보이는 첫 번째 탱크의 포수에게 손을 흔든다. 포수에게 손가락 네 개를 들어 보이고 시신자루라고 입 모양으로 말한다. 몸을 돌렸더니 클로버가 길에서 걸어오는 게 아닌가. 눈을 씻고 다시 본다. 나는 그가 죽은 줄 알았다고 말한다. 트럭에 있는 줄 알았다고. 그는 오전에 휴가를 받기로 되어 있었는데 떠나는 비행기가 취소됐다고 한다. 나는 젠장, 하고 읊조린다. 지금쯤 유령이 된 줄 알았는데. 젠장, 다들 진지한 분위기라 안타깝다고 말하며 네 번째 병사는 누구냐고 묻는다. 드윗이라고 한다.

시신자루 네 개가 도착한다. 그때쯤 대위가 트럭 옆으로 왔다. 드윗은 포탑 아래 공간에 돌돌 말려 있다. 얼굴이 완전히 뭉개져서 클로버가 말하기 전에는 누군지 알아보기 힘들 정도다. 다 타 버린 뜨거운 하얀 해골, 움푹 팬 구멍, 부서질 것처럼 앙다문 치아. 대위가 시신을 운반하라고 말한다. 내가 상반신을 잡고 대위가 다리를 잡는다. 근육 조직은 번드르르한 검은색이고, 손을 대면 라텍스 장갑이 터질 정도로 뜨겁다. 손이 너무 뜨거워서 다시 내려놔야 한다. 시신을 내려놓는다. 그를 내려놓는다. 다시 들어 올린다. 누군가 타 버린 엉덩이 쪽을 잡고 시신 받치는 걸 돕는다. 음경과 고환, 성기와 불알이 타 버리고 1센티미터도 안 되는 살점만 조금 남았다. 우리는 땅바닥에 준비해 둔 시신자루를 향해 느릿느릿 돌아간다. 시신을 자루에 넣는다. 자루를 닫는다. 물가로 간다. 남아 있는 라텍스 장갑 조각을 버린다.

도로로 돌아가니 이스턴을 처리하고 있다. 병사 하나가 손을 멈추고 말한다. 잠깐 잠깐 잠깐. 내장이 주르르 흘러나온다. 이제 이스턴을 반듯이 뉜다. 도로에 기대어 누운 얼굴의 일부는 타버리지 않았다. 피부가 녹아내렸다. 오른쪽 눈은 타지 않았다. 눈만 보고도 파란 눈의 이스턴이란 걸 알 수 있어서 한 녀석이 그를 내려다보고 울면서 말한다. "이스턴이야. 내 친구야." 케이브스와 로저스는 앞 좌석에 있는데 케이브스는 계기판 쪽으로 기울어졌다. 방탄복 대부분이 그대로 남았고 내장도 제자리에 있어서 꺼내기가 쉽다. 수류탄이 아직 방탄복에 붙어 있다. 어쩌다 거기 있었는지 기억이 안 난다. 수류탄을 멘 상태로 그의 시신을 구호소로 보낸다. 폭발물처리반을 불러서 처리해야 한다. 로저스가 운전석에 있다는 걸 알아챈 건 케이브스의 운전사였기 때문이다. 아니면 몰랐을 것이다. 케이브스와 로저스는 얼굴이 사라졌다. 얼굴이 모두 불에 타 버렸다. 더는 얼굴이랄 게 없다. 로저스는 시신자루에 있다. 에드워즈라는 병장이 충격받은 얼굴로 나를 보며 트럭에 뭔가 더 남은 것 같다고 말한다. 남아 있는 운전석에 붙은 지방을 가리킨다. 어떻게 해야 할지 모르겠다. 나는 지방을 손가락으로 걷어내 공처럼 둘둘 말아서 물속에 집어 던진다. 그러고 나서 현실이라고는 믿기지 않을 정도로 시뻘겋게 피투성이가 된 길을 걸어간다.

31

5월에 휴가를 받아서 집으로 돌아갔다. 2주 동안. 그런데 실망만 가득했다. 에밀리와는 잠깐만 같이 있었다. 워싱턴주 어딘가에서 일자리를 구했다고 바로 떠나야 한다며 클리블랜드에 오래 있을 수 없다는 것이다. 네이처와 관련된 일이었다. 뭐가 됐든 절대로 놓칠 수 없다고 했다. 같이 잘 만한 여자들이 있었다. 예쁜 애들이었다. 하나도 빼놓지 않고 건드려 봐야 했는데. 아무에게도 말하지 않기로 했지만 에밀리와 결혼했기 때문에 그러지 않았다. 그렇게 그냥 복귀했다.

32

어떤 밤에는 끝이 없을 정도로 걷기만 했다. 하루는 그리 멀리까지 걷지 않았다. 하루는 누군가 지루함을 참지 못하고 강아지에게 총을 쏘았다. 그날 밤은 5인조 공격대가 함께 있었다. 노스가 인솔했다. 우리는 제1관측소(OP1)까지 길을 걷다가 오른쪽으로 방향을 돌려 마사도로와 폴크도로 사이 들판으로 걸어갔다.

우리는 두 도로가 모두 보이지 않는 공터에 멈췄다. 노스는 도로에 관심이 없었다. 들판에서 이슬람군을 잡을 수 있을 거라고 생각했다. 통행금지 시간은 일몰 때였고, 우리의 교전 규칙(ROE)은 어두워진 후에는 누구든 눈에 보이는 대로 사살하는 것이었다. 그런데 모래파리가 있어도 눈만 감으면 잠들 판이었다. 야간 투시는 따분했고 아무 소득도 없었다. 우리는 몇 시간 동안 멀뚱멀뚱 앉아 있었다. 아무도 입을 열지 않았다. 아무도 움직이지 않았다. 벌레가 우리 몸뚱이를 뜯어 먹었다.

노스가 자리에서 일어났고 우리도 뒤를 따랐다. 우리는 일렬로 들판 가장자리를 걸었고 기다란 잔디를 헤치면서 앞마당으로 갔다. 거기 인가 앞 침대에 하지 하나가 있었다. 놈이 뛰기 시작했고 거친 숨소리와 발을 헛디디는 소리가 들렸다. 노스가 중대 전술 작전 본부에 무전을 쳤더니 당장 쫓아가서 사살해 버리라는 답신이 왔다.

하지는 왼쪽으로 갔고 우리는 그를 찾아내기 위해 대형을 잡으면서 간격을 넓혔다. 나는 당장 놈을 쏠 준비가 안 된 기분이라서 제발 내 눈에 띄지 않길 바라며 도랑을 살폈다. 설리번이 먼저 놈을 발견했다고 큰 소리로 외쳤다. 놈이 일어나서 앞쪽으로 30미터가량을 뛰었다. 우리와 함께 나온 새파란 신참인 댈러스 이병이 놈을 뒤쫓아 갔다. 댈러스가 내 사격선 앞으로 지나갔지만 나는 쏘지 않았다. 하지만 나머지 공격대가 발사했다. 어차피 신참은 신경 쓸 게 못 되니까.

우리는 소총을 어깨에 올린 채 총성이 울린 쪽으로 나섰다. 하지가 등을 대고 누워 있었다. 하얀색 민소매에 빨간 피가 묻어 있었다. 신발은 신지 않았다. 외모도 준수하고 엄청 젊었다. 많아 봤자 스물다섯 정도. 우리를 조용히 노려보면서도 이대로 죽을 거라고 생각하는 듯했다.

나는 하지를 치료해야 했다. 복부에 관통상이 보였다. 잘은 알 수 없었다. 상처에서 피가 튄 자국은 있지만 피가 흐르진 않았다. 지방만 허옇게 튀어나왔다. 나는 거즈를 둥글게 말아서 출혈 부위를 눌렀다. 지퍼백으로 거즈를 덮고 세 방향으로 테이프를 붙인 다음 설리번에게 대신 붕대를 눌러 달라고 했다. 나는 총알이 빠져나간 위치를 찾기 시작했다. 상반신에서는 빠져나간 흔적이 보이지 않는 데다 5.56 탄환은 몸 아래로 내려가기 때문에 몸 안 어디에 박혔을 거라는 추측만 할 수 있었다. 의학용 가위로 놈의 운동복 바지를 잘랐다. 묵직한 아랫도리, 게다가 면도까지 되어 있었다. 그걸 보고 바우티스타 병장이 웃음을 터뜨렸다. 하지만 허리 아랫부분에도 총알이 빠져나간 상처는 없었다.

놈에게 거즈를 충분히 둘렀어야 했다. 더는 두를 수 없을 때까지, 꽉 조일 때까지 감쌌어야 했는데 그러지 않았다. 상처 난 쪽으로 몸을 뉘어야 했다. 하지만 깜빡 잊어버렸다. 발을 올리지 않으면 쇼크가 올 수 있어서 놈에게 발을 내 철모로 받칠 거라고 말했다. 비록 그 말이 사실이라 해도 총알이 빠져나간 상처가 없고 어찌할 줄 몰랐기 때문에 그냥 그렇게 말했다. 놈의 눈이 머리 쪽으로 돌아갔다가 제자리로 왔고, 다시 초점을 맞추는가 싶더니 또 흰자만 보였다. 나는 정맥주사를 놓으려고 했지만 정맥이 납작해서 잡히지 않았다. 쇼크에 빠지지 않도록 모르핀을 놓겠다고 말했다.

노스가 지적했다. "그냥 할 일만 해, 의사 선생. 굳이 설명할 필요 없어."

뭐라도 제대로 하는 것처럼 보이고 싶어 놈에게 모르핀을 주었다. 놈의 오른쪽 허벅지에 주삿바늘을 찌른 뒤 다시 정맥주사를 연결하려고 했다. 그런데 놈은 팔뚝이 얇았다. 도무지 핏줄이 보이지 않았다. 얼핏 핏줄이 보였지만 놈이 움직이는 바람에 놓쳐 버렸다.

"가만히 있어, 개자식아! 도와주려는 거잖아!" 나는 결국 짜증을 내 버렸다.

"조용히 해, 의사 선생." 노스가 나무랐다.

노스가 의무 수송 헬기를 불렀다. 헬기 호출은 가장 먼저 할 일 중 하나였다. 나는 호출하면서 긴급 수술이 필요하다는 걸 말하라고 했다. 하지만 헬기는 끝내 오지 않았다.

놈이 구토하면서 토사물이 목에 걸려 숨을 제대로 못 쉬기 시작했다. 토사물은 하얗고 끈적거렸다. 내가 손가락을 쑤셔 넣고 목구멍을 청소하는 사이 놈이 의식을 잃었다.

숨이 멈췄다. 맥박이 뛰지 않았다. 공기주머니 산소호흡기와 심폐소생 마스크를 같이 달았다. 바우티스타가 흉부압박을 하고 나는 산소를 공급했다. 잠시 그렇게 하다 보니 의식을 되찾았고 다시 자기 힘으로 숨을 쉬었다.

그러다 놈이 고꾸라졌다.

우리는 다시 몇 분간 심폐소생술을 실시했다. 흉부압박을 받아서 갈비뼈가 부러졌고 툭툭 뼈 부러지는 소리가 났다. 그렇게 끝나 버렸다.

노스가 중대 전술 작전 본부에 다시 무전을 쳐서 놈이 죽었고 이제는 헬기가 필요하지 않다고 보고했다. 놈은 이제 시체가 되었고 전진 작전 기지로 데려갈 현실적인 방법이 없었다. 기동타격대가 와서 우리를 데려가야 했다. 시신자루도 없어서 그것도 가져와야 했다. 전술 작전 본부는 해가 뜰 때까지 기동타격대가 도착하지 않을 거라고 말했다. 그래도 길이 보이는 편이 낫고, 유감스러운 일이 생기는 것보다는 안전한 편이 나았다. 우리는 그 자리에 멈춰 있었다.

해가 떴다. 그러자 다른 집들이 보였다. 검은 옷을 입은 노부인이 집에서 나왔고 땅에 누워 있는 발가벗은 하지를 보았다.

노스가 물었다. "아는 사람입니까?"

발가벗은 시신을 가리켰다.

노부인이 몸을 돌려 집으로 다시 들어갔다.

노스가 넘겨짚었다. "아는 사람이군."

도보로 기동타격대가 왔다. 카스트로가 가장 먼저 다가와서 내 모습을 보고 말했다.

"시체 처음 보나, 의사 선생?"

나는 아니라고 했다. 진짜 질문이라도 받은 것처럼.

누군가 나에게 시신자루를 건넸다. 나는 알몸의 하지 옆에 자루를 펼치고 그를 데구루루 굴려 넣었다. 그때부터 상황이 더 나빠졌다.

노부인이 다시 나와서 목이 터져라 소리를 질렀다. 시신자루로 다가오려는 노부인을 군인 몇이 뒤로 잡아당겼고, 노부인은 무릎으로 넘어지고 나서도 죽을 듯이 소리를 지르고 또 질렀다. 노부인은 무릎을 딛고 다시 일어나 방금 벌어진 상황을 처음부터 반복했다. 나는 시신자루를 닫아 버렸다. 배가 불룩한 임신부가 집에서 나오더니 노부인이 하던 짓을 똑같이 하기 시작했다. 형제로 보이는 남자애들도 있었다. 둘 다 무척 어렸다. 그 아이들도 소리를 질렀다. 군인 넷이 시신자루를 들었다. 노부인이 일어나서 그들을 향해 미친 듯이 뛰어갔다. 노부인은 시신자루를 빼앗으려고 했다. 눈물이 터져 나오고 총을 쏴서 자살하고 싶은 마음이 드는 찰나에 AK-47 소총이 발사되었다. 그것도 전자동 소총이었다. 긴 총성이 세 번 들렸다. 그걸로 모든 상황이 멈췄다. 모두 사방으로 흩어졌다.

우리는 도랑에 몸을 숨겼다. 보병대가 대응 사격을 했다. 나는 사격선 왼쪽 끝에서 왼쪽 측면을 살폈다. 하지가 그쪽에서 몇 명을 골라 집중 사격을 할 것 같았다.

노스가 나서기도 전에 진급한 카스트로가 지휘를 맡았다. 무전을 쳤더니 죽은 하지를 지키라는 명령이 떨어졌다. 카스트로가 사격 중지를 명령했다. "시신을 데려가야 한다. 지원자 네 명 받는다."

손을 든 사람은 세 명뿐이었다. 나는 기다렸다. 여전히 손을 드는 사람이 없었다. 모든 상황을 고려하면 내가 가야 했기에 네 번째로 손을 들었다.

사격수가 어디 숨었는지 몰라서 인가 앞에 있는 소에게 탄창의 총알을 다 쏟아부었다. 그게 가장 안전한 행동 방침이라는 생각이 들었다. 댈러스 이병이 내 왼쪽에서 무릎을 꿇고 M14 소총을 쏘고 있었다. 그가 말했다. "제대로 쏴!"

나는 구급용 가방을 도랑에 놓고 최대한 멀리까지 붉은 연기를 피워 보냈다. 연기가 피어오르는 사이 우리는 이동하기 시작했다. 시신자루까지 대략 20미터. 노부인이 거기 있었다. 바닥에 엎드린 검은 천 같았다.

거기까지 뛰어가는 건 힘들지 않았다. 거꾸로 돌아오는 게 더 고민이었다. AK 탄환이 내 얼굴을 관통해 뇌에 명중하는 상상을 했다. 그런데도 무서우리만치 침착했고 그만큼 침착한 적이 없었다. 눈을 감으니 머릿속에 에밀리가 또렷이 보였다.

탄환은 날아오지 않았고 어느새 나는 도랑으로 돌아왔다. 댈러스가 사격을 멈추고 내가 있는 곳으로 뛰어왔다. 내 구급용 가방을 들고 있었다. 제대로 간수를 못 하고 이번에는 첫 번째 도랑에 놓고 온 것이다. 야간투시경이 가방에 있었다. 거기 그대로 놔뒀더라면 실수를 만회할 길이 없었을 것이다. 신참이 나를 구했다.

"고마워."

우리는 조금 더 후퇴하면서 목표도 겨냥하지 않고 닥치는 대로 쏴 버렸다. 새 탄창으로 소를 몇 번 더 쏘았다. 아파치 공격 헬기가 공중으로 날아왔다. 사격수가 멀리 간 상태라서 어쩌다 보니 우스운 꼴이 되었다. 아무도 우리를 향해 총을 쏘지 않았다.

도로로 돌아가는 길에 오물 수로가 나왔다. 나뭇가지로 다리를 만들면 시신을 끌고 갈 수 있을 것 같았다. 그런데 시신자루가 나뭇가지에서 수로로 굴러 떨어지고 말았다. 나도 무게를 못 이기고 딸려 들어갔다. 물 밖으로 나오는 게 쉽지 않았다. 시신은 무거운 데다 자루에 구멍이 있어서 마치 시체가 나에게 오줌을 갈기는 듯 온 구멍에서 물이 쏟아져 나와 내 얼굴로 떨어졌다.

그렇게 우리는 도로로 거의 다 돌아왔다. 시신자루를 끄는 동안 시신의 머리 부분이 들판에 난 고랑에서 위아래로 요동치는 게 느껴졌다. 허허벌판에서 양손에 무언가를 쥐었고 소총은 느슨하게 걸려 있고 방금 충격을 받았고 내가 잘못한 부분까지 있다 보니 신경이 예민할 대로 예민해진 상태였다. 댈러스가 나에게 뭐라고 소리쳤다. 하지만 뭐라고 하는지 알 수 없어서 내 말만 했다. "나한테 말 걸지 마! 엄호나 제대로 해!" 이렇게라도 내가 긴장하고 있다는 걸 드러내지 말아야 했다.

도로로 돌아오자 누군가 나더러 기동타격대 탱크 앞에 시신을 묶어 두고 부대칸에 시신과 함께 앉아 있으라고, 그렇게라도 놈들에게 빼앗기지 않도록 지키라고 소리쳤다.

정문으로 이라크 경찰이 와서 시신을 가져가길 기다리느라 아침도 못 먹었다. 카스트로 병장도 같이 있었다. 일이 제대로 진행되는지 보려고 자리를 지켰다. 나는 피로에 절어서인지 얼굴까지 욱신거리고 아팠다. 나흘 안에 아홉 번째 정찰을 마쳤을 때였다. 이라크 경찰이 도착했다.

아무도 입을 열지 않았다. 나는 시신자루를 열었다. 우리는 죽은 하지를 보았다. 이라크 경찰이 시신을 태우고 떠났다.

카스트로가 내 얼굴을 보고 물었다. "놈에게 할 수 있는 걸 다 했겠지?"

내가 그렇다고 대답했다.

"그렇다면 너무 자책하지 마."

중대로 돌아갔을 때 에번스와 가장 먼저 마주쳤다. 그는 우리가 하지를 죽였을 시간에 중대 전술 작전 본부에 있었다고 했다.

"이런 말 하기는 조금 그렇지만 그놈이 살아나지 못하길 바랐다. 놈이 무슨 말을 할지 누가 알아?"

"네, 이해합니다."

"그쪽 사람들이 법석을 떨고 있어. 우리가 거기에 또 다른 시신을 놔두고 왔다나."

"누구요?"

"우리도 몰라. 오늘 밤 다시 갈 거야. 내가 직접 두 개 분대를 이끌고 가려고. 놈들의 보복이 예상된다. 출동할 준비 되겠나?"

"네, 물론입니다."

예정대로 그날 밤 다시 돌아갔다.

아무 일도 일어나지 않았다.

설리번이 그날 아침 우리가 쏜 총에 노부인이 맞는 걸 봤다고 했다. 그 말이 사실이라는 걸 잘 알고 있었다. 설리번은 거짓말하지 않았고 확실한 게 아니라면 절대로 말하지 않았을 테니까.

33

전투 군번 EAJ-0888. 우리는 군번의 주인이 누군지 생각해 내려고 했다. 화이트 하사가 알린 걸 보면 제1소대 군인이었다. 제1소대 위생병인 잭슨 특기병이 아니라는 것 정도는 알았다. 전투 위생병은 본부 브라보 중대에 배치되었고, 만약 잭슨이 죽었다면 E가 아니라 HHC로 시작했을 것이다. 보통은 서로를 이름으로 부르지 않아서 머리글자가 A라는 것도 별 도움이 안 되었다. 우리는 10분 정도 시간을 들이고 나서 제3소대에 성이 J로 시작하는 사람이 있다는 걸 떠올렸다.

히메네스 이병.

그 일이 일어났을 때 우리는 평상시에 하듯이 인가를 수색하고 있었다. 1킬로미터 정도 떨어진 남쪽 부근에 도로가 굽은 곳을 넘어 제1관측소를 조금 지난 곳이어서 따로 갈 필요도 없었다. 서쪽에는 짧은 들판과 강만 있고 아무것도 없어서 도로를 벗어나 동쪽을 향해 나아갔다.

우리가 찾아간 첫 번째 집은 앞쪽으로 야자수가 무성한데 눈이 먼 지적 장애인이 묶여 있었다. 어머니로 보이는 노부인이 마당에 서 있었다. 우리 중 몇 명이 차례대로 줄지어 들어갔다. 마당을

에워싸고 방 네 개가 있어서 하나씩 수색하기 위해 사방으로 흩어졌다. 나는 문을 발로 차고서 불 꺼진 방으로 들어갔다. 방 안에는 눈을 감고 바닥에 누운 하지 하나만 있었다.

"일어나, 개자식아."

하지만 그는 움직이지 않았다.

소총을 남자에게 내리 겨누고 더 가까이 다가갔다.

"일어나, 개자식아."

하지는 꼼짝도 하지 않은 채 눈만 뜨고 나를 보더니 다시 눈을 감았다. 그래서 놈의 얼굴을 발로 차야겠다고 마음먹었다. 이유 없이 남의 얼굴을 발로 차고 다닌 적도 없었고 그랬다는 사람을 보지도 못했지만, 히메네스가 죽은 마당이라 하지의 얼굴을 걷어 차 버릴 생각이었다. 최대한 힘을 실어서 중앙을 겨냥해 발을 날렸다. 그러다가 중간쯤에서 멈췄다. 한 발로 균형을 잡아 엉덩방아를 찧지 않으려고 애썼다. 그러자 하지가 일어나 몸을 펴더니 방에서 어물쩍거리며 나갔다. 기억은 안 나지만 어느 순간엔가 그 남자 역시 지적 장애가 있을지도 모른다고 생각했다. 나는 정신을 차린 뒤 남자가 어디로 갔는지 보려고 방을 나갔다. 그는 태양을 올려다보면서 들판으로 성큼성큼 걸어가고 있었다. 아무도 그를 건드리지 않았다.

히메네스는 신참이었다. 제1소대가 폴크도로에서 네 명의 사망자를 낸 뒤 중대에 새로 온 병사 중 한 명이었다. 2개월도 안 됐는데 허망하게 죽었다. 정말 운이 없었다.

가끔은 죽은 사람이 못된 자식이었거나 생전에 나빴던 점을 떠올릴 수도 있었다. 히메네스는 그런 사람이 아니었다. 모든 면에서 성인군자라고 부를 만했다. 당연히 보병 중대에서 따가운 눈총을 받았다.

평균적으로 보병 나부랭이는 우리가 아는 흔해 빠진 개자식이랑 다를 게 없다. 아랫도리 농담이나 지껄이고 매일 누구를 죽일 꿈만 꾸기 때문에 성인과는 거리가 멀어 보인다. 하지만 히메네스는 성인이었다. 온화하거나 그랬다는 뜻이 아니다. 물론 억센 아이였다. 이제 막 열아홉 살이 되었지만 가슴도 단단하고 노동으로 단련된 손목도 부러지지 않을 만큼 강인했다. 그리고 뭐든 열심히 했다. 병장들은 그래서 히메네스를 좋아했다. 다만 지나치게 착해서 가끔은 사람을 미치게 만들었다. 예를 들어 포커 게임이라도 할라치면 답답할 정도로 서툴렀다. 모양이 다른 퀸과 4를 받고, 공유 카드를 뒤집기 전에도 두 번이나 베팅 금액을 올렸다가 마지막 카드에서 풀 하우스가 되곤 했다. 사람들이 게임을 멍청하게 한다고 화를 내자 히메네스는 사과를 하고서 칩을 돌려주려고 했다. 하지만 게임이란 그런 식으로 해결되는 게 아니었다.

마지막으로 히메네스를 본 건 그가 죽기 여덟 시간 전쯤이었다. 체력단련실에서 카스트로 하사와 스파링을 하다가 히메네스가 그에게 코를 제대로 맞아서 코피가 났다. 부러지거나 한 건 아니고 그냥 코피만 났다. 카스트로가 위생병에게 가 보라고 해서 히메네스는 시키는 대로 했고, 위생병을 찾으러 왔을 때는 내가 쌀쌀맞게 굴었다.

"겨우 코피 때문에 날 찾아와, 신참?"

히메네스는 아무 말도 없었다. 그냥 머쓱하다는 듯 어색하게 웃어 보였다.

"이봐, 신참, 나 피곤해. 이딴 하찮은 일로 찾아오지 마, 알았어? 미칠 듯이 피곤하다고, 알아?"

그날 아침 히메네스는 공격대와 함께 나갔다. 마사도로에 교통 통제점(TCP)을 만들었다. 아직 어둠이 걷히지 않은 시간에 나갔는데 목표 지점이 제대로 보이지 않아서 하지가 도로 아래에 155밀리미터 포탄을 놓아둔 걸 꿈에도 몰랐다. 도로가 대충 포장된 갓길이라 지뢰를 묻어 두기 쉬웠다. 하지가 지켜보고 있었다. 히메네스가 지뢰를 심은 자리에 서 있는 걸 그들도 똑똑히 보았다.

콜리오가 당시 상황을 이야기하는 걸 들었다. 일이 터진 그날이었다. 몇몇 병사에게 상황이 어땠는지 들려주고 있었다. "공포 영화에서 볼 법한 광경이었어."

155밀리미터 포탄은 히메네스의 양쪽 다리를 날리고 한쪽 팔을 절단해 버렸다. 하지만 여전히 의식은 깨어 있어서 자신에게 무슨 일이 일어나는지 다 알았다. 히메네스는 놀라서 소리를 질렀다. 공격대가 살인자 둘과 총격을 주고받았지만, 놈들은 야자숲을 통해 북쪽으로 도망쳐 버렸다. 공격대는 히메네스를 홀로 거기 둘 수 없어서 놈들을 뒤쫓아 가지 못했다.

34

전진 작전 기지에 인터넷 포르노가 많이 돌아다녔다. 가장 큰 파일은 미시시피 라이플스에서 받은 건데, 해병대에서 받은 것이고, 해병대는 제10산악사단에서, 거기는 또 어딘가에서 포르노를 받았을 것이다. 우리는《섹스 밴》을 많이 보았다. 우리가 보지 말아야 할 영상이었다. 밴에서 섹스 비디오를 찍을 만한 젊은 여자를 찾으려고 여기저기 돌아다니는 내용이었다. 남자 여럿이 밴에서 두리번거리며 탐색한다. 그러다 한 명이 "저기 봐!" 하며 길가에서 식료품 봉지를 들고 걸어가는 젊은 여자를 가리킨다. 처음에는 항상 순진한 분위기로 시작한다. 남자들이 젊은 여자를 불러 차를 태워 주겠다고 한다. 여자는 타야 하나 말아야 하나 망설인다. 창문이 없는 화물밴이라 강간범이나 폭력배가 탈 법한 분위기를 풍기고, 남자들도 전부 이상한 사람처럼 보이기 때문이다. 하지만 남자들이 특유의 매력으로 불안을 잠재우자 여자는 결국 차에 탄다. 남자들은 젊은 여자를 놀리면서 자신감을 떨어뜨린다. 여자에게 멍청하다는 둥 사적인 질문도 몇 개 던지다가 셔츠를 벗으라고 한다. 여자가 거부하면 돈을 주겠다고 꼬신다. 현금 얘기가 나오면 상황이 180도 바뀐다. 머지않아 여자는 알몸이 되어서 여러 남자를 차례대로 핥기 시작한다. 그쪽에서 말하는 기본적인 ABC 단계를 입으로 시작하는 것이다. 남자들이 여자와 모든 단계를 마치고 나면 번갈아 가며 여자의 얼굴에 사정한다. 여자가 옷을 입고 밴이 길가에 멈추면 여자를 강제로 내쫓은 뒤 식료품 봉지를 던진다. 남자들은 낄낄대며 창녀라 외치곤 그대로 떠난다.

하루는 카드 게임 테이블의 노트북에서 그 영상이 재생되는데 소프 병장이 우연히 보게 되었다. 영국식 억양이 있는 금발 여자가 밴에서 남자들과 동시에 섹스를 하는 중이었다. 소프는 무언가를 발견하고 동영상을 멈췄다.

"더러운 년. 저것 봐! 결혼반지를 끼고 있잖아!"

음핵을 만지는 여자의 손가락이 클로즈업된 부분으로 재생 위치를 돌리자, 그제야 결혼반지를 끼고 있는 게 보였다.

유부녀가 밴에 탔다니!

소프는 그 후로 그 포르노를 볼 수 없었다.

소프가 너무 안쓰러웠다. 여전히 아내가 저지른 일에서 벗어나지 못했다. 정말 딱하다 싶을 정도로 슬픈 일이었다. 그뿐만이 아니었다. 우리 중 여럿이 비슷한 일을 당했다.

밴 포르노는 군의 사기를 떨어뜨렸다. 영상 속 밴이 실제인지 아닌지를 두고 말다툼까지 벌였다. 하지만 우리 눈으로 확인했을 때는 분명 실제 상황이었다. 그때 우리는 인생이 그저 잔혹한 섹스 게임이고 그딴 쓰레기에 잠시나마 홀렸다는 것 자체로 너무나 멍청했다는 사실을 깨달았다.

하지가 제9검문소 북쪽 관측소에서 낙하산 부대원을 생포한 어느 밤, 제3소대가 제1기동타격대를 맡았다. 마사도로까지는 그냥 직진하면 됐고 우리는 더 빨리 갈 수 있었지만, 정찰 근무 중 급하게 추가된 일이 많아 발이 묶인 상태였다. 게다가 아군추적기까지 꺼져 버렸다. 그게 우리의 GPS였고, 추적기가 작동하지 않을 때는 절대로 전진 작전 기지를 떠나면 안 됐다. 우리는 북문에 있는 트럭과 함께 대기하고 있었다.

제프리스 특기병이 투덜거렸다. "꼼짝 못 하고 여기에 발이 묶이다니."

제프리스는 멍청한 자식이었다. 자기가 얼마나 형편없는 군인인지도 모르는 인간이었다. 전에 제82공수사단에 있었다는 이유로 본인은 괜찮은 놈이라고 생각했다. 하지만 제82공수사단에 있었다는 사실에는 아무도 관심이 없었다. 제프리스가 그날 밤 근무 명단에 오른 유일한 이유는 대위의 운전병이 휴가 중이라 누군가 그 자리를 채워야 했던 것이다.

제프리스는 등화관제를 걱정했다. "뭔가 말해야겠어!"

제프리스는 우리를 꼼짝 못 하고 앉아 있게 만든 누군가에게 말하러 갔다. 돌아왔을 때는 한바탕 혼이 난 얼굴이었다.

"어이가 없어서! 망할 아마추어들!"

그렇게 도로로 나서기까지 한 시간이 넘게 걸렸다. 우리는 제9검문소를 지나 북쪽으로 갔다. 우리가 내릴 수 있도록 트럭이 멈췄다. 우에소 산티아고가 분대를 이끌고 길 서쪽의 들판으로 갔다. 노스가 북동쪽을 향해 공격대를 이끌었다. 에번스 소위, 하이타워 선임하사, 카스트로 그리고 나는 도로의 정동향으로 이동했다. 머리 위로는 전투기가 아주 많았다. 전투기 한 대에서 목표 인가를 알리는 신호를 보냈다. 이제 그 집을 수색할 예정이었다.

에번스가 말했다. "여기가 목표 지점이다."

선임하사가 확실하냐고 물었다.

"우리 위치가 맞는다는데요."

목표 지점인 인가는 25미터가량 떨어졌고 불이 꺼져 있었다. 별다른 상의를 하지 않고도 소위와 선임하사가 먼저 마당 가장자리 기다란 수풀에서 경호를 맡았다. 카스트로와 나는 문을 차고 들어가 집을 수색하기 시작했다. 우리는 마당을 가로질러 문 옆에 멈췄다. 나는 문을 쾅 차고 들어갔다. 분명 죽을 거라 확신했지만 겁을 내고 주저하면 오히려 한심해 보일 터, 재빨리 안전장치를 풀고 대수롭지 않게 행동하기 시작했다. 우리는 집 안으로 들어갔다. 나는 왼쪽으로 가고 카스트로는 오른쪽으로 갔다. 큰방에는 아무도 없었다. 나는 더 작은 방을 살펴보았다. 아무도 없었다. 방 뒤쪽 구석에 계단이 보여서 우리는 잠시도 지체하지 않고 계단으로 올라갔다. 죽든 말든 아무 상관이 없었다. 그때쯤에는 그 집이 별것 아니라는 걸 깨달았으니까.

도로로 돌아오니 그린이 제프리스를 꾸짖고 있었다. 또다시 무전기에 손대면 자기가 직접 총을 쏴 버리겠다고 으름장을 놓았다. 농담이 아니라고.

나는 설리번에게 무슨 상황이냐고 물었다.

"저 얼간이가 우에소의 분대에 공습하라고 명령했어. 다들 죽을 뻔했지."

"진짜로?"

"그래. 우에소의 병사는 장갑차를 타는 애들이라 적외선 신호기가 없거든. 전투기에서는 그쪽 애들을 하지라고 생각했고. 장갑차 팀을 도보로 이동시켰으니 그런 일이 벌어졌지. 군인답지, 않은, 일이라고. 전투기에서 대위에게 무전을 보내 우리 인원이 다 있는지 확인하라고 했는데 대위가 트럭에 없었던 거야. 그놈의 얼간이, 망할 제프리스가 직접 무전을 해서 우리 인원이 모두 거기 있다고 했어. 그런데 우에소가 나가 있었고, 큼직한 적외선 빛줄기가 무슨 UFO처럼 내려오는 걸 보고 중대 무선망에 무전을 쳐서 아군 전투기가 공격당할 것 같다고 말했지. 다행히 그린이 상황을 파악하고 대위의 트럭으로 달려가서 미친 사람처럼 소리를 질러 대며 그 얼간이한테 무전을 멈추라고, 당장 동작을 멈추라고 해서 천만다행으로 산 거야."

"젠장."

우리는 다시 길가에 모였다. 목표한 인가는 수색을 마쳤다. 이제 더는 할 일이 없었지만 사라진 낙하산 부대원을 찾을 때까지 곳곳을 뒤져야 했다.

다른 곳은 전부 무성한 수풀과 야자숲, 오물 수로를 거쳐 길과 연결되어 있었다. 길은 무척 좁은 데다 굽이진 모퉁이가 많아서 다음에 무엇이 나타날지 알 수 없었다. 우리는 인가 몇 채를 수색했다. 대부분 비어 있었다. 아무것도 찾지 못했다. 병사들이 우리 쪽에서 50미터 정도에 있는 집으로 이동했다. 우리가 있는 곳에는 더 이상 인가가 없어서 그쪽으로 이동해 상황이 어떤지 보기로 했다. 노스와 내가 앞장서고 선임하사는 나머지 인원을 모두 이끌었다. 노스와 내가 도착했을 때는 이미 수색이 끝나 있었다. 하지 몇 명이 거실 바닥에 앉아 있었다. 어린아이 셋에 소년 하나와 소녀 둘, 어머니와 아버지였다. TV가 켜져 있었다. 낙하산 부대원 넷과 통역사도 방에 있었다. 낙하산 부대원 중 E-5 병장이 권총을 잽싸게 꺼내더니 소년을 바닥에서 일으켜 벽에 밀어붙이곤 목덜미를 잡았다.

"내 친구를 찾고 있다."

병장은 권총 끝으로 세 차례나 소년의 갈비뼈를 때렸다. 소년의 아버지와 어머니, 소녀 둘 단 한 명도 눈을 깜빡이지 않았다.

"나한테 하고 싶은 말 없나?"

소년을 몇 차례 더 때렸다. 아이는 찍소리도 없이 맞기만 했다. 아이의 다리가 점점 조여들었지만 병장은 목덜미를 놓지 않았다. 아무도 아무 말도 하지 않았다. 병장이 아이를 더 때렸다. 얼마 동안은 힘껏 패 줄 작정이었고 실제로 그렇게 했다. 죽은 사람을 찾고 있었기 때문에 모두 의미 없는 짓이었다. 그들은 죽었고 인터넷에도 이름이 올라갔다. 요즘은 사람이 죽으면 인터넷으로 간다. 적어도 그런 식으로 죽었을 때는 말이다.

나는 인가를 나와 에번스 소위에게 달려갔다.

"들어가지 않는 게 좋을 겁니다, 소위님."

"왜지?"

"공수부대원 하나가 아이를 때리고 있습니다."

"아……."

35

그렇게 얼마 동안 이라크에서 지낸 후 더 이상 소변 검사를 받지 않을 거라는 사실이 분명해졌다. 그것만큼은 제대로 대우받은 부분이라고 생각한다.

그래서 편히 약을 할 수 있었다.

그렇다고 해도 어떻게 할지가 문제였다.

적절한 통역사를 통해 마약을 구할 수 있었다. 하지만 뇌졸중이 오거나 경비탑에서 떨어지거나 다른 굴욕이 생길지도 모르는 일이었다. 그러고 싶진 않았다. 바깥세상에서 마약을 구하기로 했다. 우편 담당자들이 우편을 엑스레이로 찍고 마약탐지견도 데려다 놨지만, 검역이 엄격한 건 아니었다. 어찌어찌 대마초 소량을 들여올 수 있었다. 코카인도 조금 들여올 수 있었다. 처방약은 얼마든지 들여올 수 있었다(적당한 범위 안에서). 누군가에게 우편으로 부쳐 달라고 하면, 그리고 어느 정도 절제한다면 별로 문젯거리가 될 건 없었다.

물론 날마다 그런 위문품을 받을 수 있는 건 아니었다. 결국 마음이 맞는 서너 명으로 작은 패거리를 만들고 바깥세상에서 대마초나 약, 술 같은 것들을 받았다. 술은 구강청결제 병에 담아 왔다. 소량의 대마초는 갖가지 방법을 써서 들여왔다.

입대 전 로이에게 돈을 조금 맡기고 왔다. 로이가 브라우니 몇 개에 1온스를 넣어 보내 주었다. 여자친구에게 빵을 구워 달라고 부탁한 것이다. 기가 막힌 위문품이었다. 브라우니 외에 조니 캐시 포스터, 윈스턴 레드 세 갑을 보내고 애드빌 진통제 병에 퍼코셋10 몇 알까지 추가로 넣었다. 정말로 아량 넓은 선물이 아닌가. 나는 참 잘했다고 로이를 칭찬했다.

로이는 우체국에 여자친구를 보냈는데 나중에서야 발송인란에 자기 주소를 적는다는 걸 알았다. 그래서 다시 여자친구를 우체국에 보내 소포를 도로 가져오게 했다. 여자친구가 소포를 찾아오자 로이는 주소를 바꿔서 다시 보냈다. 이번에는 가짜 주소였다. 로이다운 행동이었다.

우리는 그날 오후 차량 폭발로 일격을 당했다. 자동차 폭탄은 정해진 기능을 제대로 했고 시장에서만 네 사람이 죽었다. 사망자가 더 나올 수도 있었는데, 양 떼가 폭발의 충격을 대신 받았다. 도로에 살점과 피와 양털이 어지럽게 널려 있었다. 도로 곳곳에 핏자국이 있거나 조금씩 핏물이 고여 있었다. 그리고 섬뜩한 파티라도 열린 것처럼 하지들이 모여 있었다. 10대 하지가 어린아이의 얼굴을 때렸다. 정강이까지 올라오는 쓰레기 더미에 아이를 때려눕혔다. 아이가 얇은 나무판자 하나를 들고 일어나더니, 나무판을 휘두르며 흐느끼듯 소년 특유의 카랑카랑한 아랍어로 악을 써 댔다. 하지만 10대 하지는 나무판자를 빼앗아 그걸로 아이를 몇 차례 때렸다. 주변의 나이 든 하지들은 아무것도 하지 않았다. 모든 사람이 폭력에 익숙해졌음을 증명하는 사례였다.

차량의 잔해가 아직도 남아 있었다. 기동타격대가 폭발물처리반을 불러서 누가 폭탄을 제작했는지 살펴보기 전에는 이라크 경찰이 잔해를 치우지 못하게 하라는 명령이 대대에서 떨어졌고, 우리 정찰대가 근처에서 대기 중이었다. 우리는 기동타격대를 기다렸다. 점점 더 많은 하지가 우리 주변에 몰려들었다. 거리에는 도보 병사 둘만 있었다. 그중 하나는 나였고 다른 한 명은 내게서 30미터 떨어진 레싱이었다. 사격수와 운전병은 트럭에서 떠날 수 없었다. 차량 지휘관은 트럭에서 벗어날 수 있었지만 끝까지 움직이지 않았다. 나는 옥상을 비롯해 어두운 창문과 모퉁이를 동시에 전부 지켜보려고 애쓰면서 내 얼굴에 총알을 날리려는 하지가 없는지 살폈다. 이른 오후였고 하늘이 맑아서 뜨거운 태양 빛에 눈이 멀 지경이었다. 하지들은 점점 통제 불능이 되어 갔다. 그냥 멋대로 사방에서 난동을 피우게 놔둬서 지상에 통제 인력이 더 필요한 이유를 보여 주고 싶은 마음도 들었다.

그렇게 레싱과 나는 짜증이 난 상태로 부대에 복귀했는데, 로이가 보낸 위문품이 기다리고 있었다. 의사의 처방대로 대마초 1온스를 넣어 구운 브라우니와 윈스턴 담배도 잊지 않았다.

레싱과 나는 한껏 약에 취했다. 별난 브라우니였다. 그냥 대마초 맛이었다. 다른 맛은 거의 안 나고 초콜릿 맛이 살짝 났다. 우리는 그걸 먹고 얼빠진 바보 얼굴이 되었다. 그날 오후에 보르헤스나 번스 말고 다른 사람을 만났다면 아마도 난리가 났을 것이다. 다른 사람이었다면 우리를 레번워스교도소로 보내거나 총으로 즉결 처형을 하여 본보기를 보였을 것이다. 그만큼 큰 사건이었다. 우리는 약에 흠씬 취했다.

퍼코셋을 먹기 시작하는데 번스와 보르헤스가 내게 가까이 다가왔다.

내가 레싱에게 말했다. "너도 먹고 싶을걸."

"난 됐어."

"왜 이래, 등신아. 내 호의를 무시하지 마. 넌 매일 망을 봐 주잖아. 내 물건을 마음껏 써도 돼."

"예전에도 헤로인에 중독된 적이 있어."

"이건 헤로인 아니야."

"편의점도 털었어."

"좋을 대로 해."

내가 준다니까 번스와 보르헤스는 퍼코셋을 먹겠다고 했다.

하지만 내가 거절했다. "됐고. 브라우니나 먹어."

둘은 내 말대로 했고 우리처럼 완전히 넋이 나갔다. 알약은 나를 위해 보관해 두었다. 어쩔 수 없이 보르헤스에게 한 알을 주었지만 그게 전부였다. 나머지는 내가 챙겼는데 그마저도 며칠 안 가서 다 떨어져 버렸다. 적당한 약이 없을 때는 컴퓨터 먼지 제거 스프레이를 흡입할 수 있었다. 여름이었고 사람들이 차례대로 죽어 나갔다. 여름에는 죽는 사람이 더 많다. 우리도 언제든 죽을 수 있었다. 한 치 앞을 알 길이 없었다.

에밀리에 대해서는 나 자신을 속이려고 애쓴 것 같다. 어느 정도는 예상했으면서도 말이다. 아니면 뻔히 알면서도. 어쩌면 전혀 몰랐는지도. 기억이 안 난다.

아침에 급조 폭발물 매복 작업에서 돌아오면 온라인에 접속하여 이메일을 확인하곤 했다. 에밀리는 거의 메일을 보내지 않았고, 가끔 보낸다고 해도 썩 유쾌한 내용은 아니었다. 에밀리는 내가 하는 일이 창피하다고 했다. 내가 떠나기 전과 생각이 크게 달라지지 않았다.

나는 하지 가게에서 불법 DVD를 샀다. 황제펭귄이 남극에 살면서 새끼를 낳기 위해 무엇을 참고 견디는지 보여 주는 영화였다. 나는 황제펭귄의 세계를 상상해 보았다. 에밀리에게 편지를 써서 펭귄에 관한 영화를 꼭 보라고 일렀다. 하지만 그녀는 끝까지 보지 않았다. 나는 당연히 볼 수 없었을 거라고 말했다. 야생에서 살아가고 있으니까. 내가 아마존에서 대신 주문했다. 아마존에서 야생에 있는 에밀리에게 펭귄에 관한 영화를 보내 주었다. 에밀리는 이메일을 보내서 그 영화는 멍청하고 펭귄들도 멍청하다고 말했다. 나는 왜 그런 식으로 말할까 싶었다. 그냥 나를 위해 좋은 척하면 안 되는 걸까? 나였다면 그래 줬을 것이다. 하지만 에밀리는 황제펭귄이 멍청하다고 말했다. 정확히 그렇게 말했다. 멍청하다고. 나는 에밀리는 좋은 사람이니까 내가 뭘 잘못했기 때문일 거라고 생각했다.

이메일을 읽고 마음이 무너지는 기분이 들 때면 커피를 마시고 담배를 피우곤 했다. 카드 게임이라도 벌어진 날은 굳이 끼어들어서 돈도 좀 잃었다. 나는 카드 게임만큼은 줄곧 운이 없었다. 이른 아침에는 대체로 카드 게임을 하지 않았다. 읽을거리도 거의 없었다. 아무도 일어나지 않았다. 그래서 이케아 카탈로그를 보곤 했다. 이케아 가구에 관한 쓸데없는 글을 워드 문서에 잔뜩 복사하고 붙여넣기를 한 뒤 그걸 읽으며 에밀리와 같이 살게 됐을 때 어떤 가구를 사면 좋을지 생각했다. 이라크에서 무사히 근무를 마치고 돈도 좀 저금해 놓았다면, 에밀리와 함께 인생을 시작하기에 충분할 거라고 생각했다. 우리에게 저축한 돈이 있고 에밀리에게는 학위가 있고 나도 뒤늦게나마 학교에 가면 괜찮을 것 같았다. 학위는 저절로 주어지는 게 아닐 테니까. 나도 에밀리처럼 똑똑해야 했다. 에밀리와 나는 사서든 뭐든 될 수 있고, 돈걱정 안 하는 중산층이 되어 더 원하는 것도 없고 다른 누구에게 의존할 필요도 없이 살 수 있을 거라고, 전쟁에 찬성한다고 투표한 늙은이들이 원하는 대로 전쟁에 참전했으니 누가 나에게 이래라저래라 할 수도 없을 거라고 생각했다. 그렇게 전진 작전 기지 북쪽 들판에 밤새도록 누워 있을 때면 마이애미 담배를 피우고 커피를 마시며 한껏 진지해지곤 했다. 솔직히 포르노는 그리 많이 보지 않았다. 물론 몇 번은 봤고《섹스 밴》이니 뭐니 그런 것도 봤지만, 대체로 그쪽에는 관심이 없었다. 포르노를 보는 것만으로도 바람을 피우는 기분이었다. 간이 변소에서 자위할 때도 다른 여자는 생각하지 않았다. 그 부분에서는 부끄러울 게 없다. 나는 에밀리에게만큼은 좋은 사람이 되려고 노력했다.

36

내가 맡은 임무 중 하나는 바우티스타 병장의 엉덩이에서 고름을 짜는 거였다. 뉴욕에서 온 병장은 덩치가 크고 엉덩이도 펑퍼짐했다. 우리 둘 다 시간 약속을 중시하지 않았는데 그럴 수밖에 없었다. 나는 저녁 8시 정각에 병장의 방으로 갔다. 병장은 매든 미식축구 게임을 하고 있었다. 병장이 배를 대고 엎드려서 엉덩이 아래까지 바지를 내리면, 나는 어제 붙인 소독 거즈를 종기에서 떼고 누렇게 차오른 고름을 닦아 냈다.

"어제만큼 냄새가 나쁘지 않습니다."

"다행이군."

"네, 좋은 신호예요."

그러고 나서 소독 거즈를 종기에 올리고 삼각형 모양으로 접은 다음 집게로 종기 구멍 안에 쑤셔 넣었다.

"다 됐어요. 내일 뵐게요."

그리고 나가면서 약을 건넸다.

가끔은 군인들의 사타구니에 발진이 생기기도 했다.

그런 게 내가 맡은 대부분의 일이었다.

난 영웅이 아니었다.

폴크도로에서 불타 죽기 한 달 전 케이브스 병장이 중대 구역에서 어슬렁거리는 하지 강아지를 발견했다. 태어난 지 몇 주밖에 안 된 새끼였다. 작아서 손바닥에 올려놓을 정도였다. 먹을 게 필요해서 돌아다니다 눈에 띈 것이다. 케이브스가 먹을 것을 주더니 자기가 키우겠다며 소니라고 이름까지 붙여 주었다.

케이브스가 죽자 제1소대에서 소니를 돌보기로 하여 강아지가 계속 부대에 남아 있었다. 소니는 착하고 용맹하면서도 온순한 강아지라서 모두에게 인기가 많았다. 우리 중대의 도보정찰대가 낮에 철조망 밖으로 나가면 소니가 전투선을 따라 이리저리 돌아다니곤 했다.

그러던 어느 날 아침 폭스트롯 중대의 보병 외 군인 티그 병장이 전진 작전 기지 반경 안에서 걷기 훈련을 하다가 우리 중대 구역을 지나갔다. 우리는 눈으로 보고도 병장이라는 걸 알아보지 못했다. 날개 달린 가고일처럼 생긴 여자였다. 소니가 병장을 향해 짖어 댔고 병장은 그걸로 트라우마가 생겨서 대대 전술 작전 본부에 소니에 대한 불만 신고를 접수했다. 그 후 본부 중대 (장교) 영웅 둘이 에코 중대에 와서 소니를 총으로 쏘겠다고 자원했다. 그들이 에코 중대에 도착했을 때, 소니는 자기가 가장 좋아하는 편자 던지기 훈련장 옆 나무 그늘에서 편히 쉬고 있었다. 장교들은 곧장 강아지에게 다가갔다. 소니는 군인을 두려워하지 않아서 보고도 도망치려 하지 않았다. 치즈버거 같은 걸 주러 왔다고 생각했을 것이다. 그런데 장교는 소니의 주둥이를 총으로 쏴 버렸다. 소니는 총격을 듣고 달아나서 판자 아래에 몸을 숨기려고 했다. 장교들은 녀석을 완전히 끝장내려고 엎드려 몸을 숙였다. 장교가 방탄안경까지 쓴 걸 보면 꽤 단단히 마음먹고 온 게 분명했다.

그 일이 있었을 때 내가 무얼 했는지 정확히 기억나지 않는다. 아무튼 나는 거기 없었다. 아마도 어디선가 문을 차고 있었을 것이다. 극적이라고 할 만한 일은 일어나지 않았다. 그냥 문만 걷어찼다. 문 100여 개를 걷어차고 들어갔다. 대략 200여 개를. 그런데도 아무 일이 없었다. 단 한 번도. 게다가 죽지도 않았다. 다음 날은 포커선수들과 포커 게임을 했다. 밤새도록 정찰을 해서 눈을 붙여야 했지만 그러지 않았다. 신기하게도 정찰을 할 때만 잠이 왔다. 오로지 그때만 자고 싶었다. 그래서 아널드가 무선 감시를 하며 나를 찾았을 때 잠을 많이 못 자서 피곤한 데다 강아지 때문에 머리끝까지 화가 난 상태였다.

"짐 챙겨. 기동타격대가 방금 출동 명령을 받았어." 아널드가 말했다.

나는 그날 기동타격대 근무가 아니었다.

그래도 부르면 나갈 수는 있었다. 하지만 그럴 기분이 아니었다.

"본부 중대의 가르시아 병장이 기동타격대를 맡았어. 슈가 휴가 간 동안 대신해서. 가르시아 병장이 구호소에 있을 거야. 거기 가면 찾을 수 있을 거야." 내가 말했다.

"하지만……."

"꺼져, 아널드! 꺼지라고, 망할 개자식아! 등신 같은 놈! 넌 철조망 밖으로 나가는 법이 없지. 그래서 이깟 일을 좋아하는 거잖

아. 그러니까 꺼지라고, 아널드. 난 오늘 근무 당번이 아니고 죽어도 안 나갈 거야."

아널드가 가르시아를 데려왔다. 가르시아가 기동타격대와 나갔다. 나는 전진 작전 기지에 남아서 포커를 쳤다. 그러다가 큰 전투를 놓쳤다. 대대가 하지 40명을 저세상으로 보낸 대대적인 전투였다. 나는 그 전투를 놓쳐서 기뻤다. 분명히 거지 같은 전투였을 테고 방금 군대라는 조직이 강아지를 죽였으니까.

37

그레이스 특기병은 장 미셸 바스키아를 닮은 브래들리 장갑차 포수였다. 그의 친구 카란자가 장갑차를 운전했다. 포트 후드를 떠난 뒤로 그레이스나 카란자를 거의 보지 못했다. 우리는 작전 구역(AO) 자체가 달랐다. 이따금 전진 작전 기지에서 둘을 봤는데, 볼 때마다 내가 먼저 인사하면 둘도 인사했다. 좋은 사람들이었다.

그 둘이 대규모 작전 중에 제9검문소 북쪽에서 급조 폭발물을 밟았다. 어떤 작전인지는 정확히 기억나지 않는다. 작전이 너무 많았으니까. 대규모 작전에는 전부 이름이 있었다. 대규모 작전이라는 걸 알리기 위한 이름이 있었지만 아무 일도 일어나지 않았다. 급조 폭발물만 터졌다. 그저 문만 발로 걷어찼다. 급조 폭발물이 또다시 터졌다. 또다시 문을 발로 찼다.

그레이스와 카란자는 급조 폭발물을 밟았다. 카란자는 상처를 입었다. 운전석 출입구에 있다가 얼굴이 뭉개지고 눈이 멀었다. 장갑차는 불이 붙었다. 카란자는 얼굴이 다 망가졌는데도 부대칸에 있는 사람들이 빨리 나갈 수 있도록 바닥으로 계단을 내려야겠다고 생각했다. 그레이스는 카란자를 운전석 출입구에서 끌어

냈다. 그레이스는 포탄 파편을 조금 맞았지만, 방탄복 어깨에 붙어 있는 케블라 날개에 맞아서 다행히 다치진 않았다.

우리가 멍청해 보인다는 이유로 케블라 날개를 입지 않자 대대에서는 재차 명령을 내려야 했다. 그 날개만 달지 않아도 하지가 우리를 바보 멍청이로 여기지 않을 텐데. 만약 날개를 달았다면 그걸 입었다는 사실을 잊는 편이 나았다. 그야말로 참담한 전투 장비였다. 소총을 어깨에 제대로 걸 수도 없는 데다 소총이 전투 배낭 끈에 자꾸 엉켰다. 입지 않을 때보다 날이 더 무덥게 느껴졌는데, 안 그래도 날은 이미 더워서 죽을 지경이었다. 날개가 가장 별로인 점은 상대적으로 몸이 성한 상태에서 일찍 집에 돌아가게 해 줄 때만 겨우 쓸모가 있다는 사실이었다. 진짜 큰일을 막아야 할 때는 거의 쓸모가 없었다. 내가 날개를 유용하게 쓰는 유일한 방법은 험비 좌석에 날개를 쌓아 놓고 이동하는 동안 그 위에 앉는 거였다. 아랫도리를 생각하면 조그만 포탄의 파편도 치명적이기 때문이었다. 그것 말고 날개 자체는 그야말로 쓰레기였다. 다른 병사들도 그걸 입느니 군사 재판을 받고 싶었을 것이다. 하지만 그레이스는 날개를 입었다. 대대에서 입으라는 명령을 내렸고, 뭐든 크게 개의치 않는 성격이라 명령대로 입었다. 그리고 파편이 한쪽 날개에 맞았다. 안 그러면 파편 때문에 어깨를 다쳤을 것이다. 물론 얼마간 병원 신세를 진 뒤 어느 정도 쉬고 나면 괜찮았을 것이다. 어쩌면 그 길로 집에 갈 수 있었을지도 모른다. 하지만 날개 때문에 파편에 맞지 않았고 날개 옹호론자들은 그걸 무슨 대단한 일처럼 여겼다.

그레이스 특기병을 마지막으로 본 건 전진 작전 기지에 배치된 사람 중에서 중요한 일을 맡지 않은 군인은 전부 군대 식당으로 가서 육군 주임원사를 봐야 했을 때였다. 원사가 우리를 만나기 위해 친히 방문했다. 나도 그 자리에 불려 간 터라 군대 식당에 들어가기 위해 줄을 서서 기다리고 있었다. 대대 원사가 그레이스와 함께 거기 있었는데 우리 모두에게 자기 얘기를 들으라는 식으로 말했다.

"하마터면 크게 다칠 뻔했다면서?"

"네, 원사님."

"방탄복을 전부 다 갖춰 입었으니 천만다행이었지, 안 그래?"

"네, 원사님."

"스타일을 따진다면서 방탄복을 제대로 안 입고 유난을 떠는 놈들은 어떻겠나?"

"모르겠습니다, 원사님."

대대 원사는 그레이스의 날개에 맞은 급조 폭발물이 브래들리 장갑차의 철갑을 뚫고 지나갔다거나 카란자 일병의 얼굴이 날아가고 다리도 망가졌다는 이야기는 절대로 꺼내지 않았다.

우리가 군대 식당에 들어갔을 때, 군대 주임원사의 소개에 이어 그가 몇 마디 했다. 육군 주임원사는 군대에서 장관이 아닌 직책 중 가장 계급이 높았다. 그래서 주임원사 부임이 아주 특별한 일인가 싶었다. 그는 진짜로 쓰레기 같은 사람이었다. 우리 노고에 감사한다고 말한 다음 은퇴자를 위한 군대 연금 제도가 바뀔 거라고 말했다. 해당 은퇴자가 퇴직 연령, 즉 60대가 될 때까지 군대에서 연금 지급을 연기할 거라고 했다. 변경 사항은 미래의 지원병에게만 유효해서 몇몇 고참이 육군 주임원사에게 불평을 퍼붓는다고 말이다.

선임 하나가 일어나서 물었다. "그게 정확히 무슨 소립니까, 원사님?"

"우리가 살펴보고 지켜본 결과 많은 전직 군인이 CEO가 되었으니 연금 지급을 미뤄도 괜찮을 것 같더군. 하지만 이 변경 사항은 여기 있는 누구에게도 적용되지 않는다는 걸 명심하게. 다음 질문."

"우리가 연금을 받는 겁니까, 못 받는 겁니까?"

"모두 본인의 연금을 받을 거라네. 그건 장담하지. 우리가 살펴봤더니 너무 많은 전직 군인이 CEO가 되었기 때문에 연금 지급이 연기될 예정이라는 거야."

대규모 회의가 끝나고 콜리오 병장이 군대 식당 밖에서 육군 주임원사를 붙들고 군대에서 사람을 충분히 죽이지 못하게 하니 뭐라도 조처를 해야 한다고 말했다.

"우리가 일을 못 하게 만듭니다, 원사님."

다들 그 늙다리의 표정을 봤어야 한다. 정말 가관이었다.

그리고 2주 뒤 그레이스가 도보 정찰을 하다 죽었다. 또 다른 급조 폭발물이었다. 날개를 입고 있었지만 이번에는 아무런 도움이 되지 않았다.

38

언제 마지막으로 비가 왔는지 기억조차 나지 않을 때가 있다. 그때도 그런 시기였지만 모래폭풍이 불어서 꽤 좋은 날이었다. 모래폭풍은 멋있었다. 의무 수송 헬기가 날 수 없는 탓에 모든 정찰이 취소되었다. 폭풍이 심하게 불었다. 바람이 불고 또 불어서 눈앞에 아무것도 보이지 않았다.

누가 말했다. "저 망할 폭풍 좀 봐."

또 누가 말했다. "그래, 제대로 부네."

그때 누가 말했다. "비가 오잖아."

"비 온다!"

우리는 밖으로 뛰어나갔다. 정말로 시원한 빗방울이 떨어졌다. 빗방울이 얼굴에 떨어지면 느낌이 좋았다. 언제 마지막으로 비가 내렸는지 기억나지 않았다. 비가 내리길 기다렸는데 때마침 비가 내렸다. 바로 여기. 비였다.

다들 밖으로 나왔다.

"비가 온다!"

"비가 와!"

"망할 비가 온다!"

"믿기지 않아!"

"망할 놈의 비가 온다니 믿기지 않네!"

그때 누가 말했다. "비가 아니야."

"비가 아니라고?"

다들 외쳤다.

"비가 아니야!"

"비가 아니야!"

"비가 아니야?"

"아니야. 간이 변소가 죄다 날아가 버렸어."

"젠장."

"비가 아니래."

"망할 놈의 오줌물이야."

"제기랄."

그 후로 또다시 쪄 죽을 것 같은 날이 시작되었다. 열기와 햇빛 때문에 생각을 붙잡으려 해도 뇌가 생각 자체를 건너뛰었다. 생각이 일직선으로 이어지지 않고 반투명한 붉은 별이 눈앞에 보였다. 일단 정찰을 나가야 한다는 게 거지 같았다. 전날 밤새 급조 폭발물 매복을 한 탓에 완전히 기진맥진한 상태였다. 게다가 콜리오가 새벽에 돌아오는 길에 개를 쐈고 나는 개를 무척 좋아했다.

아침에 돌아왔는데 슈가 나를 찾았다.

"나쁜 소식이야. 한 시간 뒤 다시 나가야 해."

나는 멀뚱히 쳐다보았다. “벌써 이번 주에 열 번은 나갔어요. 대체 오늘이 무슨 요일입니까? 개자식들이 날 과로로 죽일 작정이라고요, 알아요?”

슈가 웃음을 참았다. “미안해, 친구. 널 정찰 명단에 넣었어. 난 1분 전까지도 몰랐다고. 그래도 크게 힘들지는 않을 거야. 그냥 인구 조사 정찰이니까. 에번스 소위님이랑 이미 얘기했고 소위님이 네 상황을 알아. 그냥 길에 세워 놓은 차량에 있으면 돼.”

나는 그렇다면 해 보겠다고 고개를 끄덕였다.

9시경 인구 조사 정찰을 떠났다. 정오쯤 도보 정찰을 하면 정말이지 괴로울 것이다. 차 밖으로 같이 나가지 않아도 된다니 기뻤다. 나는 나가지 않고 트럭에서 잘 수 있었다. 한참 자고 나면 일행들이 돌아올 것이다. 아마도 카드 게임이나 살짝 하겠지. 어쩌면 하지 가게에 가서 불법 DVD와 담배를 살 수도 있다. 아니면 와일드 타이거 음료를 사거나. 내키면 나가서 저녁을 먹어도 된다. 험비 세 대로 구성된 호송대가 마사도로에서 천천히 달렸다. 우리는 마지막 관측소인 제2관측소를 지났고 눈앞으로 펼쳐진 도로에 뭐가 있을지 알 수 없었다. 호송대가 멈췄다. 도보정찰대가 내려서 도로에 집합했다. 나는 에번스의 트럭 뒤쪽에 그대로 남아서 조용히 입을 다물고 있었다. 괜히 관심을 끌고 싶지 않았다.

나는 괜찮을 거라고 믿기 시작했다. 그때 댈러스 이병이 창문을 두드렸다.

“소위님이 널 불러.”

"날 불러?"

"응. 짐을 가지고 오래. 이동한다고."

"아냐. 난 여기서 차량을 지키기로 했어."

"소위님이 같이 간다고 하던데."

나는 인구 조사 정찰이 특히 싫었다. 찾아가는 인가마다 아프거나 병들거나 어떤 식으로든 상처를 입은 사람이 득실거렸고, 정찰대장은 모든 하지에게 내가 약을 가진 의사라고 떠들어 대며 모든 사람을 진찰하게 했다. 나는 약도 없고, 항생제도 없고, 이부프로펜과 알약 몇 개랑 모르핀 자기 주사기 빼고는 제대로 된 약이 없는데도 그딴 건 신경 쓰지 않았다. 나는 의사가 아닌데도 정말로 신경 쓰지 않았다. 하지에게 뇌종양이 있다 해도 신경 쓰지 않았다. 내가 무슨 위대한 치유자라도 되는 척해야 했다.

그날 첫 번째 인가에서는 갖가지 후기 류머티즘 증상을 보이는 늙은 하지가 나왔다. 내가 그를 자세히 살폈다. 무릎이 가장 불편하다고 했다. 남자는 앉아서 남성용 원피스를 높이 올렸고 덕분에 고환이 또렷하게 보였다.

댈러스가 제멋대로 말했다. "불알을 핥아 달라는 것 같은데, 의사 선생."

나는 노인에게 이부프로펜 3일 치를 주고 빨리 병원에 가라고 했다.

정찰은 계속되었다.

에번스 소위는 이 상태로 지옥까지 갈 계획을 품고 있었다. 나는 소위가 싫었다. 그의 정찰대도 싫었다. 햇볕은 타는 듯이 뜨거웠고, 뜨거운 햇살에 주변 풍경이 이글거렸다. 몇 시간 동안 뜨거운 빛을 받아 뇌가 익었고, 쓸데없을 게 분명한 멍청한 장비를 끌고 다닌 후에야 우리는 녹초가 되었다. 몇몇은 더 이상 버티지 못할 것처럼 보였다.

내가 나섰다. "소위님, 너무 더운 데다 대원들이 무척 지쳤고 여기서는 아무 소득도 못 보고 있습니다. 이쯤에서 돌아가는 편이 좋을 것 같습니다."

"안 돼."

"소위님……."

"안 된다고 했다."

"알았습니다. 네, 좋습니다. 맞습니다, 소위님. 계속 가시죠. 망할 하지들에게 망할 염소가 몇 마리 있는지 물어보고 이렇게 돌아다니다 대원들이 열사병에 걸리게 하시죠."

소위가 흠칫 놀란 기색이었다.

그제야 내가 미친 짓을 했다는 걸 깨달았다. 하지만 일단 시작했으니 멈추지 않았다. "꼭 알아야 할 걸 얘기하는데 몇 번이나 무시할 겁니까? 내가 얘기하는 걸 좋아해서 이런 얘기를 하는 게 아닙니다. 돕고 싶어서 얘기하는 겁니다. 돕고 싶다고요, 소위님. 계속 가다가는 진창에 빠질 테니 운전해서 가지 말자고 얘기한 거 기억해요? 어떻게 됐죠? 진창에 빠졌잖아요, 안 그래요? 그래서 네 명이 죽었습니다. 내 친구들을 죽였잖아요."

마지막 말은 조금 과했다. 소위가 죽인 것도 아니고 내 친구도 아니었다. 그냥 지인에 불과했다. 그리고 한 가지 더 있었다. 그날

진창에 빠지지 않았다면 우리가 죽을 수도 있었다. 하지만 그런 말은 하지 않는 편이 나았다.

나는 소위가 뭐라고 하는지 듣지 않았다. 아무것도 들리지 않았다. 가운뎃손가락을 들어 올리고 말했다. "꺼져요. 이깟 정찰도 집어치워요."

나는 그 자리를 떠서 도로로 돌아갔다. 그리고 에번스의 트럭으로 갔다. 설리번 특기병이 포탑에 있었다. 무전기를 확인하는 중이었다.

"소위님이 돌아오라는데." 설리번이 전해 주었다.

"닥치라고 해."

"정말?"

"에번스 소위한테 닥치라고 해."

설리번이 무전기를 켰다. "음, 안 간답니다."

에번스는 그래도 괜찮노라고 했다.

10분 후 도보정찰대가 도로로 돌아왔다. 나는 조금 평정을 찾았고 앞으로 벌어질 나쁜 일을 기다리고 있었다. 에번스가 자기 쪽으로 오라고 손짓해서 거기로 갔고, 우리는 다른 사람들과 떨어진 곳으로 가서 조금 걸었다.

에번스가 입을 열었다. "아까 네 행동은 잘한 게 아니었다."

나는 소위를 보고 싶지 않았다. "모르겠습니다, 소위님. 내가 너무 심했습니다. 사과할게요. 어쩌다 그랬는지 모르겠습니다. 잠시 정신이 완전히 나간 것 같습니다."

"네가 방금 한 짓으로 군법 회의에 보낼 수 있었던 거 알지?"

"네."

"그러진 않을 거니까 걱정하지 마라."

"고맙습니다."

"돌아가서도 이 일을 얘기하지 않을 거다. 아무도 이 얘기를 꺼내지 않을 거다."

그리고 소위는 아무 말도 하지 않았다.

그리고 다른 누구도 아무 말도 하지 않았다.

그리고 나에겐 아무 일도 없었다.

나는 로이에게 쪽지와 함께 수표를 보냈다. 퍼코셋, 옥시콘틴을 더 많이 보내 주면 좋겠다고 적었다.

차라리 80밀리그램 네 개를 안 보내 줬으면 좋았을 텐데. 로이는 60달러를 주고 80밀리그램을 샀다. 그다지 정당한 거래가 아니었다.

나는 그때 20밀리그램만 피웠다. 20밀리그램으로도 효과가 있었다. 80밀리그램이면 나흘 동안 행복할 수 있었다. 우편 배송이 그렇게 느리지만 않았어도 좋았을 텐데.

39

아널드가 죽자 우리는 그의 짐을 싸서 집으로 보냈다. 아널드는 처참하게 죽었고, 짐을 챙기는 일 자체가 즐겁지 않았다. 그에겐 더 이상 짐이 필요 없다. 대체 누구에게 필요하단 말인가?

우리 방에는 일곱 명이 있었다.

이제 다섯 명이 되었다.

슈는 아널드가 죽었을 때 정찰 중이었다. 슈가 당시 상황을 나에게 들려주었다. 정말로 참담하고 완전히 난장판이었다고. 누군가 사람을 즙 짜는 기계에 돌린 것 같았다고.

"운이 나빴어요. 철조망 밖으로 거의 안 나갔잖아요."

내 말에 슈가 맞장구를 쳤다. "밖으로 나간 건 그때가 세 번째였지."

"젠장."

나는 하루를 꼬박 쉴 수 있었다. 기분이 좋았다. 번스도 쉬었는데 뭔가에 대해 하잘것없는 얘기를 떠들어 댔다. 보스턴공항에서 일할 때 대마초를 피우곤 했는데 자기가 모는 연료 트럭으로 비행기를 받아 버렸노라고. 나는 제대로 취했다. 번스가 마이애미 담배를 한 모금 피우고 커피를 홀짝였다.

그때 슈가 들어왔다. "안 좋은 소식이야. 이제 여기서 담배를 못 피운다."

최악의 소식이었다. 번스와 나는 하루에 마이애미를 네 갑씩 피웠다.

번스가 믿을 수 없다는 듯 말했다. "에이, 농담이겠죠. 왜요?"

나도 거들었다. "병장님, 이건 부당합니다."

"새로운 녀석이 본부 중대에서 올 거다. 드러먼드 병장의 병사가 될 거다. 이름은 브랜슨 특기병인가 뭔가라더군. 오늘 여기로 들어올 거다."

번스가 믿기지 않는다는 말투로 내뱉었다. "설마요, 그냥 농담이겠죠."

나도 가만히 있지 않았다. "병장님, 우리는 흡연자예요. 레싱도 피우고 치타도 피워요. 푸엔테스만 빼고 전부 다 피운다고요."

"난 담배를 피워도 상관없어요. 이미 방 안에 담배 냄새가 찌들었거든요." 푸엔테스가 저 너머 구석에서 말했다.

슈가 잘라 말했다. "시끄럽고, 듣기 싫다! 부탁하는 게 아니라 명령하는 거다. 더 이상 담배는 못 피운다."

한 시간 뒤 브랜슨 특기병이 나타났다. 우리가 8개월 넘게 지낸 방을 자기가 소유한 것처럼 당당히 걸어왔다. 분홍빛 민머리에 금빛 콧수염이 난 몸집 큰 개자식이었다. 인사조차도 하지 않았다.

얼마 있다가 레싱이 돌아와서 어떤 조치가 하달됐는지 얘기하고 우리에게 물었다. "저게 그 자식이야?"

내가 고개를 끄덕였다.

번스가 책을 내려놓고 브랜슨을 쳐다보았다. "너 대체 뭐 하는 자식이야? 진심으로 묻는 거야. 네가 뭐라도 된다고 생각해?"

브랜슨이 방을 둘러보았다. 돌아가는 상황을 보고도 크게 걱정하지 않는 눈치였다. 괜한 걱정 따위로 시간을 허비할 사람이 아니라는 걸 한눈에 알 수 있었다.

내가 경고했다. "우린 여기서 담배를 피우니까 알아서 감당해."

브랜슨이 걸어가더니 레싱이 침대 위에 《맥심》지 모델 50명을 붙여 놓은 벽을 쳐다보았다.

레싱이 참지 않고 물었다. "이봐, 재수 없는 놈, 뭐가 불만이야?"

브랜슨이 방을 나갔다. 단 한 마디도 없이.

10분 후 드러먼드 병장이 들어왔다. "레싱, 벽에서 여자 사진을 떼어야겠다."

"뭐라고요, 병장님?"

"들었잖아, 레싱. 브랜슨은 기독교도야. 벽에 붙은 여자 사진이 불편하다는군."

"알아서 감당하라고 해요."

"그러지 말고. 벽에서 여자 사진 좀 뗀다고 큰일 날 것 없잖아. 원하면 어디서든 볼 수 있게 책에다 붙여 놔. 그건 어때?"

레싱이 말보로 레드에 불을 붙이고 군화를 내려다보았다. 기분이 너무 상해서 대화를 이어 나가지 못했다. 드러먼드는 만족했고 방을 나가면서 우리를 비웃었다.

"브랜슨이 왔다네. 브랜슨이 나가신다, 길을 비켜라."

슈가 돌아왔다. "이번에는 또 뭐가 문제야?"

레싱이 설명했다. "드러먼드 병장님이 새로 온 녀석 때문에 벽에서 사진을 떼라고 했습니다, 병장님."

"농담이겠지."

레싱이 아니라고, 농담이 아니라고 했다.

번스가 거들었다. "재수 없는 놈이에요. 우리한테 이러지 마세요, 병장님."

나도 나섰다. "맞아요, 병장님. 브랜슨이란 놈이 들어오더니 말 한마디 없이 둘러보고 나가서는 드러먼드 병장님을 데려왔고 2초 뒤 레싱한테 벽에서 사진을 전부 떼라고 했어요."

슈가 고심 끝에 말했다. "안 돼, 안 돼. 그건 너무 지나쳐."

그는 드러먼드에게 브랜슨을 처넣을 다른 방을 찾으라고 했다.

그러고 나서야 우리는 우리가 하던 대로 마음껏 담배를 피울 수 있었다.

40

가을 무렵에야 우리 모두 살짝 얼이 빠졌다는 걸 알아챘다. 그 상태에서는 아무도 상류 사회에 편입될 수 없었다. 문을 발로 차고 집을 부수고 사람을 총으로 쏘다 보니 제정신이 아니었다. 우리는 마지막을 기다리고 있었다. 더는 흥미로울 것도 없었다. 아무것도 없었다. 우리는 시간만 낭비했다. 우리는 패배했다.

사람들이 계속해서 죽어 나갔다. 하나씩 둘씩. 영웅도 없고 전투도 없었다. 아무것도 없었다. 우리는 그냥 보조이고 허울만 좋은 허수아비였다. 도로를 오가고 바쁜 척을 하면서 돈만 펑펑 쓰는 멍청하기 짝이 없는 놈들이었다.

죽음에 관한 소문이 돌았다. 이따금 일어나는 살인 혹은 끔찍한 결말에 대한 이야기였다. 브라보 중대의 누군가가 죽었다고 했다. 위생병이 더는 출동할 수 없다며 일을 관뒀다고. 폭발물처리반의 누군가가 죽었다고 했다. 첫 번째 폭탄 아래 두 번째 급조 폭발물이 있었다고. 그렇게 죽었다는 둥 어쨌다는 둥. 우리는 정찰 기지를 세웠다. 하지가 차량 폭탄으로 기지를 무너뜨렸다. 더 많은 여자가 총에 맞아 죽었다. 아이를 안은 여자, 임신한 여자. 아마도 가을쯤이었을 것이다. 우리가 가을에 왔으니 날씨가 기준점이 되었다. 서서히 마지막이 가까워지고 있었다. 1년은 정말 아무것도 아니다. 현장에서 실력을 발휘하는 법을 배우기까지 그 정도 시간이 걸리는데, 우리가 뭘 하는지 깨달은 후에는 바로 떠나야 할 시간이 된다.

얼마 전부터 노스 하사가 날 지독히 싫어한다는 느낌이 들었다. 철조망 밖으로 나갈 때 절반은 노스와 함께였을 것이다. 그 해 노스가 나간 정찰 활동에 거의 다 함께 했으니 백 번 넘게 같이 정찰을 나간 것 같다. 함께 힘든 일도 겪고 못 견디게 지루해하기도 했다. 그런데 이제 와서 그 개자식이 나를 좋아하지 않는 거였다. 그래도 괜찮았다. 어차피 위험할 건 없었다. 그냥 말이 조금씩 거칠어졌고, 오후에 어딘가 갔는데 내가 담뱃불을 붙이자 트집을 잡았다. "지금이 망할 담배나 피우라고 주는 휴식 시간인 줄 알아?"

게다가 내가 신참이라도 되는 것처럼 다른 개자식들 앞에서 건방지게 떠들어 댔다.

노스는 어딘지 모르게 망가져 갔다. 203 유탄발사기를 성의 없이 다루면서 아무 이유도 없이 주변에 수류탄을 던지고는 시험발사라고 부르지도 않았다. 그러면 정말로 기분이 안 좋은 날이란 걸 알 수 있었다. 그런 날은 정찰대 전체가 강 속으로 걸어 들어가게 했고, 우리는 오물과 기생충 사이를 헤치며 헤엄쳐야 했다. 그때까지만 해도 개인적인 감정은 없었다.

개인적으로 감정이 상한 건 노스가 말도 안 되는 이유를 들어 계속 화를 냈기 때문이다. 분명한 건 내가 에번스 소위에게 온갖 못 할 말을 내뱉고 자리를 떠난 후부터 그러기 시작했다는 것이다. 이제 노스는 나에게 할 말이 생기면 다른 누구에게 전하라고 시키거나 멀리 있는 무언가를 쳐다보거나 그냥 등을 돌린 채 말했다. 노스가 에번스를 재수 없어 하지 않았다면 그나마 이해했을 것이다. 노스가 규율에 관심이 많았다면 이해했겠지만, 별 이유도 없이 사정 지역에 203 탄환을 던지고 에번스가 없을 때 욕하는 걸 보면 제정신인 것도 아니었다. 그러니 누군들 그 이유를 알 수 있을까.

내가 노스만큼 애국심이 강하지 않은 것도 이유였다. 나는 그 모든 것에 아무 흥미가 없었다. 그래 봤자 결국 더 많은 사람이 죽고 에밀리가 다른 남자들이랑 뒹굴 뿐일 테니까. 나는 상사병에 걸렸다. 물론 노스처럼 억세고 그 모든 걸 굳게 믿는 전사였다면 차라리 좋았을 것이다. 하지만 나는 억센 남자인 적도 없고 평생 그럴 일이 없을 것이다. 지금 내가 참전용사가 되었다면 물러터진 내가 운 좋게 죽지 않아서 그렇게 된 것뿐이다. 가끔은 그것만으로도 누군가를 속일 수 있다. 하지만 노스는 내가 가짜라는 걸 알았다. 내가 일하는 동안 절반은 함께 있었고 나를 똑똑히 봤으니까. 그걸 아는 사람이 또 있었겠지만, 그런 이유로 나를 조금이라도 미워하는 사람은 노스 말곤 없었다.

록하트 상병과 제프리스 특기병은 건너편 방에 살았다. 두 사람은 1년 내내 거기서 살았다. 손바닥만 한 방이었다. 거기 사람이 있는 걸 모르는 한 누구도 알아채지 못할 정도였다. 오스만 특기병도 두 사람과 함께 살았다. 세 사람은 철조망 밖으로 많이 나가지 않았다. 오스만 특기병은 사람이 괜찮아 보였지만 매일 불만을 쏟아 내는 편이었다. 자기 분수보다 과하게 불평해서 외면당했고 사람들이 그의 존재를 잊자 내내 그 상태에 머물렀다.

록하트 상병과 제프리스 특기병은 오스만만큼 투덜거리지 않았지만 유난히 나약했는데 누군가 둘을 중대의 무기보관실 담당자로 세웠다. 둘은 마이 케미컬 로맨스의 노래를 즐겨 듣고, 록하트 상병의 아내가 얼마나 난잡한 년인지 얘기하고, 쥐를 잡아서 실제로 살해하는 스너프 영화를 찍자는 아이디어도 냈다.

두 사람이 만든 스너프 영화 한 편을 보았다. 텅 빈 탄약 상자에 쥐 한 마리가 있었다. 작고 하얀 손(아마도 록하트의 손)이 화면으로 내려왔다. 손이 지포 기름 캔을 눌러 짰다. 쥐가 기름에 잠겼다. 손이 화면 밖으로 사라졌다. 다시 손이 돌아왔다. 이제 손이 라이터를 들고 쥐에게 불을 붙였다. 쥐는 활활 타오르는 작은 불덩이가 되어 앞뒤로 뛰어다니다 그 자리에 멈춰서 죽었다. 마치 버려진 자전거처럼 픽 쓰러졌다.

건물 안에서 뛰어다니는 쥐가 무진장 많았기 때문에 촬영에 쓸 쥐는 충분했다. 내가 알지 못할 정도로 엄청나게 많은 쥐 스너프 영화를 찍었을 것이다. 본인들이 똑똑한 줄 알았고, 한편에서는 쥐를 익사시켰다거나, 또 다른 한편에서는 쥐의 몸을 절단하고 시가 가위로 머리를 잘랐다거나, 또 다른 걸작에서는 아이스크림 막대에 쥐를 못 박고 십자가에 매달린 쥐의 내장을 꺼냈다고 으스대곤 했다. 오스만은 어찌할 줄을 몰라 했다. 계속 다른 방으로 옮기려고 해 봤지만 도저히 옮길 수가 없었다. "너무 불공평해."

텍사스주 킬린에 있는 록하트 상병의 아내는 감정적으로 남편과 멀어져 가고 있었다. 남편이 이라크로 떠난 후 파티를 자주 하고 댄서로 일하고 데일이라는 남자와 섹스를 하고 록하트 상병의 돈을 탕진하기 시작했다. 게다가 그 모든 일을 남편에게 자세히 얘기했다. 조금은 과할 정도라 앙심을 품은 것처럼 보였지만, 아내 관점에서 본인은 매력적인 여자이고 록하트 상병은 쥐를 십자가에 못 박는 유형의 남자였으니까.

41

하지가 델타 중대의 정찰 기지를 공격했다. 그곳으로 가는 길은 강의 서쪽 기슭을 따라가는 도로뿐이고 밤이라서 폭탄을 맞을 게 분명했다. 하지는 총알 몇 세트와 로켓 추진식 수류탄 하나를 정찰 기지 쪽으로 던지려 했다. 거기서 사망자를 내면 그냥 잘된 일이고 혹시라도 안 될 경우 유일한 도로에 급조 폭발물을 숨겨 놓으면 기동타격대가 반드시 그걸 밟을 거라고 생각했다.

첫 번째 탱크가 압력판을 빗겨 갔다. 우리 험비 트럭도 폭탄을 빗겨 나갔다. 폭탄을 빗겨 간 건 험비에 탄 우리에게는 정말 다행이었다. 밟았다면 우리를 제대로 망가뜨릴 만큼 대단한 충격을 입었을 테니까.

옛날 급조 폭발물을 지나서 도로를 절반 정도 간 곳에 압력판이 있었다. 남은 아스팔트 전체에 해당하는 길이의 압력판이었다. 하지만 도로가 너무 많이 부서진 터라 운전사가 그 부분 전체를 빗겨서 움직일 수 있었다.

세 번째 차량인 에번스의 탱크에서 폭탄이 터졌다. 마치 땅 밑에서 터진 것처럼. 다행히 폭발이 심하진 않았다. 페레즈가 험비 포탑에서 소리쳤다. "급조 폭발물! 급조 폭발물!"

설리번이 가스를 잠갔고 트럭이 서서히 멈췄다. 나는 한쪽 어깨에 구급용 가방을 걸치고 운전석 뒤쪽 문을 열었다. 몸이 반쯤 나갔는데 설리번이 다시 가스를 켜고 움직였다. 트럭이 앞으로 움직이는 바람에 나는 망신을 당했다. 내가 몸을 추스르는데 우에소 산티아고가 뛰어서 내 옆으로 지나갔다. 선두 탱크를 끄는 차량 지휘관으로 폭탄을 밟은 차량을 보러 가는 게 그의 임무였다. 나도 그쪽으로 뛰었다. 가까스로 우에소 산티아고를 따라잡았다. 그는 망가진 탱크 앞쪽까지 기어갔다. 운전사인 밀러 이병만 빼고는 모두 무사했다. 이병도 심각한 상태는 아니었다. 왼쪽 허벅지 안쪽에 파편을 맞았다. 우에소 산티아고는 승강구에서 이병을 꺼냈다.

밀러의 허벅지에 난 구멍은 엄지손가락을 넣고도 남을 정도로 컸다. 하지만 괜찮을 것 같았다. 파편이 동맥 같은 데 맞지는 않았다. 나는 거즈로 구멍을 막고 허벅지에 탄력붕대를 감아서 상처 부위를 압박했다. 정맥주사를 연결하고 모르핀을 주사했다. 그런 다음 우에소 산티아고에게 긴급 수술을 위해 의무 수송 헬기를 호출하라고 했다. 슈가 꼭 그런 상황이 아니어도 언제나 긴급 수술을 요청하라고 지시했기 때문이다.

가벼운 사상자였다. 사상자에게 얼굴이 있었다. 그렇다고 불에 타지도 않았다. 내출혈이 있지도 않았다. 무사할 것이다. 아마도 퍼플 하트 훈장을 받을 테고 훈장 덕분에 여자들과 훨씬 더 많이 잘 거고 그렇게 심한 상처도 남지 않을 것이다. 지나치게 다치면 퍼플 하트 훈장이 얼마나 많든 여자들이 자 주지 않을 것이다.

한참이 지나서 제2기동타격대가 폭발물처리반과 견인차를 이끌고 우리를 찾아왔다. 전진 작전 기지에서도 일이 터진 모양이었다. "작전 기지가 무너졌다."라고 했다.

알고 보니 그 말은 과장이었다. 대대 사격수 몇이 발전소 비계에 올라갔는데 델타 중대 전술 작전 본부 앞에 있던 한 명이 사격수를 하지로 착각한 상황이었다. 그래서 사격수를 향해 총을 쐈다. 총알은 사격수를 빗나가서 에코 중대 전술 작전 본부로 내려갔다. 에코 중대는 비계에서 사격이 오는 줄 알고 역시나 비계에 있는 사격수를 조준했다. 에코 중대가 사격을 시작했다. 총알은 사격수를 빗나가 델타 중대 전술 작전 본부에 떨어졌다. 델타 중대는 사격수들이 하지라고 확신하여 델타 중대의 많은 병사가 사격수를 향해 총을 발사했다. 두 미국 소총 중대 사이에 총격전이 이어졌으며, 대대의 사격수들은 십자포화 사이에서 오도 가도 못하고 갇혀 버렸다. 그 모든 혼란 속에서 통역사가 대대 체력단련실에 급조 폭발물을 설치했다. 하지만 심각하게 다친 사람은 아무도 없었다.

*

에밀리가 워싱턴주를 떠나 엘바로 돌아왔다. 학교에 다닐 예정이었다. 더 이상 야생에 있지 않았고 나는 다시 전화를 걸 수 있었다. 전화할 수 있을 때마다 전화를 걸었지만 서로 할 애기가 많지는 않았다. 금방 돌아가겠단 애기가 전부였다. 어쩌면 에밀리가 그걸 기대하지 않는다는 것도 나는 깨닫지 못했다. 항상 알았고 전부터 알았다 하더라도 말이다. 그렇지만 때로는 거짓말을 해야 하는 법이다.

나는 에밀리의 가을 학기 등록금을 내주었다.

나에게 돈을 부탁하기에 우리 사이가 괜찮다고 생각했다.

42

그 모든 고생을 하고 마지막에 죽는 것이 최악이었다. 집에 돌아갈 수 없다면 차라리 일찍 죽는 게 나았다. 그게 논리적이었다. 막판에 죽고 싶지는 않은 법이니까.

우리 대대에서만 두 명이 그날 아침에 죽었다. 그날 밤 우리는 에번스가 이끄는 분대 규모의 제3소대 병사들과 나갈 예정이었다. 파견 중 마지막 정찰이 될 예정이었고, 명단에는 대가리에 똥만 찬 녀석과 얼간이가 적절히 뒤섞여 있었다. 절대 효율적으로 움직일 수 없을 것 같았다. 하지만 험비를 타고 나가서 마사도로를 잠깐 돌아보면 되는 일이었다. 누가 같이 가든 상관없었다.

정찰을 나간 지 얼마 지나지 않아 중대 무선망에서 맹금 비행기가 무장한 남자 넷의 영상을 보낼 거라고 했다. 무장 병사들은 우리 동쪽에 있었다. 좌표를 전달받았다. 에번스 소위가 거기까지 갈 수 있을까?

소위가 지도를 보았다. "대략 1킬로미터 정도다."

내가 충고했다. "소위님, 안 좋은 생각입니다."

"왜 안 좋은 생각이지?"

"무례하고 굴고 싶진 않지만, 중대에서 가장 뚱뚱한 놈 셋을 데리고 온 데다 우리는 도보정찰대입니다. 생각해 보세요. 이 어두운 밤에 비포장도로에서 저놈들을 도보로 이끌고 오물이 가득한 곳을 건너서 1킬로미터나 갈 수 있다고 생각하세요? 분명히 엄청나게 요란스러울 겁니다. 그럼 하지들이 우리가 오는 소리를 듣겠죠. 망할 피아노를 끌고 가는 편이 나아요. 예전에 도보 정찰에서 저놈들을 이미 봤습니다, 소위님. 말 그대로 재앙입니다. 그냥 걷다가 혼자서 넘어진다고요. 보르헤스는 총을 쏠 줄 알지만 걷는 데는 영 소질이 없고 나머지는 완전히 골칫덩어리입니다. 장점이라곤 없어요. 하사관 하나 없이 저놈들과 위생병 하나만 이끌고, 1킬로미터 밖에서부터 우리가 오는 소리를 들은 무장 병사 넷과 목숨 걸고 총격전을 벌일 순 없습니다. 소위님, 죄송하지만 정말 말도 안 되는 생각입니다."

"글쎄, 잘 모르겠군."

"소위님, 죄송하지만 성공할 가능성이 조금이라도 있다면 이렇게 말하지 않을 겁니다. 하지만 지금의 인원 구성을 보세요. 좋은 결과가 있진 않을 겁니다. 최선의 시나리오를 생각해도 어차피 시간 낭비일 뿐이겠죠. 하지만 소위님이 옳다고 판단하면 그대로 따르겠습니다."

소위는 무전기를 켰다. "에코 마이크, 에코 트리 6 분대장이다……. 우리 위치에서는 적진으로 갈 수 없을 것 같다."

전진 작전 기지에서 보내는 마지막 밤에 우리 중 몇 명이 먼지 제거 스프레이 캔을 돌아가며 마셨다. 바우티스타 병장이 중추신

경계에 느낌이 없어질 때까지 다 같이 스프레이를 흡입했다. 병장은 눈이 먼 피아노 연주자처럼 몸이 앞뒤로 흔들거리고 입에서 침이 흘러내려 무릎에 고였다.

우리가 말했다. "젠장, 저것 좀 봐."

우리는 병장에게 괜찮은지 물었다.

1분 후 병장이 괜찮다고 대답했다.

그래서 우리는 마지막 남은 스프레이 캔을 마셨다.

그리고 우리는 아이라도 된 것처럼 아주 멀쩡했다.

4부

벌새

43

화요일 아침 11시경 포트 후드에 항공기가 착륙했다. 우리는 버스를 타고 비행장에서 대대 거리에 있는 주차장으로 갔다. 우리더러 인도에 줄을 서라고 했다. 군인 가족들이 기다리는 체육관으로 뛰어서 들어가야 하기 때문이었다. 서브우퍼 스피커가 체육관으로 들어갔고, 100미터 정도 떨어진 도로에서는 킥 드럼 소리가 들렸다. 나는 대형의 맨 끝에 있었다. 우리는 이동하기 시작했다. 앞에서 군인들이 체육관으로 뛰어갔다. 이제 드럼과 함께 베이스 소리가 들려왔다. 줄 끝에는 그런 행사를 싫어하는 녀석들이 모여 있었다. 강아지와 조랑말 쇼를 했다. 나는 체육관에 뛰어 들어갈 만큼 대단한 일을 했다는 기분이 들지 않았다.

뿌연 연기를 뿜어내는 장치가 있었고 우리는 연기를 헤치며 들어갔다. 디제이가 〈디스코 인페르노〉의 후렴을 반복해서 틀고 있었다.

불태워, 베이비, 불태워…….
불태워, 베이비, 불태워…….
불태워, 베이비, 불태워…….

가족들은 관람석에서 환호하며 군인의 이름을 외치고 손을 흔들고 사진과 영상을 찍었다. 군인들이 열을 지어 섰다. 하이타워 선임하사가 주둔지 밖에 사는 사람은 더플백을 가지고 떠나도 된다고 했다. 병영에서 지낼 사람은 병영에 보고하고 방 배정을 기다려야 했다. 목요일이 추수감사절이라 다음 주 월요일까지 휴가 기간을 주겠다고 했다. 선임하사가 해산해도 된다고 말하자 우리는 각자 해산했다. 군인들은 가족을 찾아갔다. 남편들은 아내와 포옹했다. 아버지들은 아이를 껴안았다. 나는 금방이라도 공황 발작이 올 것 같아서 체육관을 뛰쳐나가야 했다. 헛구역질이 나고 난리였다. 체육관에 가족과 디제이까지 불렀건만 그때는 나에게 베풀어 준 은혜를 몰랐던 모양이다. 하지만 그들은 내 가족이 아니었고 디제이 따위는 관심조차 없었다. 그저 내 나름의 최선책을 찾아야만 했으니까.

병영에서는 일이 생각보다 빠르게 진행되었다. 우리가 올 걸 미리 알고 이미 다 정리해 놓은 상태였다. 우리 방을 확인하고 서명만 하면 끝이었다. 그때 나는 에코 중대에서 분리되어 본부 중대로 재배정되었다. 갑자기 전선 위생병에서 벗어난 것이다. 룸메이트는 전혀 모르는 개자식이었다. 파견 중간에 대대에 왔고 계속 본부 중대에 있던 놈이다. 녀석의 이름이 떠오르지 않는다. 엑스박스 360을 샀고 펩시를 마셨으며 안경쟁이에 갈색 머리였던 게 기억난다. 비디오 게임을 하면서 캔자스인지 어딘지에 사는 여자친구랑 통화하기 위한 작은 헤드폰을 가지고 있었다. 녀석에 대해 기억나는 건 그게 전부다.

나는 킬린의 쇼핑몰 가판대에서 휴대전화를 샀다. 계약하면서도 바가지를 썼다. 내가 떠난 동안 사람들이 문자를 보내기 시작했고 나는 문자에 얼마가 드는지 몰랐다. 부모님한테 전화해서 무사히 본토로 돌아왔다고 말했다. 어머니는 아버지와 함께 텍사스까지 비행기로 날아올 거라고 했다. 아버지 친구가 댈러스에 사는데 죽음을 앞두고 있단다. 목요일날 댈러스에 도착할 텐데 킬린에서 몇 시간 거리니까 내가 그쪽으로 가면 만날 수 있었다. 나는 노력해 보겠다고 말했다.

택시 타고 월마트에 가서 옷을 좀 고르고 침구 몇 개와 탁상 조명을 샀다. 주둔지로 돌아와서 술을 진탕 마셨다. 24시간 부대 주유소 및 주류 판매점이 정문 근처에 있어서 술은 한 번도 떨어지지 않았다.

술에 취해서 에밀리에게 전화를 걸었고, 그러다 보니 대화가 안 좋게 흘렀다. 에밀리가 나를 보러 오지 않아서 엄청나게 상처를 받았다. 절실하게 와 주기를 바랐다. 나는 에밀리가 다른 남자와 몸을 섞고 다닌 걸 안다고 말해 버렸다.

"넌 나한테 상처를 줬어, 더러운 년."

"무슨 소리야? 자기야, 미친 사람처럼 말하지 마."

에밀리는 다른 남자랑 자고 다니지 않았다고 했다.

정말 안 좋은 시절이었다.

수요일 밤 에코 중대 쪽 병영에 갔더니 보르헤스가 오스만과 말다툼을 하고 있었다. 이유가 뭔지는 몰랐다. 하지만 보르헤스가 오스만을 칼로 찌르려 했고, 오스만이 도망쳐서 911에 신고했다.

경찰이 노스와 함께 왔다. 노스는 그날 밤 당직 하사관(CQ)이었다. 경찰은 헌병(MP)이 아니라 킬린경찰서 소속이었다. 나는 오스만에게 일을 망쳤으니 알아서 상황을 해결하라고 말했다. 레싱과 보르헤스에게도 똑같이 말해서 우리가 모두 같은 마음인 것처럼 보였다. 경찰이 우리를 서로 떨어뜨려 놓았다. 한 명이 보르헤스, 레싱과 대화하고 다른 한 명이 나랑 오스만과 얘기했다. 나는 오스만이 경찰에게 오해가 있었다고 말하도록 도왔다. 아무도 실제로 누구를 찌르려 한 적은 없었다. 그러다 보니까 부정확한 얘기가 돌았다. 그게 전부였다. 후회할 만한 행동은 맞다. 하지만 그리 대단한 일은 아니었다. 괜히 우리 때문에 불편을 일으켜서 미안했다.

"부정확한 얘기?"

"네, 그렇습니다. 부정확한 얘기요."

경찰은 우리더러 개소리한다고 윽박질렀다. "당신도 개소리하고 당신도 개소리하고 있잖아."

경찰은 손가락으로 우리 얼굴에 삿대질을 하고 난리였다. 나는 경찰에게 왜 그런 식으로 대하냐고 물었다.

"내가 욕을 한 것도 아니잖아요. 대체 왜 나한테 욕을 해요? 난 어제 미국으로 돌아왔다고, 개자식아. 나한테 할 말은 개소리가 아니라 고맙다는 말이겠지."

노스가 진정하라고 나를 말렸다. 뭐라고 지껄이는 목소리가 들려왔다. 날 체포하고 싶다는 것 같았다. 순간 욕지기가 나서 최대한 무시하려고 노력했다.

오스만이 나섰다. "저기요, 경찰관님, 여기까지 와서 시간만 낭비하게 만들어 죄송합니다. 오해였어요. 아무도 날 찌르려 하지 않았습니다."

보르헤스는 복도 저 멀리에서 레싱이랑 다른 경찰과 있었다. 보르헤스가 우리 쪽으로 몸을 돌리고 흥분해서 소리쳤다. "저놈들 얘기는 하나도 듣지 마세요, 경찰관님. 저놈들이 하는 말은 전부 거짓말이에요."

어쩐 일인지 아무도 감옥에 가지 않았다. 그리고 아무 일도 없었다. 안 좋은 감정은 남지 않았다. 보르헤스, 오스만, 레싱 그리고 나는 모두 베니건스에 갔다. 종업원은 하루에 백 끼는 먹는 듯했다. 옆 목에 'Shawn'이라는 커다란 문신이 있었다. 그런데도 보르헤스는 그 여자를 꼬드겨 보려고 했다. 물론 성공하진 못했다. 종업원이 보르헤스에게 더 이상 롱아일랜드 아이스티를 갖다 주지 않겠다고 잘라 말했다.

그때 레싱이 화제를 돌렸다. "저기, 설마 네이선 중위야?"

정말로 네이선 중위였다. 우리는 그쪽으로 가서 인사했다. 네이선은 좋은 사람이었다. 물론 세뇌당해서 약간 맛이 갔을지는 모르지만. 누군들 안 그럴까?

중위는 우리를 보고 매우 반가워했다. "어떻게들 지내?"

우리는 잘 지낸다고 대답했다.

중위는 친구인 또 다른 중위를 소개하며 여단의 기병 정찰 비행 중대에 있던 사람이라고 말했다.

"오, 그렇군요."

그리고 네이선이 소변을 보러 갔다.

우리가 기병정찰대 중위에게 말했다. "그쪽 부대는 현장에서 고생이 많았죠."

"자네들도 그랬지."

"네, 맞아요."

"하지만 우리가 조금 더 심했을걸."

"우리가 그쪽보다 사망자가 더 많았어요."

"그건 맞아. 하지만 우리 부대는 2개월 만에 모든 병사를 잃었어. 자네들은 더 널리 퍼져 있잖아."

아무도 기분이 상하지 않았다. 실제로 그랬다. 기병정찰대 중위는 자신의 하사가 화염에 휩싸여 탱크에서 뛰어내렸고 불이 붙은 채 도로를 달렸다는 이야기를 들려주었다. 그 아수라장 속에서 하사가 어디로 뛰었는지 알 수 없어 10분 동안 찾아 헤매다가 도로를 따라가면 나오는 도랑의 덤불에서 시커멓게 타 죽은 상태로 발견했다고.

네이선이 소변을 보고 돌아와서 물었다. "너희 모두에게 한 잔씩 사고 싶은데 괜찮나, 어떤가?"

우리는 좋다고 말하며 고맙다고 했다.

"무슨 술을 좋아하지?"

나는 레드 라벨 스카치를 좋아한다고 했다.

네이선은 우리 모두 더블 레드 라벨을 손에 쥔 걸 확인한 뒤 함께 건배하고 싶다고 말했다.

"두 가지 구린내를 위하여. 여자와 화약. 하나를 위해 살고 하나를 위해 죽지. 두 냄새 모두 사-랑한다."

우리는 술을 퍼마셨다. 네이선은 밖으로 나가서 화단에 토했다. 보르헤스가 스트립 클럽에 가고 싶다고 했다. 중위들에게 가고 싶은지 물었지만 안 가겠다고 했다. 네이선에게 다시 고맙다는 인사를 하고 그 길로 헤어졌다.

보르헤스는 디제이가 사이프레스 힐의 노래를 안 틀자 디제이 부스에 롱아일랜드 아이스티를 뿌렸고 그대로 스트립 클럽에서 쫓겨났다. 레싱과 오스만은 보르헤스를 안다고 대답하는 바람에 같이 쫓겨났다. 나는 다른 쪽 바에서 술을 마시려 하고 있었고, 무슨 일이 일어났는지 전혀 몰랐다. 잠시 후 친구들이 곁에 없다는 걸 깨달았지만 굳이 찾으러 가지 않았다. 전화해 볼 수도 있었지만 휴대전화를 병영에 두고 나왔다. 그래서 무시하고 술을 다 마신 뒤 한 잔을 더 주문했다.

문 닫을 시간이 되었다. 댄서가 저녁의 대단원 쇼에서 토비 키스 노래에 맞춰 빨강, 하양, 파랑으로 몸을 칠한 후였다. 나는 혼자 테이블에 앉아 마지막으로 주문한 진토닉을 내려다보고 있었다.

누군가 말을 걸었다. "괜찮아요, 자기?"

여자는 플라스틱 신발을 신고 있었다. 나는 괜찮다고 했다. 제4보병사단에서 막 돌아온 참이고 조금 기분이 안 좋지만 괜찮다고 했다. 여자는 다정한 말을 몇 마디 던지고는 추수감사절에 뭘 할 건지 물었다. 나는 부모님을 보러 댈러스에 가고 싶지만 아직 차를 구하지 못했다고 했다. 여자가 자기도 가족을 보러 댈러스에 갈 건데, 원하면 차를 태워 줄 수 있다고 했다. 나는 고맙다고, 그럼 좋겠다고 했다. 여자가 번호를 주면서 내일 아침에 전화하라고 했다.

쇼핑몰에서 여자를 만났다. 여자에게 기름값을 조금 주었고 35번 주간 고속도로에 올라 북쪽으로 향했다. 댈러스까지 반쯤 왔을 때 여자가 바이코딘을 먹고 싶은지 물었다. 나는 조금만 달라고 했다. 여자의 팔에 난 흉터가 보였다. 팔꿈치 중간부터 손목까지 흉터가 있었다. 여자는 자기가 겪은 교통사고에 대해 얘기했다. 어린 여자 조카를 태우고 가다가 고속도로에서 사고가 났다. 조카도 상처를 입었다. 소방관이 차를 잘라내고 두 사람을 꺼내야 했다. 조카는 머리에서 피가 나는데 구조대의 손에 닿지 않자 겁에 질려 소리를 질렀다. 여자는 조카가 그런 경험을 겪게 한 터라 당시 일은 기억하기도 싫다고 말했다. 나는 고의로 저지른 일도 아니고 우연히 일어난 사고 아니냐고 위로했다.

부모님은 포트워스의 호텔에 묵고 있었다. 여자는 주차장에 나를 내려 주었다. 나는 여자에게 행운을 빌었다. 여자는 알았다고 말하며 차를 타고 떠났다. 호텔 바로 옆에 있는 훌리한스에서 부모님과 추수감사절 저녁을 먹고 죽음을 앞둔 남자를 보기 위해 함께 병원에 갔다.

남자의 아내는 남편보다 스무 살이 어렸다. 두 번째 아내였다. 두 사람은 예전에 함께 일한 사이였다.

아버지가 나를 소개했다. "우리 아들이에요. 방금 이라크에서 돌아왔어요."

여자는 별 관심이 없었지만 관심 있는 척했다. "내 동생도 군대에 있어요. 정비공인지 뭐라고 하더군요. 적진 너머에서 일하는 군인이에요."

우리는 그 정도로 대화를 끝냈다. 부모님이 여자에게 어떻게 버티는지 물었다. 여자는 남자의 첫 번째 아내와 자식들이 자기를 힘들게 하고 모든 걸 혼자 감당해야 하지만 그런대로 잘 버티는 중이라고 했다.

아버지가 친구를 함께 봤으면 좋겠다고 했다. 우리는 남자가 산소호흡기를 끼고 누워 있는 병실로 들어갔다. 남자는 기력이 거의 없었고 숨을 쉴 때마다 온몸이 반으로 쪼개질 것만 같았다. 그렇게 숨을 쉬느니 차라리 죽는 편이 나아 보였다.

두 사람에겐 어린 소녀와 집 한 채, 골든래트리버 한 마리가 있었다. 우리는 병원에서 나와 부부의 집으로 갔고, 부모님은 한 시간 정도 남자의 아내와 이야기를 나눴다. 부모님은 여자에게 도울 일이 있으면 무엇이든 말하라고 했다. 여자는 고맙다면서 정말 친절한 분들이라고 말했다. 하지만 그냥 하는 말이었다. 다들 그냥 하는 말이었다. 그리고 다들 아무것도 괜찮지 않으리란 걸 알았다.

그날 밤 에밀리와 전화 통화를 했다. 에밀리는 이미 아는 얘기를 했고, 나는 화장실 바닥에서 잠을 잤다. 부모님이 아침에 나를 킬린까지 데려다 주었다. 사고가 나서 종일 도로를 청소하는 바람에 몇 킬로미터나 차가 막혔다. 또 사람이 죽었다. 아버지는 병원에 있는 친구에 대해 조금 이야기하며 나이가 들기 전까지 어떤 사람이었는지 들려주었다.

44

한번은 웃긴 일이 있었다. 우리가 결혼한 뒤 에밀리가 전기 분해 제모 시술을 받으러 갔는데, 그동안 여러 차례 애인이 바뀐 탓에 내가 에밀리가 제모 받는 모습을 보는 백 번째 남자라는 걸 알게 된 것이다. 그걸 알고 나니 가슴이 무너졌다. 하지만 내가 이라크에 가서 옆에 없었으니까. 그리고 우리 결혼은 거짓말에 불과했으니까. 아마도 내가 이라크에서 죽거나 나중에라도 그 일을 모를 거라고 생각했을 것이다.

텍사스에서 보낸 마지막 3개월간 밤마다 진을 5분의 2병씩 마셨다. 대변에서 시뻘건 피가 나왔다. 방귀를 뀌어도 피가 흘렀다. 화장실에서 자위를 해도 기분이 좋지 않았다.

크리스마스를 맞아 집에 갔는데 여자가 있었다. 생리 중이라고 해서 가슴에 대고 섹스했다. 그러고 나니까 죽고 싶은 마음이 들었다.

여자가 부탁했다. "제발 그걸로 얼굴 좀 때리지 말아 줄래?"

텍사스로 돌아가고 나서야 기분이 조금 나아졌다. 거기 사람들은 그 기분을 알았다. 텍사스에는 하루하루 울분이 쌓여 가는 사람이 많았고, 그래서 좋았다. 텍사스에 있는 동안은 내가 그렇게 망가진 사람처럼 느껴지지 않았다.

그러는 중에 군대를 나와야 할 때가 왔다. 시간이 다 되었다. 무조건 좋을 것 같겠지만 무조건 좋지만도 않았다. 동료들을 버리고 가는 기분이었다. 내가 떠나든 말든 아무 신경도 안 쓸 테지만 그때 내 기분이 그랬고 동료를 버리는 기분이었다. 계속 거기 머물러야 하는 게 아닌가 싶기도 했다.

하지만 머무르지 않았다. 떠났다. 떠나기 전에 놈들이 주 방위군에 가입하라고 했지만, 그 길로 나를 놓아주었고 나는 부대에서 나왔다. 오하이오로 돌아갔다. 가는 길에 엘바에 들렀다. 에밀리가 이혼하자고 했다. 우리는 이혼했고 나는 집으로 돌아갔다. 돈이 조금 있었고 약을 잔뜩 사다가 취하기 시작했다. 돈이 조금 있는 데다 약을 잔뜩 할 수 있다면 그래도 되는 일이었고, 결국은 뭔가 좋은 일이 생길 것 같은 기분이 들었다. 하지만 3월 어느 날 밤 약에 취해서 에밀리에게 전화를 걸었다.

"널 용서할게. 네가 간절히 필요해. 요즘 만나는 남자라도 있어? 네가 뭘 했든 상관없어. 그 얘기는 안 할게. 하지만 너 없이는 안 될 것 같아."

"무슨 소리야?"

"그걸 꼭 말로 설명해야겠어?"

나는 클리블랜드하이츠의 코번트리가에 아파트를 얻었고, 에밀리가 4월 첫째 주에 이사 와서 함께 살아 보기로 했다. 우수한 성적으로 대학을 막 졸업한 데다 예쁘고 특별한 여자니까 어떻든 상관없었다. 나는 진심으로 노력했다. 멍청한 가구도 사들였다.

정착하면 다들 그렇게 하는 줄 알았다. 에밀리를 공연장에 데려가려고 화려한 드레스를 선물했다. 에밀리는 다른 드레스로 바꿔와서 그걸 입고, 나는 한 벌뿐인 정장을 입었다. 둘 다 신경안정제 자낙스 1밀리그램짜리를 한 알씩 먹고 공연장에 갔다. 엘라 피츠제럴드에 관한 1인 공연이었다. 티켓은 한참 전에 사 두었다. 에밀리는 엘라 피츠제럴드를 아주 좋아했다. 아무튼 공연장에 도착했더니 차려입은 사람은 우리뿐이었다. 교외에서 온 중년과 노인이 많았고 다들 엘엘빈 같은 옷을 입었다. 돈 많은 중년은 그따위 스포츠 재킷이 아니면 입을 게 없었다. 구역질이 났다. 그게 우리가 추구하는 인생이었다. 공연은 그럭저럭 볼 만했다. 에밀리와 나는 집에 돌아가서 자낙스를 조금 더 먹고 기절하듯 잠에 취했다. 제임스 라이트풋이 전화를 걸었지만 벨 소리도 못 들었다. 그날 밤 제임스는 내 아파트에 들어오려다 체포됐는데 사실 거기는 내 아파트가 아니었다. 그는 다른 건물에 들어가려고 했다. 경찰이 제임스의 몸에서 칼을 찾았다. 마약도 발견되었다.

*

처음으로 나간 주 방위군 모임은 별로 성공적이지 못했다. 개자식이라고 생각하는 속마음을 숨기지 못하는 바람에 다들 나를 별난 놈으로 취급했다. 옥시콘틴에 취해서 갔는데 내의 입는 걸 깜박했다. 글쎄, 그냥 주 방위군 부대가 싫었다. 에코 중대가 아니었고 그중 절반은 근무를 쉬는 부보안관인지 뭔지 그랬으며 그 사람들이 말하는 방식부터 역겨웠다.

다시 학교에 나가기 시작했다. 시내에 있는 주립대학에 다녔는데, 내가 학교에 가면 에밀리는 내 코카인을 전부 다 해치우고 내가 코카인을 끊었으면 좋겠다는 쪽지를 서랍에 넣어 두었다. 재수없는 성격도 독보적이었다. 그래서 에밀리를 죽을 만큼 사랑했다.

일은 잘 풀리지 않았다. 70퍼센트는 내 잘못이었다. 옥시콘틴을 다소 심하다시피 하다 보니까 에밀리까지 신경 쓰지 않는 상태가 되었다. 대가리도 제대로 맛이 갔다. 내가 경험한 공포에 사로잡힌 침울한 미친놈이었다. 끔찍한 공포를 경험하면 그렇게 망가지는 법이다. 폭력적인 개자식들이 하는 말 따위는 관심이 없다. 그런 일을 겪고도 정신이 말짱하다면 너무 무식해서일 테니까. 하지만 그런 일 때문에 침울하기 짝이 없는 미친놈으로 사는 건 아무 쓸모가 없다. 결국은 자살하고 말 테니까. 그때 나는 유령을 보았다. 그리고 지나치게 말이 많았다. 에밀리를 비참하게 만들었다. 아마도 에밀리가 그렇게 느끼길 바란 것 같다.

그러다가 내가 바르셀로나 출신의 열여덟 살짜리와 사랑에 빠지면서 완전히 끝장나 버렸다. 조이였다. 정확한 나이는 열일곱 살 350일이었다. 사실 난 아무 짓도 안 했다. 그냥 같이 팬케이크를 먹으러 갔다. 에밀리가 그걸 알았다. 빌어먹을 다른 누구도 아닌 로이가 에밀리에게 내가 조이랑 팬케이크를 먹으러 다녔다고 말한 것이다. 게다가 다른 이야기는 거의 다 빼먹어서 내가 더러운 놈인 것처럼 들렸다. 사실은 로이네 집에서 술을 마시다 여러 사람에게 나랑 같이 세브란스 아이홉에 팬케이크를 먹으러 가지 않겠냐고 물어봤는데 한 명만 빼고 다른 사람은 전부 남자였다. 바로 그 한 명이 조이였다.

내가 물었다. "로이, 아이홉 갈래?"

싫다고 했다.

"조, 아이홉 갈래?"

역시 싫다고 했다.

"넌 어때, 제임스 라이트풋?"

다들 팬케이크는 사양하겠노라고 거절했다. 조이만 가고 싶다고 했다. 그래서 같이 팬케이크를 먹으러 갔고, 어쩌면 조이를 사랑했을지 모르지만, 그날 일은 남녀의 애정과는 아무 상관이 없었다. 어쩌면 같이 간 사람이 조이라는 게 기뻤고 일부러 그러게 놔뒀는지도 모른다. 하지만 로이는 그런 말은 하나도 하지 않았다. 그 일이 은밀한 팬케이크 데이트인 것처럼 들리게 말했고, 에밀리가 길길이 화를 냈다. 집에 갔더니 벽에 유리잔을 던지면서 소리쳤다.

"그놈의 팬케이크 맛있게 처먹었어?"

장난이 아니었다. 그걸로 끝이었다. 며칠 후 에밀리는 떠났다. 짐을 다 챙겨서 나갔다. 장식용 베개, 크록 포트 냄비까지 전부. 나는 말리려 하지 않았다. 차라리 그렇게 떠나는 편이 나았다. 나도 지겨워질 대로 지겨워졌다.

조이가 열여덟 살이 됐지만 난 누구하고도 잘 상태가 아니라서 아무 상관이 없었다. 나는 참담한 상태였다. 에밀리와 그녀가 만난 애인들을 생각했다. 발륨을 가진 푸에르토리코 남자, 프랑스에서 온 야생 사진가, 자이언트 이글에서 일한 데이브. 내가 아는 남자만 그 정도였다. 놈들이 에밀리와 뭘 했을지 궁금했다. 절정으로 이끌었을지도 궁금했다. 에밀리를 좋아했을까, 아니면 그냥 잠만 잤을까? 나랑 하지 않는 것들을 그놈들에게 해 줬을까? 내 얘기를 했을까? 내가 그렇게 당해도 싸다고 말했을까?

나는 학교에 가지 않을 만큼 망가졌다. 학교는 지나치게 할 일이 많았다. 이미 너무 많은 걸 아는 기분이 들었다. 나는 영화의 결말을 봤다. 학교가 유일하게 좋은 점이 있다면 주 방위군 여름 훈련을 2주 빠질 수 있다는 것뿐이었다. 나는 여름 훈련에 참가하지 못한다고 말했다. 학교에 등록했다고. 내 돈으로 등록금을 내고 있다고. 여름 훈련은 매년 한다고 했다. 나는 몰랐다고 말했다. 그러자 다들 그 정도는 안다고 했다. 나는 뭐라도 얘기해 줘야 했다고 말했다. 나는 다 알고 있었지만 2주 동안이나 숲속에서 부보안관들과 군인놀이를 할 생각은 추호도 없었다.

이른 아침에 혼자 깨어서 코카인을 흡입하고 옥시콘틴을 했다. 어떤 때는 1그램, 어떤 때는 40밀리그램 또 40밀리그램. 이웃의 와이파이를 훔쳐서 인터넷으로 포르노를 보았다. 시도 썼다. 보드카를 마셨다. 보드카는 종일 마실 수 있고 대변에서 피가 나오지도 않아서 정말 좋았다. 포르노에 나오는 여자들이 전부 전쟁에서 남편을 잃었다고 상상하자 갑자기 슬퍼졌다. 나는 보드카를 마시고 작은 테이블에서 가루를 좀 흡입하고 오전 3시에서 9시 사이에는 시를 대여섯 편 썼다. 진정한 사랑은 불가능하다는 시, 내가 좋아하는 마약에 관한 시, 갓 성인이 된 여자들이 섹스하는

시, 죽음이 얼마나 지랄맞은가에 관한 시였다. 그러고 나서 잠을 잤다. 《뉴요커》지에 시를 몇 편 보냈지만 게재되지는 않았다. 그 후 노트북이 망가졌고 내 시도 다 없어졌다.

제임스 라이트풋을 린데일에 있는 경찰서로 데려가야 했다. 제임스 라이트풋은 좋은 녀석이지만 머리가 완전히 돌아 버렸다. 어쩌다 머리가 그렇게 됐는지 자세한 이야기는 몰랐다. 자세한 이야기가 있기나 한 건지 모르겠다. 그냥 머리가 돈 상태로 태어났을지도 모른다. 나도 그렇게 태어난 것 같다고 생각했다. 내가 전쟁에 나간 건 순전히 우연이고 내가 머리가 돈 것과 전쟁은 연관이 없을 거라고 생각했다. 아무튼 제임스 라이트풋의 삶은 행복하지 않았다. 남들이 함부로 대했기 때문이다. 그 녀석은 평범해 보이지만 사실 그렇지 않았다. 눈이 나쁘고 싸움을 전혀 못 할 것처럼 빼빼 마르고 가진 거라곤 없어서 아무도 눈길조차 주지 않는 것뿐이니까.

녀석이 지급명령금을 내야 하는데 내가 대신 가서 내줘야 했다. 다른 지급명령서도 여러 장 받은 터라 경찰서에 갔다가는 체포되기 때문이었다. 아파트에서 나오기 전에 코카인을 조금 흡입하고 제임스 라이트풋을 태운 뒤 린데일로 갔다. 린데일은 한 번도 가 본 적이 없었다. 동네 이름도 그때 처음 들었다. 우리는 경찰서에 도착했고 제임스 라이트풋이 내야 할 돈을 찾아서 안으로 들어갔다. 유리 너머에 있는 경찰에게 제임스 라이트풋의 지급명령금을 내러 왔다고 말하자 경찰이 내 신분증을 봐야겠다고 했다. 경찰은 내 신분증을 받아서 사무실 어딘가로 갔고, 그제야 내 손을 내려다봤더니 운전면허증을 만진 손 곳곳에 코카인이 묻어 있었다. 당황스럽고 적잖이 걱정됐지만 그대로 나가 봤자 일을 망칠 게 뻔해서 그냥 있었다. 경찰이 돌아왔지만 면허증에 묻은 코카인에 대해서는 아무런 언급도 하지 않았다. 나는 무사했고 별 탈 없이 지급명령금을 납부했다.

우리는 이스트사이드로 돌아왔다. 제임스 라이트풋은 첵스 시스템의 신용 기록이 나빠서 은행 계좌를 개설할 수 없으므로 자기 급료 수표를 나에게 양도할 테니 그 액수만큼 현금으로 달라고 했다. 그래서 은행에 갔는데 은행원이 제임스 라이트풋이 나에게 양도해 준 수표를 예입해 주려 하지 않았다. 본인이 그 자리에 있고 여권도 있고 내 계좌에 수표의 금액에 해당하는 돈이 있는데도 그랬다. 은행 사람들은 우리를 위험인물이라도 되는 양 여겼다. 결국 우리는 돈을 한 푼도 받지 못하고 나왔다. 나는 제임스 라이트풋을 녀석의 어머니 집에 태워다 주었다. 그리고 수신자 부담 번호로 은행에 전화를 걸어서 나는 참전용사이며 워런스빌 지점의 은행원과 지점장이 나를 위험인물로 대한 것에 관해 어떻게 대처해야 할지 모르겠지만, 사람을 그렇게 대하면 안 된다는 것만큼은 똑똑히 안다고 말했다. 나는 진입로에 있었고 여름의 뜨거운 열기가 두 눈을 달구었다. 모든 게 변했지만 아무것도 변하지 않았다.

가끔 조이가 와서 함께 시간을 보냈다. 우리는 일요일마다 '80

년대의 밤' 파티에 가곤 했다. 내가 형편없는 놈처럼 구는데도 날 좋아한 것 같다. 아니면 코카인을 좋아했거나. 어쩌면 둘 다 조금씩이었을 것이다. 조이는 정말 좋은 애였다. 첼로를 전공하며 학교도 다녔다. 몇 개 국어도 할 줄 알았다. 프랑스어를 할 줄 알았고 r 발음이 좋았다. r을 어떻게 발음하는지 물어보면 정확히 발음해 주었다. 나는 따라 해 봤자 비슷하게도 발음하지 못했고 조이는 그걸 재미있어했다. 조이의 배에 코카인을 올려놓고 흡입하려 했지만, 방에 에어컨이 없어서 피부에 습기가 차는 바람에 그냥 핥아 먹었다.

우리는 호수에 갔다. 조이가 운전했다. 조이는 작은 흰색 폭스바겐이 있었다. 수동 기어라서 나는 운전도 할 수 없었다. 조이는 모든 정지 신호를 무시하고 계속 달렸다. 그게 자신만의 운전 철칙이라도 되는 것 같았다. 정확히는 알 수 없지만 거의 멈춘 적이 없었다.

호숫가에 도착했고 우리는 수영복을 입었다. 조이는 수영복을 입으니 무척 예뻤다. 피부가 말 그대로 흠결 하나 없었다. 잡지 화보에 나오는 여자 같았다. 햇빛을 받자 정말로 멋졌지만 나는 그렇지 않았다. 나는 낮에 나온 적이 별로 없어서 엄청 창백해 보였다. 지난여름 습지와 오물 수로 같은 곳에서 모래벼룩에 물린 자국도 사방에 남아 있었다. 게다가 많이 먹지도 않아서 그야말로 코카인을 하는 사람 특유의 몸이었다. 그 시절에는 우울해지면 담배로 내 몸을 지지는 버릇이 있어서 담뱃불에 덴 자국도 있었다. 종합해 보면 나란 사람은 피부병에 걸린 떠돌이 개 같았다.

호숫가에 죽은 물고기가 많이 떠밀려 왔다. 여러 부패 단계에 있는 물고기가 모래 곳곳에 널려 있었다. 호숫가는 언제나 그런 모습이었다. 휘발유 냄새도 났다. 우리는 물속에 들어가 수영을 조금 했다. 그리고 키스를 했다. 얼마 있다가 차를 타고 돌아왔다. 갑자기 조이가 나를 좋아하지 않는 것 같았고, 한 번도 나를 좋아한 적이 없는 것 같았다. 가끔 그런 모습을 보였다. 나를 향한 마음을 느닷없이 180도 바꿔 버렸다. 그럴 때마다 기분이 더러웠다. 하지만 나는 그런 대접을 받아 마땅하다고 생각했다.

조이는 8월 말에 바르셀로나로 돌아가야 했다. 예전부터 알고 있었다. 처음 만날 때부터 그러기로 되어 있었다. 진짜로 그런 날이 찾아올 거라곤 생각하지 못했는데 그 상황이 되었다. 조이가 떠나기 전에 준 편지에는 이렇게 적혀 있었다. "기다려 줘."

조이는 이틀을 기다렸다.

나는 사흘을 기다렸다.

다른 여자들도 있었다. 분에 넘치는 여자도 있고 내 수준에 맞는 여자도 있었다. 한 가지 분명한 사실은 나는 언제나 개자식이었다는 것이다.

한번은 자살을 시도해서 재향군인병원에 갔다. 일단 대기실에서 기다렸다. 나 말고 두 명이 더 있었다. 노인이었다. 남자와 여자. 남자는 산소통을 달았는데 어느 전함에 탔는지 알 수 있는 모자를 썼다. 아내로 보이는 여자는 휘파람을 불 것 같은 감자처럼 생겼다. 흥이 절로 나는 휘파람을 부는 감자. 내 차례가 되어 병원 관계자에게 거의 자살할 뻔했지만 도저히 그럴 수 없을 것 같았고, 이제 어떻게 해야 할지 모르겠다고 말했다. 병원에서는 기다리라고 하더니 다시 대기실로 보냈다. 이번에는 플렉시글라스 칸막이 안으로 들여보내더니 문을 닫았다. 그렇게 다른 사람들과 떨어져서 잠시 앉아 있었다. 그 후 여자가 와서 입원하고 싶은지 물었지만 그건 별로인 것 같아서 그냥 가겠다고 했다. 여자는 며칠 안에 정신과 의사를 만날 수 있도록 예약해 주겠다고 했다. 나는 알았다고 했다.

그 주 토요일에 주 방위군이 나를 데려오라고 아파트로 사람을 보냈다. 그깟 가짜 군인 행세는 때려치우겠다고 마음먹었다. 나는 그들을 따라 무기고로 갔고 지금부터 노력해 보겠다고 말했다. 그 자리에서는 노력할 생각이 없어도 그런 식으로 말해야 했다. 얼마 지나자 그쪽에서 관심을 잃었고 나는 자유의 몸이 되었다. 괜히 골치 썩이면서 나 같은 놈을 붙잡을 필요가 없으니까.

그해 겨울에 돈이 떨어져서 일을 찾아 나서야 했다. 다시 레스토랑에서 일했다. 일주일에 6일 밤을 일해도 봉급은 쥐꼬리만 했다. 얼마 동안 여자들이 다가오지 않았다.

다시 봄이 되었다. 그리고 다시 여름이 되었다. 봄이 되자 죽을 것 같았고 여름은 시시껄렁한 농담 같았다. 나는 스물세 살이 되었다. 제임스 라이트풋은 재활원에 들어갔다. 나는 벨마로 이사했다. 벨마는 괜찮았지만 천장이 서서히 축축해지더니 결국은 가라앉았다. 집주인에게 전화해서 천장이 축축해지더니 가라앉았다고 말했다. 주인은 사람을 보내 걸이형 천장을 달아 주었다. 걸

이형 천장까지 축축해져서 가라앉을 때가 되자 변화가 필요한 시기라는 걸 깨달았다. 나는 일을 그만두었다. 모든 걸 놓고 떠났다. 가구도 놓고 갔다. 사실은 마당에 버렸다. 2층 현관에서 던져 버렸다. 이사할 때 가져간 거라곤 침대와 내가 좋아하는 러그 하나뿐이었다.

헤로인을 하고 있었다. 주사를 맞기 위해 TV를 팔았다. 사람이 좋아 보이는 헤로인 판매상을 찾았다. 스리 헌드레드였다. 스리 헌드레드가 쓰레기처럼 굴기 전이었다. 나는 코번트리와 메이필드 사이에 있는 샌드위치 가게 위 원룸으로 이사했다. 가게 옆에는 와인을 파는 편의점이 있었다. 샌드위치는 맛이 훌륭했다. 상황이 좋았다. 가을이었다. 나는 가을이 좋았다. 나는 완전히 파산 상태였고 세계도 경제 위기에 처했다. 어쩌면 이대로 세상이 멈출 것처럼 보였고, 그래도 괜찮을 것 같았다. 더는 가짜 인생을 살 수가 없었다. 나는 될 대로 돼라 싶어 80년대의 밤 파티에 갔다. 바로 거기서 리비를 만났다.

45

곳곳에 작은 티캔들이 많았다. 아직 전기가 들어오지 않았고 리비와 내가 약을 좀 했기 때문이었다. 우리는 가토 네그로 와인을 마셨다. 가진 돈으로 살 수 있는 싸구려 중의 싸구려 와인이었다. 리비는 확신 없는 목소리로 조심스럽게 말했다. 지역 대학에서 시간만 낭비하는 것 같다고. "사촌이 캘리포니아에 살거든. 거기로 이사해서 같이 살까 봐……. 할리우드의 영화 스튜디오에서 일하거든……. 연예인들의 비밀을 많이 들려줘. 사람들이 모르는 얘기들. 조지 클루니가 사실은 게이라든가 하는 얘기……. 일에 지장을 줄까 봐 사람들한테 밝히지 않는 거래……. 처음에는 사촌이랑 살 것 같아. 내 일을 구해 줄 수 있을 거라고 했어."

나는 보고 싶을 거라고 말했다. 리비는 컵을 내려다보았다. 두 눈에 마스카라를 두껍게 칠했다. 리비는 고등학교 때 어머니가 돌아가셨다. 왜 죽었는지는 물어보지 않았다.

"너보다 더 예쁜 사람은 없을 거야. 여자로서 가질 수 있는 최고의 미모야. 세상에서 나올 수 있는 최고의 미모."

"고마워."

리비가 알몸이 되어 네 발로 몸을 숙였을 때 나는 그녀의 등에

침을 뱉었다.

"나한테 침 뱉었어?"

"응."

"뭐든 제멋대로구나, 맞지?"

"가끔 그래."

"나쁘지 않다고 생각해."

*

다음 날 밤 우리는 건넛마을 트레몬트에서 열리는 핼러윈 파티에 갔다. 리비는 친구 둘을 데려왔다. 길다와 메건이었다. 메건만 핼러윈 의상을 입었다. 나치 복장이었다. 나는 그렇게 입고 가면 파티에 잘 어울릴지 모르겠다고 말했다. 하지만 길다가 유대인으로서 자기 눈에 메건의 의상이 불쾌하지 않으니까 괜찮을 거라고 했다. 우리는 약을 조금 하고 파티에 갔다. 길다는 거기서 로이를 만났고 둘이 일찍 파티를 떠났다. 그러고 나서 야엘이라는 여자애가 메건의 의상을 보고 화를 냈다. 할아버지 할머니가 수용소에 있었다고. 메건은 나치 문양 완장을 소매에서 뗐지만, 목이 긴 군화를 신고 갈색 셔츠를 입은 데다 달리 갈아입을 옷도 없었다. 우리는 밖으로 나왔다. 함께 내 아파트로 돌아갔으나 코카인도 없고 메건은 놀 기분이 아니었다.

"집에 데려다 줘, 리비."

"그냥 조금만 더 있자."

"집에 가고 싶어, 리비. 지금 집에 가고 싶다고!"

"맙소사, 알았어. 가자. 잠깐만 시간을 줘, 알았지?"

리비는 나를 언제 다시 볼 수 있는지 물었다.

나는 가능한 한 빨리 보면 좋겠다고 했다.

리비가 내일 보자고 했다.

나도 내일 보자고 했다.

리비는 등에 천사 날개를 새겼다. 천사 날개 한편에 작은 글씨로 이름들이 적혀 있었다. "내가 사랑한 사람들의 이름이야."

리비는 등을 대고 누워서 침대 한쪽에 머리를 두곤 했다. 그게 좋다고 했다. 행운이야, 행운이야, 행운이야, 행운이야, 행운이야…….

리비는 열아홉 살이었다.

그 나이 소녀들은 인터넷과 함께 성장했다.

나는 리비의 얼굴에 사정했다.

리비는 얼굴에서 정액을 닦더니 손가락에 묻은 걸 핥고 나서 말했다. "원숭이는 '당긍'을 먹고 '토뀌'는 바나나를 먹지!"

나는 다시 우울해졌다.

금요일날 돈을 받아서 헤로인을 조금 샀고 리비, 길다와 함께 주사를 맞았다.

길다가 감탄했다. "세상에, 이거 죽인다."

리비도 맞장구를 쳤다. "그래, 이거 진짜 끝내주네."

로이가 와서 헤로인을 맞았다. 우리는 가토 네그로를 마시고 담배를 있는 대로 다 피워 버렸다.

길다는 약에 취하면 팅커벨 같았다.

길다와 자고 싶었다.

길다가 가토 네그로 반병을 러그에 쏟아 버렸다.

"내가 너무 조심성이 없네."

"괜찮아, 길다. 그럴 수도 있지."

담배가 다 떨어지자 로이가 길다를 집에 데려다 주었다. 리비와 나는 잔뜩 취했지만 잠이 오지 않았다. 우리는 일어나서 샤워했다. 그때 화장 안 한 리비를 보았다. 너무 어려 보여서 덜컥 겁이 났다. 사랑한다고 말하자 무척이나 행복해하며 리비도 나를 사랑한다고 했다. 내가 본 모습 중에서 가장 행복한 얼굴이었다. 결국은 그녀와도 나쁘게 끝날 걸 이미 알고 있었다. 나는 빌어먹을 겁쟁이였고 내 심장은 썩어 버렸으니까.

46

길다는 로이와 몸을 섞는 사이였다. 리키라는 이스라엘 남자하고도 잤다. 리키는 가죽 재킷을 입었지만 하찮은 놈이었다. 리비가 리키에 대해 이야기했지만 예전부터 아는 사람이고 그저 하찮은 놈이었다. 리키는 내뱉는 말마다 거짓이었다. 여자들한테 스물일곱 살이라고 떠벌렸지만 마흔에 가까운 놈팡이였다. 그리고 가죽 재킷을 입었다. 그리고 하찮은 놈이었다. 하룻밤은 길다, 로이, 리비와 바에 갔는데 리키가 왔다. 어쩐지 폭력이 오갈 것 같은 느낌이 들었다.

리키가 내게 말했다. "네 친구, 왜 저렇게 날 계속 쳐다봐? 그만 보라고 해. 제대로 쓴맛을 보여 줄 테니까. 난 이스라엘 군대에 있었어."

로이는 쓰레기 같은 놈이었고 나도 그걸 알았다. 말기 암을 앓는 보더콜리의 진통제를 빼앗는 것도 봤으니까. 하지만 우리는 오래 알고 지냈으며 무엇이든 편이 되어야 했다. 게다가 리키는 재수가 없었고 이스라엘에 관한 이야기도 도무지 믿음이 가지 않았다.

내가 리키에게 말했다. "다른 뜻은 없지만, 그랬다간 나한테 제대로 얻어터질 줄 알아.”

“이봐, 너한테 시비 거는 게 아니야. 그냥 네 친구가 더 조심해야겠다는 거지.”

“여기 너 반기는 사람 하나도 없어.”

“꺼져. 네깟 게 뭔데? 역겨운 놈. 여자들을 약으로 유인하고 다니잖아. 인간말종 같은 게!”

리키는 절대로 돌아가지 않겠다고 결심한 상태였다. 어쩌면 보호자 같은 역할인지도 모른다. 사람 속을 누가 알겠는가. 아무튼 우리는 됐다 싶어서 내 아파트로 돌아갔다. 문이 안에서 잠긴 터라 내가 발로 차고 들어간 다음 헤로인을 맞고 다른 것도 했다. 시간이 늦었는데 길다가 또 러그에 와인을 쏟았다.

“나 너무 엉망이다.”

“걱정하지 마, 길다. 괜찮아. 그런데 조심 좀 해. 좋아하는 러그야.”

로이가 파티용 러그라고 말했다.

그날 밤 리비에게 우리가 결혼하는 게 좋겠다고 말했다. 리비도 결혼하는 게 좋겠다고 했다. 우리는 결혼하기로 했다. 길다와 로이에게 말했다. 길다가 좋아했다. “잘됐다! 꽃은 내가 들게!”

그 후 리비와 자려고 해 봤지만 약을 너무 많이 해서 그런지 물건이 서지 않았다.

47

지난여름에 일을 그만두었다. 시간당 8달러를 받는 일이었다. 주차권 값만 해도 거의 그 정도 나갔다. 어차피 거기엔 쓰레기 같은 놈이 많았다. 사실 거기서 일하는 사람은 전부 쓰레기였다. 조만 빼고. 조는 거기서 일했지만 괜찮았다. 나머지는 더러운 놈들이었다. 상사에게 내 욕을 하곤 했다. 그 사람들은 마약을 하지 않았다. 대다수가 성 경험이 없는 것 같았다. 그중에서 조와 나만 살인 같은 일에 연관된 적이 있었다. 그들이 사는 세상은 내 세상과 달랐다.

조는 돌아와서 얼마 동안 문제가 있었다. 하지만 점점 나아졌다. 술에 취해 여자친구랑 차를 타고 가다 싸움이 붙으면 달리는 차에서 뛰어내리는 행동을 그만두었다. 그건 분명히 진전이었다. 머지않아 다시 정상적인 사람이 될 것이다. 그럼 우리는 더 이상 친구가 아닐 것이다.

약을 살 돈이 필요해서 학교에 다시 나갔다. 시 수업은 일주일에 두 번인데 겨우 출석하는 날도 엉망인 꼴로 나갔다. 수업을 가르친 여자는 아처 박사였다. 젊은 여자치고는 지나칠 만큼 빡빡하게 굴었고 자기가 못생기지 않은 줄 알았다. 시를 무척 진지하게 생각하는, 영국에서 온 여자였다.

수업에서 〈그리스 항아리에 부치는 노래〉를 배웠다. 아처 박사는 우리에게 시의 결말에 대해 물었다. 나는 헤로인에 완전히 취해서 박사가 하는 말을 거의 다 놓쳤다. 하지만 마지막 부분은 제대로 들었다.

"'미는 진리이고 진리는 미. 그것이 이 세상에서 아는 전부이며 알아야 할 전부다.' 키츠가 무슨 의미로 한 말일까요?" 박사가 물었다.

아무도 대답하려 하지 않았다.

나는 뭐 어때 싶었다. 마음 가는 대로 대답할 작정이었다. 그 구절이 마음에 와 닿았잖아. 크게 잘못 해석할 일도 없지 않겠어?

내가 손을 들었다. 아처는 나 말고 다른 사람이 없는지 계속 훑어보았다. 아무도 손을 들지 않았다. 결국 나를 지목해야 했다.

"여기요."

"모르겠어요. 아마도 진실한 모든 것은 아름답다는 거 아닐까요? 그러니까 아름다움만이 삶을 가치 있게 만드는 거죠."

박사는 그저 아니라고만 말했다.

하지만 목소리는 내가 바닥에 쓰레기를 던져서 시 수업을 완전히 망쳤다는 말투였다. 다소 지나칠 정도로 쌀쌀맞게 군다는 생각이 들었다.

그 쌀쌀맞은 태도를 보면서 궁금해졌다. 왜 멸시를 받아야 하지? 왜 저 여자는 날 경멸해야 하지?

그때 답을 깨달았다.

박사의 몸 안에 짐승 두 마리가 뒹굴고 있어서라고.

리비와 길다가 같이 살아 보려고 했다. 둘은 몇 개월 전에 아파트 임대 계약을 했다. 나도 거기에 두 번 간 것 같다. 침대를 제외한 유일한 가구는 공기 주입식 소파였다. 그리고 DVD 재생기가 밑에 달린 조그마한 TV가 있었다. 플라스틱 칵테일잔도 어림잡아 백 개는 돼 보였다. 나는 두 사람의 아파트에 가기 싫었다. 거기에는 실현되지 않을 꿈이 너무 많았다.

둘은 결국 계약을 깨 버렸다. 크게 싸웠다나 뭐라나. 뭐가 됐든 상관없었다. 두 사람은 그렇게 사이가 틀어졌다.

리비는 길다가 계속 리키라는 놈과 로이를 속여 먹었다고 말했다. 리비는 리키를 징그러워했다. 리비는 리키가 열일곱 살짜리 여자애랑 자는 걸 본 터였다!

한편 길다는 리비가 경계성 장애가 있고 완전히 미친 데다 아무하고나 뒹굴 더러운 여자이며 실제로도 그렇다고 했다.

"모르겠어? 분명 알겠지. 너도 알잖아." 길다가 내게 동의를 구했다.

알고 보니 로이도 내 욕을 하고 다녔다.

리비가 알려 주었다. "걔가 네 욕을 하던데."

난 괜찮다고 했다.

"그래도 신경 안 쓰여?"

"뭐 하러 신경 써? 친구가 있으면 십중팔구 욕하게 돼 있어. 그게 우정이라는 사업의 대가야."

"걔도 길다가 다른 남자들이랑 자는 거 알아?"

"아마 추측은 하겠지."

"걔도 바람피워?"

"넌 어떻게 생각해?"

"왜? 걔가 무슨 얘기 했어?"

"아니."

"넌 관심도 없구나."

"맞아."

"걔가 뭐라고 말하든 관심 없고."

"응, 관심 없어."

"넌 아무래도 상관없으니까."

"난 아무래도 상관없으니까."

리비와 나는 일요일 밤에 외출했다. 80년대의 밤 파티에 갔다. 길다도 왔다. 로이는 돈이 없다면서 오지 않았다. 리비와 길다는 같이 춤을 추었다. 나는 바에서 보드카를 엄청 퍼마셨다. 캄차카였다. 나는 춤 실력이라곤 전혀 없었다. 그렇게 밤이 지나갔다. 우리는 계단을 올라 인도로 나갔다. 리비와 길다는 무척이나 격앙돼 보였다.

"우리가 춤추는데 남자 둘이 들러붙었어!"

"우리끼리 춤을 추는데 남자 둘이 뒤에서 나타나 우리를 사이에 놓고 몸을 딱 붙이더니 자기 몸을 부비더라니까!"

"저기 봐! 쟤들이야!"

리비가 모퉁이를 돌아가려는 남자 둘을 가리켰다. 막 가려는 참이었다. 리비가 나를 보며 뭐라도 하리라고 기대하는 게 느껴졌다. 하지만 썩 내키지 않았다. 별로 위험하지 않은 애들이란 걸 알았고 그쪽은 둘인데 나는 하나니까 놈들을 따라가서 욕 좀 하는 걸로 끝내도 만족할 것 같았다. 그러려고 했는데 감정이 격해져 버렸다.

내가 먼저 시비를 걸었다. "돈 얼마나 있어?"

"뭐?"

"돈 있는 대로 전부 내놔."

두 놈이 소리를 질렀다.

알고 보니 둘만 온 게 아니었다. 더 많은 놈이 나타났다. 이제 여섯 명이 되었고 이 상태로는 내가 흠씬 얻어터질 것 같았다. 리비의 친구 둘을 우연히 만난 게 천만다행이었다. 둘 다 흑인이고 게이였다. 모피 코트를 입고 다이아몬드 귀고리를 한 흑인 게이 둘. 그중 한 명은 거구였다. 두 사람이 날 구했다. 남자애들 패거리는 별 볼 일이 없었다. 흑인 게이 둘을 보고 지레 겁을 먹었다.

리비가 내 손을 잡았다. "내 친구를 소개할게."

몸집 큰 거구는 2미터는 되어 보였으며 무슨 황소처럼 단단했다. 내가 고맙다고 말했다.

"네 남자친구야, 리비? 귀엽네."

리비가 그렇다고 대답했다.

그때 처음 보는 놈이 거리에서 뛰어왔다. "죽어 버려, 이 자식아. 죽어 버려. 죽어, 이 자식아. 죽어 버려."

그러자 다른 놈들이 와서 중얼거리는 놈을 데려갔다.

"죽어……. 죽어……. 죽어 버려……. 죽어……. 죽어……. 죽어, 이 자식아……."

그놈은 서서히 사라졌다.

거구가 물었다. "말해 봐, 리비. 둘이 언제 결혼할 거야?"

"아직 잘 모르겠어."

거구가 나에게 경고했다. "리비를 아프게 하면 내가 죽일 줄 알아."

리비에게 사실은 결혼할 마음이 없다고 말하자 무척 속상해 했다.

"나한테 왜 이래? 널 사랑해."

"미안하지만 네 생각하고 달라. 사랑하느니 결혼하느니 그런 건 다 헛소리라고. 미안하지만 그게 사실이야. 내가 그런 헛소리를 한 거 알아. 하지만 진심으로 한 말은 아니었어. 실제로 그럴 일은 없어."

"거짓말이잖아."

"그게 사실이고 미안해. 날 믿어 줘. 상황이 달랐다면 좋았겠지만 그렇지 않아. 아무 의미 없는 말이라는 걸 지금 해명하는 게 나아, 알았지? 나중에 말하면 상황만 더욱 악화될 뿐이야, 알지?"

"무슨 소리야?"

"나도 무슨 소린지 모르겠어. 하지만 내 기분이 그래. 아무 이유 없이 못되게 구는 거 아니야. 개자식처럼 굴려는 거 아니야. 내가 사랑한다고 말하잖아. 그게 사실이면 좋겠어. 하지만 나는 멍청한 놈이고 그런 말을 하지 않았어야 했어."

"나랑 만나고 싶지 않다는 소리야?"

"아니야, 만나고 싶어. 그게 문제가 아니야. 그냥 아무 의미 없는 말이란 걸 알고 그딴 헛소리를 믿지 않는다는 거야."

"날 못 믿어?"

"솔직히…… 응, 믿는다고는 못 해. 하지만……."

"무슨 소리야? 내가 뭘 어쨌는데?"

"네가 뭘 어쩐 게 아니야. 그러니까 걱정하지 마. 정말로 괜찮아. 하지만 요즘 시대에, 이 나이에는 대가리가 돌지 않고서는 여자를 믿지 않아. 사적인 감정은 없어."

"누가 내 얘기 했어? 길다가 그랬어? 걔 말은 전부 거짓말이야."

"아무도 얘기 안 했어."

"꺼져."

"젠장, 왜 나한테 화를 내? 너한테 솔직하게 말하려는 거잖아."

"날 사랑한다고 했잖아. 나랑 결혼한다며? 그러더니 날 사랑하지도 결혼하지도 않을 건데 내가 너한테 화를 내면 안 된다고?"

"널 사랑해. 젠장! 널 많이 좋아한다고. 엄청 많이. 널 엄청 많이 좋아해. 넌 정말 좋은 애야. 너도 알잖아. 넌 엄청나게 매력적이고 나한테 지나칠 정도로 상냥해. 이제 이놈의 아파트에서 2개월은 살았는데 아직도 전등이 안 켜져. 그걸 보면 모르겠어? 만나는 시간 중 90퍼센트는 약에 너무 취해서 너랑 섹스도 제대로 못 하잖아. 넌 그걸 좋아하는데 나는 약에 취해 있으니 답답하겠지. 다른 남자랑 자는 것도 이해해."

"다른 남자랑 안 자."

"자잖아. 거짓말 안 해도 돼. 내가 뭐라고, 내 앞에서 변명 안 해도 돼. 다른 남자랑 자도 난 괜찮아. 넌 그걸 좋아하고 그건 잘못된 게 아니야. 넌 그걸 좋아하게 돼 있고, 너에겐 나보다 밖에 널린 쓰레기들이 어울린다는 걸 한 번도 의심해 본 적이 없어. 그런 놈들이랑 결혼해야 해."

"하지만 난 너랑 있고 싶다고!"

"왜 그런 말을 해? 나에 대해 아무것도 모르잖아."

"알아."

"내 성이 뭔데? 거봐."

"이런 법이 어디 있어?"

"잘 들어. 난 인생을 망쳤어. 이건 행운인 거야. 날 믿어. 곧 잊을 거야."

"헤어지자는 거야?"

"모르겠어."

길다가 내내 거실에 나와 있었고 리비와 나는 우리가 내뱉은 수많은 헛소리를 길다가 들어서인지 왠지 바보가 된 기분이었다. 길다는 지루해하더니 헤로인을 하면 모두 기분이 나아질 거라고 말했다.

나는 스리 헌드레드에게 전화했다. 오전 3시였지만 전화를 받았고 나는 이런 시간에 연락해서 미안하다고 사과했다. 하지만 언제나 깨어 있으니까 괜찮다면서 지금 와도 된다고 했다. 리비와 길다가 같이 가고 싶어 했다. 다 함께 차를 타고 벅아이까지 가서 골목길로 들어가 스리 헌드레드를 만났다. 녀석이 앞자리에 타서 뒤를 돌아보며 말했다.

“좋은 저녁, 예쁜 숙녀분들.”

스리 헌드레드는 뚱뚱한 데다 변함없이 악취를 풍겼다. 입에서는 아침, 점심, 저녁으로 쓰레기를 먹은 것 같은 똥 냄새가 났다.

“스리 헌드레드, 이쪽은 리비와 길다야. 리비, 길다, 이쪽은 스리 헌드레드야.”

“안녕, 스리 헌드레드.”

“헤로인이 진짜 죽이더라.”

돌아오는 길에 리비가 스리 헌드레드가 진짜 이름이냐고 물었다. 난 아마도 아닐 거라고 말했다.

길다가 역겹다는 투로 말했다. “그 사람한테서 동물원 냄새가 났어!”

10분 뒤 우리는 헤로인이 다 떨어졌지만 심하게 취했다.

길다가 러그에 재떨이를 쏟고 투덜거렸다. “제길.”

내가 참지 못하고 말했다. “길다, 너 진짜 너무한다.”

리비가 스리 헌드레드에게 다시 전화하면 안 되냐고 물었다.

나는 돈이 한 푼도 없다고 말했다.

리비가 다시 물었다. “헤로인을 조금만 받고 돈은 나중에 주면 안 돼?”

그런 거래는 하지 않을 거라고 대답했다. 게다가 너무 늦은 시간이었다.

48

12월이었다. 리비가 자기 아버지를 만나러 차든에 오라고 했다.

나는 차든으로 가다가 길을 잃어서 전화를 걸었다. "길을 잃었는데 아무것도 안 보여. 주변이 너무 어두워."

리비는 통화를 계속하면서 차근차근 집까지 오는 길을 알려 주었다. 집은 그리 크지 않았다.

"좋아, 도착했어."

"됐다! 신난다!"

리비의 아버지는 거실에 있었다. 이름은 마크라고 했다. 나는 마크에게 인사했다. 키가 크고 무척 마르고 말투가 부드러우면서도 우울하고 힘이 없었다. 또 다른 남자와 여자가 소파에 있었다. 소개를 받지 못해서 그냥 손만 흔들었다. 그들은 손을 흔들지 않았다. 남자는 짧게 깎은 백발이었다. 부보안관처럼 생긴 남자였다. 여자는 외모가 형편없었다. 두 사람 모두 터틀넥을 입고 있었다. 마크도 마찬가지였다. 하지만 가장 무서운 건 다들 탄산수를 마시고 있다는 사실이었다.

리비의 어린 남동생이 계단으로 뛰어 내려왔다. 열여섯 살이고 반쯤 벗고 있었다. 은색 사각팬티를 입고 산타 모자를 쓰고 불이 들어오는 플라스틱 목걸이를 하고 있었다. 녀석이 붙임성 있게 말했다. "어서 오세요, 형님."

녀석은 내 몸에 팔을 두르고 있는 힘껏 몸을 밀착했다. 나를 놓아주지 않았다. 나보다 힘이 셌다. 윗몸일으키기를 많이 한 느낌이 들었다. 놈이 계속 내 몸을 눌렀다. 나는 어떡해야 할지 알 수 없었다. 그때 리비가 내 손을 잡았다.

"따라와. 보여 주고 싶은 게 있어."

리비는 테이블과 바닥에 오래된 잡지가 쌓여 있는 식당으로 날 데려갔다. 벽 쪽에는 사진 액자를 넣어 둔 세라믹 찬장이 있었다.

"우리 엄마야."

리비가 사진 하나를 들어서 뽀뽀하고는 내게 건네주었다. 모녀는 많이 닮았다. 똑같은 눈. 똑같은 입. 똑같은 미소. 나는 사진을 돌려주었다.

"아름답다."

"고마워."

"너랑 닮았어."

"고마워."

리비는 사진을 제자리에 돌려놓고 다른 사진을 보여 주었다.

"이건 나랑 오빠들이야."

리비와 머리를 민 남자 다섯이 있었다. 한 명도 빼놓지 않고 모두 나를 흠씬 패 줄 수 있을 것처럼 보였다.

며칠 뒤 파티가 있다는 소식을 들었다. 나는 파티에 가지 않았다. 초대받지도 않았지만 받았더라도 어차피 가지 않았을 것이다. 리키의 파티였다. 로이는 갔다. 그럴 줄 알았다.

로이가 필스 앤 코크라는 놈을 만나려고 내 아파트에 들렀다. 필스 앤 코크가 사용료를 내고 우리 집 주방에 금고를 둬서 내게는 매우 도움이 되었다. 로이는 앞에 사슴이 새겨진 스웨터를 입었다. 엄청 재수 없어 보여서 같이 있는 게 창피할 정도였다.

로이가 물었다. "혼자서 쉬고 있냐?"

나는 그렇다고 했다.

"잘했네. 리비랑은 좀 어때?"

"괜찮아."

"리비는 좋은 여자야."

"그래."

"왜 그렇게 좋아하는지 알겠어. 쑤셔 달라고 대놓고 화장을 진하게 하잖아. 혹시 여기에 깨끗한 바늘 없지?"

나는 없다고 했지만, 한두 번 쓴 바늘과 표백제는 있었다. 로이는 잠시 생각해 보더니 그거면 될 거라고 말했다. 나는 장비 몇 개를 닦아 놓았다. 필스 앤 코크가 왔고 로이가 옥시콘틴 80밀리그램을 샀다. 모르는 사람이 보면 필스 앤 코크가《백 투 더 퓨처》에 나오는 비프 아닌가 싶겠지만 사실은 그렇지 않았다. 분명 필스 앤 코크였고 2009년이라 필스 앤 코크는 아직《백 투 더 퓨처》에 나올 만큼 나이가 들지 않았다. 나도 80밀리그램을 사는 게 좋겠다고 생각하여 필스 앤 코크에게 금고 사용료에서 제하라고 말했다. 녀석은 내가 벌써 그 돈을 다 썼다고 했다. 하루나 이틀 정도만 돈을 빌려 달라고 하자 흔쾌히 그러겠다고 했다.

필스 앤 코크는 떠났고 로이와 나는 약을 맞았다. 로이는 80밀리그램의 절반을 맞았고 나는 거의 전부 다 놓았다.

로이가 부러운 듯이 말했다. "나도 그렇게 맞을 돈이 있으면 좋겠다."

"열심히 일해서 저축하면 그럴 수 있을지도 몰라."

"정말? 넌 그렇게 하는 거야?"

"그런 셈이지."

"왜 파티에 안 왔어? 리비는 왔던데."

49

조이가 돌아왔다.

"조이, 여기서 뭐 해?"

"방학이야. 친구들 만나러 왔어."

"조이, 넌 바르셀로나에 살잖아. 미국에 온 지 얼마나 됐어?"

"한 달."

"왜 온다고 얘기 안 했어?"

"이메일 확인 안 하나 봐."

"여기로 와."

조이가 전화했다. 나를 보고 싶다고 했다. 조이를 본다고 생각하니 좋은 의미에서 숨이 넘어갈 것 같았다.

조이는 엄청 매력적이고 성격이 좋았다.

예전에 같이 잤는데. 어쩌면 다시 할 수 있을지도 모른다.

어쩌면 그게 날 살릴지도 모른다.

하지만 한 가지가 걸렸다. 예전에 같이 잤을 때는 제대로 하지 못했다. 같이 자는 게 나한테 큰 의미가 있는 것처럼, 대단한 일처럼 굴었고 꽤 엉성하게 섹스를 했다. 나는 조이가 이런저런 의미를 따지지 않고, 모든 일을 슬프게 받아들이지 않는다는 걸 깨닫지 못했다. 슬픈 사람과 자는 건 죽은 사람과 자는 거랑 같다. 건강한 사람들은 그걸 원하지 않는다. 게다가 나는 코카인을 했고 감정적이었다. 나는 그런 식으로 일을 망치곤 했다. 그 모든 게 비극적인 일이라고 생각한다.

아무튼 조이가 왔다.

"조이, 돌아와서 기뻐."

"그래, 잘됐지."

리비가 전화를 걸었다. 나는 받지 않았다. 다시 전화가 왔다. 나는 무시했다. 그때 리비가 아래층에서 문을 열려는 소리가 들리더니 창문에 대고 외치기 시작했다. 세상에서 가장 예쁜 정신이상자처럼 소리를 질러 댔다.

조이가 물었다. "네 여자친구야?"

"아니."

"마음이 안 좋아. 그냥 가야 할 것 같아."

"가지 마. 저러다 포기할 거야. 자기도 지치겠지. 조금만 기다려. 여러 사람이랑 자는 애야."

"나를 미워할 거야."

"아무것도 아니야. 그냥 무시해. 괜찮을 거야."

괜찮을 거라고 생각했지만 그날따라 운이 안 좋은 방향으로 흘러갔다. 나는 바르를 먹고 가토 네그로를 마셨다. 그런 짓을 하지 말아야 한다는 건 알았다. 난 언제나 벤조디아제핀에 약했다. 하지만 무일푼이어서 가진 약은 바르밖에 없었고 약을 원하는 조이를 실망시키고 싶지 않았다. 그리고 내가 먹지 못하는 약은 남에게 주지 않겠다는 신조가 있어서 나도 바르를 먹었다. 결국 의식을 잃었다.

그게 인생이었다. 이해가 안 됐다.

나는 바닥에서 깨어났다.

조이는 가고 없었다.

아름다운 조이.

그리고 리비가 있었다.

아름다운 리비.

리비가 내 옆구리를 발로 찼다. "넌 대체 뭐가 문제야?"

"조이는 어디 갔어?"

"나갔어."

"네가 다 망쳤어."

"내가 뭘 망쳤는데?"

"넌 관심도 없잖아. 날 내버려 둬. 지랄맞게 비참하니까."

"왜 그렇게 비참한데? 넌 항상 그렇게 비참하잖아. 비참할 게 뭐 있어? 넌 복에 겨웠어. 너희 엄마가 돌아가셨어? 넌 일도 안 해도 되잖아."

"네가 뭔데 일 얘기를 해? 넌 일해 본 적도 없잖아."

"그건 아니지."

"아이 돌보기는 일이 아니야."

"입 다물어."

"그건 일이 아니라니까."

"왜 항상 나한테 못되게 굴어?"

"너한테 못되게 구는 거 아니야. 이제 제발 여기서 나가 줘."

"사랑해."

"헛소리인 거 알잖아."

리비가 다시 나를 발로 찼다.

내가 화를 냈다. "젠장! 이러고도 할 말 없어?"

"미안해."

리비가 날 바닥에서 일으켰다.

나를 침대까지 데려다 주었다.

나는 아무리 애를 써도 발기가 되지 않았다.

"있잖아, 리비."

"왜?"

"내가 미칠 듯이 비참한 건 실수로 잘못된 장소에 있어서 그런 것 같아. 아마 잘못된 시간이기도 하겠지. 모르겠어. 이딴 세상이랑 통하는 게 하나도 없는 기분이야. 백 년 전에는 그냥 가게에서 헤로인을 사도 아무도 뭐라고 하지 않았잖아. 이제 그런 식으로 살 수 없어. 이제 그 사람들한테 동의를 구해야 하지."

"왜 그렇게 불평이 많아?"

"나도 평범한 놈들처럼 행동할 수 있으면 좋겠어. 하지만 그렇게 해 보려고 가짜로 연기하면 남들이 알아채고 날 흘겨봐. 내가 사람들에게 적대적인 걸 어떻게 매번 알아차리지? 젠장, 그러든 말든 상관없지만 그냥 맥이 빠진다고."

"지루해."

"네가 날 죽이면 좋겠어."

"지루해."

"진심이야."

"너 멍청하게 군다."

"멍청하게 구는 건 나도 알지만 진심이야."

"널 죽일 생각 없어."

"미치겠네. 리비, 날 위해 그렇게 해 줘. 제발 입 다물고 죽여 줘."

"멍청해서 못 들어 주겠네."

"어서."

"싫어."

"……제발."

"싫어."

"날 사랑한다고 했잖아, 안 그래? 그게 진심이라면 부탁을 들어줘."

"싫어."

"어서, 제발."

"……지금 당장?"

"응, 지금 당장. 안 될 거 있어?"

"……알았어."

리비가 내 배를 다리 중간에 놓고 섰다. 가랑이가 축축해져 있었다. 리비는 내 목에 손을 올리고 온몸을 기울였다. 아마도 내 기도를 누르려는 모양이었다. 경동맥을 눌렀다면 더 좋았을 것이다. 그럼 몇 초 안에 나는 의식을 잃고 리비는 해야 할 일을 끝냈을 것이다. 하지만 그렇게 천천히 누르니 기도가 너무 아팠다.

온 힘을 다해 누를 수 있을지도 미지수였다. 리비가 정말 내 말대로 하는 걸 보고 놀랐다. 하지만 애초부터 내가 부탁한 일이기 때문에 그대로 따를 수밖에 없었다. 그냥 누워 있었다. 리비의 입술이 파르르 떨렸다. 우리는 서로 눈을 바라보았다. 숨을 쉴 수가 없었다. 어쩌면 리비는 정말 날 사랑했는지도 모른다. 어쩌면 리비는 내 평생 최고의 사람이었는지도 모른다. 하지만 나는 숨을 쉬어야 했다. 리비의 골반을 잡고 내 머리 위로 던졌다. 내가 생각한 것보다 멀리 날아갔고 라디에이터에 머리부터 부딪혔다. 나는 자리에서 일어났고 리비는 바닥에 누워 있었다. 깜짝 놀란 표정이었다.

"왜 그랬어? 널 죽여 달라고 했잖아."

"시험이었어. 그리고 넌 탈락했어."

50

그 후로 겨우내 끔찍한 시간을 보냈다.

이번에는 메건과 사귀었다. 내가 건넨 코카인 한 봉지 값을 주지 않아서 대신 데이트를 했는데 어느덧 사귀었고 메건의 언니와 어머니를 만났다.

메건의 어머니는 볼링선수처럼 생겼다.

메건의 언니는 내가 메건에게 상처를 주면 죽여 버리겠다고 경고했다.

거기서 벗어나야 한다는 걸 알았다. 나는 다시 공황 상태가 되었다.

상처를 주지 않으면서 메건이 헤어지잔 말을 하도록 생각나는 방법을 모두 동원했다. 완전히 미친 척을 했다. 메건은 좋아했다. 며칠간 전화를 받지 않았다. 메건이 계속 전화했다. 계산을 안 하기 시작했다. 메건이 전부 계산했다. 메건의 입에 양말을 집어넣었다. 메건이 오르가슴을 느꼈다. 뭔 짓을 해 봐도 효과가 없었다.

메건에게 실수였다고 고백해야 했다. 메건의 집에서 얘기했다. 집에 가자마자 곧바로 얘기를 꺼내 신속하고 고통 없이 끝나길 바랐다. 하지만 메건이 울기 시작했다. 치와와 토니가 그 자리에 있었다. 강아지가 모든 걸 보았다. 토니는 작은 드라큘라 망토를 입었고 메건은 소파에 있었다. 누가 죽기라도 한 것 같았다. 메건은 내가 자기를 더 좋아하지 않는 걸 부끄럽게 여기길 바랐던 것이다. 메건이 이기적이라고 생각했다. 나는 메건이 유난을 떤다고 말했다. 내 심장은 죽어 버린 지 오래였고 내가 아는 다른 사람도 모두 마찬가지인데 어째서 그렇게까지 하는지. 우리는 만난 지 한 달도 안 된 상태였다. 생각해 보면 그리 대단한 일이 아니었다. 하지만 메건은 계속 바보같이 굴었다. 끝도 없이 울었다. 토니가 어깨 위로 올라가서 눈물을 핥아 주려고 하자 메건이 거부했다.

"토니, 저리 가."

그러곤 토니를 러그로 밀쳤다. 토니는 다시 올라와서 눈물을 핥으려고 했다.

"토니, 농담 아니야."

메건은 토니를 다시 러그로 밀었다.

나는 메건이 가짜라는 걸 알았다. 그 일로 그렇게까지 속이 상할 리 없었다. 나는 여자들이 항상 매정하게 대했는데 그러고도 눈 하나 깜빡하지 않았다고 말했다. 왜 남자가 당하면 대수롭지 않은 일이 될까? 나는 수천 번 당했고 지금은 21세기인데 메건은 나한테 무례하게 굴었다.

메건의 언니는 날 죽이지 않았다.

아직 아무도 날 죽이지 않았다.

아편 같은 진정제를 마시지 않으면 학교에 갈 수 없었다. 그랬다가는 공황 발작이 오곤 했다. 사람들이 날 그렇게 만들었다. 사람들은 날 겁에 질리게 하거나, 그 사람과 비교해 내가 엄청 못된 놈인 것처럼 느끼게 했으니까. 중간은 없었다.

다른 선택의 여지가 없어지자 약을 하지 않고 학교에 가 보려 했는데 주차장에서 겁에 질려 버렸다. 차 안에서 담배를 피우고 라디오를 듣고 아마도 잠들었을 것이다. 그러다 집으로 돌아갔다. 멍청한 짓이었다.

나는 기어이 조를 열 받게 했다.

조가 세인트 패트릭의 날에 나를 만나러 왔다. 나가서 뭐라도 마시려고 한 모양인데 내가 눈이 튀어나온 걸 발견했다. 그래서 내 일에 간섭하기로 한 것이다.

조가 충고했다. "약을 조금 줄이는 게 좋겠어."

나는 그동안 나에게 문제를 일으키지 않은 유일한 건 바로 약이라고 대답했다.

"네가 말할 때 얼마나 미친 사람처럼 들리는지 넌 모르지?"

"내 일에 간섭하는 이유가 뭔데?"

"넌 내 친구잖아. 인생을 망치고 있으면 얘기를 해 줘야지."

"이제 친구 같은 건 관심 없어"

"알았어. 그럼 알아서 잘해 봐."

"그래, 너도."

그날 밤 나는 코카인 금고를 열었고 통틀어 8그램 정도를 맞은 것 같다. 밤은 적막했다. 그때부터 환각을 보기 시작했다. 어딘가 불빛 아래 차가 세워져 있었다. 그 차는 나를 지켜보았고 양쪽 눈이 파르르 떨렸다. 라디오를 들었다. 계단에 남자들이 있었다. 복도에 그림자가 있었다. 누군가 문을 발로 찼다. 코카인 30그램 정도를 변기에 버렸다. 주사기로 가득 찬 신발 상자를 주방 창문 밖으로 던졌다. 신발 상자는 옆에 있는 편의점 지붕에 떨어졌고 주사기가 지붕 곳곳에 흩어졌다. 나는 환각 속의 특별기동대에 항복했다.

"좋게 얘기해서 평화롭게 해결하시죠."

문을 열었다.

아무도 없었다.

해가 뜨기 시작했다. 빗자루를 들고 편의점 지붕에 올라가서 주사기를 모으는데 차들이 하나둘 지나가기 시작했다. 나는 일하러 나온 사람처럼 입었다. 그곳이 내가 일하는 자리인 듯 행동하려고 애썼다.

51

그레이하운드 버스 정류장에서 에밀리를 데려왔다. 엘바로 가는 중이었다. 플로리다에서 아버지와 함께 살았고 거기서 약물을 투여하기 시작했다.

나는 아무것도 몰랐다.

세 시간만 쉬었다 간다고 했다.

에밀리는 취하고 싶다고 했다.

에밀리를 데리고 스리 헌드레드를 만나러 갔다. 에밀리가 헤로인 값을 치렀다.

우리는 장비를 사러 월그린에 갔다.

내가 제안했다. "가서 장비를 사 올래? 나보다 네가 더 믿음이 가게 생겼어. 사실 나는 여기를 너무 많이 갔거든."

에밀리가 그러겠다고 했다.

안으로 들어가서 바늘을 사 가지고 나왔다.

에밀리는 천사였다.

우리는 아파트로 돌아가기 전까지 주사를 놓지 않았다. 나는 숟가락 몇 개를 꼼꼼하게 닦았다. 우리는 월그린에서 식염수를 샀다. 내가 사라고 여윳돈을 주었다. 정말 특별한 날이었다.

에밀리는 매우 숙련된 솜씨로 주사를 놨다.

효과가 나자 에밀리가 말했다. "죽이네."

서서히 약 기운이 퍼지자 기분이 무척 좋았다. 아는 사람이라면 내 말이 무슨 뜻인지 알 것이다. 모른다면 절대 알려고 하지 마라.

나는 에밀리에게 키스했다.

에밀리가 다시 키스해 주었다.

내가 고백했다. "네가 떠난 후로 정말 개자식처럼 살았어. 난 형편없는 놈이야."

"나도 보고 싶었어." 에밀리도 마음을 털어놓았다.

에밀리는 플로리다에 같이 자는 남자가 있었다. 그 남자랑 약을 했다. 에밀리는 아버지의 치과에서 일했다. 접수 담당이었다. 에밀리는 미치도록 지루했고, 그러다 그 남자를 만났다. 괜찮은 사람이고 약물 투여하는 법도 알려 주었다. 한번은 헤로인을 지나치게 많이 맞은 적도 있었다. 한꺼번에 다 놓은 건 아니고 한두 시간에 걸쳐서 맞았다. 애인도 거기 있었다. 그 남자의 집에서. 에밀리는 숨을 제대로 쉴 수가 없었다. 죽을까 봐 너무 걱정됐단다. 하지만 잘 이겨 냈다. 애인이 계속 지켜보고 있었다.

"내 몸이 퍼렇게 질렸다고 하더라."

"완전 끔찍하다. 듣기만 해도 오싹해."

나는 에밀리를 정류장에 데려다 주고 난 뒤 그 생각을 하면서 우울해졌다. 그 남자가 에밀리가 파랗게 질려서 숨을 헐떡이는 걸 보는 모습을 상상했다. 에밀리가 플로리다의 흔해 빠진 볼품

없는 주택 바닥에 누워 있는 모습을 떠올렸다. 바닥을 완전히 덮은 카펫과 그 모든 불길한 풍경까지.

나는 아직 에밀리를 사랑했다.

하지만 에밀리는 섹스를 거부했다.

에밀리는 다시 만나고 싶으면 나에게 에이즈 검사를 받으라고 했다.

나는 그러겠다고 했다.

에밀리는 돌아오겠다고 했다.

무료 진료소에서 가명으로 에이즈 검사를 받았다. 내가 받은 이름은 디온 밸런타인이었다.

"디온 밸런타인……."

"디온 밸런타인……."

"디온 밸런타인……."

진료소 여자가 마지막으로 검사를 받은 후 몇 명과 잠자리를 했는지 물었다.

"하려고 했지만 못 한 것도 포함되나요?"

"성기 접촉이 있었나요? 그렇다면 포함돼요."

"너무 많나요?"

"아뇨, 그렇지 않아요. 정맥주사 마약을 사용한 적이 있나요? 정맥주사 마약을 하는 사람과 성관계를 했나요? 다른 사람과 바늘을 같이 쓴 적이 있나요?"

5부

위대한 약쟁이의 로맨스

52

약에 취한 젊은이로 사는 것보다 더 재미있는 일이 세상에 있을까. 에밀리와 나는 함께 지냈다. 하루하루가 핑크빛 나날이었다. 어차피 일자리가 없으니 직장을 구해 보려고 애쓸 필요도 없었다. 미연방정부 장학금(FAFSA)을 받아서 다시 학교에 다닐 수는 있었다. 학자금 대출이나 연방정부의 무상 장학금을 받을 수도 있었다. 학비로 지급되는 퇴역군인 연금을 받는다면 학비 대신 마약을 구하는 데 쓸 수 있었다. 사실 학비보다는 그쪽에 쓰고 싶은 게 진심일 테니까. 백만장자가 된 기분을 느끼면서 나 자신을 서서히 죽음으로 이끌 수도 있었다. 지하실에서 최고급 대마초를 키우며 그 돈으로 월세를 충당할 수도 있었다. 물론 미래는 암울해 보일 것이다. 어느새 빚더미에 오를 테고, 매일 몸이 아파서 고생해야 할 테고, 똥도 제대로 싸지 못하는 지경에 이르는 데다 매일 만나는 놈들이라곤 전부 쓰레기고, 새로 만나는 친구들은 숟가락이나 20달러 지폐로 우리 눈알을 파먹으려고 혈안이 될 테니까. 그사이 옛 친구들은 멀리 떠나 버리겠지. 하지만 마약을 점점 더 많이 하면 심신의 안정을 되찾을 테고, 그렇게 스물다섯 살이 되어서 여전히 가짜 인생을 살고 있음을 자각한다면, 약에 취한 젊은이로 사는 것보다 더 나은 일은 없다는 걸 깨달을 것이다.

53

밤 10시경 아리가 전화를 걸어왔다. 아리가 가르쳐 준 장소는 바로 여기였다. 고속도로를 타고 가다가 플리트애버뉴에서 빠져나와 몇 번 핸들을 꺾은 다음 길거리에 차를 세우면 된다나. 집에서는 고양이 지린내가 진동했다. 아리는 저스틴 비버처럼 생겼다. 개리는 잠시 집을 비웠노라고 했다. 이 집도 본인이 아닌 개리의 집이라고 했다. 나는 개리가 누군지 알지 못했다. 아리만 아는 사이였다. 아리는 셰이커교도 출신이었다. 사실 아리도 그리 잘 안다고는 할 수 없었다. 80년대의 밤 파티에 자주 오는 사람이었다. 나는 아리가 헤로인을 구해 주기만 바랐다. 마약이 필요한 중독자 신세였으니까. 전에는 옥시콘틴 50밀리그램을 꽤 저렴한 가격에 구했는데 맛도 나쁘지 않았다. 하지만 난 더 질 좋은 약을 구하고 싶었고, 그래서 여기까지 온 것이다.

아리와 나는 시뻘건 카펫을 깔아 놓은 거실에서 기다렸다. 지능이 살짝 떨어지는 듯 보이는 여자가 TV를 보고 있었다. 앞머리는 짧고 뒷머리는 긴 금발이었다. 아리는 그녀를 셸리라고 불렀다. 셸리는《CSI》를 보는 중이었다. 채널을 바꿀 생각은 추호도 없어 보였다. 쉰 목소리로 자음을 이상하게 발음했지만, 뭐라고 하는지 대강은 이해할 수 있었고, 그 목소리에서 절박함이 그대로 느껴졌다. 셸리는 절박할 정도로 지능이 떨어지는 여자 같았다.

개리가 마약을 들고 나타났다. 연골형성저하증이라 난쟁이처럼 키도 작고 팔다리도 짧은 외모를 보고 깜짝 놀랐다. 아리는 그런 얘기를 전혀 하지 않았으니까. 아리는 나를 미워했다. 개리는 자석이 붙은 조그만 철제 상자에서 헤로인을 꺼내더니 "확인해 봐."라고 말했다. 헤로인의 양은 얼마 되지 않았다. 2그램 정도 될까. 개리가 이어서 말했다. "질이 괜찮아야 할 텐데. 그렇다고 해서 찾아온 거니까."

나는 그램당 140달러를 쳐서 돈을 냈다. 진짜 엄청난 가격이었다. 사실 그램당 100달러만 주고 싶은 심정이었다. 그런데 개리가 그쪽에서 140달러를 원한다고 말하기에 질 좋은 약을 산다는 심정으로 제 값을 지불했다. 우리 셋은 주방 싱크대에 둘러서서 주사를 맞았다. 주방은 쓰레기장을 방불케 했다. 셸리는 주사 맞는 우리 모습을 멍하니 쳐다보았다.

"나도 좀 쭈라, 개리."

"좀 기다려 봐." 그가 대답했다.

"나도 좀 쭈라."

"좀 닥치고 있을래, 이 멍청한 년아?"

헤로인은 그런대로 괜찮았다. 돈값을 할 정도는 아니지만 그런대로 느낌이 괜찮았다. 이제 0.7그램이 남았다. 그건 집으로 가져갈 참이었다.

개리가 갑자기 생각난 듯 말했다. "딜라우디드도 있는데."

나는 딜라우디드 남은 걸 전부 사 가겠노라고 말했다.

그는 좋다고 대답했다.

"나도 좀 쭈라, 개리."

"TV나 봐."

개리는 개당 7달러에 딜라우디드 4밀리그램짜리 열 개를 내밀었고, 나는 만족하면서 그 집을 나왔다. 쌀쌀한 밤공기가 왠지 모르게 기분이 좋았다. 쌀쌀한 공기에는 이미 익숙해졌다. 에밀리에게 전화를 걸어서 집으로 가는 중이라고 말했다.

에밀리는 주방에서 기다리고 있었다. "밸런타인데이 축하해."

먼 길을 달려왔는데 하나도 피곤하지 않았다. 우리는 함께 주사를 맞고 밤늦게까지 하는 TV 프로그램을 봤다. 밸런타인데이를 기념하여 섹스 등등을 해야 했는데, 사실 오늘이 무슨 날이든 전혀 상관이 없었다. 우리에게 중요한 건 딱 하나뿐이었다. 그것이 우리가 함께 지내는 이유이기도 했다.

54

아리는 가족들에게 쫓겨나 개리의 집으로 가서 거처를 구걸했고, 개리는 그를 외딴집에 버려두었다. 그런데 날씨가 더럽게 추워지고 만 것이다. 개리가 가스선을 따 놔서 가스레인지만 작동했다. 소파가 바로 옆에 있었다. 가스레인지 화구 네 개가 전부 활활 타올랐다. 주방에 서 있으면 허리 위로는 타오르는 지옥불에 떨어진 것처럼 후끈거렸지만, 허리 아래로는 금방이라도 얼어붙을 만큼 냉기가 가득했다. 우리는 개리를 기다렸다. 나는 아리에게 담배를 내밀었다. 아리는 몸이 좋지 않았다. 정말로 많이 아파 보였다. 아리는 빈곤함에 찌들어 버렸다. 아리의 빈곤은 자기 힘으로는 어떤 것도 살 수 없고, 누구에게도 자신이 필요치 않은 존재가 되었다는 생각에서 시작되었다. 이제는 몸까지 아파서 망토처럼 생긴 침낭을 온몸에 둘렀다. 누가 봐도 모든 불운이 특별히 그를 향하는 것처럼 느껴졌다.

나라고 해서 그리 나을 것도 없었다. 오늘 아침에도 에밀리와 함께 옥시콘틴을 20밀리그램씩 맞았는데 그 효과가 몇 시간 만에 사라지고 말았다. 20밀리그램이면 누구라도 최고의 짜릿함을 느낄 만한 양인데, 에밀리와 나처럼 마약 성분에 완전히 만성이 되어 버리면 그 효과가 미미하기 짝이 없다. 혈관에 45달러 정도는 쑤셔 넣어야 더는 시간 낭비를 하지 않는 꼴이 되었고, 그마저도 잠시 후면 효과가 사라져 다시 골골대며 힘들어하는 지경이 되었다.

그런 식이었다. 에밀리는 학교를 졸업했고, 그렇게 다시 마약에 빠졌고, 자신을 위해 약을 구해 달라며 나에게 완전히 의지했다. 아직은 내게 행운이 찾아오지 않았지만, 지금도 살길을 찾아서 여러 군데 손을 대기는 했다. 개리와 거래하는 중에 빅이 옥시콘틴을 가지고 돌아왔다는 소식이 들릴 때까지는. 나는 수업을 건너뛰기 일쑤였다. 약을 구하러 다닌다는 핑계로 매번 수업을 빼먹었다. 나보다 똑똑한 에밀리가 수업에 빠지지 않는 게 더 중요하다고 생각했기 때문이다. 에밀리는 대학원 조교로 일하는데 행여나 조교가 사라지기라도 하는 날에는 꼴이 더 우스꽝스러워지지 않겠는가? 그렇게 되면 사람들이 말하겠지. 대체 대학원 조교라는 게 어딜 간 거야?

개리가 나타났다. 하지만 약은 없었다. 조금 전까지 있었는데 지금은 없다고 했다. 새빨간 거짓말이었다. 개리는 입만 열면 거짓말을 하는 개새끼였고, 나는 그 사실을 이미 알고 있었다.

개리는 20달러어치 코카인을 가지고 있었다.

아리가 물었다. "헤로인은 어디 있어?"

"올드 보이에게 연락이 오기만 기다리는 중이야." 개리가 대답했다.

아리의 코에서 콧물이 줄줄 흘렀다. 그는 우울하기 짝이 없는 표정을 지었다.

나는 담뱃불을 붙였다.

개리가 물었다. "혹시 유리관 있어?"

내 차에 그릇이 있기는 했지만 개리가 말하는 건 그런 의미가 아니었다.

"제기랄! 철 수세미 하나만 가져왔어도 아무 문제 없는 건데."

내가 가게까지 태워다 주겠노라고 말했다. 어차피 시간을 때워야 하는데 기다리면서 대마초라도 피우면 어떨까 하는 마음이었다. 차를 타고 가게로 향했다. 개리는 가게에서 돈을 대신 내 주면 나와 아리가 피울 코카인을 공짜로 주겠노라고 말했다. 지갑을 열어서 돈을 내 주었다. 개리는 차에서 내려 가게로 들어갔다. 그러고는 한참 시간이 흘렀다. 개리가 돌아왔다. 철 수세미 한 상자와 큼지막한 미키마우스 인형을 가지고 돌아왔다. 나는 미키마우스에 대해서는 한마디도 꺼내지 않았다. 개리는 철 수세미를 조금 잘라 내더니 유리관에 끼우고 코카인을 함께 끼웠다. 그는 뿌연 코카인 연기 한 모금을 깊이 삼켰다. 그러더니 갑자기 푸읍 하고 소리를 질렀다. 사방으로 침이 튀었다. 개리는 차 문을 열고 심하게 구역질을 하더니 급기야 바닥에 쓰러져 버렸다. 옷은 물론이고 사방에 토사물이 묻었다. 빅맥 소스를 온몸에 바른 것 같았다. 이제 내가 피울 차례인데 내 몫으로 남은 게 한 톨도 없었다. 개리가 코카인 전량을 한 모금에 빨아들인 것이다.

개리의 전화벨이 울렸다. 아리가 대신 받았다. 올드 보이였다.

천만다행이었다. 20분 후 우리는 다시 개리의 쓰레기장 같은 집으로 돌아가서 불지옥 사이에 서 있었다. 헤로인은 정말 최악이었다.

"개리, 기분 나빠하지 말고 들어. 이건 정말 쓰레기다."

개리가 변명했다. "올드 보이랑은 거래하지 않는 편인데 네가 급히 필요하다고 하도 졸라서 전화한 거야. 걔 말고 다른 친구가 정말 끝내주는 물건을 가지고 있대. 나중에 연락한다고 했어."

우리는 그렇게 하기로 했다. 개리가 쓰레기 자식이라는 건 알지만, 한 번만 더 기회를 주기로 한 것이다. 어쨌든 이제 서둘러야 할 시간이었다. 나는 고속도로를 달리면서 에밀리에게 문자를 보냈다. 시내로 갔다가 체스터에서 핸들을 왼쪽으로 틀고 그녀가 내려오기를 기다렸다. 에밀리를 태우고 주차장 쪽으로 다시 움직였다.

"어땠어?" 에밀리가 물었다.

"그저 그래."

"그거라도 있어야 살겠어."

"그럴 거야. 몹시 나쁘지는 않아. 비싼 값에 비해 그저 그렇다는 거지, 두 사람 덕분에 기분이 나아지기는 했어."

"흠……."

"무슨 생각 해?"

"이제야 기분이 좋아졌어."

"오늘 어땠는데?"

"완전 돌기 직전이었어. 쓰기연구실 일이 아주 엿 같아. 거기

학생이 하나 있는데 농구부 선수야. 아무것도 몰라. 그런데 자기 숙제를 나한테 떠넘기고 싶은가 봐. 아무리 봐도 까막눈 같아."

"농구부 코치가 헛소리를 지껄였나 보다. 네가 글쓰기 숙제를 해 줄 거라고 말이야. 아마도 그런 식의 거래가 오갔겠지."

"그딴 건 내가 알 바 아니잖아."

"맞아, 그렇지."

"후유, 거기 가서 잡일하는 거 너무 싫어."

"그럼 가지 마."

"그래야지." 에밀리가 수긍했다. "정말 좋은 생각이네. 대신 서커스단에 들어가야겠다."

"그냥 하는 말이지."

휴대전화가 울리고 문자가 도착했다. 빅이 보낸 거였다. 이스트사이드 쪽에 도착했는데, 만나고 싶다면 그쪽으로 오라는 내용이었다.

전화를 걸었다. 아무 문제가 없어 보였다.

나는 에밀리에게 말했다. "빅이랑 로큰롤 맥도날드에서 만나기로 했어."

"왜 하필 거기야?"

"별문제 없을 거야."

"얼마나 사 오려고?"

"돈은 충분하니까 되는 대로."

"그럼 전부 쓸어 와. 방금 헤로인은 정말 거지 같다."

"같이 갈래?"

"글쎄, 잘 모르겠어."

"같이 가자. 옥시콘틴을 쓸어다 집에서 주사 맞으면 되잖아. 기분 끝내줄 거야. 정말 로맨틱할 거야."

"로맨틱은 무슨. 한 시간 반 뒤에 다시 들어가 봐야 해."

"시간은 충분해."

로큰롤 맥도날드는 카네기 바로 너머에 있었다. 거기서 수많은 마약을 사고팔았다. 물론 짭새들도 그 사실을 알아서 짭새 한 둘은 맥도날드 근처에서 잠복했다. 하지만 다른 방법이 없는 터라 그 와중에도 반드시 거기까지 가서 지랄맞은 짓을 해야만 했다. 한번은 맥도날드에서 클리블랜드 시장이라는 놈을 본 적도 있었다. 드라이브 스루에 대기 중인 내 차와 다른 차 다섯 대를 한 번에 새치기하는 꼴이라니. 클리블랜드는 그만큼 작은 도시였다.

우리는 빅보다 먼저 도착했다.

문득 기막힌 아이디어가 떠올랐다.

"가게 안으로 들어가자."

"정말? 저 안에 들어가고 싶어?"

"매번 차 안에서 죽 때리는 것도 못 할 짓이고. 게다가 오늘은 돈도 충분하잖아."

"자기 하고 싶은 대로 해."

"제발 그 샐러드만 주문하지 마."

"다른 샐러드 주문할게."

"좋아. 이번에는 밀크셰이크도 꼭 주문해 줘야 해."

"알겠어."

우리는 맥도날드로 들어가서 햄버거와 밀크셰이크, 프렌치프라이 등 온갖 것을 주문했다. 에밀리는 샐러드를 주문했다. 우리는 차가 들어오는 모습이 잘 보이는 자리에 앉았다. 잠시 후면 빅이 도착할 것이다. 평상시에도 사람을 기다리게 만드는 타입은 아니었다. 그 정도로 괜찮은 편이었다. 예전에 한 번 총을 쏴서 몇을 골로 보낸 적이 있기는 하지만 그에 대한 죗값을 치렀으니 더는 입에 올릴 필요가 없었고, 약을 공급해 주니 감사할 따름이었다. 그저 헤로인을 팔면 얼마나 좋을까 싶었다. 빅은 헤로인을 취급하지 않았다. 오직 옥시콘틴만 팔았다. 섬유조직염 진단서가 있어서 온종일 옥시콘틴을 갖고 다녀도 전혀 문제 될 게 없었다.

드디어 빅이 보였다. 하얀 쉐보레 블레이저 트럭이었다.

"금방 다녀올게."

에밀리에게 말하고 잽싸게 나가서 빅의 트럭에 올라탔다.

"어젯밤에 분홍색 페디큐어를 한 애랑 섹스했다."

빅은 60대에 접어든 초로의 뚱보였다.

"백인 계집애치고는 엉덩이가 쓸 만하더군."

"좋았겠어요. 스무 개 주세요."

빅은 알겠다고 했다.

내게는 돈이 있었다. 정부에서 받은 무상 장학금이었다. 나는 돈을 셌다. 빅은 약을 셌다. 빅은 항상 약을 한 무더기씩 들고 다녔다. 직업이 간호조무사라서 나이 든 꼰대들에게 약을 구했다. 언젠가 꼰대들이 약을 팔지 어떻게 아느냐고 물어본 적이 있었다. 빅은 간단하다고 말했다. 그냥 돈 없어 보이는 가난한 꼰대한테 물어보면 된다고.

"고마워요, 빅. 다음에 전화할게요."

"알겠어."

나는 로큰롤 맥도날드 안으로 다시 들어왔다. 생판 남의 돈 900달러를 한 번에 써 버렸다. 그 대신 옥시콘틴 한 움큼이 주머니에 있었고, 이 정도면 에밀리와 월요일까지 버틸 만큼 충분했다. 이제 아무런 걱정이 없었다. 순간 내가 가게에 들어올 때부터 누군가 뒤를 밟고 있다는 느낌이 들었다. 그 남자는 내 오른쪽 어깨 너머 테이블에 혼자 앉아 있었다. 유령처럼 창백한 얼굴에 중년 남자의 전형적인 탈모 증세를 보이는 대머리였으며 청록색 재킷과 해진 청바지를 입고 있었다. 테이블에 주문한 음식조차 없었다. 에밀리도 그 남자를 보고 나를 쳐다보기에 내가 윙크를 보냈다. 에밀리가 전혀 동요하는 모습을 보이지 않아서 못내 자랑스럽기까지 했다. 에밀리는 멋진 여자였다. 메리 포핀스와 빌리 홀리데이의 중간쯤에 있는 여자 같달까.

내가 먼저 입을 열었다. "샐러드 어때?"

"맛은 괜찮아."

"다행이네." 나는 말을 이어 갔다. "그건 그렇고 그 까막눈이라는 농구부 자식은 어떻게 됐어?"

"정말 불공평한 일이야. 오만함이 이를 데가 없는 데다 머릿속에는 아무것도 든 게 없는 깡통이라고. 그렇게 무식한 애가 어떻게 오만하기까지 한 건지 도저히 이해가 안 된다니까."

우리는 짭새들 귀에 전부 들릴 만큼 큰 소리로 떠들어 댔다. 그렇게 한참 동안 큰 소리로 수다를 떨었다. 학교 얘기를 크게 떠들었다. 농구부의 까막눈 멍청이를 들먹이며 에밀리가 그 애 대신 논문을 써야 한다는 것을 비롯해 이것저것 닥치는 대로 떠들어 댔다. 에밀리와 함께 일하는 조교가 아주 싹수없는 애라는 이야기도 했다. 뭐든 닥치는 대로 시끄럽게 떠들었다. 우리는 아무 죄가 없는 평범한 사람들이고 그저 점심이나 한 끼 때우려고 맥도날드를 찾은 것처럼 행동했다.

55

나는 질이 좋으면서도 저렴한 물건을 찾았다. 그런 물건만 찾을 수 있다면 그럭저럭 유지해 나갈 것 같았다.

그날 저녁 개리는 나한테서 180달러를 뜯어 갔다. 엄청난 손실이지만 완전한 실패는 아니었다. 에밀리와 나에게는 빅한테 받은 옥시콘틴이 있었으니까. 그러니까 어느 정도 시간이 있었다. 물론 사기당한 돈은 아깝지만 180달러를 버린 대신 그 쓰레기 같은 개리 새끼를 다시 보지 않아도 된다니 그 정도면 공평하다 싶기도 했다.

나는 아리를 버려진 집에 두고 왔다. 개리한테 연락이 오면 다시 찾아오겠노라고 말했다. 그마저도 이제는 틀어져 버렸다. 하지만 아리는 잘 지낼 거라고 믿었다. 나는 집으로 돌아왔다. 에밀리가 저녁을 준비해 주었다. 헤로인을 구하는 건 어떻게 되어 가냐고 묻기에 오늘 있었던 일을 이야기했다.

"말도 안 돼! 180달러나 뜯겼다고?"

나는 처음부터 그럴 계획은 아니었다고 대답했다.

"그야 나도 알지만, 자기야, 내가 왜 화났는지 정말 모르는 거야? 나는 종일 학교에서 일하고 화분에 물을 주고 이렇게 저녁까지 만들어 바치잖아. 자기가 밖에 나가서 멍청하게 뒤통수나 맞고 돈을 뜯기는 동안 나는 죽을힘을 다해 남의 논문이나 쓰고 있었다고!"

"방금 뒤통수라고 했어? 대체 뭐라고 씨불이는 거야? 바보 아니야? 지금이 1970년대라도 되냔 말이야. 내가 그렇게 쓰레기처럼 보여? 이 동네 쓰레기를 전부 만나고 다니느라 내가 얼마나 고생하는 줄이나 알아?"

"자기야, 난 진지해. 지금까지 약을 산다고 1000달러나 써 버렸잖아. 그것도 매주. 계속 그렇게 할 순 없잖아. 그렇게는 유지가 안 돼. 미친 짓이라고."

"알겠어. 그럼 이제부터 약 같은 건 안 하는 걸로 결정하자고. 대체 나더러 어쩌라는 거야? 약을 끊기라도 할까? 그럼 너는? 지금 당장 약 안 하고 버틸 것 같아? 자신 있으면 말만 해. 당장 같이 끊어 줄 테니까. 어때, 좋은 생각이지? 오늘부터 당장 끊자."

"넌 정말 나쁜 자식이야."

에밀리가 엉엉 울기 시작했다.

"제기랄, 또 질질 짜고 있네."

"닥쳐, 이 개만도 못한 새끼야. 지금 장난치는 줄 알아, 이 쓰레기 같은 개자식아?"

"아휴, 젠장, 정말 미쳐 버리겠네……. 제발 진정 좀 해……. 에밀리……. 젠장, 그만 좀 울라고. 사랑해."

"우리 완전 엿 됐어. 그거 알기나 해?"

"그래, 이해해. 진짜야, 이해한다니까. 정말이야, 네 말이 다 맞

아. 정말 미안해. 나도 똑같은 생각이야. 우리 정말 엿 된 거 맞는데 어떻게 해야 약쟁이 신세에서 벗어날지 나도 잘 모르겠어. 어떻게든 지금 상태라도 유지해 보려고 노력하는 중이야. 처리해야 할 일은 산더미처럼 많을 테고, 몇 달쯤 꼬박 앓아누울 수도 있을 거야, 알지? 그걸 어떻게 할 수 있겠어? 우리는 덫에 걸린 거야, 알아?"

"그래도 이쯤에서 멈춰야 해."

"알아. 하지만 지금은 아니야. 앞으로 그럴 수 있겠지. 조금만 더 버텨 보자. 그러고 나서 함께 끊는 거야."

"그럴 마음도 없잖아."

"아니야, 진심이야. 그보다 더 바라는 게 어디 있겠어. 진짜야. 어차피 평생 이런 식으로 살 수는 없어. 그건 분명해. 그러니까 뭔가 변화의 기회가 올 때까지 기다려 보자. 그때까지 우리 둘이서 죽어라 버티는 거야. 가장 중요한 건 우리가 함께 하는 거야. 제발 이리 와."

나는 그녀를 품에 안았다.

"……괜찮을 거야. 너무 걱정하지 마."

"……새빨간 거짓말쟁이."

"제기랄."

"미안해. 하지만 사실이잖아."

"너무 겁이 난다."

"나도. 이 생활이 진저리가 나."

우리는 너무 두려운 나머지 남은 약을 더 맞기로 했다. 각자 80

밀리그램씩. 그제야 기분이 좀 나아졌다. 단돈 90달러에 기분이 바뀌었고, 그렇게 밤을 편히 보낼 수 있었다. 내일도 90달러어치 약만 있으면 우리는 밤새 편히 보낼 것이다.

우리는 함께 TV를 봤다. 그리고 늦게서야 잠이 들었다. 집 위로 비행기 날아가는 소리가 들렸다. 가끔 밤이면 비행기가 집 근처로 낮게 비행하곤 했다.

에밀리가 내게 몸을 바짝 붙였다. "흠…… 자기, 요새는 왜 나랑 섹스 안 하는 거야?"

"너무 사랑해서."

"원한다면 항문에 해도 돼."

"그거 좋네. 하지만 내 마음이 너무 아플 것 같아."

"나도 그래."

"그럴 줄 알았어."

56

토요일 저녁 아리가 전화를 걸어 많이 아프다면서 "혹시 약 가진 거 있어?"라고 물었다.

"맙소사, 무슨 개소리야?"

"제발 부탁이야. 정말 죽을 것 같아."

"알겠어. 금방 갈게."

나는 아리가 있는 집으로 향했다. 아리는 정말로 몸이 아파 보였으며, 집은 이가 덜덜 떨릴 정도로 냉골이었다. 아리는 곧 죽을 것처럼 보이는 몸뚱이를 침낭으로 돌돌 말고 내장이 튀어나올 정도의 상태가 되어 콧물범벅을 하고 있었다. 지금 어떤 상태인지 충분히 알 것 같았다. 나 역시 항상 그랬으니까. 아마도 일주일에 한 번씩 그런 상태를 겪을 것이다. 이래서 다른 사람들이 골골대는 모습을 보는 게 싫었다. 그럴 때마다 내가 얼마나 나락에 빠졌는가를 떠올리니까 말이다.

"대체 꼴이 이게 뭐야? 그 자식이 한 번도 안 왔어?"

"저번에는 정말 미안했어. 나도 그런 새끼인 줄 몰랐어."

"여기 80그램 가져왔어. 네 거야. 그냥 가져. 내가 주는 거니까 괜히 갚을 필요도 없어. 대신 다른 사람을 소개해 줘. 쓰레기 같은 자식 말고. 개리처럼 쓰레기보다 못한 자식을 소개해 주는 날에는 반드시 이 집으로 돌아와서 네 몸뚱이랑 다 같이 불태워 버리고 말 테니까. 거짓말 아니야. 그리고 이번에는 나랑 1 대 1로 거래하게 해 줘. 너랑은 같이 안 만나. 그 부분은 네가 알아서 잘 얘기해."

"알겠어. 나야 상관없지 뭐. 그렇게 할게. 고마워."

아리는 40그램을 주사 맞고 나서야 몸 상태를 회복하더니 매니에게 전화를 걸었다. 매니는 내가 그쪽으로 가야 한다면서 지금 페인즈빌에 있다고 했다. 페인즈빌까지 가는 게 별로 내키지 않았지만 다른 수가 없었다.

2번 도로를 빠져나가면 보이는 주유소에서 그를 만나기로 했다. 주유소 주차장에 차를 세우고 전화를 걸었다. 주유소 안으로 들어가라는 대답이 돌아왔다. 매니는 과자 판매대에서 편집증 환자 흉내를 내고 있었다. 각성 상태로 보였고 얼굴에는 파인 흉터가 가득했다. 그는 모자를 푹 눌러쓰고 옷깃을 세웠다. 아주 작은 목소리로 속삭이는 통에 무슨 말을 하는지 알아들을 수가 없었다. 나는 점점 짜증이 솟았다.

"이봐요, 돈 가져왔다고요."

"여기는 안 돼. 저쪽으로 가서 도리토스 옆에다 내려놔."

"어……."

"도리토스 말이야."

"이봐요, 난 거기다 돈다발을 두고 갈 생각이 추호도 없어요."

"제기랄, 목소리 좀 낮추지 못해? 이러다가 사람들이 전부 다

듣겠어."

나는 소매를 걷어 올리고 왼팔을 그에게 내밀었다. 주사 자국으로 팔이 엉망이었다. 오른팔도 마찬가지인데 왼쪽 팔만 보여 주었다.

"이봐요, 형씨, 장난칠 생각 하지 마. 난 숨기는 거 하나도 없으니까."

"말귀를 못 알아듣네."

마침내 약을 사서 집으로 돌아오자 에밀리가 왜 이리 오래 걸렸냐고 물었다. 나는 새로 소개받은 업자에게 약을 사 왔다고 설명했다. 이번에는 괜찮은 사람이냐고 다시 물었고, 나는 그럭저럭 괜찮은 것 같다고 대답했다. 에밀리는 정말 기뻐하는 표정이었다. 새로 산 약을 맞아 보니 품질이 썩 괜찮은 게 느껴졌다. 게다가 가격까지 싼 편이니 얼마나 다행인가. 에밀리와 나는 정말로 행복했다. 그날 저녁 우리는 거실에서 춤을 추었다. 30분 가까이 잠시도 쉬지 않고 몸을 흔들었다. 삼류 볼룸댄스 클럽을 찾은 사람들처럼 추었다. 서로에 대한 앙금도 풀렸다.

얘들아, 이번에는 다른 노래를 부르자. 이 노래는 너무 구식이고 우중충하잖아.

정말 행복한 밤이었다. 어쩌다 보니 그렇게 되었다.

57

매니의 좋은 점은 본인도 심각한 마약중독자고, 그래서 고객을 기다리게 하는 법이 없다는 거였다. 필요하다면 자기 차에 태우고 직접 마약을 사러 가기도 했다. 페인즈빌에는 매니가 빨리 죽어 버리기를 바라는 사람이 수도 없이 많았다. 그래서 도심으로 거처를 옮겨야 했다. 나로서는 페인즈빌이라는 이상한 곳에 가는 게 정말 싫었기 때문에 오히려 잘된 일이었다.

매니는 유클리드로지에 방을 얻었다. 그리고 천시라는 얼음 괴물처럼 생긴 친구와 함께 지냈다. 천시는 매니보다 열 살이 많은 플로리다 출신이었다. 매니 말로는 천시의 아버지가 하원의원인가 뭔가 하는 고위층이라고 했다. 그러면서 자기 가족들은 말도 기른다고 떠벌렸다. "본래 우리 집이 꽤 부자였어. 그런데 나만 유산을 물려받지 못했지."

뭐든 상관없었다. 하지만 매니 입장에서는 내가 자기 말을 믿어 주는 게 중요한 일이었다. 그래서인지 나를 태우고 페인즈빌 외곽의 말 농장까지 부리나케 달려가서는 할아버지 소유의 농장이라고 소개하기도 했다. 워낙 늦은 밤이었고 어디에도 말은 보이지 않았다.

매니는 경찰 끄나풀이 분명해 보였고, 덕분에 많은 사람이 감옥으로 끌려갔다. 아리처럼. 매니는 마약 제조 용품을 아리에게 팔았다. 제조 용품 가격만 10달러를 받았다고 했다. 워낙 가격이 괜찮은 터라 아리는 곧바로 제품을 구매했고, 5분 후 마약 제조 용품과 마약 유통의 의도를 가졌다는 죄목으로 경찰에 붙잡혔다. 매니는 아리에게 정말 못 할 짓을 한 것이다.

매니가 누군가를 제대로 엿 먹이고 싶어질 때면, 경찰이 유클리드로지에 있는 그의 집을 급습하고 온갖 사람을 샅샅이 뒤져서 반드시 한둘은 감옥으로 보내곤 했다. 물론 매니와 천시는 절대로 감옥에 가는 일이 없었다.

경찰은 매니가 지내는 방의 건너편 방에 있었다. 한번은 차를 세우고 매니의 집으로 올라가는데 경찰 하나가 2층에 있는 나를 아래층에서 불렀다.

"이봐, 자동차 창문이 열렸던데."

나는 몸을 돌려서 창문이 열린 걸 확인하고는 경찰을 향해 손을 흔들며 말했다. "고마워요."

"천만에."

매니가 경찰 끄나풀이라서 가장 나쁜 건 질 좋은 헤로인 판매처를 찾아내고 얼마 지나지 않아 어쩔 수 없이 그 정보를 팔아넘긴 것이었다. 정신이 쏙 빠질 정도로 효과가 좋고 생선 썩은 내를 풍기는 타르 헤로인을 그램당 100달러에 주는 남자 둘을 팔아넘긴 것처럼 말이다. 정말이지 귀가 멍해질 정도였다. 하지만 매니가 그자들을 경찰에 넘긴 후로 우리는 2주 동안 헤로인은 구경조

차 할 수 없었다.

지금이라도 끊을 수 있을 때 마약에서 손을 떼야 한다고 나 자신에게 말했다.

그 말이 무슨 뜻인지 잘 안다고 대답했다.

에밀리와 나의 가장 큰 문제는 서로를 잡아먹지 못해 안달이라는 점이었다. 따로 지낼 때는 그럭저럭 버틸 만했지만, 두 사람이 함께 있는 건 일종의 자살 행위가 아닐 수 없었다. 함께 지내다 보면 서로의 삶을 엉망진창으로 만드는 팀워크가 작동하는 것 같았다. 그런데도 우리는 서로를 놓아주지 못했다.

에밀리는 며칠 동안 나를 들들 볶으며 못살게 굴었다. 내가 600달러를 사기당해서 크게 화가 난 거였다. 그 역시 매니에게 잘못 엮어서 당한 일이었다. 애초부터 더 자세히 알아보고 코카인 30그램을 600달러에 판다는 것 자체가 말도 안 된다는 사실을 깨우쳤어야 했다. 하지만 나로서는 싼 가격에 군침을 흘리지 않을 수 없었고, 이제야 돈을 좀 만져 볼 수 있나 싶은 생각뿐이었다. 그걸 사서 900달러에 팔아넘기면 다들 신이 나서 달려들 터였다. 내가 무슨 착각을 했는지 깨달았을 때는 이미 돈은 사라져 버리고 수중에는 아무것도 남지 않았다. 눈물까지 흘려 가면서 자기는 아무것도 몰랐다고 연기하는 매니의 모습은 감동적일 정도였다. 그러나 내 돈 600달러가 사라져 버렸다는 사실은 변함이 없었다.

에밀리가 대놓고 화를 냈다. "너 때문에 완전 엿 됐잖아."

"그 입 좀 닥치지 못해?"

그 말을 내뱉는 게 아닌데. 에밀리는 미친 사람처럼 고함을 지르기 시작했다. 때로는 거대한 새가 시끄럽게 울어 대는 것처럼 소리를 질렀다. 양쪽 날개를 펴고 집을 빙글빙글 날아다니면서 요란하게 울어 대는 새처럼. 에밀리는 천장 꼭대기까지 날개를 펄럭이면서 날아올라 소리를 질러 댔다. 정말 끔찍한 일이었다. 신화에 나오는 익룡과 싸움을 벌이는 기분이랄까. 정말이지 아무것도 할 수가 없었다.

나는 애원하듯이 말했다. "제발 부탁이니까 그만 해."

에밀리는 화가 나서 소리를 지르기 시작하면 금방 멈추는 법이 없었다. 한참 동안 비명이 이어졌다. 갖가지 이유를 들어 가며 나를 원망했다. 요점도 딱딱 짚어 냈다. 그런데도 마약을 끊겠다는 의지는 찾아볼 수가 없었다.

사실 마약을 끊으려고 노력한 적도 있었다. 가진 돈을 전부 탕진하고 온갖 사기꾼에게 탈탈 털린 뒤였다. 이제 그만 끊기로 선언하고 주말이 다가오면 누가 먼저랄 것도 없이 시름시름 앓기 시작했다. 일요일 저녁까지 조금 더 버틸 수도 있었겠지만 그랬다가는 온몸에 열이 오르고 구토가 나서 차라리 죽어 버리기를 기도해야 할 지경이었다. 그쯤에서 우리 둘 중 하나가 말해 버렸다.

"있잖아, 이 정도면 그럭저럭 잘 버틴 것 같은데. 노력했으니까 잠시 휴식 시간을 갖는 게 어떨까 싶어."

상대방도 맞장구를 쳤다. "맞아, 나도 똑같은 생각을 했어. 게다가 우리는 화분 돌보는 일도 해야 하잖아."

"맞는 말이야. 화분. 빅에게 연락해 봐야겠다."

"응, 그렇게 해. 하지만 딱 두 개만 사야 해."

"알겠어. 근데 네 개 구해 달라고 할 생각이야. 우리 둘 다 내일 학교에 가야 되잖아."

"맞아. 두 개보다는 네 개가 낫겠어."

그 말이 끝나기 무섭게 우리는 구토를 시작했다. 하지만 마약 얘기만 꺼냈는데도 몸 상태가 훨씬 좋아진 것 같았다. 그런 순간조차 우리는 희망으로 가득 찬 긴박감을 맛보고 인생이 아름답다고 느꼈다.

빅은 당장 오라고 말했다. 우리는 잠옷 차림으로 차를 타고 달려갔다. 비가 주룩주룩 내리는 밤이었다. 225달러면 다섯 개는 충분히 살 만한 돈이었다. 우리는 풀턴 부근 어딘가에 차를 세웠다. 빅은 제시간에 도착했다. 하얀 블레이저 트럭을 도로에 세웠다. 빅은 항상 클러치를 넣은 상태로 우리를 맞았고 친구처럼 대해 주지 않았다. 대부분의 마약 판매상은 그런 식이었다.

나는 그의 트럭에 올라탔다. "잘 지냈어요, 빅?"

"뭐 좋은 거라도 있어?"

나는 담뱃갑에서 셀로판지를 꺼내어 그에게 내밀었다. "이거 다섯 개 있어요?"

빅은 다섯 개를 셌다. "한동안은 평상시보다 뜸한 것 같던데."

"아니, 그럴 리가."

빅은 셀로판지를 다시 내밀었다. 나는 셀로판지를 접어서 주머니에 쑤셔 넣었다.

"헤로인 때문에 골치 아픈 일이 있었나 보던데."
"네. 말하자면 그런 셈이죠."
"이런, 알다시피 난 그딴 건 취급 안 해. 내가 다루는 건 알약뿐이야. 그게 내가 주력으로 취급하는 거지. 문제 될 게 없으니까. 추잡스러운 일도 안 생기고 용품이니 뭐니 그딴 걸로 골치 썩지 않아도 돼. 나한테 장난질 칠 새끼도 없으니 좋잖아."
"무슨 뜻인지 알겠어요."
"좋아. 나중에 또 연락할게."
"알겠어요."
빅은 차를 타고 떠나 버렸다. 나는 다시 차가 있는 곳으로 돌아왔다. 에밀리는 콘솔 테이블에 숟가락과 주사기 등 모든 준비를 하고 기다렸다. 주사를 맞는 즉시 기분이 좋아졌다. 우리는 집으로 향했다.

한밤중이었다. 에밀리와 나는 지하에 있었다. 에밀리는 쓰레기통에 물을 채웠다.
"대체 이 꽃이 얼마나 오래 피는 걸까?" 내가 물었다.
에밀리가 대답했다. "5주 정도."
나는 재배를 위한 용품과 함께 딸려 온 설명서를 자세히 훑어보았다. 볼 때마다 사기를 당하는 기분이었다.
"처음부터 미라클 그로(마리화나 재배용 비료-옮긴이)를 쓸걸 그랬나 봐."
"내가 그러자고 했잖아." 에밀리가 핀잔을 주듯 말했다.

우리는 세탁실이라고 부르는 방에 있었다. 세탁기와 건조기 옆에 싱크대가 놓인 방이었다. 건조기는 벌써 오래전에 고장 난 상태였다. 그 방에서 마리화나를 재배하는 중이라 건조기를 고칠 수도 없었다. 대신 빨랫줄을 매달아서 옷을 말렸고, 그러다 보니 빨랫감이 항상 산더미처럼 쌓였다.

방구석에는 600와트짜리 고전압 황색 나트륨 등이 연결돼 있었다. 꺾꽂이용 가지와 줄기 때문이었다. 줄기는 셀 수 없을 정도로 빽빽하게 잘려 있었다. 우리는 백 번 가까이 칼질을 했다. 반대쪽 구석에는 음식물 찌꺼기를 더해 만든 화분용 영양토가 둥글게 쌓여 있었다. 화분용 영양토도 우리가 직접 배합한 거였다. 믿기지 않겠지만 집에 노래기까지 기어 다닐 정도였다.

에밀리가 산도를 확인했다. 산성 성분이 필요했다. 나는 즉시 움직였다.

에밀리가 주의를 주었다. "저번 건 안 돼."

나도 안다고 말했다. 안 그래도 다른 걸 챙길 참이었다. "얼마나 필요할 것 같아?"

"여기 있어. 내가 할게."

에밀리는 일을 마치고 백만분율 농도까지 계산했다. 성분이 뭔지도 자세히 설명해 주었다. 그제야 수치가 정상이 되었다. 하지만 나는 그게 정확히 뭔지 알지 못했다. 우리는 쓰레기통을 들어 다른 방에 옮겨 놓았다. 마무리 방으로 바닥에 카펫도 깔았고 벽도 석고판이었다. 방 한쪽에 크고 이상한 텐트도 놓여 있었다. 텐트 안에는 마일라 필름처럼 생긴 폴리에스테르지가 있었다. 그게 마일라 필름인지는 중요하지 않았지만, 가끔은 꼭 알아야 하는 뭔가를 제대로 알지 못하는 것 같아서 기분이 언짢을 때가 있었다. 세탁실 구석 벽에도 마일라 필름을 직접 붙이기는 했지만, 그거랑 똑같은 건지 아닌지 정확히 알 수 없었다. 아무튼 멋진 텐트였다. 그나마 텐트를 볼 만하게 만들어 주는 건 버팀대에 설치한 조명이었다. 텐트의 필요성을 주장한 건 로이였다. 처음 마리화나를 재배할 때부터 로이는 우리의 파트너였다. 그 후 몰래 마리화나를 빼돌렸고, 그때부터는 파트너 관계가 깨졌다. 우리는 로이를 진짜 쓰레기 같은 새끼라고 생각했다. 지금까지도 이 빌어먹을 텐트는 우리 집에 있고, 이걸 전부 어떻게 처리해야 할지는 아직도 알 수가 없었다.

처음에는 1000와트짜리 조명이 세 개였는데, 로이를 우리 팀에서 빼고 집으로 돌려보낼 생각에 그중 하나를 넘겨줘서 지금은 두 개뿐이었다. 조명 하나당 450그램의 마리화나를 얻을 수 있으니 30그램이나 110그램씩 나눠 팔면 평균 4500달러는 벌어들일 것이다. 그렇게 마리화나를 키우기까지 꼬박 3개월이 걸렸다. 한 달 동안은 줄기가 어느 정도 크기까지 자라고 두 달 동안 꽃을 피웠다. 첫 달은 온종일 조명을 켜 놓고, 두 달째 접어들어서는 열두 시간은 조명을 켜고 나머지 열두 시간은 꺼 두는 식이었다. 그러려면 엄청난 양의 전기가 필요해서 부격간에 흐르는 밸러스트 장치의 전류를 작동시켜야 했다. 그래서 부격간을 따로 만들어 두꺼비집에 연결해 두었다. 장치를 연결할 공간을 만드느라 초인종까지 떼야 할 정도였다. 거기에 필요한 전선과 전선관 그리고 패

널 등의 장비는 모두 대형 할인점에서 샀다.

마트에 가서 필요한 물건을 고르느라 머리를 굴리고 있는데, 하필이면 우리 셋 다 헤로인 때문에 완전히 맛이 간 상태였고 로이는 평상시처럼 멍청하게 굴었다. 그래서 뭐라고 한마디 하려는데 로이가 바보 멍청이처럼 실실 웃으면서 에밀리를 보고 눈알을 굴리는 게 아닌가. 그러자 에밀리도 똑같이 눈알을 굴리는 것이었다. 그리고 로이의 편을 들었다. 도저히 믿기지 않았다. 그 멍청한 자식의 편을 들다니. 대형 할인점만 아니라면, 아니 살인죄라는 법이 없다면 당장이라도 살인을 저지르고 싶은 순간이었다. 헤로인을 사려면 돈이 필요했고, 그 돈을 마련하기 위해서라도 마리화나를 키워야 했지만, 그딴 건 아무 상관도 없었다. 에밀리가 보여 준 모습, 이미 내 앞에서 저질러 버린 그 만행은 어떻게 해도 달라질 수 없을 테니까. 그제야 내가 사랑하는 여자가 끔찍하리만치 나쁜 년이라는 생각이 들었다.

로이가 우리 화분을 빼돌렸을 때도 에밀리는 속내를 드러내지 않으려고 애썼다.

"그 자식 대체 뭐야? 완전 나쁜 놈이네."

나는 에밀리의 목소리에서 뭔가를 감지했다.

진실이 뭔지 궁금해하지 않았다.

58

매니는 쿠키에게 600달러 빚이 있었고, 쿠키는 돈을 받으러 그를 찾아왔다. 하지만 매니는 600달러라는 거금이 수중에 없었고, 앞으로 돈이 생길 구멍도 없는 상태였다. 매니는 보통 마약쟁이를 끝장내 버리는 것으로 상황을 정리해 버리곤 했다. 하지만 이번에는 시간을 너무 오래 끌었다.

일요일 아침 매니가 전화를 걸었다. 아주 중요한 이야기라며 단둘이 만나자는 거였다. 목소리가 왠지 좋지 않았다. 이번에는 나를 끝장내 버릴 생각인가 싶었지만, 나는 헤로인을 구해야 했고 중요한 이야기라는 말이 마음에 걸렸다. 그래서 알겠다고 했다. 어쨌거나 매니에게 호감이 있었다. 매니는 그나마 인간적인 면이 있었다. 나쁜 자식이지만 그래도 인간적이었다.

나는 에밀리에게 말했다. "자기는 집에 있는 게 좋겠어. 나 어쩌면 짭새한테 잡혀갈지도 몰라."

"그게 무슨 소리야?"

나는 아무것도 아니라고, 별일 아닐 거라고 대답했다.

리치몬드 몰에 도착해서 매니에게 전화를 걸었다. 주차장에 꼼짝 말고 있으라고 했다. 매니는 예전에 본 적이 없는 파란색 포드

익스플로러를 끌고 나타났다. 처음 보는 낯선 남자가 운전대를 잡고 매니는 조수석에 앉아 있었다.

두 사람이 탄 자동차는 내 차 바로 옆에 섰고 나는 그 차로 옮겨 탔다. 매니는 양키즈 모자를 푹 눌러 썼지만 얼굴이 퉁퉁 부어오른 걸 한눈에 알아볼 수 있었다. 운전대를 잡은 남자가 무하마드 알리 캐시어스 클레이처럼 생겨서 그런지 매니가 더욱 안쓰럽게 느껴졌다.

매니가 남자를 소개했다. "이쪽은 쿠키야."

쿠키는 원한다면 지금 거래할 수도 있노라고 말했다.

나는 알겠다고 대답했다.

120달러. 그러니까 1그램 정도는 살 돈이 있어서 약을 사고 집으로 돌아와 에밀리와 주사를 맞았다. 아주 괜찮은 정도는 아니라도 그럭저럭 괜찮았다.

전화벨이 울렸다. 쿠키의 전화였다.

"마음에 들어?"

나는 그럭저럭 괜찮다고 대답했다.

2주 후 매니는 쿠키를 끝장내 버렸다. 쿠키는 끝까지 도망치려 애썼고 급기야 경찰을 피해 도주했다. 사실 추격전을 벌인 것까지는 별일이 아니었다. 문제는 쿠키의 차에 매니가 타고 있다는 거였다. 그걸로 납치 혐의까지 더해졌다.

나는 쿠키의 남동생인 피스톨의 전화를 받았다. 나에게 헤로인을 팔겠다는 내용이었다. 알겠다고 대답했다. 그러나 피스톨은 매니에게 총을 쏴서 스스로 자멸의 길에 들어섰고, 그 후 블랙이 전화를 걸어왔다. 결국 피스톨은 집 앞에서 경찰에게 붙잡혔고, 나는 다시 블랙하고 거래했다. 이 모든 일이 불과 두 달 사이에 벌어졌다.

교외에 있는 그의 집은 우리 집에서 그리 멀지 않았다. 으리으리하게 자란 참나무가 줄지어 늘어선 운치 있는 도로가 펼쳐진 곳이었다. 한때는 나나 에밀리처럼 피스톨을 기다리는 마약중독자들의 자동차가 저 도로에 가득했을 것이다. 때로는 약을 준비한답시고 고객들을 몇 시간 동안 기다리게도 했을 테고, 약쟁이들은 "완전 쓰레기 같은 개자식이야. 정말 끝내준다."라고 말했을 것이다.

그리고 한 사람씩 피스톨의 전화를 받기 전까지는, 다시 그의 집 앞에 길게 늘어서서 기다리기 전까지는 다들 골골 앓으면서 세상이 끝나 버린 슬픈 표정을 지었을 것이다. 전자발찌 때문에 도로까지도 아니고 옆문으로 나와서 한 사람씩 약을 나누어 주었을 테지.

특히나 경찰의 감시 트럭을 본 뒤로는 그곳에 가는 게 정말 내키지 않았다. 그 트럭은 피스톨의 집에서 얼마 떨어지지 않은 곳에 서 있었다. 트럭에 탄 경찰의 모습이나 그들이 타고 내리는 모습은 물론 무엇을 하는지도 훤히 보이는 거리였다. 누군가 나 자신이 움직이는 모습을 지켜보고 있다는 걸 알면서도 전혀 개의치 않았다. 게다가 내 얼굴을 똑똑히 쳐다보았다. 내가 뭘 가졌는지도. 전부 다. 하지만 어쩔 수 없는 일이었다. 헤로인을 구할 수만 있다면 어디든 가야 했으니까.

어느 날 아침 경찰은 피스톨의 집을 급습하여 다시 감옥으로 데려갔다. 감옥에 가지 않은 그의 어머니, 어린아이들과 다른 모든 사람이 그가 체포되는 현장에 있었다. 모두 화난 표정이었다. 그날 오후 블랙의 전화를 받기 전까지만 해도 나는 그날 아침에 무슨 일이 벌어졌는지 전혀 알지 못했다. 블랙은 벨마에서 만나자고 했다. 그는 형 라울과 함께 인도에 서 있었다. 예전에 한 번 본 적이 있는 데다 덩치가 크고 실실 웃는 개자식이어서 라울의 얼굴을 보고 누군지 알아볼 수 있었다. 번쩍거리는 커다란 시계를 차고 다녀서 훨씬 더 알아보기 쉬웠다. 라울은 스물세 살밖에 안 됐는데 얼핏 보면 스물여덟은 된 것 같았다. 나는 헤로인을 사기 위해 차를 타고 간 거라서 두 사람이 인도에 서서 기다리는 이유를 전혀 알지 못했다. 평상시 같으면 도로에 차를 나란히 세워 둔 채 거래했고 제시간이 지나서야 나타나기 일쑤였다.

나는 모퉁이에 차를 세우고 두 사람이 서 있는 쪽으로 걸어갔다. 잘 지냈는지 인사를 건네자 블랙이 그날 아침에 일어난 일을 들려주었다.

“맙소사, 정말 큰일이네. 꽤 괜찮은 사람 같던데. 아무 일 없을 거야.” 나는 덤덤하게 말했다.

블랙이 라울 쪽을 쳐다보았다. 블랙은 피스톨이 체포된 상황을 더욱 극적으로 알리고 싶었는지 최대한 슬픈 표정을 지어 보였다. 아직 어린애는 어린애였다. 스무 살 정도 될까.

"우리가 궁금한 건 짭새들이 뭣 때문에 굳이 네 이름을 입에 올렸는가 하는 점이야." 라울이 내 등 뒤에서 말했다.

나는 블랙에게 물었다. "그게 무슨 뚱딴지같은 소리야?"

"검은색 포드를 모는 백인 얘기를 하던데."

"이봐, 그게 어쨌다고 그래? 당연히 내 차를 봤겠지. 지난 2주 동안 너희 집 앞에 경찰 트럭이 하루도 빼놓지 않고 서 있었잖아. 내가 말했을 텐데. 다른 사람도 전부 봤을 거야. 그러니까 너희 집 근처에 경찰의 감시 트럭이 서 있었고, 이 외딴 시골 한가운데 있는 집에서 마약 밀매를 하는 중에 갑자기 짭새들이 들이닥친 게 모두 내 잘못이라는 뜻이야? 그게 말이 된다고 생각해?"

"네 이름을 알더라니까."

"골칫거리를 정리하고 싶었겠지."

"진짜 이름을 얘기하지는 않았어."

그제야 머릿속에서 뭔가가 번뜩 스쳤다. "아!"

"뭐가?"

"데일 주니어처럼 생긴 자식 알지? 키 작고 빨간 머리에 주근깨 있는 애. 별명이 케이 마트라는 애 있잖아. 여기서 약을 샀지? 저번에 약을 사러 와서 네 형을 기다리는데, 그 자식이 내 차로 오더니 괜히 말을 걸더라고. 창문을 두드리기에 이런저런 얘기를 했는데, 약이 어쩌고저쩌고하며 뉴욕 외곽에서 마약 운반책으로 일했다고 헛소리를 지껄이는 거야. 도무지 입을 가만두지 않더라. 그러면서 전화번호를 묻기에 전화가 없다고 했어. 괜히 느낌이 싸하더라고. 왠지 모르게 꼬치꼬치 캐묻는 이상한 느낌? 그래서 별 얘기 안 했는데 내 이름을 물어서 알려 줬어. 그 자식이 경찰한테 내 이름을 찌른 것 같아. 그것 말고는 오늘 아침에 일어난 일에 대해 전혀 몰랐어."

블랙이 라울을 쳐다보았다.

라울이 입을 열었다. "그거 말 되네."

블랙이 맞장구를 쳤다. "방금 우리를 완전히 설득한 거 알아?"

"헤로인이 필요해."

"차에서 가지고 와야 해."

"2그램만 줘."

"금방 가져다줄게."

나는 집으로 돌아왔다. 오후 3시도 안 된 이른 시간이었다. 에밀리는 《제리 스프링거 쇼》를 보고 있었다. 우리는 헤로인을 반으로 나누었고, 조금 전에 있었던 일을 이야기했다.

헤로인은 꽤 괜찮았다. 다만 2그램치고는 양이 적었다.

에밀리가 걱정스럽게 물었다. "대체 왜 경찰이 네 이름을 말한 걸까? 하마터면 크게 다칠 뻔했잖아."

"조금 놀랐겠지만, 짭새들은 우리 같은 마약쟁이는 죽어도 싸다고 생각하잖아."

나는 블랙에게 전화를 걸었다.

"양이 부족해."

"정말?"

"응. 4그램 준비해 줘."

"나중에 봐."

*

나는 다시 블랙을 만나러 갔고, 또다시 그의 집 앞에 차를 세우고 기다렸다. 경찰의 감시 트럭이 사라진 걸 보니 마음이 놓였다. 라울이 나오더니 차 쪽으로 걸어왔고 나는 창문을 내렸다. 헤로인을 차창 안으로 떨어뜨릴 줄 알았는데 아무것도 없었다. 라울은 지금 없다면서 잠시 후 블랙이 가져올 거라고 말했다.

나는 알겠다고 했다.

라울이 물었다. "혹시 코카인 좀 구할 데 있을까?"

한 사람이 있기는 한데 전화해서 물어봐야 한다고 대답했다.

"그래, 그럼 좀 부탁할게."

나는 휴대전화에서 마이크의 번호를 찾아 연락해 보았다. 필스 앤 코크라는 별명을 가진 마약상이었다. 나는 잘 지냈느냐고 물었다.

마이크가 말했다. "누가 산다는 건데?"

나는 헤로인 판매상이라고 대답했다.

"흑인이야?"

"응."

"젠장, 글쎄, 어쩌지."

"지금 옆에 있어. 뭐라고 전해 줄까?"

"괜찮은 애야?"

"지금까지는 그럭저럭."

"확실해?"

"응."

"직접 통화해도 돼?"

"전화번호 알려 줄게."

"알겠어."

"문자로 찍어 줄게."

나는 전화를 끊고 나서 라울에게 말했다. "너한테 전화할 거야. 나한테 전화번호 알려 줘. 그럼 문자로 그쪽에 보낼게."

라울은 알겠다고 했다.

블랙이 내 차가 있는 쪽으로 걸어왔다. 그리고 라울을 보며 무슨 짓을 하는 거냐는 표정을 지어 보였다.

라울이 씩 웃으며 대답했다. "뭐가?"

블랙은 무표정한 얼굴로 고개를 가로저었다. 우리는 돈과 헤로인을 맞바꾸었다. 나는 저울을 꺼내서 헤로인 양이 정확한지 확인했다. 그리고 미라화나를 살 생각이 있냐고 물었다. 원한다면 하나 가져다주려고 준비해 둔 게 있다고. 블랙은 다음에 가지고 오면 한번 보겠노라고 대답했다. 나는 블랙의 대답을 듣고 말은 그렇게 했지만 마리화나를 살 생각이 없다는 걸 감지할 수 있었다. 하지만 일단 가져와 보겠다고 대답했다.

뭔가 대단한 성과를 올린 듯한 기분이 들었다. 덕분에 급하게 약이 필요할 때 연락할 수 있는 판매처를 하나 더 뚫은 셈이었다. 게다가 마이크에게 좋은 일도 하게 됐다. 마이크는 한동안 힘든 시간을 보냈다. 나는 그의 안전을 위해 최선을 다했으니, 그가 힘들었던 건 내 잘못이 아니다. 마이크의 문제는 자기가 팔아야 할 코카인과 환각제에 나만큼이나 지독하게 중독돼 버린 거였다. 지금은 나한테서 마약을 사 갈 정도였다. 우쭐대거나 하지는 않았지만 여전히 오만하기 짝이 없는 개자식이었다.

당연히 헤로인 4그램은 오래가지 못했다. 다음 날 아침 눈을 뜨고 얼마 지나지 않아서 또다시 바닥나 버렸다. 그날 오후 우리는 또다시 거대한 참나무가 늘어선 도로에 차를 세우고 기다렸다. 이번에도 라울이 나와서 우리 차 쪽으로 걸어왔다.

나는 두 사람을 소개했다. "에밀리, 이쪽은 라울이야. 라울, 에밀리야."

에밀리가 먼저 인사했다.

라울도 인사했다.

나는 마이크와 잘 연락했냐고 물었다.

라울은 일이 잘됐다고 했다. 코카인도 괜찮았다고. 앞으로 몇 번 더 부탁할 것 같다고 했다. "혹시 코카인이랑 베이킹소다랑 섞어서 녹이는 방법 알아?"

나는 모른다고 대답하며 알아보겠노라고 덧붙였다.

"저번에 얘기한 그거 가지고 왔어?"

나는 그렇다고 했다.

"한번 보여 줘 봐."

나는 가져온 꽃봉오리를 내밀었다.

"오, 모양 괜찮네."

"이건 그레이프프루트라는 건데 정말 끝내줘."

"나중에 좀 사 둬야겠네."

블랙이 차가 있는 쪽으로 걸어오더니 지난번이랑 똑같은 표정으로 라울을 쳐다보았고 라울은 씩 웃더니 집으로 들어갔다.

에밀리가 블랙에게 말했다. "네 형 성격이 괜찮더라."

블랙이 대답했다. "저 새끼 완전 미친놈이야."

내가 용건을 말했다. "물건 가져왔는데 한번 볼래?"

블랙은 그러겠다고 했다. 나는 가져온 봉투를 건넸고 블랙이 봉투를 열었다.

"그러니까 이게 그 마리화나라는 거구나?"

에밀리가 대답했다. "응. 그거야."

블랙은 상태는 괜찮아 보이지만 지금 당장 살 수가 없다고 했다. 나중에 기회가 되면 사겠다고 말했다.

59

마약쟁이끼리 친구가 되는 건 사람들이 눈앞에서 거짓말을 하는데도 혹시나 내가 필요한 걸 얻지 못할까 봐 아무 말도 못 하는 내용으로 이어지게 마련이다. 토요일도 다르지 않았다. 에밀리와 나는 눈을 떠서 남은 약을 녹여 주사를 맞은 다음에야 하루를 시작할 수 있었다. 남은 약을 전부 다 맞고 난 후에야 비로소 하루가 시작됐고, 약이 떨어졌으니 또 새로 약을 구해야 할 시간이었다.

"돈 얼마나 남았지?"

에밀리가 대답했다. "900달러."

"나쁘지 않네."

블랙에게 전화를 걸었지만 연락이 닿지 않아서 문자를 보냈다. 블랙은 아직 정신을 못 차리고 있노라는 답장을 보냈다.

에밀리가 제안했다. "그럼 빅에게 연락하면 되잖아."

"좋아. 그게 나을지도 모르겠다."

돈이 조금밖에 남지 않았다는 건 참 애매한 일이었다. 며칠 버틸 만큼 가진 돈에 맞춰서 7그램을 사면 될 일 아닌가 생각할 수도 있다. 하지만 3그램을 사면 2그램에다 애매하게 1그램이 남을 것이고, 7그램을 사면 6그램에다 애매하게 1그램이 남아 버린다.

돈이 조금밖에 없을 때는 일단 약을 사지 않고 미루는 게 가장 좋다. 헤로인 대신 약을 사는 것도 나쁘지 않은 방법이다. 약은 크게 잘못될 일이 없으니까. 그리고 빅은 쓰레기 같은 놈은 아니었다.

우리는 빅을 만나 열 알을 사서 집으로 돌아왔다. 그때가 오후 2시 무렵이었다. 막다른 길에 몰려서 슬픔이 가득한 상황인데도 하늘은 아무런 문제가 없는 듯 화창했다. 바로 그때 전화벨이 울렸다. 마이크였다.

"마이크, 웬일이야."

"혹시 총 가진 거 있어?"

"아니."

"제기랄."

"무슨 일이야?"

"진짜 총 없어?"

"응. 왜 그러는데?"

"방금 도둑한테 털렸어."

"도둑한테 털렸다고?"

"응. 네가 연결해 준 새끼가 꾸민 거야."

"지금?"

"응."

"젠장."

"일단 차부터 찾으러 가야 해. 거기에 차를 두고 왔어. 진짜 총 없어?"

"응. 총은 없고 필요하면 방탄조끼는 빌려 줄 수 있어."

"지금 갈게."

"차 없다며?"

"레이첼 차를 얻어 타고 가면 돼."

"아, 알겠어. 기다릴게."

레이첼은 마이크의 여자친구였다. 두 사람은 함께 살았지만 각 방을 사용했다. 정말 기이한 커플이라는 생각이 들었다. 레이첼은 남자라면 누구나 한 번쯤 자고 싶어 할 만한 여자였기 때문이다. 둘 중 하나가 무호흡증인지도 모른다. 나로서는 알 길이 없었다. 어쨌든 마이크가 당한 일 때문에 속이 상했다. 마이크는 지금 치료를 받는 중이었다. 세상은 그가 인생의 패배자라도 되는 양 흘러갔다. 마이크는 그런 삶에 익숙하지 않아서 더 힘들고, 나처럼 바닥의 인생을 사는 것 같은 기분이 들어서 더 힘들었을 것이다. 기분이 안 좋은 이유는 또 있었다. 라울을 소개해 준 사람이 바로 난데, 그 라울이라는 자식에게 뒤통수를 맞은 것이다. 라울은 흑인이고 마이크는 흑인 애들과 거래하는 걸 꺼렸다. 도무지 믿을 수가 없다면서 흑인은 상종도 하지 않으려고 했다. 흑인 새끼들에게 털릴 수도 있다고 생각했기 때문이다.

나는 에밀리에게 말했다. "마이크가 올 거야. 방금 도둑한테 털렸대. 차를 두고 와서 찾으러 가야 한다나 봐. 내 차로 데려다 주려고."

"뭐라고?"

"마이크가 털렸대."

"누구한테?"

"아무래도 라울 자식 같아."

"뭐야, 진짜 쓰레기 같은 새끼네!"

"아직 잘은 모르지만 아무래도 그런 것 같아. 금방 도착할 거야. 어떻게 된 일인지 직접 물어봐야지."

"지금 온대?"

"응. 금방 도착할 모양이던데."

나는 집에 있는 방탄조끼를 꺼내 왔다. 계단 옆 옷장에 보관해 둔 육군 전투복의 위장 무늬가 그려진 조끼였다. 오하이오주 방위군에서 사용하던 무늬인데 이제는 아니었다. 옷장에 케블라 방탄헬멧도 있었지만 그건 너무 과한 것 같아서 그냥 두었다.

마이크가 집 앞에 도착했다. 에밀리가 문을 열어 주었다.

나는 안부부터 물었다. "마이크, 다친 데 없어?"

"젠장, 없어."

"어떻게 된 거야?"

"웬 놈한테 털렸다니까."

"그건 알겠고. 어쩌다가?"

"라울이 연락해서 코카인을 사고 싶다더라고. 차를 끌고 약속 장소에 갔더니 어떤 미친 새끼가 총을 들이밀잖아."

"라울도 있었어?"

"아니. 어린 새끼만 있었어."

"정말 미안해. 진짜 열 받았겠다."

"급하게 오느라 차를 두고 왔어. 일단 차부터 찾아야 해."

"알겠어. 내 차로 가자. 당장 데려다 줄게."

"응. 방탄조끼를 입고 가는 게 좋을까?"

"글쎄, 모르겠네. 걱정되면 입고 가. 출발하기 전에 한 대 맞고 가자. 에밀리!"

"응."

"마이크한테도 조금 줄 거야. 그걸로 화내지 마."

"알겠어."

"고마워, 정말." 마이크가 말했다.

우리 셋은 함께 주사를 맞았다. 마이크가 도둑에게 털린 상황이라서 그래야만 했다. 코카인을 30그램 가까이 도둑맞았으니 800달러에서 1000달러 손해를 본 거였다. 지금 상황에서 할 수 있는 건 주사를 맞고 뽕 가는 것뿐이었다. 그래서 그렇게 했고, 마이크를 차가 있는 곳까지 태워다 주었다. 마이크의 차는 아파트 바깥 주차장에 있었다. 파란색 머큐리. 차 문이 활짝 열려 있었다. 이스트클리블랜드 못 가서 코번트리의 메이필드가 북쪽에 있는 아파트 근처였다. 우연히 무장강도를 만났다고는 도저히 믿기 힘든 위치였다. 이건 분명 각본이 있는 테러 행위였다. 근처에서 어린 여자애 둘이 줄넘기를 하고 있었다. 마이크는 서둘러 차에서 내리더니 주차된 곳으로 갔고, 우리는 바로 그 자리를 떠났다. 마이크는 방탄조끼를 입고 있었다. 우리 셋은 누가 봐도 얼간이 삼총사 같았다. 집에 돌아와서 마이크에게 남은 약 하나를 더 건네주었고 마이크는 그 길로 돌아갔다. 나는 블랙에게 전화를 걸었다. 이번에는 전화를 받아서 뭘 가지러 나가려는 참인데 지금 만날 수 있다고 했다. 나는 당장 가겠노라고 했다. 그리고 헤로인 1

그램을 샀다. 라울에게 따로 연락하는 수고를 하기 싫었다. 그날 일을 묻자 블랙은 아무것도 아는 게 없다고 잘라 말했다. 물론 그 말을 믿지 않았지만 어차피 나랑은 상관없는 일이었다.

60

최근 몇 년 동안 제대로 잠을 잔 적이 없었다. 잠만 들면 폭력의 현장이 펼쳐졌다. 이라크의 모습이었다. 예전에 본 영화를 꿈에서 볼 때도 있었다. 꿈에서 죽어 깨어나지 못할 때도 있었다. 한 번 죽고 또다시 몇 번이고 죽는 통에 겨우 눈을 뜨고 나서도 온몸이 녹초가 되곤 했다. 그 외의 모든 것으로 인해 나는 무척이나 불행했다.

욕실 바닥에 죽어 있는 나방 같은 하루하루가 이어졌다. 그러던 어느 날 편지 한 통이 도착했다. 내가 학교를 거의 나가지 않아서 지난 학기에 장학금으로 받은 돈을 전부 토해 내야 한다는 내용이었다. 그것도 당장 갚아야 한다고 했다. 다른 선택의 여지가 없어서 부모님한테 사실대로 말하자 돈을 마련해 주었다. 그런데도 남은 돈이 없었다. 새 학기가 시작되면 다시 돈을 받을 수 있을 테지만 이번에는 정말로 조심해야 했다. 학교에 간다는 건 항상 할 일이 산더미처럼 쌓인다는 의미일 테니까 조심해야 하고, 그 일을 전부 다 해낼 수 없더라도 조심해야겠다는 생각이 들었다.

에밀리가 강아지를 입양하자고 해서 그렇게 했다. 우리는 브룩파크에 있는 동물보호소에서 60달러를 주고 개 한 마리를 데려왔다. 에밀리는 리비니아라는 이름을 지어 주었다. 리비니아는 하운드종과 다른 종이 섞인 암컷으로 윤기 나는 회갈색 털이 멋진 아이였다. 어찌나 겁이 많은지, 리비니아가 더욱 가엾게 느껴졌다. 우리는 리비니아를 지켜 줄 거라고, 앞으로 영원히 행복하게 해 줄 거라고 말했다. 에밀리는 이제 약을 끊을 때가 된 것 같다고 말했다. 나도 끊고 싶다고 말했다. 에밀리도 나와 같은 생각이라고 했다.

나는 정신과 의사를 만나러 갔다. 인생이 엉망진창이 됐노라고 털어놓았다. 예전에도 정신과 상담을 받은 적이 있었다. 몇 년 전, 그러니까 조이가 떠난 후에 재향군인국에 있는 병원을 찾았다. 두 달 정도 다니다가 로이를 차량국에 데려다 주느라 병원 예약을 깜빡 잊고 말았다. 로이는 웨스트사이드에 살아서 웨스트사이드 차량국까지 데려다 줘야 했는데, 예약 30분을 남기고서야 예약이 있다는 게 떠올랐다. 병원에 전화했지만 받지 않아서 오늘 예약을 취소해야 할 것 같다고 메시지를 남겼다. 다시 예약을 잡으려고 전화를 걸었는데 그때도 받지 않아서 다시 메시지를 남기고 기다렸다. 그게 3년 전이었다. 아직도 병원에서는 연락이 없고, 로이와 나는 그때 이후로 더는 친구가 아니었다.

드디어 코프먼이라는 다른 의사를 만났다. 정부에서 나 같은 마약중독자를 연구하라고 돈을 준 의사라서 진료비가 공짜였다. 대학 병원에서 일한 의사인데 내게 아무 말도 하지 않고 그냥 숫자를 말하더니 집으로 돌아가서 또다시 1부터 10까지 숫자를 적으라고 했다. 그것도 밤낮으로. 그 숫자에 무슨 특별한 의미라도 있는 것처럼. 나는 빌어먹을 범죄자라도 된 기분이 들어서 의사가 시키는 대로 숫자를 적어야 하는데 적지 않았다.

에밀리가 병원에 해독 치료를 받으러 갔을 때도 나는 헤로인에 손대지 않기로 되어 있었다. 집에서 혼자 골골 앓아야 정상이었다. 에밀리는 해독 치료 프로그램을 신청했다. 제임스 라이트풋이 해독 치료에 관해 이야기해 주었다. 시내 병원에 가면 해독 치료를 받을 수 있는데, 첫 번째는 공짜로 가능하다는 거였다. 오하이오주에서 그 비용을 대신 지급하기 때문이란다. 그래서 에밀리는 해독 치료를 받으러 갔고 나는 주말 내내 개를 보며 집에 있었다. 아직 제대로 훈련받지 못한 리비니아는 기저귀를 차고 온 집을 빨빨대며 돌아다녔다. 에밀리가 보고 싶은지 내내 울상이었다. 나는 이쯤 되면 약 기운이 떨어져 골골 앓아야 정상인데 싶은 생각이 들었다. 하지만 나는 약속을 지키지 못하고 주말 내내 약에 절어 지냈다. 제임스 라이트풋이 집에 와서 함께 주사를 맞았다. 제임스는 여전히 내 친구였다. 에밀리와 내가 공들여 키운 마리화나도 거의 다 사서 이리저리 판매처를 찾아 팔아 주었다. 사실 제임스 라이트풋은 종종 우리에게 큰 도움이 되었다. 약에 절어서 뻗었을 때만 빼고는 맡은 일을 잘 처리하는 편이었다. 하지만 지금도 우울감을 이기지 못해서 구제 불능 상태였고, 죽음을 동경하기 때문에 약을 멀리해야겠다고 결심한 상태에서 그런 친구를 집에 끌어들인 것 자체가 엄청난 실수였다. 결국 제임스 라이트풋과 나는 주사를 맞았고 본래대로라면 약 기운이 떨어져서 앓아야 할 시간에 멀쩡했다. 예상보다 더 개판이 되었다.

그렇게 월요일이 되었고 해독 치료를 마친 에밀리를 데리러 갔다. 집으로 돌아오는 길에 우리는 헤로인을 샀다. 모든 게 일상으로 돌아오자 에밀리는 여전히 헤로인에서 벗어나지 못하는 우리 꼴을 보라며 화를 냈고, 모든 게 내 잘못이라며 길길이 날뛰었다.

어느 날 아침 집주인이 전화를 걸어 집을 조사하기 위해 시에서 나온 검사관과 함께 잠시 들를 예정이라고 말했다. 에밀리는 언제쯤 도착할 거냐고 물었다. 집주인은 두 시간쯤 걸린다고 했다. 에밀리는 알겠다고 대답했다. 문제는 마리화나를 키우는 방이었다. 화분에 막 꽃이 피는 찰나인데 모조리 뒤집어 버려야 할 판이었다. 방에 설치한 장비도 전부. 워낙 크고 양이 많은 터라 적당히 숨길 만한 공간이 없었다. 나는 화분에 있는 줄기를 모조리 뽑아서 쓰레기봉투에 넣고 흙을 가득 채워서 차에다 차곡차곡 쌓았다. 그동안 에밀리는 방에 설치해 둔 장비들을 해체했다. 텐트를 걷고 벽에 붙여 둔 마일라 테이프도 모조리 뜯어 버렸다. 한바탕 야단법석이 벌어졌고, 그 난리보다 우리 꼴이 더 쓰레기 같았는데도 집주인이 똑똑함과는 거리가 먼 사람이라 그 정도로 일단락되었다.

블랙은 감옥에 갔다. 비가 주룩주룩 내리는 어느 날 밤 정신과 의사의 상담실에서 나왔는데 전화벨이 울렸다. 라울이었다. 블랙이 감옥에 가기는 했지만 아주 큰 문제는 아니라서 며칠, 어쩌면 1~2주 후에 보석금을 내고 나올 수 있을 거라며, 내가 원한다면 그때까지 자기가 헤로인을 구해 줄 수 있다고 했다. 나는 당장 만나러 가겠다고 말했다. 세인트클레어로 오면 만날 수 있다고 했다. 시간이 좀 걸릴 거라고. 마침내 라울이 도착했을 때는 밤 10시가 다 된 시간이었다. 정말 미안하다고, 삼촌이랑 차를 타고 오는데 중간에 짭새한테 걸려서 차를 세워야 했고 그걸 처리하느라 시간이 꽤 지체됐다고 설명했다. 나는 돈을 건네주었고 라울은 약이 든 봉투를 내밀었다. 물건은 쇼핑백처럼 생긴 하얀 비닐봉지에 돌돌 말려 있었다. 나는 차를 타고 집으로 돌아왔다.

에밀리랑 헤로인을 반씩 나눠 맞았다. 쇼핑백에서 뭔가 퀴퀴한 냄새가 난다고 했더니, 에밀리도 이상한 냄새를 맡았다고 맞장구를 쳤다. 라울이 과일 맛 과자를 엄청나게 먹고 난 것 같은 냄새였다. 주사를 맞고 나서 라울에게 전화했다. 라울이 헤로인은 어땠느냐고 물었다. 나는 그럭저럭 괜찮았다며, 혹시 약이 든 쇼핑백을 나한테 주기 전에 엉덩이로 깔고 앉았느냐고 물었다. 라울은 키득대며 웃었다.

코프먼 박사가 나를 위해서 병원에 근무하는 중독전문상담사를 예약해 주었다. 나는 시간에 맞춰서 병원에 갔다. 그런데 마약중독상담실이 어디 있는지 도무지 찾을 수가 없었다. 도저히 안 되겠다 싶어서 상담실을 찾느라 병원을 빙글빙글 돌기 시작했다. 마침내 상담실을 찾았을 때는 약속한 시각에서 15분이 지난 후였지만, 그건 내 잘못이 아니었다. 상담실에 도착해서도 나는 한참을 기다려야 했다. 거의 한 시간 정도. 그러고 나서야 간호사를 만나서 피를 뽑고 설문지를 작성하는 시간을 가질 수 있었다. 간호사는 무척 친절했지만 중독전문상담사라는 의사인지 뭔지 하는 인간은 뼛속부터 개자식이었다. 나는 서복손(Suboxones, 마약류 금단 현상 치료제-옮긴이)을 먹어 봤는데 전혀 효과가 없어서 그 약으로 치료가 될지 확신이 안 선다고 말했다. 한참 동안 서복손을 먹어 봤다. 금단 현상이 오면 회복을 해 보려고 약을 수십 알 먹었다. 한 번에 네 알, 심지어 다섯 알까지 입에 털어 넣고 혓바닥으로 하나씩 녹여 먹었는데도 전혀 효과가 없었다. 나는 진실을 얘기했는데, 그 자식은 나더러 거짓말쟁이라고 하며 코프먼 박사를 찾아온 이유가 뭐냐고 물었다. 나는 외상 후 스트레스 장애 때문에 왔다고 대답했다. 그가 어쩌다 외상 후 스트레스 장애를 얻었는지 묻기에 이라크전에 참전했노라고 대답했다. 그는 언제 파병했냐고 물었다. 나는 2005년에 갔다가 2006년에 돌아왔다고 대답했다. 그는 그때쯤이면 전쟁이 끝날 무렵 아니냐고 했다. 나는 도저히 그 자리에 있을 수가 없어서 바로 나와 버렸다. 이라크에서 가슴 통증으로 고생하던 게 떠올랐다. 철조망을 벗어나던 생각만 하면 심장마비라도 온 것처럼 바닥에 넘어져 데굴데굴 구를 정도로 가슴 통증이 심해졌다. 숨도 제대로 못 쉬자 슈가 나를 대대 구호소로 데려가 '이름이 기억나지 않는 아무개'에게 보였다. 의사도 아니고 기껏해야 의사 보조 수준인 아무개는 자기가 무슨 의사라도 되는 양 거들먹거리며 나를 제대로 쳐다보지도 않고, 내일 아침에도 아프면 다시 데려오라고 슈에게 말했다. 하지만 나는 돌아가지 않았다. 가슴 통증이 다시 찾아왔다. 보통 때는 의료진 소집이 있어도 나는 참석하지 않았다. 보통 때는 철조망 안이 아닌 폭탄이나 총격 같은 현장에 있었기 때문이다. 나는 그때도 아무것도 아니었고 지금도 아무것도 아니다.

61

마지막은 에밀리와 엄청나게 싸우는 것으로 끝났다. 에밀리는 자기에게 벌어지는 잘못된 일들이 전부 나 때문이라며 원망을 해댔고, 나는 가끔은 제발 입을 좀 닥쳐 줬으면 한다고 대답했다. 우리는 구할 수 있는 마약을 전부 털어다가 전부 몸에 쑤셔 넣었고, 그 어느 때보다 흥분한 상태였다. 나는 약 기운에 취해서 의자에 앉아 꾸벅꾸벅 졸다가 무릎을 태운 담배를 떨어뜨렸다. 그러자 에밀리가 비디오카메라를 들고 내려오더니 "꼴이 그게 뭐야!"라고 외치며 집 안을 빙글빙글 돌듯이 나를 쫓아다니면서 찍어 댔다. 마약에 취하니까 꼴이 지랄 같아! 나는 뭔 지랄을 떠는 거냐고 대꾸했고, 에밀리 역시 약에 취한 터라 그 말이 진심이라고 대답했다.

우리가 가장 열 받은 건 옥시콘틴이 바닥나 버린 거였다. 그때부터 어디를 가도 옥시콘틴을 구할 수가 없었다. 빅의 잘못은 아니었다. 옥시콘틴이 생산되는 동안에는 항상 옥시콘틴을 구할 수 있었으니까. 문제는 예전처럼 옥시콘틴을 생산하지 않는다는 거였다. 옥시콘틴 성분이 들어간 약을 만들기는 했지만 딱딱한 고무 재질이라 으깨서 녹일 수가 없었다. 어찌어찌 부셔서 물속에 넣으면 젤처럼 끈적해져서 주사기로 혈관에 꽂을 수 없는 상태가 돼 버렸다. 예전에 나온 옥시콘틴 일부가 여전히 유통되기는 하지만 그마저도 순식간에 소진되어 버렸다. 에밀리와 나는 어쩔 수 없이 헤로인에 의존했고, 빅은 헤로인을 취급하지 않았다. 전혀 믿을 수 없는 쓰레기 같은 마약 판매상들을 찾아가 구원의 손길을 구할 수밖에 없었고, 결국 더 심한 금단 현상에 시달리고 말았다.

가을 학기가 시작되었고 이번에는 망치면 안 된다는 걸 알기에 최대한 수업에 자주 들어가려고 노력했는데 이번에는 어느 정도 운이 따랐다. 에밀리가 자기 수업을 듣는 것 외에 대학원생을 위해 운영하는 쓰기보충반을 맡아서 화요일과 목요일 저녁은 8시까지 학교에 붙어 있어야 하는 상황이었다. 나는 절대 하지 말아야 할 행동을 하지 않은 상태로 대부분의 시간을 집에서 혼자 보냈다. 금단 현상 때문에 손가락 하나도 까딱할 수 없을 정도로 우울감이 느껴졌다. 에밀리는 나에게 쓸모없는 쓰레기 자식이라고 할 것이다. 그 정도로 나쁜 년이지만 에밀리에게도 그럴 만한 이유가 있을 것이다. 물론 나도 그런 내가 싫지만, 그렇다고 다른 방법이 있는 것도 아니었다.

같이 수업을 듣는 여학생 중에 한 번인가 얘기를 나눠 봐서 조금 알고 지내는 여자가 있었다. 아이 하나를 키우면서 엄청나게 고생하고 살았다며 헤로인을 구해 줄 수 있냐고 물었다. 싱글맘에 고생한 여자라는 걸 알기 때문에 마약까지 구해 주고 싶지는 않았다. 아이 엄마에게 헤로인을 구해 주는 건 내가 할 수 있는 최악의 행동으로 보였다. 하지만 몇 번이나 부탁하기에 어느 날 학교 수업이 끝난 뒤 같이 집으로 돌아와 주방에서 헤로인 주사를 맞았다. 여자는 내가 마음에 든다고 말했다. 나 역시 그녀가 좋다고 말하고는 사랑받을 자격이 충분한 사람이니 진짜 사랑해 주는 남자를 만났으면 좋겠다고 대답했다. 그러자 여자가 내게 입을 맞추었다. 안 그랬으면 싶으면서도 내심 기분이 좋았다. 낯선 여자에게 키스를 받으니 정말 짜릿했다. 에밀리가 아닌 다른 여자와의 키스라서 좋았다. 여자의 젖꼭지가 딱딱해지더니 내 몸에 딱 달라붙어서 아랫도리를 손으로 움켜쥐었다. 여자의 바지를 벗기려고 했더니 나를 막아 내며 지금 생리 중이라고 했다. 나는 젠장, 이라고 투덜댔다. 그러자 빨아 주겠다고 했다. 3일 가까이 샤워도 하지 않은 데다 아랫도리 털을 정리한 지도 한참 전이라 그러지 않았으면 싶었다. 다시 여자의 바지를 벗기려고 하자 생리 중이라는 대답이 다시 돌아왔고, 그녀는 "내가 빨아 준다니까." 라는 말만 되풀이했다. 그러더니 내 앞에 무릎을 꿇고 앉아서 바지 벨트를 풀기 시작했다. 달리 어찌할 수가 없어서 물건을 그녀의 입속에 쑤셔 넣었다. 퀴퀴한 냄새가 내 콧속까지 파고들 정도니까 분명 더러운 맛이 날 거라는 생각이 들었지만, 어차피 이렇게 된 거 어쩌겠나 싶었다. 그렇게 절정에 이르렀고 평상시보다 아주 흥분한 탓인지 정액이 그녀의 이와 콧잔등까지 튀고 말았다. 그녀는 정액을 닦아 내더니 자기도 코끝까지 짜릿했다고 말했다. 그 말을 듣자 기분이 좋으면서도 동시에 미안한 마음이 들었다. 그 후로 별다른 대화 없이 그녀를 학교에 데려다 주었다. 그날 이후 우리는 학교 밖에서 따로 만난 적이 없었고, 학교에서 우연히 마주쳐도 얼굴을 쳐다보려 하지 않았다. 나는 그날 벌어진 일과 인생이 서서히 죽어 간다는 사실, 준비되지 않은 상태에서 낯선 여자의 입이 내 더러운 물건을 애무하게 하고 후회하는 모습 그리고 한때는 굳게 믿었던 모든 것이 이렇게 잊힌다는 사실이 너무나 슬프게 느껴졌다.

6부

파멸

62

쓰레기 같은 인간이 되려면 어떻게 해야 할까?

나는 마약쟁이 새끼들과 너무 가까이 어울리려고 하다 보니 돈이 필요해져서 쓰레기 같은 인생을 살았다.

그날 밤은 특히나 더 운이 나빴다. 나는 라울과 라이더랑 밤새도록 차를 타고 거리를 헤맸다. 차 한 대를 찾는 중이었다. 그 차를 타고 다니는 자식을 찾아서 도둑질할 참이었다. 하지만 애초에 그 차를 찾을 수가 없었다. 우리는 그의 집으로 향했다.

라이더가 말했다. "여기 없나 봐."

라울이 물었다. "여기가 그 새끼 집 맞아?"

라이더가 대답했다. "확실해."

하지만 목소리에서 확신이 느껴지지 않았다.

라이더는 왼쪽 뺨에 초승달 모양의 상처가 있었다. 사고가 아니라 칼에 맞아서 생긴 상처였다. 그 상처가 생기기 전에 라이더한테 헤로인을 산 적이 있었다. 라이더는 골칫덩어리였다. 나더러 자기 대신 누구 하나를 죽여 줄 수 있겠냐고 제안한 적도 있었다. 자기가 그 사람한테 빚진 게 있는데 빚을 청산하려면 그냥 죽여 버리는 게 가장 낫다는 거였다. 정말 미친 자식이었다. 빚을 졌다는 것도 라이더한테 들은 게 아니었다. 그 사람만 죽여 주면 마약 수십 개는 얻을 거라고만 했다. 어쨌거나 나는 거절했다.

라이더는 정말 쓰레기 같은 새끼였다. 지금 몇 시냐고 물으면 아무 이유도 없이 뻔뻔하게 거짓말을 하는 부류였다. 다른 사람을 골로 보내고는 자신을 위해 기적이 일어나길 바라는 부류였다. 라이더는 사실 존재감이 별로 없었다. 하지만 라울의 수족이었다. 그리고 라울은 라이더가 떠들어 대는 이야기를 그대로 믿을 만큼 그를 신뢰했다.

마침내 나는 지칠 대로 지쳐서 라울에게 말했다. "아무래도 힘들겠어."

라울도 동의했다. "이건 정말 미친 짓이야."

라이더는 생각을 바꾸지 않았다. "이봐, 그 자식한테 약이 적어도 백 개는 있을 거야."

하지만 우리는 라이더가 떠드는 소리를 듣는 것도 지친 상태였다. 그냥 라이더를 내려 주었다. 나는 온몸이 기진맥진한 데다 기분도 엿 같았다. 이런 기분이 드는 것 자체가 싫었다.

그래서 라울에게 말했다. "다른 방법을 생각해 볼까? 다른 거라면 내가 확실하게 할 수 있어."

"좋아, 그럼 그렇게 하자."

"넌 운전대만 잡고 있으면 돼. 나머지는 내가 알아서 할게."

라울은 알겠다고 했다.

오전 5시 45분, 나는 서서히 몸이 아파 오는 걸 느꼈다. 헤로인은 떨어지고 돈도 없는데 라울에게 갚아야 할 돈이 600달러나 있었다. 이제 돈은 나중에 받고 물건 먼저 주려고도 하지 않았다.

내가 양해를 구하듯이 말했다. "약 기운이 떨어진 상태에서는 절대로 못 하는 거 알지?"

라울은 함께 마약을 밀매하는 집으로 가자고 했다. 그리고 헤로인 1그램을 가지고 나왔다. 그것밖에 없다고 했다. 나는 라울을 여자친구 집에 내려 주었다. 오후에 다시 연락하겠노라고 했다. 그리고 집으로 돌아왔다. 그때가 오전 6시 45분이었다. 바닥에는 하얀 눈이 쌓여 있었다. 내린 지 꽤 됐는지 먼지와 살얼음이 가득했다. 가끔 지금이 몇 월인지 잊곤 했다.

에밀리와 리비니아는 침대에 잠들어 있었다. 나는 둘을 깨웠다. 2층은 온기가 가득했다. 가슴이 찢어질 것 같았다. 너무 행복했다. 에밀리가 잠에서 깼다. 리비니아는 다시 이불 속으로 기어들어갔다. 보통 때도 이불 속 깊이 들어가는 걸 좋아했다. 아침이 될 때까지 자는 것도 좋아했다.

에밀리와 함께 주사를 맞고 학교 갈 준비를 마쳤다. 나는 에밀리를 학교에 내려 주었다. 에밀리가 집에 올 때는 버스를 타도 괜찮다고 했다. 나는 부모님 댁에 잠시 뭘 가지러 가야 한다고 말했다. 에밀리는 알겠다고 했다. 어쩌면 어머니가 집에서 먹을 음식을 챙겨 줄 수도 있고, 아버지가 비상금을 찔러 줄지도 모른다고 생각했을까.

나는 차를 세우고 강의실에 들어갔다. 몇 시간이라도 평상시와 같은 기분을 느끼고 싶었다. 예의 바른 사회의 일원인 것처럼 행동하고도 싶었다. 오후 3시 넘어서 라울을 만나러 가야 했다. 12

시 30분쯤 집으로 와서 리비니아를 이불 밖으로 불러냈다. 오는 길에 웬디스에 들러서 리비니아에게 줄 치즈버거를 샀기 때문이다. 리비니아는 코를 킁킁대더니 치즈버거를 2초 만에 먹어치우고는 '나머지 치즈버거는 어디 있어?'라고 묻듯이 나를 빤히 쳐다보았다.

만족이라고는 모르는 나 자신을 보는 것 같았다.

마지막 남은 약을 주사기에 넣어서 바늘을 찔렀다. 그리고 담배를 피웠다.

블랙의 전화를 받은 지 스무 시간이 지났다.

블랙은 나더러 쓰레기 같은 놈이라고 했다.

내가 되물었다. "뭐라고?"

"이 쓰레기 자식아."

"여보세요, 블랙?"

"너 때문에 나는 검은색 마스크를 쓰게 될 거야."

"뭐라고?"

"너 때문에 나는 검은색 마스크를 쓰게 될 거라고."

"무슨 소린지 모르겠어."

"나는 이제 검은색 마스크를 쓸 거야."

"내가 뭘 잘못했어?"

"반드시 갚아야 할 거야, 나쁜 새끼."

에밀리가 TV를 보다 물었다. "누구 전화야?"

"블랙이야."

"뭐라는 건데?"

나는 담뱃불을 붙이고 자리에 앉았다.

"블랙이 뭐래?"

"내가 자기한테 검은색 마스크를 쓰게 할 거래."

"뭐라고?"

"방금 말한 대로야."

에밀리는 작은 테이블을 걷어찼다. "그게 무슨 헛소리야?"

"젠장! 나도 몰라. 블랙이 그렇게 말했다니까. 이제 검은색 마스크를 쓰게 될 거라나."

"그게 무슨 뜻인데?"

"아무 뜻도 없어. 그 자식 완전히 미쳤어."

라울이 3시 30분쯤 전화를 걸었다. 나는 준비를 마치고 밖으로 나갔다. 기분이 상쾌했다. 살짝 긴장되기는 했지만 기분 나쁜 긴장감은 아니었다. 뭔가 살아 있다는 느낌, 그 정도였다.

우리는 4시가 조금 지난 시간에야 만났다. 라울은 사촌이 타는 자동차를 끌고 왔다. 별다른 특징이 없어 보이는 자동차. 뽑은 지 얼마 안 돼 보였다. 쥐색에다 일본 차 느낌. 게다가 임시 번호판. 완벽했다.

라울이 운전대를 잡았다. 이따가 털기로 한 은행을 지나서 달려갔다. 도로에서 정면에 있는 창문 너머가 한눈에 보였다. 위치는 그다지 나쁘지 않아 보였는데, 차를 타고 은행을 지나가다 내가 싫어하는 뭔가를 발견했다.

"이 은행은 안 되겠어."

라울은 이 정도면 완벽한 것 같다고 대답했다.

"직원들이 방탄유리 뒤에 앉아 있잖아. 그럼 안 돼."

"은행에 온 사람을 잡으면 되잖아."

"그럼 너희 할머니라도 잡고 있을까? 여기 말고 다른 데를 찾아보자."

우리는 차를 타고 더 괜찮은 장소를 물색하기 시작했다. 그러다가 은행 문을 닫을 시간이 되었다.

"제기랄."

라울이 늦게까지 영업하는 은행을 알고 있노라고 했다. "7시까지 할 거야."

나는 알겠다고 했다.

은행은 쇼핑센터 안에 있었다. 꽤 오래된 건물이라 은행에 최신 보안 장치가 있을 것 같지 않아서 마음에 들었다. 문도 오래됐을 테고 카메라도 전부 구형이겠지.

"여기 마음에 드네. 일단 사람들이 다 빠질 때까지 기다리자."

우리는 기다렸다. 나는 모든 게 준비된 상태였고 고객이 다 빠져나가자마자 들어갈 참이었다. 괜히 사람들과 마주치고 싶지 않았다. 털모자에 후드티까지 입었다. 라울이 나를 위해 가져다주었다. 곰 퇴치용 스프레이도 있었다. 에밀리 거였다. 워싱턴주에 있는 숲에 갔을 때 산 거라고 했다. 나는 묻지도 않고 그걸 들고 나왔다. 사실 은행털이는 난생처음 해 보는 일이었다. 대체 뭘 어떻게 해야 할지 몰랐다. 하지만 아무 걱정이 없었다. 그저 은행에

온 사람들과 마주치지 않기만 바랄 뿐.

은행을 털려는 사람 중에서 절망적인 상황에 부딪히지 않은 경우가 있을까? 좋은 사람인지 나쁜 사람인지는 상관이 없다. 그저 사악하기만 한 개자식들은 절대로 남의 것을 훔치는 일 따위는 하지 않는다. 절도를 저지른다는 건 일종의 굴욕감 문제였다. 혹시 누군가에게 멸시당한 적이 있는가? 그렇다면 조심해야 한다. 당신도 절도범이 될 수 있으니까.

나는 마약 판매상들에게 갚을 빚이 있었다. 사실 그것도 아무 상관이 없었다. 블랙이나 블랙의 더러운 돈도 상관이 없었다. 남이 어떻게 돈을 벌든 나하곤 상관없으니까. 지금 내 인생에서 유일하게 두려운 것이 있다면, 바로 헤로인을 구할 수 없는 상황에 부닥치는 거였다. 완벽한 파멸에 이르기까지 이제 열두 시간도 채 남지 않은 상황이었다. 게다가 절망감까지 더해졌다. 나는 그에 대한 절충안을 찾았다.

라울은 소변을 보러 갔다. 건물 옆으로 돌아가서 볼일을 보고 다시 돌아왔다.

"이제 6시 40분이야."

"알겠어." 나는 결심이 선 것처럼 대답했다. "이제 들어가야겠다. 될 대로 되라지."

은행에는 직원 셋에 손님은 딱 하나뿐이었다. 여자 고객. 젊은 여직원 둘과 그보다 나이가 좀 들어 보이는 매니저 하나. 예순 살 먹은 어린애처럼 뚱뚱하고 웃기게 생긴 남자였다. 게다가 멜빵까지. 남자는 따로 마련된 사무실 책상 앞에 앉아 있었다. 사무실 한쪽 벽은 유리였는데, 매니저로 보이는 남자가 내가 왜 은행에 왔는지 궁금해하며 쳐다보는 게 느껴졌다. 털모자를 깊이 눌러 쓴 데다 후드티까지 입었으니까. 하지만 그로서도 뭐라고 확신할 수 없었을 것이다. 밖에 눈이 내리지 않는가. 그저 추위를 피하려다 보니 차림이 그런 걸 수도 있었다. 나는 예금전표와 펜이 마련된 기다란 테이블 쪽으로 걸어갔다. 그리고 종이 한 장을 꺼내서 뭔가를 적기 시작했다. 젠장이라는 단어를 열 번이나 썼다. 그것도 천천히. 나는 마지막 고객이 나가기만을 기다렸다. 검은색 양모 코트를 입었고 검은색 단발머리에 군데군데 흰머리가 보이는 40대 후반의 몸집이 자그마한 여자였다. 그 여자도 누군가의 어머니일 테지.

여자가 밖으로 나갔다.

나는 은행 창구 쪽으로 걸어가서 왼쪽에 있는 직원에게 종이를 내밀었다. 종이에 적힌 글자를 읽을 필요도 없었다. 여자 직원은 가진 돈을 전부 꺼냈다. 바로 옆에 앉은 직원이 '내 돈도 털어 갈 생각인가요?'라고 묻는 듯한 표정으로 나를 쳐다보았다.

어차피 문제를 일으킬 거라면 모든 창구를 깡그리 털어야 했는지도 모르겠다.

하지만 그러지 않았다.

다른 사람의 돈을 빼앗고 싶지는 않았다.

그저 헤로인을 사고 싶을 뿐이었다.

이 상황이 끝나기만 바랐다.

나는 빠른 걸음으로 은행을 나와서 차에 올라타고 뒷좌석에 몸을 뉘었다.

"빨리 출발해."

라울이 액셀러레이터를 밟았다. 멀리서 경찰차 사이렌 소리가 들렸지만, 우리가 탄 자동차는 이미 차량의 행렬 속으로 사라져 버린 후였다. 나는 치워 둔 임시 번호판을 다시 창문에 올렸다. 도로에는 조명의 물결이 출렁거렸다.

우리는 자기 몫을 나눠 가졌다. 라울이 차가 있는 곳까지 나를 태워다 주었다.

내가 부탁했다. "약 좀 구해 줘."

라울은 지금은 가진 게 없다면서 말했다. "이따가 전화할게."

10분 후 라울이 전화를 걸었다. "블랙한테 전화해 봐."

나는 블랙에게 헤로인 3그램을 사고 전에 빌린 돈도 갚고 다시 집으로 돌아왔다. 에밀리는 벌써 집에 돌아와 있었다. 나는 헤로인과 은행에서 턴 돈다발을 내밀었다.

"오늘 은행을 털었어."

"오늘 아침부터 이상하게 구는 것 같더라니."

나는 오늘은 종일 재미있게 보냈노라고 말했다.

63

에밀리는 창문 아래 매트리스를 깔아 놓은 다른 방에서 담요를 돌돌 말고 널브러져 있었다. 고통으로 몸부림치며 식은땀을 흘리고 조그만 플라스틱 휴지통에 속을 게워 내느라 한방에 있을 수가 없었다. 나라도 정신을 차리고 일어나서 뭔가 해야 했다. 두 다리가 땀으로 축축하게 젖었다.

주방 싱크대에 45분 가까이 서서 담즙과 콧물 대신 위 속에 뭔가를 채울 요량으로 연거푸 수돗물을 들이켰고, 위에 들어간 물이 다시 역류해 담즙과 콧물이 뒤섞인 누런 물을 쏟아 내기를 반복했고, 입술부터 침과 물이 끈적하게 늘어진 채 배수관으로 졸졸 새어 들어갔다. 마지막 주사를 맞은 지 24시간이 훨씬 더 지났다. 신용을 빌미로 약을 구하기도 힘들어졌다. 이제는 현금이 절실해졌다. 우리 둘 다 완전히 망해 버렸다.

에밀리가 앓는 소리를 듣자 마음이 찢어질 것 같아서 눈물을 흘리고도 싶었지만 그래 봤자 달라지는 건 아무것도 없었다. 하지만 그 앓는 소리는 너무나 아름다웠고, 에밀리가 신음을 내뱉으며 평상시처럼 '젠장'이라고 나지막이 말할 때마다 당장이라도 그녀 곁으로 달려가고 싶은 충동이 일었다. 완벽할 정도로 또렷

한 아랫입술. 얼굴에 송골송골 맺힌 땀방울조차 완벽했다. 두 눈을 감고 셔츠를 풀어헤친 모습. 끈적하게 달라붙은 잠옷. 온몸에서 살 냄새가 진동했다. 뺨에 달라붙은 머리카락은 입가까지 늘어져 있었다. 우린 순식간에 절정을 맛보았다. 금단 현상으로 시름시름 앓을 때는 할 수 있는 게 그 짓뿐이었다. 이제는 뭘 입고 나가야 할지 결정해야 했다.

나는 회색 바지에 중고품 할인 매장에서 산 옥스퍼드 셔츠, 짧은 코트를 입고 어머니가 준 야구모자를 쓰고 도수 없는 안경을 걸치고 집을 나섰다. 중간중간 구토가 나올 때를 대비해서 조그만 초록색 플라스틱 쓰레기통도 챙겼다. 우울함이 느껴졌지만 차분하게 가라앉은 우울함이었다. 비록 인생은 엿같이 되어 버렸지만 나는 괜찮았다. 내가 아는 건 그뿐이었다. 운명은 운명일 뿐이다. 가슴이 벅차고 인생이 소중하게 느껴졌다.

눈 때문에 휴식 시간을 가진 참이라 휴면기에 들어선 잔디를 볼 수 있었다. 날은 추웠지만 적당히 버틸 만했다. 이제 은행털이를 시작할 때가 되었다. 나는 은행 근처로 차를 몰았다. 도로 건너편에 경찰차가 보였지만 차 안은 비어 있었다. 나는 은행 옆으로 이어지는 도로로 들어섰고 챙겨 온 쓰레기통에 대고 토했다. 도로를 따라 쭉 내려가다 좌회전하여 노스파크로 들어서서 첫 번째 신호에 다시 좌회전한 다음 반쯤 내려가서 주차장에 차를 세웠다.

계획 같은 것도 없었다. 스톱워치도, 스키 마스크도, 총도 없었다. 이딴 거지 같은 짓을 하는데 굳이 완벽한 계획 같은 걸 세워야 한다는 게 전혀 내키지 않았기 때문이다. 에밀리의 상태가 좋지 않았다. 은행을 털고 감옥에 잡혀 들어가는 거라도 해야 내가 노력했다고 말할 수 있을 것 같았다. 지금 상황에서 최선은 일단 은행을 털고 그다음이 어떻게 될지 지켜보는 것뿐이었다. 차에서 내려 녹지대에 한바탕 속을 비워 낸 뒤 은행 쪽으로 걸어갔다. 은행에 들어가서 가장 먼저 경찰차를 타고 왔을 짭새가 있는지 살펴보았다. 경찰 하나가 반 블록 정도 위쪽으로 걸어가더니 바 안으로 들어가는 모습이 보였다.

이제부터는 안전할 것이다.

은행은 북적거렸지만 직원이 많아서 대기줄이 빠르게 줄어들었다. 나는 주머니에 든 봉투를 꺼내서 안에 있는 내용물을 자세히 훑어보았다. 순간 속이 메슥거렸다. 셔츠의 첫 단추를 풀고 짧은 코트로 머리를 가린 뒤 셔츠 안에 대고 욱 소리를 냈다. 뒤에 있는 여자가 괜찮으냐고 물었다.

"네. 재채기가 나서요."

다시 한번 토했다.

"많이 아픈 것 같은데요."

"아니에요, 괜찮아요. 계속 재채기가 나네요."

내 차례가 되어 창구로 향했다. 나는 봉투 안에 있는 종이를 꺼내서 활짝 펼친 다음 창구에 앉은 직원 쪽으로 내밀었다.

"어제 이런 편지를 받았어요."

직원은 종이에 적힌 내용을 읽더니 창구에 현금다발을 올렸다. 나는 종이와 현금을 챙겨서 은행 밖으로 나왔다. 거리로 나오자

마자 곧바로 달리기 시작했다. 차에 올라 주위를 빙 돌고 토하면서 노스파크 쪽으로 나아갔다. 여기서 우회전을 하면 20초 안에 클리블랜드에 도착할 것이다. 여기서 좌회전을 하면 부촌이 나온다. 나는 좌회전을 한 다음 클리블랜드하이츠 쪽으로 차를 몰았다. 은행에서 한참 떨어지고 나서야 웃음이 터졌다. 리로드를 지나자 이제야 한고비 넘겼다는 걸 깨달았다. 마치 아무 일도 일어나지 않은 것처럼. 집으로 돌아오자 에밀리와 리비니아가 푹신한 의자에 앉아 있었다. 에밀리는 두 눈을 감고 있었다. 나는 거실로 가서 주머니에 있는 현금다발을 전부 꺼냈다.

"일단 약부터 사야겠어. 지금 당장."

"자기는 정말 나쁜 놈이야."

라울에게 전화해서 지금 당장 만나자고 했다. 라울은 메이필드와 워런스빌 사이에 위치한 샌드위치 전문점 서브웨이에서 만나자고 했다. 나는 옷을 갈아입고 에밀리와 함께 차를 타고 나섰다. 라울은 보통 때와 달리 정시에 딱 맞춰서 나타났다. 에밀리가 뒷좌석으로 옮겨 탔다. 감옥에 가지도 않고 엄청난 현금이 생겨서 기분이 좋았다. 라울이 가져온 헤로인을 몽땅 사 버렸다. 7그램. 라울이 내리고 나서 에밀리와 함께 집으로 돌아왔다. 엄청난 양을 몸속에 찔러 넣었다. 가슴이 두근두근 뛰면서 양 날개를 천천히 펼쳤다. 우리는 구원받았다. 천사가 느낄 법한 기분을 만끽했다.

갑자기 허기가 느껴졌다. 서브웨이로 가서 샌드위치를 주문했다. 가장 큰 걸로. 계산대 옆에 놓인 쿠키까지 주문했다. 샌드위치를 만드는 직원에게 팁으로 20달러 지폐를 주었다. 직원은 내 티셔츠가 멋지다고 말해 주었다.

에밀리와 나는 그날 밤에도 엄청난 양의 약을 했다. 걱정할 게 하나도 없었다. 다음 주 내내, 그다음 주, 어쩌면 그 후까지 버틸 만큼 헤로인이 충분했으니까.

조가 전화를 했다. 1년 만에 연락한 거였다.

"조, 대체 어떻게 지냈어? 진짜 오랜만이다."

"너 혹시 오늘 은행 털었어?"

"……아니. 왜?"

"뉴스에 너랑 아주 비슷한 남자 사진이 나오잖아. 오늘 은행을 턴 놈이래."

"……아, 참 이상한 일이네. 아니, 당연히 나는 아니지. 정말 이상하다. 저기, 있잖아, 지금 통화하기가 힘들어. 응, 그렇지. 그러니까 내가 나중에 다시……. 응, 다음에 전화할게."

뉴스 시간이 끝나서 온라인으로 확인했다. 지역 뉴스 채널의 기사 중에 은행털이범에 관한 내용이 있었다. 뉴스를 클릭하자 내 모습이 비교적 확실하게 잡힌 감시카메라 사진을 확인할 수 있었다. 유화를 그리기 위해 자세라도 취해 준 모양새였다.

"감옥에 잡혀갈 것 같아." 내가 말했다.

에밀리가 사진을 확인했다. "이런, 젠장."

"완전 엿 됐어. 젠장, 짜증 나. 제기랄, 하긴 어떤 바보가 토요일 저녁에 지역 뉴스 채널을 보겠어? 아무도 안 보지, 안 그래? 그래, 그럴 리가 없지. 난 괜찮을 거야. 이것 봐. 기사에는 190센티미터 정도 되는 남자를 찾는다고 적혀 있잖아. 나는 180센티미터 밖에 안 돼. 젠장, 사진이 찍혀 버렸잖아. 근데 사진을 보면 딱 나인 줄 알겠어?"

나는 흥분을 가라앉히기 위해 헤로인 0.5그램을 맞았다.

그러고 나서 다시 뉴스에 나온 사진을 확인했다.

"아니야, 아무 일 없을 거야." 내가 진정하며 말했다.

수중에 있는 돈을 없애 버리는 건 전혀 문제 될 게 없었다. 월세도 밀렸고 내야 할 돈만 1100달러 정도였다. 1100달러에 1700달러. 거기다 피스톨에게 빚진 500달러와 블랙에게 줄 500달러. 그것만 해도 3800달러였다. 그러면 3500달러 정도 남는데, 3주면 전부 써 버리고도 남을 돈이었다.

그날 밤 언제였는지도 기억나지 않을 정도로 오랜만에 깊은 잠을 잤다.

일요일이 되었다. 눈을 뜨자마자 적당한 양의 헤로인을 맞았다. 침대에서 일어나자마자 주방으로 가서 약을 녹여 주사기에 넣고 왼쪽 발등 혈관에 바늘을 꽂았다. 살짝 따끔거렸다.

잠시만 인내심을 갖고 기다리면 헤로인 주사를 맞고 최고조에 이르러 절정을 느낄 수 있다. 마약은 우유만큼이나 안전한 것이다. 처음 20초 정도는 그럭저럭 견딜 만한데, 특히 아침에 눈을 뜨자마자 약을 맞으면 기분이 죽여주었다. 아침에 눈뜨자마자 약을 하는 것보다 더 기분이 끝내주는 건 하루 이틀 약을 못 하고 시름시름 앓다가 주사를 맞을 때였다. 그 짧은 순간에 말도 안 되는 끔찍한 상태에서 마치 기적처럼 눈이 번쩍 뜨이는 위로감이 온몸으로 퍼지며 180도 변하는 걸 느낄 수 있었다.

발부터 약 기운이 서서히 퍼지더니 온몸의 피가 즐겁게 노래 부르며 흐르기 시작했다. 머릿속에서도 콧노래가 들렸다. 나는 파란색 의자에 앉아 폴 몰을 피우면서 내 문제를 생각해 보았다.

라울에게 전화해서 헤로인 15그램을 달라고 했다. 라울은 아크론에 있다면서 지금 당장은 힘들고 집에 돌아가서 곧바로 연락하겠노라고 했다. 나는 샤워를 하고 가장 깨끗한 옷을 챙겨 입은 다음 부모님 댁으로 갔다. 아버지는 나로서는 상상조차 되지 않는 이유 때문에 기분이 무척이나 좋아 보였고, 어머니는 괜히 기분 좋은 척 호들갑을 떨면서 반겨 주었다. 두 분을 보자 괜히 죄책감이 들었다. 가장 편한 공간에서 마음이 불편해졌다. 마약을 하고 나면 좋은 사람들이 더 좋아 보이게 마련이다.

"학교는 어떠니?" 어머니가 물었다.

"괜찮아요. 교수님들도 대부분 괜찮으세요. 교수 하나가 좀 이상하긴 한데, 나머지 셋은 괜찮은 분들이에요."

"그렇구나. 잘 지내는 것 같아서 다행이야."

나는 평점도 괜찮게 받고 있노라고 덧붙였다.

"그러면 앞으로 얼마나 더 학점을 채워야 하는 거냐?" 아버지가 물었다.

"3학기만 다니면 돼요. 이수할 학점이 2학점 정도 남기는 하는데, 큰 문제는 아닐 거예요."

어머니는 저녁을 먹고 갈 거냐고 물었다.

나는 그러겠다고 했다.

아버지는 냉장고에 있는 로스트 비프를 썰어서 강아지들에게 주었다. 어머니는 설거지를 했다. 나는 이라크 파병을 마치고 돌아온 후로 단 한 번도 설거지할 필요가 없었다. 그때부터 어머니가 나를 영웅으로 대접해 주었기 때문이다. 사실은 아니었다. 하지만 굳이 아니라고 설명하지도 않았다. 영웅 대접을 받고 싶어서 굳이 설명하지 않고 거짓말을 한 건 아니었다. 그저 아무것도 설명하고 싶지 않았을 뿐이다.

집으로 돌아온 건 이미 깜깜해진 뒤였다. 마지막 남은 헤로인을 녹여서 주사를 맞았다. 에밀리와 나는 서른 시간이 살짝 넘는 동안 3.5그램의 헤로인을 해치워 버렸다. 700달러어치 양이었다.

라울은 10시가 되어서야 아크론에서 돌아왔다. 여자친구의 아파트에서 전화를 걸어 내가 부탁한 게 모두 준비되었다고 말했다. 나는 돈을 챙겨서 곧바로 차를 타고 그를 만나러 갔다. 집 앞에 도착해서 전화를 걸었다. 라울이 1층으로 내려왔다. 그리고 내 차의 조수석에 올라탔다.

"혹시 네 주변에는 지역 뉴스 봤다는 사람 없었어?" 내가 물었다.

"응. 왜?"

"어젯밤 지역 뉴스에 내 사진이 나왔어. 그것도 아주 선명하게 찍힌 사진."

"나는 못 봤는데."

"그래, 그냥 걱정돼서 물어본 거야."

"예전에 ATM 기계 앞에 있는 남자를 턴 적이 있었어. 그때 내 사진이 뉴스에 나왔는데 끝까지 못 잡더라고."

그 말을 들으니 한결 마음이 놓였다.

"나도 별로 걱정할 일은 아니라고 생각했어. 며칠 내에 또 그런 얘기가 들리지 않으면 앞으로도 들을 일 없겠지. 그런데 이 짓도 정말 못해 먹겠어. 너무 거지 같아서 말이야. 나머지 반 가지고 왔어?"

"응. 여기 있어. 이건 농도가 엄청나게 센 거니까 조심해. 오늘 아크론에 갔다가 사 온 거야. 어차피 내 일이 그거잖아. 헤로인 냄새가 너무 심해서 일부러 두 겹으로 포장했어."

나는 봉투 안을 확인하지 않았다. 우린 믿을 만한 사이였다. 함께 은행털이도 했고. 지금까지 라울에게 산 헤로인의 양만 해도 엄청났다. 내 뒤통수를 칠 거라면 이미 오래전에 치고도 남았을 것이다. 집에 돌아와서야 1300달러어치 헤로인 15그램 대신 으깬 감자 가루가 들어 있는 걸 확인했다. 라울에게 전화를 걸었다.

"라울, 너 봉투 안에 감자 가루 들어 있는 거 알았어?"

"오늘 빚은 나중에 갚을게."

라울은 그렇게 말하고 전화를 끊었다.

에밀리가 물었다. "이제 어떻게 할 거야?"

"현실적으로 보면 아무것도 할 수가 없어."

"그럼 이대로 돈을 뜯기고도 가만히 있겠다는 거야?"

"응. 그런 셈이지."

"그 자식들이 너를 무시해서 그래."

"어차피 나를 제대로 대접해 줄 거라고 생각하지도 않았어. 그래도 품위 있는 인간이라면 그보다는 예의를 갖춰서 행동할 거라고 믿을 수는 있겠지."

"그런 새끼는 당장 가서 죽여 버려야 해."

"응."

나에게는 한 가지 이론이 있었다. 바로 내가 쓰레기만도 못한 개자식이고, 만약 나쁜 일이 벌어진다면 나쁜 짓에 대한 응당한 대가를 치러야 한다는 것이다.

씁쓸하지 않았냐고?

물론 조금은 그랬다.

어차피 돈은 날아갔다. 다시는 그 돈을 돌려받을 수 없다. 그 돈을 돌려받는다고 해도 그로 인한 상처는 여전히 남을 것이다. 지금 할 수 있는 최고의 방법은 그냥 잊어버리는 거였다. 그냥 아무 짓도 하지 않는다면 오히려 상대의 허를 찌를 것이다. 탐욕스럽고 쓸모없는 못난 개자식이 아니라면, 약이랍시고 헤로인 대신 으깬 감자 가루를 봉투에 넣어서 팔지는 않을 테니까. 그런 놈에게 장단을 맞출 이유가 무엇이란 말인가. 그런다고 해서 내 팔뚝에다 주사를 놔 주지도 않을 텐데. 이제 아침이 멀지 않았다. 아침이 오면 다시 약 기운이 떨어져 시름시름 앓을 것이다. 당장 움직여야 했다. 벌써 자정이 가까워졌다.

나는 블랙에게 전화를 걸었다. 안 받았다.

이번에는 피스톨에게 연락했다. 전화를 받았다.

"늦게 연락해서 미안해. 미안하지만 지금 4그램 정도 급히 살 수 있을까 해서."

피스톨은 지금은 힘들다고 했다. "오늘 전부 다 팔려서 없어."

"젠장, 그럼 내일 물건 들어오는 대로 연락해 줘. 일단 4그램은 확실히 내가 살 테니까."

"알겠어."

라이더에게 전화를 걸자 음성 메시지로 넘어갔다.

화요일이 될 때까지 아무도 내게 연락하지 않았고, 우리는 하루하루 아픔에 시달렸다.

64

라울이 나에게 뜯어 간 돈 중에서 일부를 돌려주겠다고 했다. 돈 대신 헤로인으로 갚겠다고. 어차피 돈으로 받더라도 다시 그 돈을 주고 헤로인을 살 거라서 어느 쪽이든 상관없었다. 그래 봤자 오십보백보니까.

늦은 밤이었다. 라울은 아이가 병원에 입원해서 조금 늦을 것 같다고, 병원에 가는 길이나 집으로 돌아오는 길에 잠시 우리 집 앞에 들르겠다고 했다. 그리고 다시 전화가 왔다. 무슨 소리인지 잘 들리지 않았다.

"방금 짭새한테 잡혔어. 지금 내 차를 뒤지고 있어. 당장 우리 집에 가서 엄마한테 나 경찰에게 잡혔다고 얘기해 줘."

그렇게 전화가 끊겼다. 나는 코트를 걸치고 곧바로 출발했다. 10분 후 라울의 어머니 집에 도착했다. 집 옆쪽에 있는 문을 두드렸다. 아무도 대답이 없어서 계속 문을 두드렸다. 마침내 라울의 어머니가 문을 열었다.

"저기, 밤늦게 죄송합니다. 라울이 방금 전화했는데 경찰에게 붙잡혔다고 해서요. 어머니한테 꼭 전해 달라고 해서 왔어요."

"……그래."

“나랑 통화할 때 경찰이 차를 수색한다고 했는데 아무래도 마약 소지로 걸릴 것 같아요.”

“그래.”

“혹시 내가 도울 일이 있으면 연락 주세요.”

“그러마. 고맙다.”

그녀는 조용히 문을 닫고 자물쇠를 걸었다. 그때 피스톨이 진입로에 차를 세웠다. 나는 그쪽으로 걸어갔다. 피스톨이 운전석 문을 열고 내렸다.

“여기서 뭐 해?”

나는 라울에게 들은 이야기를 전했다.

피스톨은 아무 말도 하지 않았다.

“혹시 내일 돈 줄 테니까 물건 먼저 구할 수 있을까? 급하게 나오느라 돈을 안 가지고 왔어. 내일 아침까지는 꼭 가져다줄게.”

피스톨은 아무 대답도 하지 않았다.

피스톨이 헤로인 1그램을 내밀었다.

나는 고맙다고 말한 뒤 모퉁이 쪽에 세워 둔 차를 타고 출발했다. 나만의 이론을 다시 떠올렸다. 혹시 내가 도울 일이 있으면 연락 주세요. 나란 놈은 진짜 쓰레기였다. 라울은 내가 불에 타서 죽든 말든 눈 하나 꿈쩍하지 않을 놈이고 나 역시도 그 자식이 죽든 말든 전혀 상관없는데, 그런 자식의 가족을 찾아가서 진심으로 걱정하는 듯 연기한 것이다. 그쪽에서도 알고 있었다. 그냥 예의를 차리려고 그랬던 건가 싶은 생각이 들었다. 대답은 ‘아니’였다. 난 그저 거짓말을 일삼는 쓰레기 새끼였다. 나란 인간이 소름

끼치는 마귀 같았다. 나는 라울의 가족 문제가 뭔지도 몰랐고, 그게 내 잘못이라도 되는 양 행동할지도 알 수 없었다. 나를 엿 먹이고 내 돈을 뜯어 간 바로 그놈의 지갑을 털고 나면 왠지 씁쓸한 법이라고들 한다. 반은 맞고 반은 틀린 말이다. 우리는 서로에게 그런 존재들이었다.

65

라이더가 오하이오의 바스라는 동네에 정말 털기 좋은 은행이 있다고 알려 주었다. 이것이 라이더가 사기 치는 방식이었다. 나에게 바스에 사는 웬 놈을 대신 죽여 달라고 했던 것처럼. 내가 그 말을 믿고 함께 바스로 가서, 자, 한번 털어 보자, 그 은행이 어디 있냐, 라고 물을 줄 알았던 걸까? 그러면 라이더는 계획을 바꿨어, 은행을 터는 대신 그 흑인 새끼나 죽이러 가자, 라고 말했을 것이다.

라이더는 그 정도로 쓰레기였다.

나는 원한다면 운전대를 잡게는 해 주겠지만, 시내에 있는 은행을 털 생각이라고 말했다. 아침에 라이더를 태우러 갔다. 피스톨과 함께 있었다. 피스톨은 나를 위해 총을 준비해 놓고 헤로인도 2그램이나 미리 찔러 주었다. 나는 오후에 돈을 가져다주겠노라고 했다.

그날은 학교 수업이 있어서 에밀리는 이미 학교에 갔다. 혹시라도 경찰에게 붙잡힐 경우를 대비해서 미리 그녀 몫의 헤로인을 나눠 주고 싶었다. 은행으로 가기 전에 학교부터 들렀다. 에밀리가 본관 건물을 나와 길 건너 주차장으로 와서 우리를 만났다. 나는 라이더에게 조수석을 에밀리에게 양보해 달라고 했다. 라이더는 그렇게 했다.

"괜찮은 거래?" 에밀리가 물었다.

"나도 잘 몰라. 피스톨 말로는 끝장이래."

"끝장?"

"그렇게 말하더라."

에밀리와 나는 주사를 맞았다. 이번 헤로인은 정말 끝내줬다. 주사기 안이 시커멓게 변했다.

"글쎄, 이건…… 정말…… 끝장인데. 아무래도 실수로 잘 만든 것 같은데." 내가 감탄했다.

"음……." 에밀리가 긴 숨을 내쉬었다. "진짜 효과 끝내준다."

나는 담뱃불을 붙이고 이만 가 봐야겠다고 말했다. "오늘 저녁에 데리러 올게."

"알았어. 몸조심해." 에밀리가 걱정스레 말했다.

"알았어, 자기야. 즐거운 하루 보내."

라이더는 우리 두 사람더러 지금까지 만난 백인 커플 중에서 가장 멋지다고 말했다. 에밀리는 학교로 들어갔다. 라이더가 잠깐만 휴대전화를 빌려 달라고 했다. 나는 휴대전화를 건넸다. 누군가 전화를 받자 라이더가 말했다. "여보세요……. 응. 지금. 응. 이제 출발하려고."

괜히 기분 좋은 척, 애써 아무렇지 않은 척하는 목소리지만 누구보다 겁먹었다는 걸 감지할 수 있었다. 나는 통화를 끝낸 라이더에게 정말 괜찮은지 물었고 라이더는 아무 문제 없다고 대답했다. 나는 갈아입을 옷을 찾기 위해 뒷좌석을 뒤적거렸다. 라이더가 운전대를 잡았다. 나는 담뱃불을 새로 붙인 다음 이제 준비됐다고 말했다. 나는 아디다스 운동복 바지와 검은색 양털 재킷에 방한모까지 쓴 차림이었다.

라이더가 한마디 했다. "머리가 어떻게 된 사람 같은데."

"맞아. 이제 출발하자." 나도 인정했다.

은행은 서쪽으로 몇 블록 떨어진 곳에 있었다. 우리는 은행 건너편에서 아래로 조금 떨어진 동쪽에 차를 세웠다.

"일단 문을 잠그고 있어. 2분 내로 돌아올게."

나는 그렇게 말하고 도로를 건넜다. 총을 허리춤에 걸었는데 속옷과 바지 모두 고무줄이라 자꾸 헐렁거려서 한 손으로 붙잡아야 했다. 그래서 남는 손이 하나뿐이었다. 은행으로 들어가서 곧바로 창구로 향했다. 창구에 있는 여직원 하나와 남자 직원 둘 그리고 고객 하나 빼고는 은행이 썰렁하게 비어 있었다. 그중 남자 둘은 무시했다. 그쪽에서도 나를 신경 쓰지 않았다. 두 사람은 한창 사업 얘기 중이었다. 나는 여직원에게 쪽지를 내밀었다. 직원은 50장짜리 현금다발을 창구에 올렸다. 나는 여직원을 똑바로 바라보았다. 얼굴에 살집이 많은 직원이 조그맣고 빨간 돼지 눈으로 나를 뚫어져라 쳐다보았다. 이름표에 사이나라고 적혀 있었다.

"사이나, 바보짓 말아요. 똑똑하니까 잘 알 텐데요."

여직원이 현금 서랍에서 남은 돈을 꺼내자 가슴속에서 그녀를 향한 동정심이 파도처럼 밀려왔다. 내 가슴에는 드넓은 바다가 있었다. 저런 돼지 눈을 가지고 태어난 건 저 여자의 잘못이 아니다. 나도 그건 알고 있었다. 그냥 태어난 대로 살아가는 것뿐이다. 거기에 대해 뭐라고 입을 댈 수는 없는 일이다.

우리는 고속도로로 진입했다. 라이더는 훔친 돈다발을 보고 싶어 안달이었다. 나는 돈뭉치를 헤아린 다음 돈다발 개수를 세고 끈을 풀어서 절반을 내밀었다. 라이더는 "좀만 더, 좀만 더, 좀만 더."라고 계속해서 소리쳤다.

때마침 도로에 차량이 가득했다. 거의 다 도망친 거나 다름없었다. 일이 술술 풀리고 있었다. 그런데 라이더가 갑자기 핸들을 틀더니 출구로 달려가기 시작했다.

"그냥 고속도로에 있어." 내가 타이르듯 말했다. "271번 도로로 가자."

하지만 라이더는 들은 척도 하지 않았다.

"라이더, 그냥 고속도로로 가자니까. 지금 뭐 하는 짓이야? 여기로 나가면 안 돼."

라이더는 내 말을 무시했다.

"야, 그냥 고속도로로 가자고."

라이더는 고속도로 출구로 달렸다. 방금 출발한 곳에서부터 세 번째 출구였다. 게다가 출구 끝에는 경찰차 한 대가 서 있었다.

라이더가 미친놈처럼 소리쳤다. "오, 젠장, 오, 젠장, 오, 안 돼, 안 돼."

"젠장, 제발 진정 좀 해. 그냥 속도만 늦춰. 어차피 뒤져 봤자 나올 것도 없어. 신경 쓰지 말고 우리 갈 길만 가면 돼. 괜히 겁먹고 도망치지만 않으면 따라오지 않을 거야. 라이더! 괜찮다니까. 그냥 저기 차만 세워 둔 거야. 아무 문제 없어. 그러니까 제발 천천히 운전해. 괜히 도망치는 것처럼 보이지 말고."

경찰차는 그대로 서 있었다. 라이더는 과호흡 증세를 보였다. 우리는 교차로를 통과했다. 그런데 라이더가 갑자기 슈페리어 방향의 주택 단지 쪽으로 핸들을 꺾었다. 그렇게 한 블록 가까이 차를 몬 후에야 공원 주차장 쪽으로 가서 차를 세웠다.

"괜찮아?" 내가 물었다.

라이더는 눈알이 튀어나오기 직전이었다. "안 돼, 안 돼. 빌어먹을, 도저히 못해 먹겠어. 나는 갈 거야. 갈 거야."

라이더는 차에서 내리더니 뚜벅뚜벅 걸어가기 시작했다. 유난스럽게 군다는 생각이 들었다. 대체 뭣 때문에 저렇게 겁을 먹은 건지 도저히 알 수가 없었다.

나는 다시 고속도로를 타는 게 최선이라고 생각했다. 동쪽 90번 도로를 타고 271번 도로로 갔다. 폴 몰을 빼끔거리면서 돈다발을 묶었던 끈에 불을 붙이고 그대로 재떨이에 쑤셔 넣었다. 이 정도면 안심해도 될 시간이었다. 아까 맞은 주사가 아직도 효과를 발휘하고 있었다. 나는 아무런 걱정이 없었다.

샤그린의 고속도로 출구로 빠져나와 근처 웬디스에 들렀다가 집에 돌아와서 잠든 리비니아를 깨워 햄버거를 먹였다. 피스톨에게 전화해서 돈을 갚겠다고 말했다. 피스톨은 알겠다며 집으로 오라고 했다.

"3.5그램 정도 지금 구할 수 있어?"

피스톨은 문제없다고 했다.

나는 피스톨을 만나서도 겁쟁이처럼 도망친 라이더 이야기는 꺼내지 않았다. 괜히 라이더에게 망신을 주고 싶지 않았다. 무엇보다 계집애처럼 줄행랑치더라는 소문이 퍼지면 나를 총으로 쏴 죽일 수도 있겠다는 생각이 들었다. 남들에게 그런 모습이 알려지는 걸 원치 않을 테니까. 나는 헤로인 3.5그램 값을 건네고 은행을 털 때 입은 옷을 넘기면서 대신 처리해 달라고 부탁했다. 피스톨이 가져다준 총도 돌려주었다. 그리고 잡일을 처리해 주는 대가로 500달러를 더 건넸다.

66

에밀리를 떠올릴 때마다, 또 그녀 곁에 있어 주지 못했다는 사실 때문에 죽을 만큼 기분이 우울해지곤 했다. 얼마 후면 나는 감옥에 갈 것이기 때문이다. 앞으로 에밀리에게 무슨 일이 일어날지, 그녀가 어떤 행동을 할지도 궁금했다. 그리고 에밀리의 팔에 농양이 생긴 걸 발견하고 우리는 함께 슬퍼했다. 급기야 팔뚝이 크게 부풀어 올랐다. 오른팔에 고름이 꽉 차서 그런 거였다. 에밀리는 고름을 힘껏 짜내고는, 이것 봐, 완전 때 같아, 라고 장난을 쳤다. 고름을 짜낸 부위를 닦아 낸 뒤 몇 번이나 알코올 소독을 하자 상처 부위가 서서히 아물기 시작했다. 하지만 에밀리는 겁에 질리고 부끄러워서 어쩔 줄 몰라 했는데 그 모습이 너무나 끔찍했다.

가련한 나의 천사.

지금도 모르겠다. 그때까지만 해도 감옥에 가지 않을 수도 있었다. 3월 중순, 은행을 일곱 번인가, 여덟 번인가, 아홉 번인가 털고도 아직 경찰에 잡히지 않은 터였다.

나는 아무도 관심이 없다고 생각했다. 특히 경찰에서. 내가 하는 짓은 그야말로 애들 장난이니까. 아무도 나를 막을 자가 없다고 생각하자 계속해서 도둑질을 일삼은 것이다.

그러면서도 여전히 경찰이 더럽게 위험하다는 건 알고 있었다.

아마도 그쯤에서 손을 떼야 하나 고민한 것 같다.

라이더가 흥분해서 말했다. "그 흑인 새끼는 정말 쓰레기야. 내 친구의 아이 엄마랑 그의 아들이 그 흑인 새끼랑 사는데 매일 두들겨 팬대."

라이더는 백인 남자의 기사도를 자극해서 자기 대신 내가 그 자식을 죽여 주길 바라며 구구절절 사연을 읊어 댔다. 그 흑인을 죽여 달라고 매일같이 떠들어 댄 것도 벌써 5개월째였다.

"그 친구더러 경찰서나 아동보호국에 전화해서 신고하라고 하면 되잖아?"

"그 흑인 새끼가 여자를 완전히 휘어잡고 있대. 그래서 남자가 때렸다는 말도 못 하는 거고. 그년도 약쟁이거든. 그것 때문에 남자한테 꼼짝없이 당하는 거야."

"헤로인 말하는 거야?"

라이더는 창문 밖을 물끄러미 내다보았다.

"그냥 그 친구더러 직접 죽이라고 해. 그러면 수고비도 절약될 테니까."

"그랬다가는 바로 놈들한테 걸린다니까. 그래서 너한테 부탁하는 거고. 너야 태어난 후로 그 흑인 새끼 얼굴을 한 번도 본 적이 없잖아. 그 사건이랑 연결될 일도 전혀 없고."

뒷좌석에서 아이가 빽 소리를 지르자 라이더가 고개를 돌려서 소리쳤다.

"닥치고 있어. 어린 새끼가."

라이더가 데리고 온 아이였다. 두 살도 안 돼 보였다. 아직 제대로 말도 못 했다. 라이더의 아이는 아니었다. 라이더 말로는 요즘 같이 자는 여자가 있는데 그녀의 아이라고 했다.

라이더는 아이 얘기는 입도 벙긋하지 않았다. 헤로인을 구하려고 전화를 걸었더니 자기한테 있다고 해서 만나러 온 것뿐이었다. 무슨 아파트 앞으로 가서 차를 세우고 전화했더니, 갑자기 아이를 데리고 나타나 차에 올라타서는 헤로인이 다 떨어졌다고 했다. 난 기분이 상해 버렸다.

"지금 당장 바시티 블루로 가야 해." 라이더가 말했다.

바시티 블루는 운동복이나 운동화를 파는 옷가게였다. 바시티 블루에서는 마약을 팔지 않았다. 하지만 슈페리어 바로 아래여서 그리 멀지는 않았다. 내가 차를 세우자 라이더가 가게로 들어갔다. 차에 아이를 두고 가는 바람에 아이가 뒷좌석을 온통 쓸고 다니기 시작했다. 급기야 컵받침에 있던 라이터를 손에 움켜쥐고는 입으로 빨려고 하는 게 아닌가. 나는 잽싸게 라이터를 빼앗았다. "이게 어디 있었는지 알면 입에 넣고 싶지 않을 거야."

아이는 정말로 진지한 표정을 짓더니 뭔가 골똘히 생각에 잠겼다.

라이더는 한 시간이 지나서야 빈손으로 가게를 나왔다. 웬일인지 머리끝까지 화가 난 표정이었다. 본인이 개쓰레기라서 화가 난 모양이다. 나 역시 쓰레기였지만 라이더는 나보다 더했다.

라이더가 차에 올라탔고 나는 길 건너 맥도날드로 가서 아이가 먹을 프렌치프라이를 샀다. 라이더는 여기저기 전화를 시도했지만 아무도 받지 않았다.

"이제 어쩔 건데?"

"세인트클레어 쪽으로 가자."

목적지에 도착하자 라이더가 편의점 앞에 차를 세우라고 말했다. 그리고 한 시간 후에 나오더니 아무것도 못 구했다고 하는 게 아닌가.

바로 그때 피스톨의 문자가 왔다.

'어디야?'

'세인트클레어.'

'얼마나 필요해?'

'3그램.'

'20분 후 벨마.'

천만다행이었다. 라이더의 어머니 집이 벨마에 있었다. 라이더와 아이는 거기 내려 주면 된다. 그사이 라이더는 쉬지 않고 떠들어 댔다. 나는 그의 말을 귓등으로 넘겼다. 라이더가 웨스트사이드에 가면 헤로인을 구할 수 있다면서 그쪽으로 태워다 달라고 했다.

"안 되겠는데. 빨리 벨마에 가야 해."

"방금 그쪽에 부탁해 놨단 말이야. 끝내주는 물건이 있대."

"방금 못 구했다면서."

"그야 거기 얘기고."

"벨마에서 피스톨 만나기로 했어."

"먼저 웨스트사이드까지 데려다 줘."

"안 돼. 미안하지만 그건 어렵겠어."

"금방 가잖아."

"그래 놓고 몇 시간 걸리잖아. 너랑 어디만 가면 한 시간은 우습게 가. 아무것도 안 하는데 시간이 훅훅 지나간다고."

"그럼 나한테 빚진 300달러는 어쩔 거야?"

"그 돈은 벌써 갚았잖아."

"갚긴 언제 갚았다고?"

"말씨름할 시간 없어."

"내가 무슨 이유로 300달러를 받아 놓고 거짓말을 하겠어? 새끼야, 너한테 돈 받아서 그걸로 점심 먹을 거야. 점심 사 먹을 거라고."

나는 기어를 넣었다. 라이더가 내 팔을 잡았다.

"뭐야? 갓난애까지 태우고 나랑 주먹다짐이라도 벌이고 싶어? 대체 왜 이러는 거야?"

라이더는 꿈쩍도 하지 않았다.

"지금 나한테 400달러가 있어. 그중에서 360달러는 피스톨에게 줄 거야. 너한테는 더 이상 할 말 없어. 뭔 짓을 하든 나랑 상관없어. 가다가 너랑 아이 모두 적당한 곳에 내려 줄게. 너 때문에 약속 늦었잖아. 이제 슬슬 기분이 나빠지려고 하거든. 에밀리도 이제 슬슬 기분이 나빠지고 있을 거야. 지금 당장 헤로인을 사서 에밀리네 학교로 갖다 줘야 해. 지금 내가 해야 할 일은 바로 그

거야. 예전에도 내가 너 많이 도와준 거 알잖아. 그런데 지금은 안 되겠어. 그러니까 좋게 얘기하는 거야. 오늘은 나 데리고 장난칠 생각 하지 마. 머릿속이 터질 것 같으니까. 대신 오늘 밤이라도 약을 구하면 다시 연락해. 거래는 거래니까. 약을 구해 주면 내 친구가 바로 돈을 줄 거야."

라이더도 흥분을 가라앉혔다. "다른 거 말고 코카인만 찾는다고 했지?"

"응. 그런가 봐. 맛보고 괜찮다 싶으면 더 많이 살지도 몰라."

피스톨을 만나자 얼마 후면 라울이 감옥에서 나올 거라고 했다. 나는 잘된 일이라고 말하고 상태를 회복한 다음 학교로 갔다. 이제 에밀리의 상태도 좋아졌다. 그날 저녁 라이더가 전화해서 약을 구했다고 말했다. 그는 코카인 120그램을 가지고 있었다. 살짝 맛을 보니 괜찮은 것 같았다. 일단 30그램만 주면 그걸 갖다 주고 900달러를 받아 오겠다고 했다. 하지만 라이더가 거절했다.

"그렇게 하면 여러 번 왔다 갔다 안 해도 되잖아. 저번에 샀던 그 친구라니까. 돈 문제는 확실해." 내가 라이더를 설득했다.

라이더는 그 정도로 많은 양을 외상으로 줄 수는 없다고 했다. 당장 현금을 내야 한다나. 그사이 코카인에 뭔가를 섞어 보려고 괜히 잔머리 쓰는 걸 알았지만 달리 방법이 없었다. 나는 돈이 필요했다. 돈을 구하지 못하면 다시 시름시름 앓을 테니까.

시간이 촉박했다. 저 개자식도 그걸 알고 있었다. 그런 식으로 약쟁이를 궁지에 모는 것이다.

나는 돈부터 가져오겠다고 했다.

제임스 라이트풋에게 전화를 걸어 바로 이쪽으로 오라고 했다. 그에게 100달러를 빌리고 나서 라이더에게 전화하니까 받지 않았다. 두 시간이 지나서야 전화가 왔다. 그를 다시 만나서 코카인을 받았다. 나는 코카인을 가지고 제임스네 집으로 갔다. 코카인 맛이 거지 같았다. 그냥 불순물만 섞은 게 아니라 아주 엉망을 만들어 버렸다. 라이더는 그런 새끼였다.

내가 제임스를 속였다고 믿으면 어쩌나 싶은 생각이 들었다.

"그 자식 대체 뭐야?" 제임스가 물었다.

"완전 쓰레기 새끼야."

"그런 놈이랑 왜 거래를 해?"

좋은 질문이었다. 나는 그에 대해 대답할 준비가 되지 않았다. 고작 할 수 있는 말이라곤 나도 기분이 엿 같다는 거였다. 어쨌거나 제임스는 그 일을 겪고도 나를 채근하지 않았다. 심지어 내 잘못으로 손해를 보고도 나를 괴롭히지 않았다. 내 꼴이 엉망이 됐다는 걸 이미 알기 때문이었다. 아무리 엉망이 되더라도 자기를 속이지 않으리란 것 역시 알고 있었다. 그렇게 제임스와 나는 돈이 필요한 지경이 됐고, 나는 돈을 구하는 확실한 방법을 알고 있었다.

67

제임스가 운전석에 앉았다. 나는 조수석에 있었다. 몸 상태도 괜찮았다. 나는 클리블랜드 인디언스 모자를 쓰고 사과를 우걱우걱 씹었다.

제임스가 입을 열었다. "전신주 위에 감시카메라가 있을지도 몰라."

"내가 확인해 봤는데 감시카메라는 없었어."

"확실해?"

"확실하지. 이쪽 동네는 강도한테 털리는 일이 별로 없나 봐. 별문제 없을 거야."

우리는 홀푸드 앞에 차를 세웠다. 나는 은행 안을 손바닥처럼 꿰고 있었다. 총도 있고. 내 총은 아니었다. 누구한테 받았는지도 기억나지 않았다. 총이란 정말 재미있는 물건이다. 은행을 털겠다고 알리는 순간 너도나도 총을 가져다주니 말이다. 마치 후원을 받아서 임무를 수행하는 기분이었다.

나는 남은 사과를 던졌다. "준비됐어?"

제임스는 그렇다고 했다.

"좋아. 내가 나오는 걸 확인하고 저쪽 출구로 천천히 이동해.

그럼 내가 주차된 차량 두 줄을 지나서 잽싸게 올라탈 테니까. 어려울 거 하나 없어."

"알겠어. 뒷좌석 문이 고장 났다는 거 꼭 기억해."

"오케이."

나는 모자를 눈 바로 위까지 내려쓰고 차에서 내려 은행으로 들어갔다. 올해 처음으로 포근한 날이라서 은행 문이 활짝 열려 있었고, 나는 활짝 열린 은행으로 도둑질을 하러 들어갔다. 하지만 이번에는 일이 잘 풀리지 않았다. 첫 번째 창구에서 직원이 끝까지 고집을 부리며 현금 서랍을 열지 않겠다고 버티는 데다 매니저까지 시끄럽게 떠들어 댔기 때문이다. 매니저는 끝까지 손님, 손님 하면서 당장 모자를 벗으라고 했고 내가 모자를 벗지 않자 무슨 버튼을 눌렀다. 나는 그 버튼이 뭔지도 몰랐다. 처음에는 무소음 경보기인 줄 알았다. 그런데 고개를 돌리자 은행 문이 스르르 내려오는 게 아닌가. 유압식 장치인가, 하고 생각했다. 은행 안에는 사람이 가득했다. 이제 모든 사람의 시선이 나를 향했고, 은행을 털러 온 나를 지켜보았다. 사람들이 어떤 생각을 할지 알 것 같았다. 고작 이렇게 은행을 털려던 거야? 나는 고객들을 실망시키고 싶지 않았다. 총을 꺼내서 천장에 세 번을 쏘았다. 탕. 탕. 탕.

"그 빌어먹을 돈 따위는 필요 없어."

탕. 탕. 천장에 대고 두 발을 더 쏘았다.

나는 창구로 뚜벅뚜벅 걸어가서 매니저를 향해 총구를 겨누었다. 진짜 겁을 먹은 건지 겁먹은 척하는 건지 알 수 없었다.

"당장 저 문 열어, 새끼야. 안 그러면 다음은 네 머리에 쏴 줄 테니까."

"그냥 가세요." 매니저가 충고했다.

은행 문이 열렸다. 나는 밖으로 나갔다. 모퉁이를 돌아서 주차된 차량 두 줄을 지났다. 제임스가 탄 차가 서서히 다가왔다. 뒷좌석 문고리를 붙잡고 잡아당겼는데 어찌된 일인지 문이 열리지 않았다. 나는 힘껏 문고리를 잡아당겼다. 이번에는 창문을 두드렸다.

"젠장, 문 열어."

제임스가 또박또박 말했다. "뒷문. 고장. 났다니까."

맞다. 나는 휘청거리며 차를 빙 돌아서 앞자리로 향했다. 제임스가 전속력으로 액셀러레이터를 밟았고 우리는 도망쳤다.

"대체 어떻게 된 거야? 혹시 누구 쐈어?"

"젠장, 아니야."

나는 돈다발을 세기 시작했다.

"젠장, 젠장, 젠장, 이번엔 완전히 망했어. 은행 안에 있는 새끼들이 어찌나 무례하게 구는지. 나를 그 빌어먹을 은행에 가두려고 했어. 지금까지 한 번도 그런 적이 없는데."

"그래서 얼마나 가져왔는데?"

"……2000달러."

"제기랄."

"미안해, 제임스. 오늘은 완전히 망쳤어. 그 매니저라는 새끼가 자꾸 소리를 지르잖아. 창구에 앉은 미친년은 고객을 전부 쏴 죽인다고 해도 돈을 안 내놓을 기세로 버티고. 완전히 망쳤어. 내가 예상한 것과 정반대였다고. 완전히 죽으려고 환장한 거지. 그래 봤자 종이 쪼가리일 뿐인데."

나는 가져온 돈의 반을 제임스에게 건넸다.

"미안해."

"괜찮아. 어쨌든 무사히 도망쳤잖아."

"응. 젠장, 일단 총부터 버려야겠어."

그날 오후 에밀리와 함께 리비니아를 데리고 개놀이공원에 갔다. 온종일 날씨가 화창했다. 강아지를 데리고 공원에 가기 좋은 날씨였는데, 다른 개들만 없다면 정말로 완벽했을 것이다. 공원의 개들이 리비니아의 엉덩이에 대고 몸을 흔들고, 떼로 몰려와서 괴롭히고, 도망치는 리비니아를 쫓고, 등에 올라타고, 침을 흘리고, 발톱으로 할퀴기까지 했다.

"정말 마음에 안 들어." 에밀리가 화를 냈다.

차우차우 한 마리가 리비니아를 특히 더 괴롭히려고 덤벼들었다.

"그래도 잘 지내는 것 같은데. 잘은 모르지만. 본래 개들은 저런 식으로 노는 거 아닌가. 리비니아는 싫어하는 건가? 갑자기 걱정되네. 젠장, 젠장, 젠장."

"난 진짜 마음에 안 드는데. 아무래도 가서 데려와야겠어. 다른 개들 때문에 겁먹은 것 같아."

"하지만 처음 왔을 때는 굉장히 신났잖아. 다른 개들이 없을 때까지만 해도 괜찮았는데. 우리 셋만 있을 때가 가장 좋았어."

리비니아가 벌떡 일어나더니 주위 개들을 헤치고 부리나케 달리기 시작했다. 리비니아는 개놀이공원에서 가장 빠른 축이라 따라잡기 어려웠다. 하지만 바닥에 울퉁불퉁한 자갈을 깔아서 발이 푹푹 꺼지는 통에 다른 개들에게 붙잡히기 십상이었다. 수많은 개가 리비니아를 구석으로 몰기 시작했다.

저쪽에서 한 커플이 걸어왔다.

"강아지가 예뻐요." 여자가 말을 걸었다. "귀엽게 생겼는데 정말 빠르네요."

"고마워요." 에밀리가 대답했다. "어떤 강아지 키워요?"

"차우차우요."

"아, 엄청 기운 넘치고 활발해 보이던데."

"이 근처에 살아요?"

"유니버시티하이츠에 살아요."

"무슨 일 해요?"

나는 그 질문이 마음에 들지 않았다. 무슨 일을 하냐는 그 질문. 이 사람들은 대체 뭐 하는 족속일까?

"클리블랜드주립대학에 다녀요." 에밀리가 볼을 붉히며 대답했다. "대학원 조교로 근무하거든요."

"남자분도 같이요?" 여자가 물었다.

그 질문의 의미가 뭔지 나는 잘 알고 있었다. 대학을 다니기에는 너무 늙지 않았냐는 의미겠지.

"네." 내가 나서서 대답했다. "퇴역군인 연금을 받느라 조금 늦게 시작했거든요."

"군인이었나 보죠?" 남자가 물었다.

"네."

"어디서 근무했어요?"

"육군요."

"파병 나갔던 거예요?"

"이라크로요."

"제프가 경찰이거든요." 여자가 끼어들었다.

"클리블랜드하이츠 경찰서 소속이에요." 남자가 대답했다.

"리비니아! 이리 와!" 에밀리가 외쳤다. "아가, 이쪽으로 와! 빨리!"

"일은 할 만해요?"

"그냥 하는 거죠." 남자가 대답했다.

"맞아요. 요즘은 직장 구하기가 하늘에서 별 따기잖아요. 운이 좋았네요."

리비니아가 달려오더니 에밀리의 가랑이 사이에 섰다. 에밀리가 우리 예쁜 강아지 왔냐고 반겨 주었다.

나는 담뱃불을 붙였다. "오늘 날씨가 정말 좋죠?"

여자는 오늘 날씨가 정말 화창하다고 맞장구를 쳤다.

"혹시 개놀이공원에 대해 어떻게 생각해요?" 내가 물었다. "온갖 개들이 저 자갈에다 오줌도 싸고 똥도 싸고 할 텐데, 위생적으로 별문제가 없을까요? 가령 잔디를 깔아 놓으면 아무래도 소변 같은 게 바로 흡수될 텐데 말이죠. 하지만 자갈이라……. 그게 다 어디로 가겠어요? 전부 다 자갈에 달라붙을 텐데. 물론 개가 똥오줌을 싸면 곧바로 치운다는 건 알지만 어쨌거나 잔여물이 남잖아요. 그럼 건강에 좋을 수가 없지 않을까요? 그렇게 시간이 지난다고 생각해 봐요. 강아지들도 콜레라 같은 병에 걸릴 수 있다는 생각은 안 해 봤어요?"

하늘이 어스레해졌다. 갑자기 공기가 싸늘하게 식었다. 제프는 차우차우가 싼 똥을 치우러 갔다.

"이만 가 봐야겠어요." 에밀리가 대화를 끝냈다. "오늘 밤까지 써야 할 논문이 있어서. 만나서 반가웠어요."

68

나는 식은땀을 흘렸다. 라울과 에밀리를 태우고 운전하는 중이었다. 라울은 마약으로 형을 구형받았다. 월요일에 공판이 있었다. 그날은 화요일이었다. 라울 말로는 다음 주가 생일이라서 판사가 금요일까지 스스로 감옥에 가라고 했다는 거였다. 앞으로 1년 6개월간 감옥에 갇혀 있어야 했다. 마약 소지와 유통 혐의까지 추가되었다. 1년 6개월은 정말 긴 시간처럼 느껴졌지만, 그때까지만 해도 나는 아무것도 알지 못했다.

에밀리와 나는 헤로인이 간절히 필요한 상황이었다. 벌써 이틀째 약 기운이 떨어져서 시름시름 앓고 있었다. 라울도 백방으로 애써 봤지만 약을 구하지 못했다. 아는 사람에게 전부 전화를 돌렸지만 아무도 받지 않았다. 라울이 감옥에 간다는 소문 때문에 다들 겁을 내는 모양이었다.

나는 조그만 초록색 쓰레기통에 대고 토했다. 그러면서도 전망을 잘 살피려고 최대한 주의를 기울였다.

에밀리가 걱정스레 말했다. "자기야, 조금만 참아. 곧 일이 해결될 거야. 조금만 있으면 돼."

"나 아주 멀쩡해." 나는 턱에 묻은 구토물을 손등으로 닦아 내며 말했다. "당장 춤을 추래도 출 수 있을 정도야."

라울은 내가 운전하며 초록색 쓰레기통에 토하는데도 전혀 관심을 기울이지 않았다. 악취가 진동하는 구토물을 보고도 전혀 못 본 척 행동했다. 정말이지 예의가 대단한 친구였다.

"잠시만." 라울이 뭔가를 발견한 모양이었다. "저기 있다."

은색 미츠비시 갤랑 한 대가 우리 앞에 나타났다.

"저 차 옆에 세워."

나는 시키는 대로 했고 라울은 창문을 내린 뒤 갤랑 쪽으로 손을 흔들었다.

"이동할 건가 봐. 바짝 붙어서 쫓아가."

미츠비시 갤랑은 세인트클레어를 벗어나 옆길로 빠져서 차를 세웠다. 조수석에서 누군가 내리더니 라울이 앉은 조수석 창문 쪽으로 다가왔다.

나는 20달러 지폐를 들고 말했다. "혹시 1그램 구해 줄 수 있으면 140달러 줄게. 지금 사정이 좀 급해서 말이야."

그 말을 하고 나서야 라울의 몫을 미리 챙기지 못했다는 사실을 깨달았다. 하지만 지금은 헤로인을 구하는 게 급선무였기 때문에 에라 모르겠다 싶은 생각이 들었다. 라울이 자기 몫을 달라고 하면 조금 떼어 주면 될 일이었다. 그에게 빚진 것도 없었고, 그냥 상황이 되는 대로 해결하면 되겠다 싶었다.

조수석에 있던 사람이 알겠다고 했다. 자기를 따라오라나. 그는 다시 차에 올라타서 이동했다. 우리는 거리 몇 개를 지날 때까지 그를 따라갔다. 라울의 전화벨이 울렸다. 전화를 받아 알겠다고 한 뒤 내 쪽으로 고개를 돌리고 말했다. "차 세워. 여기에 세우면 돼."

미츠비시 갤랑이 우리 앞으로 조금 더 가다 멈춰 섰다. 조수석에 앉았던 사람이 다시 내려서 거리 한가운데로 걸어가더니 양손을 둥글게 말아 휘파람을 불었다. 집 뒤쪽에서 꼬마 하나가 나와 거리 한가운데로 걸어와서 그 남자에게 뭐라고 말을 걸었다. 두 사람의 대화가 끝나자 꼬마는 집 뒤로 돌아갔다. 그 남자가 고개를 돌려 라울에게 이리 오라고 손짓했다.

라울이 내게 말했다. "나한테 돈 줘."

라울은 차에서 내려 갤랑 쪽으로 가더니 뒷좌석에 올라탔다.

"끝내준다." 에밀리가 놀란 표정으로 말했다. "방금 휘파람 분 거 맞지?"

나도 정말 그렇다고 맞장구를 쳤다. "쟤들은 거래가 확실하네. 애초에 저런 애들이랑 거래했어야 하는데."

2분도 되기 전에 꼬마가 헤로인을 가지고 나타났다. 꼬마는 갤랑 쪽으로 가서 헤로인을 건네고 다시 사라졌다. 라울이 차에서 내려 우리에게 헤로인을 가져다주었다. 미츠비시 갤랑이 떠났다. 나는 팔걸이에 있는 저울을 꺼내서 빳빳한 카드를 올리고 영점을 맞췄다. 그리고 카드에 헤로인 가루를 부었다.

"1그램 조금 넘네." 내가 말해 주었다.

"잘됐다." 에밀리가 좋아했다.

"냄새도 엄청 강해."

우리는 차를 타고 그 자리를 떴다. 헤로인의 효과는 훌륭했다.

정말 끝내줬다. 돈을 퍼부어 가며 우리 영혼을 헐값에 팔아넘긴 과거의 마약과 비슷한 효과를 보여 주었다.

"와, 죽인다." 내가 감탄했다.

평상시처럼 약 기운이 온몸으로 퍼졌다.

에밀리도 같은 생각이었다. "진짜 죽여줘."

에밀리도 약 기운에 빠져들었다.

나는 라울에게 말했다. "내가 물어봐도 쟤들 연락처는 안 가르쳐 줄 거지?"

"연락처 뿌리지 말랬어." 라울이 대답했다.

그 말을 믿지 않았지만 아무래도 상관없었다.

69

워런스빌과 메이필드 사이에 있는 은행을 털자고 말한 건 라울의 아이디어였다. 감옥 들어가기 전에 돈을 좀 모아 놓고 싶어 했다. 라울, 라이더, 제임스, 나 이렇게 넷이 모여서 은행으로 출발했다. 넷 중 셋이 함께 은행을 털면 더 많은 돈을 챙길 테고, 현재로서는 무기가 없으니 그중 하나는 문을 지키면 좋겠다고 생각했다. 나는 제임스에게 운전대를 잡겠냐고 물었다. 그러는 편이 안전하다고 믿은 것이다.

제임스가 문제를 일으킬 거라고는 추호도 의심하지 않았다. 라울도 마찬가지였다. 오직 걱정되는 사람은 라이더뿐이었다. 라이더는 압박감을 조절하는 데 꽝이기 때문이었다. 하지만 라울의 수족이니 라울의 존재로 인해 어느 정도는 용기를 얻을 거라고 믿었다.

시작부터 조짐이 좋지 않았다. 우리는 은행 근처로 가서 주변을 살폈다. 나는 길 건너편으로 가서 더 자세히 살펴보자고 말했다.

"그냥 시작하자." 라울이 재촉했다.

"안 돼." 내가 단호하게 말했다. "마지막으로 한 번만 더 확인하고."

우리는 워런스빌의 메이필드가를 건너갔다. 북쪽으로 조금 더 가자 은행 맞은편 건물들 뒤로 주차장이 보였고, 경찰차 네 대가 줄지어 서 있었다. 네 대 모두 같은 방향을 바라보고 서 있는 것으로 보아 언제든 출동할 준비가 된 것 같았다.

"저기 짭새들 차 보이지? 하마터면 우스워질 뻔했어." 내가 말했다.

"이제 어떻게 하지?" 제임스가 물었다.

"그냥 앞만 보고 운전해." 내가 대답했다.

우리는 벨마가 나올 때까지 계속 달렸고 거기서 합의했다. 제임스는 대마초 꽃 30그램을 라이더가 가진 헤로인 몇 그램과 교환하자고 제안했다. 나는 라울을 한쪽으로 데리고 갔다.

"라이더가 만날 얘기하던 그 바스 일은 어떨 것 같아? 돈이 꽤 될 것 같은데." 내가 물었다.

"그게 무슨 말이야?"

"있잖아, 어떤 새끼 죽여 달라고 했던 거."

라울이 말했다. "그건 너무 위험하잖아."

"돈이 되잖아."

"그 바스에 산다는 남자가 검찰 측 증인이야."

"뭐라고?"

"응. 라이더가 빚진 흑인 새끼 사건에서 가장 중요한 검찰 측 증인이라고."

"젠장, 라이더는 진짜 개새끼 맞네."

"무슨 얘기 했어?" 우리가 차로 돌아가자 제임스가 말을 걸었다. "이제부터 어떻게 할 건데?"

라이더는 세브란스고용센터에 가 봐야 한다고 말했다. 나는 샤그린대로의 은행을 터는 게 어떻겠냐고 제안했다. 제임스는 괜찮을 것 같다고 했다. 일단 약쟁이들끼리 모여서 헤로인 주사를 맞았다. 그리고 출발해서 라이더부터 내려 주었다. 라이더가 빠지고 나니 한결 마음이 놓였다. 샤그린에 도착해서는 은행 두 곳을 살핀 뒤 쇼핑센터에 있는 은행을 털기로 했다. 새로 생긴 은행이라서 자동문 개폐 시스템을 설치했을 거라는 생각이 들었다.

나는 라울에게 설명했다. "일단 돈을 챙기기 전까지 은행 문을 열어 두는 게 가장 중요해. 우리가 돈을 털더라도 문이 닫혀 버리면 완전히 갇혀서 오도 가도 못 하다 결국은 감옥에 끌려갈 텐데, 그건 생각만 해도 끔찍한 일이잖아. 내가 안쪽 문을 잡을 테니까 너는 밖에서 문을 잡고 있어. 일이 다 끝나고 나면 모두 도망칠 때까지 문을 꼭 잡고 있어야 해. 이게 아주 중요해."

"알겠어." 라울이 대답했다.

이번에는 제임스에게 말했다. "은행 말고 근처 인도에서 내려줘. 우리는 거기서부터 걸어갈 테니까 너는 주차장 쪽으로 가서 기다려. 그럼 일이 다 끝날 때까지 우리가 일행이라는 걸 아무도 눈치채지 못할 거야."

우리는 차를 타고 위에서 아래로 거리를 한 바퀴 돌며 마지막 담배를 피울 시간을 벌었다. 그러고 나서 제임스가 차를 돌려 우리를 인도 모퉁이에 내려 주었다. 바깥 날씨는 영상 4도 정도라 라울과 내가 입은 한겨울 복장이 생소해 보일 정도였다. 나는 제임스의 긴 코트에 제임스의 셰이커고등학교 스키 캠프 모자를 쓰고 넥워머까지 둘렀다. 라울은 파카를 입고 닌자처럼 방한모를 완전히 눌러 쓴 차림이었다. 우리는 주차장을 반쯤 가로지르며 걸어갔다.

"기분 괜찮아?"

두꺼운 방한모 너머로 희미하게나마 동의하는 소리가 들렸다.

우리는 은행 앞에 도착했고 나는 넥워머를 코까지 잡아당겨 얼굴을 반쯤 가렸다. 그러고 나서 큰 소리로 말했다. "아티카, 아티카, 아티카, 아티카."

라울은 한마디도 하지 않았다. 나는 어깨 너머로 고개를 돌리고 라울을 살폈다. 라울은 보이지 않았다. 다시 고개를 돌리자 은행 직원과 눈이 마주쳤다. 사람들의 시선이 나에게 고정되었다. 나는 아무 말도 하지 않았다. 그리고 걸음을 돌려서 은행 밖으로 나왔다. 라울은 벌써 자동차 뒷좌석에 타고 있었다. 제임스는 나를 기다렸다.

"출발해." 내가 지시했다.

우리는 샤그린 외곽으로 벗어났다.

"라울, 대체 무슨 짓을 한 거야? 창피해서 죽는 줄 알았잖아." 내가 다그쳤다.

제임스가 투덜거렸다. "젠장!"

나는 다시 고개를 돌렸고 자동차 유리 너머로 조금 떨어진 반대 차선에서 경찰차들이 달려오는 모습이 보였다.

"차 세워." 내가 다급하게 말했다.

"뭐라고?"

"길가에 차 세우라고. 당장. 라울, 몸 숙여."

제임스는 갓길 쪽으로 가서 차를 세웠다.

경찰차들은 계속 달려서 우리가 왔던 방향으로 사라졌다. 제임스가 또다시 투덜거렸다. "제기랄."

"본래 짭새들이 하는 일이 저런 거잖아. 그런데 라울, 정말로 왜 그런 거야? 어떻게 나만 두고 가 버릴 수 있어? 그건 말도 안 되는 행동이잖아."

라울이 미안하다고 사과했다.

"됐어. 여기 말고 딴 데 생각해 둔 곳이 있어." 내가 단호하게 말했다.

제임스가 물었다. "다른 은행으로 가려고?"

나는 그렇다고 했다.

"라울, 오늘 은행 털 마음이 있기는 해?" 내가 다시 물었다.

라울은 그렇다고 했다.

"그 말 진심이야?"

라울은 진심이라고 했다.

"좋아. 그럼 출발해."

제임스가 짧게 내뱉었다. "젠장."

우리는 반아켄에서 차를 멈췄다. 셰이커스퀘어 근처였다.

"라울, 네가 먼저 들어가. 나는 10초 후에 따라갈게. 제임스, 우리가 들어간 후에 모퉁이를 돌아 우회전해서 차를 세워. 나중에 모퉁이 쪽에서 만나는 거야. 라울, 준비됐어?"

"1분만." 라울이 시간을 벌려고 했다.

"뭐야, 하겠다는 거야 말겠다는 거야?" 제임스가 다그쳤다.

라울이 되물었다. "너는 어떤데?"

제임스는 라울을 놀리기 시작했다. "계집애처럼 겁내기는."

"둘 다 진정해." 나는 두 사람을 말렸다. "말싸움이나 할 때가 아니잖아."

제임스와 라울의 신경전은 일단락되었다. 제임스는 눈이라도 가리라면서 쓰고 있는 선글라스를 벗어 주었다. 우리는 은행 근처에 있는 도로로 이동했다.

"좋아, 라울. 네가 먼저 들어가. 내가 바로 뒤따라 갈게. 10까지만 세."

라울은 차에서 내려 은행 안으로 들어갔다.

나는 다섯까지 세고 나서 말했다. "그럼 나도 출발한다."

은행에 들어서자 라울이 벽에 등을 기대고 서 있었다. 창구 바로 건너편 벽이었다. 창구 직원도 딱 한 명뿐이었다. 규모가 작은 곳이었다. 창구 직원은 라울을 쳐다보며 겁에 질린 표정을 지었다. 아무래도 영상 4도의 날씨에 두툼한 파카를 입고 닌자처럼 얼굴을 가렸기 때문인 듯했다.

순간 라울이 달려 나갔다. 그는 나를 지나서 은행 밖으로 도망쳤다. 그 순간 나는 좌절했다. 창구 직원은 현금 서랍을 열었고 나는 창구 너머로 몸을 숙여서 서랍 안에 있는 돈다발을 깡그리 챙겼다. 은행 밖으로 나오다 남자와 마주쳤다. 그는 애써 아무것도 못 본 것처럼 행동했다. 인도로 나와서 길을 헷갈려 반대쪽으로 가다가 제임스에게 한 말이 떠올라 모퉁이 쪽으로 돌아서 걸어갔다. 라울은 차 안에도 없었다.

"라울 어디 있어?" 내가 물었다.

제임스가 대답했다. "젠장, 그걸 내가 어떻게 알아."

"돌겠네."

제임스가 차로 쪽으로 움직였다. 나는 숨을 깊이 들이마셨다.

"라울만 두고 갈 수는 없어. 어디 있는지 찾아보자."

제임스는 고개를 절레절레 흔들고 나서 말했다. "알겠어."

제임스는 차를 돌렸고 우리는 라울을 찾아 헤맸다. 행진에 나선 것처럼 천천히 움직이면서 사람들이 득실거리는 길거리를 이 잡듯이 뒤졌으니, 분명 잘하는 짓은 아니었다. 하지만 제임스는 차분한 태도를 유지했다. 우리는 한참 동안 차를 몰며 돌았고, 제임스는 끝까지 차분한 모습이었다. 그리고 라울이 차 뒤쪽에서 부리나케 달려오더니 뒷좌석에 올라타며 외쳤다.

"출발해. 출발, 출발."

우리는 차를 타고 달렸다.

"얼마나 챙겼어?"

"몰라." 내가 대답했다. "세어 봐."

나는 돈을 라울에게 내밀었다. 라울이 돈을 셌다.

"1300달러야."

"넌 하나도 못 챙겼어?"

"응……."

사실 돈이야 얼마를 털었든 나는 개의치 않았다. 라울에게 돈을 전부 넘겼다. 내 몫을 달라고 하지도 않았다. 모든 게 귀찮아졌다. 이번 건으로 나는 끝장난 셈이었다. 한낱 소매치기범이 된 기분이 들었다. 나중에 제임스가 전화를 걸어 라울이 은행에서 도망칠 때 자기가 빌려 준 선글라스를 떨어뜨렸다고, 300달러짜리 선글라스라고 했다. 나는 제임스네 집으로 가서 선글라스 값으로 300달러를 건넸다. 기껏 은행을 털고도 300달러나 손해 본 셈이었다. 제임스는 선글라스뿐 아니라 굳이 말하지는 않았지만, 기름값과 방한모까지 손해를 입은 꼴이 되었다.

70

일요일 아침이었다. 에밀리와 리비니아는 침대에 곤히 잠들었고, 나는 둘이 내쉬는 숨소리와 뒤척이는 소리를 듣고 있었으며, 드리워진 커튼 사이로 환한 빛이 새어들기 시작했다. 다른 사람들처럼 나 역시 오늘은 맑고 화창한 하루가 되리라는 걸 느낄 수 있었다.

오랫동안 겁에 질려 살다 보면 두려움이 어떻게 왔다가 사라지는지 알게 된다. 두려움이 나를 어떻게 장악할지도. 두려움이 어떻게 누그러지는지까지. 두려움이 내 몸을 어떻게 망가뜨리는지도. 그리고 다시 두려움이 다가오기 전까지, 희망이 어떻게 제자리로 돌려놓는지도 말이다. 다시 희망이 오고 다시 두려움이 다가온다. 나는 인생에서 오직 한 가지 빼고는 두려울 게 없었다. 바로 헤로인이었다.

지난번 은행을 턴 날 수십 명의 목격자가 생겼다. 누군가는 쇼핑센터를 배회하는 제임스의 자동차 번호판을 목격했을 테고, 내가 입은 긴 코트와 라울의 두툼한 파카를 본 목격자도 있었다.

라울은 은행에서 나오자마자 얼굴을 가려 준 방한모를 벗어 버렸다.

우린 바보가 되고 말았다.

하지만 아직 나는 자유였다.

아래층으로 내려가서 블랙에게 전화를 걸었다.

담뱃불을 붙였다.

블랙이 지금 와도 된다고 했다.

나는 몬티첼로에 가기 위해 월그린으로 달렸다. 그리고 아널드 일병을 떠올렸다. 이라크에서 만난 꼬마와 선임들은 저마다 입을 모아서 그를 병신이라고 불렀다. 그러다가 아널드가 죽자 다들 그를 좋은 사람이라고 했고, 전쟁에서 장렬히 전사한 세상없이 착한 사람이 되었다. 주먹으로 한 대 맞을 작정이 아닌 한 선임들 앞에서 그에게 병신이라고 말하면 안 될 것처럼 말이다.

솔직히 나는 아널드라는 사람에 대해 잘 알지 못했다. 친구라고 부를 정도도 아니었다. 우리는 같은 방을 썼지만 8개월째 되는 날 아널드는 세상을 떠났다. 나는 고인이 된 아널드의 소지품을 챙겼다. 아주 가끔 대화를 나눈 게 고작이라 특별히 나쁜 기억도 없었다. 몇 번인가 내 머리를 잘라 준 적도 있었다. 괜찮은 사람이지만 항상 그런 건 아니었다.

누가 봐도 꽤 잘생긴 외모에 전사할 당시 겨우 스무 살이었다. 오클라호마에서 나고 자랐으며 아버지는 누군지 모르고 어머니가 아널드를 혼자서 키웠다. 그녀는 창녀였다. 아널드가 자기 입으로 그렇게 말했다. 조롱하는 말투는 아니었다. 아널드는 자기 어머니를 좋아했다. 아널드는 언제나 예의 바른 편이라 사람들은 그것까지 꼬투리 잡아서 나쁘게 평가하곤 했다. 누군가는 "아널드, 이 덜떨어진 병신 자식아."라고 말했을 것이다. 그러면 아널드는 얼굴을 붉히며 '네, 나도 알아요.'라고 말하듯 주위를 두리번거렸을 것이다. 정말 아름다운 모습 아닌가.

아널드의 아내는 몇 살 연상이었다. 오클라호마에 살 때부터 알던 여자인데 두 사람 사이에는 아이가 다섯이었다. 그중 아널드의 친자식은 둘뿐이었다. 그의 아내는 남편 몰래 수없이 바람을 피웠다. 아널드도 이 여자 저 여자 만나고 다녔으니 서로 다른 여자와 남자를 만나고 다니는 데 합의한 것처럼 보일 정도였다. 두 사람은 마법 숭배, 위카였다. 아널드의 어머니도 마찬가지였다. 가족 모두 마법 숭배를 믿었다.

이라크로 파병되기 전에 아널드의 어머니가 포트 후드를 찾은 적이 있었다. 핼러윈 파티가 있는 날이었다. 아널드의 어머니는 몸에 딱 달라붙는 새까만 바지에 귀에는 복슬복슬한 털을 달고 고양이처럼 분장한 모습이었다. 꽤 어둑한 밤이고, 아널드 어머니의 머리카락도 새카만 색이었다. 나는 막사 계단에서 아널드 어머니와 마주쳤다. 그녀는 담배를 피우고 있었다. 내 휴대전화를 잠시 써도 되겠느냐고 물었다. 아널드의 어머니가 통화하는 동안 나는 담배 두 개비를 피웠다. 그녀는 전화를 너무 오래 써서 미안하다고 했다. 나는 고양이 복장을 하고 온 줄 몰랐다고 말했다. 아널드의 어머니가 고양이는 마법숭배자들을 돕는 '퍼밀리어'라는 동물의 영혼이라고 했다. 그때는 그게 무슨 뜻인지 알지 못했다. 마법숭배자들끼리는 다 아는 얘기라고 했다. 나는 아직도 그게 무슨 뜻인지 알지 못한다. 그 동물이 마법을 부리도록 돕기라도 한다는 걸까? 아니다. 그런 단순한 건 아닐 것이다. 내가 보기에 아널드의 어머니는 고양이, 특히 검은 고양이와 특별한 교감을 하는 것 같았다. 그게 뭔지 말로 설명하기는 어렵지만. 아널드의 어머니가 담배 한 개비를 달라고 해서 건네주었다.

나더러 여자친구가 있느냐고 물었다.

나는 2주 전에 결혼했다고 대답했다.

아널드의 어머니가 말했다. "많은 남자가 여기저기 쑤시고 돌아다니는 거 알고 있어. 좋다 나쁘다 말하고 싶지는 않단다. 이해해. 전쟁 나가기 전에 섹스하고 싶어서 왜 그리 안달을 내는지 충분히 아니까."

나는 여자친구를 두고 다른 여자와 바람피운 적이 없다고 말했다. "죄송해요."

아널드의 어머니는 아널드를 아느냐고 물었다. 나는 친구라고 대답했다. 그랬더니 자기가 아널드의 엄마라고 했다.

아무리 봐도 서른 살이 넘어 보이지 않았다.

"아주 어릴 때 아널드를 임신했거든."

"아널드가 급하게 지원한 건가요?"

그렇다고 했다. 여러 남자를 꾀었는데 전부 다 헤어졌고, 하나같이 지질한 놈들이라고 했다. 그러더니 휴대전화를 한 번 더 빌려 줄 수 있느냐고 물었다.

아널드의 어머니가 전화를 거는 사이, 얼굴은 알지만 잘 모르는 남자가 보였다. 징코 바지에 민소매 셔츠를 입고 카우보이 모자를 쓴 깡마른 남자였다. 그가 밖으로 나왔다.

아널드의 어머니가 말했다. "통화 중이야."

남자는 아주 잠깐 근처에서 서성였다. 아널드의 어머니가 휴대전화를 돌려주었다.

"저 남자도 지질한 놈 중 하나야." 아널드의 어머니가 말했다.

누군지 몰라도 아널드의 어머니를 데리러 오기로 한 사람은 한참이 지나도 나타나지 않았다. 그래서 우리는 내 방으로 갔고, 덕분에 밖에서 기다리지 않아도 됐다. 방에서 담배를 피워도 되냐고 물었다. 우리는 함께 담배를 피웠고, 아널드의 어머니가 좋아하는 음악에 대해 이야기했다. 그녀는 얼터너티브 록을 좋아한다고 했다.

그러더니 다시 내 휴대전화를 빌렸다. 마침내 약속한 사람이 나타나서 아널드의 어머니를 데려갔다. 나는 30분 정도 기다렸다가 자위를 했다.

며칠 후 아널드가 혹시 자기 엄마와 섹스했냐고 물었다. "정말 괜찮은 사람 같다고 해서."

나는 섹스를 하지는 않았지만 어머니가 정말 성격이 좋은 분 같다고 대답했다.

아널드는 그 말을 듣고 기뻐했다. 그리고 만족했다.

아널드의 어머니와 섹스한 남자들은 따로 있었다. 2소대에 소속된 군인 셋이 아놀드의 어머니에게 깃발을 꽂았다. 사람들은 그런 식으로 아널드를 욕보였다. 하지만 아널드는 개의치 않았다. "엄마가 반드시 콘돔을 끼라고 했대."

그러고 나서 우리는 이라크로 파병을 갔다. 그리고 예기치 못

한 사건들이 일어났다. 곧 7월이 되었다. 아널드는 7월에 세상을 떠났다. 중간 휴가를 다녀와서 얼마 지나지 않은 때였다. 아널드가 클라미디아 성병과 임질에 걸린 채 돌아온 터라 확실히 기억한다. 캠프 리버티에서 만난 여자와 관계를 맺은 탓에 클라미디아 성병이 옮았고, 그 상태로 집에 돌아가 관계하면서 아내에게 클라미디아 성병을 옮겼고, 반대로 아널드의 아내에게 임질이 옮은 탓이었다. 어쩌면 그 반대인지도 모르겠다. 어느 날 밤 아널드는 마사도로에서 브래들리 장갑차를 몰다가 폭탄이 터지는 바람에 그 자리에서 사망했다. 나는 건너편 폴크도로에 있었다. 현장에 있던 슈 병장이 아널드가 얼마나 처참하게 죽었는지 설명해 주었다. 그가 조종석을 들여다보았는데 아널드의 시신이 너무 참혹하게 훼손되어 어디가 머리인지도 구분할 수 없을 정도였다고 했다.

그렇지만 아널드는 좋은 사람이었고, 모두가 입을 모아서 그를 칭찬했다. 그가 살아 있을 때는 멍청이라고 못 잡아먹어서 안달을 내던 사람들이 그렇게 말하는 걸 보니 정말로 이상한 기분이 들었다. 그렇게 된 이유가 뭔지 설명해 주겠다. 아널드는 컴퓨터 천재가 되는 게 꿈이었다. 반드시 빌 게이츠를 꺾겠다고 입버릇처럼 말했다. 정말로 토씨 하나 틀리지 않고 이렇게 말했다. 빌 게이츠를 반드시 꺾을 거야. 사회에 나가면 정말 그렇게 하겠노라고 매일 떠들어 댔다. 연습 삼아서 그런 건지 아무튼 컴퓨터 바이러스도 만들어 냈다. 부대 안에서 섹스 비디오의 인기가 치솟을 무렵이었다. 아널드는 윤간 비디오, 불법 섹스 비디오, 사정 장면을 담은 비디오, 항문 성교 비디오, 항문에서 입으로 옮겨 가며 섹스하는 비디오, 레즈비언 섹스 비디오, 여자 얼굴에 여러 남자가 정액을 뿌리는 비디오, 젊은 유부녀와 섹스하는 비디오, 모욕적인 성행위가 담긴 비디오 등 온갖 자극적인 섹스 비디오를 커다란 파일 하나로 묶은 다음 거기다 바이러스를 심었다. 그리고 자기가 엄청난 포르노 비디오 파일을 만들어서 치명적인 바이러스를 심어 놨는데, 누구든 그 파일을 내려받기만 하면 다시는 컴퓨터를 사용하지 못할 정도로 엄청난 바이러스가 침투할 거라고 떠들어 댔다. 그 바이러스에 감염되면 다시는 복구가 안 된다고 했다. 그래서 부대의 수많은 사람이 아널드를 엿 먹이고 싶어 했다. 물론 아무도 실행에 옮기지는 않았다. 그 후 아널드가 죽었고, 다들 아널드가 괜찮은 사람이라고 말했다.

내가 이라크에서 전사했다면 나 역시 영원히 좋은 사람으로 기억되었을 것이다.

하지만 나는 기억 속에서 잊히고 있었다…….

*

나는 월그린 주차장에서 기다렸다. 블랙이 자기 차에서 내려 내 차에 올라탔다. 그리고 헤로인 2그램을 내밀었다.

새로 산 운동복 차림이었다.

아디다스 운동복.

보라색에 노란색 줄이 그어진 운동복.

내가 옷을 보며 말했다. "운동복 멋진데."

"그치, 괜찮지?"

블랙은 운동복을 사서 한껏 들떠 있었다. 누가 봐도 멋진 옷이었다. 우리는 오랜만에 진짜 친구처럼 행동했다. 하지만 진짜 친구는 아니었다. 나는 그가 관리하는 약쟁이 중 하나일 뿐이었다. 나 역시 헤로인을 공급해 줄 더 좋은 판매상을 만나면 다시는 블랙을 보지 않을 사람이었다.

"라울한테 아직 소식 없어?" 내가 물었다.

연락이 왔다고 했다.

"어떻게 지낸대?"

"잘 지내나 봐."

"나 대신 안부 전해 줄래?"

"알았어."

"이걸로 총 6그램인 거지?"

"응."

"저번에 얘기한 건 어떻게 할 거야? 진짜 할 마음 있어?"

"응."

"좋아. 그럼 내일 어때?"

"내일 좋아."

"알겠어. 전화할게."

나는 워런스빌로 돌아왔다. 조용히 집으로 들어가서 살금살금 2층으로 올라간 다음 에밀리가 누워 있는 침대 모서리에 앉았다. 에밀리가 몸을 뒤척이며 웅얼거렸다. 나는 몸을 숙여서 그녀의 귀에 입을 맞췄다.

"어디 갔다가 왔게?"

"어디?"

"방금 블랙을 만났어."

"그래?"

"웃긴 얘기 해 줄까?"

"뭔데?"

"운동복을 샀더라."

"그래?"

"보라색에 노란색 삼선을 그은 건데 진짜로 마음에 드나 봐."

에밀리는 몸을 뒤척였고 나는 그녀의 손바닥에 헤로인 봉투를 쥐어 주었다.

"얼마나 되는지 재 볼래?"

"응."

"괜히 나 때문에 지금 당장 재 보지 않아도 돼. 더 자고 싶으면 이따가 해도 괜찮아."

"아니야. 자기가 가지고 가서 재 봐. 난 금방 내려갈게. 화장실 갔다가."

"사랑해."

"응. 나도 사랑해."

나는 아래층으로 내려가서 헤로인 가루를 반으로 나누었다. 무게가 3그램에서 조금 부족했다. 상관없다. 그만큼 복수하면 되니까. 나는 주사기를 채웠다. 내게는 아직 희망이 있었다. 마약을 제조할 때는 인생이 너무도 아름답기만 했다. 그 순간만큼은 이 세상에 있는 모든 약쟁이가 친구처럼 느껴졌고, 내가 잘못한 일이나 내 실수로 망친 것들 그리고 지금까지 낭비한 세월 같은 건 하나도 떠오르지 않았다. 나는 팔뚝에 주삿바늘을 꽂았다. 바늘이 무뎌서인지 자꾸 혈관이 빗나갔다. 하지만 계속 빗나갈 일은 없었다. 살짝 따끔하더니 주사기 끝에 붉은 피가 고였다. 나는 주사기를 꾹 눌렀다.

감사의 글

2013년 가을. 스물여덟이었고 수감된 지 2년하고도 반이 지난 시기였다. 매튜 존슨의 편지를 받았다. 내가 수감되었다는 기사를 읽었다며 답장을 부탁하는 내용이었다. 그는 5달러짜리 우편환도 동봉했다. 우편환에 대한 감사를 더해 감옥에 있는 건 매우 힘든 일이지만 잘 버텨 낼 거라고 답장을 보냈다. 매튜는 책을 몇 권 보내 주었다. 배리 한나의 모음집도 있었다. 전화해 달라기에 걸었더니, 책 중에서 어떤 게 재밌는지 물었고 나는 배리 한나의 책이 가장 좋았다고 대답했다. 이제 와 생각해 보니 배리 한나의 책을 보낸 건 일종의 시험 같은 거였고 나는 그 시험에 통과한 것이다. 매튜는 다른 책들을 더 보냈다. 스콧 매클라나한의 《힐 윌리엄》도 있었다. 나는 스콧 매클라나한의 책이 가장 재밌었노라 말했고, 그제야 매튜는 나도 그런 책을 쓸 수 있다고 대답했다. 사실은 지안이라는 친구와 함께 출판사를 운영한다면서. 타이런트 출판사였다. 나는 책을 여러 권 보내 준 건 고맙지만 책 한 권을 쓴다는 건 아무래도 무리라고 대답했다. 짧은 글이나 시라면 모를까, 그 두꺼운 책을 써야 한다니…….

매튜는 일단 시도나 해 보라고 했다. 나는 2월부터 죽어라 글쓰기에 돌입했다. 그리고 원고 몇 장을 매튜에게 보냈다. 그는 괜찮은 것 같다며 계속 써 보라고 했다. 그래서 썼다. 매튜는 더 써 보라고 했다. 몇 장을 더 써서 보냈더니 지금까지 보낸 원고들은 엉망이지만 마지막 몇 장은 그럭저럭 괜찮다며 어쩌면 책을 쓰는 일도 가능할 것 같다고 했다.

그리고 2년 6개월이 지났다. 아직 책은 완성되지 않았다. 3분의 2 정도 마무리된 상태다. 젠장맞을 책이라는 걸 제대로 마무리나 할 수 있을까 싶었다. 그렇게 상황은 점점 꼬여만 갔고, 매튜도 젠장맞을 원고를 생각하면 우울해지는 게 분명히 보였다.

그 와중에 조시 폴리코브가 등장했다.

조시는 매튜와 함께 일하는 직원인데, 매튜가 그에게 부탁했다. 책을 완성할 수 있도록 도와달라고.

매튜와 조시는 원고를 다시 살펴보았다. 조시는 내가 쓴 원고 중에서 그나마 괜찮아 보이는 걸 매튜에게 보여 주었고, 매튜는 그 정도면 최악은 아니라는 생각에 동의하여 다시 그 원고를 나에게 보내며 말했다. 이걸 조금만 다듬어 보자고.

그렇게 해서 원고를 마무리할 수 있었다.

물론 아직 완전히 마무리한 건 아니라서 아직 갈 길이 멀지만.

플라스틱 쓰레기통에 버리는 원고지가 가득했다. 내보일 만한 원고가 많지 않았다. 모든 페이지마다 백 번 가까이 다시 쓰기를 반복했다. 워드 파일이란 것도 없었다. 모든 작업이 타자기로 이뤄졌다. 어떤 건 처음 쓴 게 가장 나았고, 어떤 건 일흔아홉 번째 고쳐 쓴 게 나았다. 그리고 지안 디트라파노는 이 쓰레기 같은 원고들을 수정해서 제대로 논리가 맞는 글로 바꾸는 역할을 맡았다. 지안은 자기 역할을 확실히 해냈다. 그 덕에 크노프출판사의 팀 오코넬이 타이런트에서 판권을 사도 괜찮을 것 같다는 결정을 할 수 있었다. 판권이 팔린 게 2017년이니까, 작업을 시작하고 꼬박 3년이 걸렸다.

우리는 아직도 원고 마무리 작업 중이다.

팀 오코넬은 책을 찍어 내기 전에 지금까지 쓴 원고를 다시 한 번 수정하는 작업부터 마쳐야 한다고 말했다. 결국 나는 죽을 지경에 처했다. 하지만 어쩔 수 없이 재수정 작업을 했다. 그리고 팀이 보낸 수정본을 자세히 확인했다. 엄청난 변화가 느껴졌다. 나는 팀에게 대체 원고를 어떻게 바꾼 거냐고 물었고, 그는 잘 모르겠다고 했다. 그는 다시 수정한 부분들이 썩 괜찮은 것 같다고 했다. 나는 그건 맞지만, 글쎄……. 그것도 논의해야 할 문제였다. 우리는 전화로 의견을 교환했다. 매튜와 팀, 애들레인 맨슨 그리고 나까지. 그렇게 두 사람은 애들레인에게 원고를 읽고 느낀 걸 니코에게 이야기하라고 했다. 애들레인은 초안의 남자 주인공은 정말 쓰레기 같았고, 팀이 수정한 원고의 남자 주인공은 쓰레기지만 나름 매력이 느껴졌다고 했다.

주인공의 캐릭터가 수정됐고, 그 후 캐릭터에 맞게 원고 전체를 마무리했다. 여러분이 이 책을 읽고, 남자 주인공이 쓰레기 같지만 뭔가 매력이 느껴진다면 그건 전부 팀 오코넬 덕분이다.

팀과 뛰어난 비서 안나 코프먼은 정신이 나간 사람들처럼 원고가 제대로 모습을 갖추도록 노력했다. 두 사람의 도움이 없었다면 여러분은 이 책을 만나지 못했을 것이다. 나는 두 사람에게 엄청난 은혜를 입은 셈이다. 그리고 소중한 조언을 해 준 대니얼 노박과 몇 가지 엄청난 실수를 저질러 망신을 당할 뻔한 나를 구해 준 이 책의 교열 담당자 수잔 M.S. 브라운에게도 감사를 전한다. 이 책에 오류가 있다면 그건 전부 내 잘못이고, 내가 끝까지 고집을 피워서 생긴 문제다.

나는 정말 운이 좋은 사람이다. 여러 사람의 도움을 받았다. 로즈메리 캐럴의 이야기를 빼놓을 수 없다. 로즈메리는 계약서와 관련해서 우리에게 필요한 모든 문제를 꼼꼼히 살폈다. 원고 때문에 모두가 암울할 시간을 보낼 때도 매튜에게 나한테 기회를 준 건 결코 시간 낭비가 아니라고 용기를 주었다.

체리

초판 1쇄 발행 | 2020년 7월 27일

지은이 | 니코 워커
옮긴이 | 정윤희
펴낸이 | 이정헌, 손형석
편집 | 이정헌
교정 | 노경수
디자인 | 이정헌
인쇄 | 공간코퍼레이션

펴낸곳 | 도서출판 잔
출판등록 | 2017년 3월 22일 · 제409-251002017000113호
주소 | 경기도 김포시 김포한강3로 432 502호
팩스 | 070-7611-2413
전자우편 | zhanpublishing@gmail.com
웹사이트 | www.zhanpublishing.com

ISBN 979-11-90234-07-8 03840

이 도서의 국립중앙도서관 출판예정도서목록(CIP)은
서지정보유통지원시스템 홈페이지(http://seoji.nl.go.kr)와
국가자료종합목록 구축시스템(http://kolis-net.nl.go.kr)에서 이용하실 수 있습니다.
(CIP제어번호 : CIP2020029068)